失花
실 　 화

실 : 화 失花 2

초판 1쇄 찍은 날 | 2015년 12월 14일
초판 1쇄 펴낸 날 | 2015년 12월 22일

지은이 | 이현이
펴낸이 | 서경석

편 집 책 임 | 조윤희
편　　　집 | 이은주
　　　　　　주은영
디 자 인 | 신현아

펴 낸 곳 | 도서출판 청어람
등록번호 | 제387-1999-000006호
등록일자 | 1999. 5. 31
어람번호 | 제5-432호

주소 | 경기도 부천시 원미구 부일로 483번길 40 서경B/D 3F
　　　 (우) 14640
전화 | 032-656-4452 팩스 | 032-656-4453
http://www.chungeoram.com
E—mail | chungeorambook@daum.net

ⓒ 이현이, 2015

ISBN 979-11-04-90545-2　04810
ISBN 979-11-04-90543-8　(SET)

도서출판 청어람

Chungeoram romance novel

이현이 장편소설

2

失花

실 화

목차

제사장.

무릉도원이라는 이름의 수성궁

"대군, 대군!"

현의 얼굴이 굳어졌다. 시끄러운 아침의 시작이었다. 조간신문을 챙겨 오는 홍 내관의 외침이 쩍쩍 갈라지고 있었다. 홍 내관이 신문을 챙겨 오면서 소리친다는 것은 좋지 않은 징후였다.

"또 무슨 일인데."

현은 난을 치던 붓을 내려놓은 뒤 잠시 숨을 골랐다. 부디 오늘 하루의 끝에서 이 난을 완성할 수 있기를 기도한다.

"김, 김……."

"뭐?"

다짜고짜 김을 찾으면서 얼버무리는 홍 내관의 모양새가 심상치 않았다. 결국, 답답함을 이기지 못한 현은 홍 내관에게서 신문을 뺏어 들었다. 종이가 부딪치는 소리와 함께 그곳에 있는 어떤 이도 먼저 입을 열지 않았다. 활자를 따라 움직이는 현의 눈빛이 점차 짙어졌고 초점을 잡지 못하여 황망히 흔들렸다.

- 조선시대 왕실의 비합리성의 증거, 수성궁의 비해당을 논하다

　　　　　　　　　　　　　　　태종대 김유영 교수

충격적인 기사 제목의 끝에 달린 이름 석 자를 믿을 수 없어서 멍하니 입이 벌어졌다. 눈을 질끈 감았다. 천천히 눈을 떴을 때 부디 다른 이의 이름이기를, 잘못 보았다면서 웃어넘길 수 있기를 바랐는데 얄팍한 기대가 너무 쉽게 무너졌다.

"네가…… 기어이……."

실없는 웃음이 할 수 있는 전부였다. 떨림을 이기지 못한 손에서 신문이 바닥으로 곤두박질쳤다. 흩날리는 종잇장 너머로 생의 경계에 내던져진 남자의 위태로움도 함께 흩날렸다.

"김유영 교수의 논평인지라 인터넷상에서도 조회수가 매우 높습니다. 그뿐만이 아니라 주요 포털 사이트에서 비해당의 존속 여부에 대한 투표도 함께 진행되고 있습니다. 여론이 형성되는 것을 막을 수 없을 듯싶습니다."

"하아……."

제대로 숨 쉬는 것이 욕심이 되는 상황. 벽에 기댄 현의 얼굴에는 피로감이 가득했다. 속 모르는 사람들은 안형대군을 이 시대의 마지막 풍운아, 천하제일의 한량이라고 말한다. 그럴 때마

다 현은 상스러운 욕을 내뱉고 싶은 충동을 고고한 미소로 대신했다. 안으로는 정치적인 숙적의 딸인 소해궁을 상대해야 했고, 밖으로는 나이 어린 주군을 지키기 위해서 형님과 대적해야 했다. 그리고 지금은 믿었던 친구의 배신 앞에서 속수무책으로 무너져 내리고 있었다.

"박평훈 기자께 연락을……."

일그러진 표정의 남자가 손을 내저었다.

"그 아이는?"

"서궁에 있습니다."

"차, 대기시켜."

"어디로 모실까요?"

"태종대."

현은 목적지를 내뱉으면서 현기증이 났다. 눈앞이 아득해지는 순간에 두통이 찾아오는 것도 반가울 지경이었다. 그래야 지금 이 순간에 살아 있다는 것을 인지할 수 있었으니까. 처음은 놀람, 그 다음은 부정, 겨우 정신을 차렸을 때 들었던 세 번째 생각은 소유. 내 것을 지켜야 한다는 것이었다. 감았다 뜬 눈에서 지금껏 본 적 없었던 금빛 기운이 피어올랐다. 그것은 그 어느 누구도 막아설 수 없는 살기를 닮아 있었다

"초아야!"

침방에서 보자기를 만들 천을 가지고 나오던 소옥은 바쁘게 지나가는 초아를 불러 세웠다. 예정에 없던 대군의 출타에 수성

궁의 사람들이 분주하게 움직이고 있었다. 정작, 그 시각에 운영은 서궁의 뒤뜰에서 수를 놓는 중이었기에 이 난리를 짐작조차 할 수 없었다.

"도대체 무슨 일이니?"

"저도 잘 모르겠습니다. 지밀나인의 말로는 대군께서 화가 많이 나신 듯하다고 합니다."

뭔가 심상치 않은 기운을 직감한 소옥의 어깨가 떨렸다. 그녀는 서 있기가 힘들 정도로 떨리는 몸을 지탱하기 위해 벽에 기대어 섰다. 복도 끝에서 홍 내관을 필두로 하여 현이 모습을 드러냈다. 소옥은 겨우 고개를 숙여 예를 갖췄다. 그 순간에 소옥은 가슴을 두드리면서 끊임없이 되뇌었다.

"괜찮아. 아무 일도 일어나지 않을 거야. 분명히…… 그럴 거야. 홍운영. 제발……."

지난날 쫓겨나던 궁녀들의 모습이 머릿속을 스치고 지나갔다. 소옥은 두 손을 맞잡은 채 발을 동동 굴렀다. 숨겨진 비밀을 알고 있는 몫으로 얼굴이 하얗게 질렸다. 그녀는 운영이 제 안의 여인을 꽃피운 흔적을 너무 쉽게 찾아냈다. 서툰 여인이 감추지 못한 손목 안쪽의 붉은 자국. 일부러 모른 척 보지 않았고 두려워서 말을 섞지 않았는데 그게 이 모든 파국의 시작일지도 모른다는 것을 부정할 수 없었다.

"아!"

"어, 운영아. 너 손."

완성 직전이었던 주머니에 피가 뚝뚝 떨어졌다. 급한 대로 손에 잡히는 천으로 손을 감싸쥐었지만 깊게 찔린 탓인지 피가 멈추지 않았다.

"지혈해야 하는 거 아니야?"

"됐어. 별거 아니야."

시간이 지나면 멈추리라 생각했던 것은 착각. 작은 전조를 깨닫지 못한 순진함의 대가를 깨닫는 것에는 오랜 시간이 필요치 않았다.

"대군을 모셔라!"

"길을 열어!"

현이 차에서 내리자 수십 명의 경호원이 고귀한 자를 에워쌌다. 누가 보아도 어마 무시한 분의 행차라는 것을 누구나 쉽게 알아차릴 수 있었다. 안형대군이 학교에 도착했다는 소식이 일파만파로 퍼져 나가는 순간 유영은 모든 것을 기다리면서 연구실에 있었다. 그는 창밖으로 현이 건물에 들어서는 모습을 지켜보고 있었다. 모든 것을 감내할 준비를 끝냈기에 그의 표정은 초연했다. 한 번 두 번 숨을 내쉬고 천천히 눈을 떴을 때 들려온 문 너머의 소리. 그에 응답하기도 전에 거친 파열음과 함께 검은 무리가 가득 밀려들어 왔다.

"대군께서 도착하셨습니다."

홍 내관이 뒤로 물러서자 현이 그 모습을 드러냈다. 서로의 머리를 쓰다듬는 것이 당연했던 어린 시절의 친구가 아니었다. 고압적이고 위엄 있는 왕자가 눈앞에 있었다. 예고된 파국을 맞이

하는 유영은 담대했다. 그는 차라리 현의 변신이 반가울 지경이었다. 신분 피라미드의 꼭대기에 있는 자가 가장 말단에 있는 여인을 내리누르는 그 모습의 불쾌함은 남자의 모든 열기를 끌어냈으니까.

"왕자님께서 등장이 요란하시네."

"느닷없는 선물이 황송해서. "

비릿한 웃음과 함께 힘이 실린 걸음이 단번에 옮겨졌다. 좁혀지는 거리에도 유영은 창틀에 걸터앉은 자세를 바꾸지 않은 채 빙긋이 웃었다. 그 여유로운 몸짓이 미치도록 자극적이었다. 이를 눈에 담고 있자니 목덜미가 뻣뻣해졌다. 적개, 분노, 배신······ 무수히 많은 감정의 찌꺼기들이 한데 엉켜서 뒤통수를 후려갈기는 기분은 아무리 곱씹고 되새겨도 역시 불쾌하다.

"아주, 잘 받았다는 인사 정도는 해야지."

유영의 앞에 선 현은 그를 내려다보면서 이를 갈았다.

"꽤나 애를 썼는데, 마음에 들어?"

"그럴 리가."

현의 날카로운 눈빛이 번뜩였다. 곧장 한 대 치고 싶은 마음을 참기 위해 주먹을 꽉 틀어쥐었다.

"받고 싶지 않을 걸 받았는데 뭘 기대해. 당연히 기분이 뭣 같고 역겹지."

지금 이 상황을 받아들이는 현에게 감정의 여과는 없었다. 고고한 체면치레 따위를 할 여유도 없었다.

'네가······ 왜······.'

무엇이든 답을 주겠다는 듯한 초연한 눈빛 앞에서 쉽사리 입이 떨어지지 않았다. 왕가의 후손과 총리의 아들. 조선시대판 왕자와 현대판 왕자 사이에 보이지 않는 기류가 충돌하고 있었다. 그것은 누구 하나가 죽어야만 끝이 나는 잔인한 게임의 시작을 뜻했다.

"총리께서도 동의하신 일인가?"

"아버지와는 상관없는 일이야."

수고스럽게 묻지 않아도 알고 있는 사실이었다. 총리가 현에게 등을 돌린다는 것은 입헌군주제를 옹호하는 사상적인 틀, 곧 명분을 버린다는 것을 뜻했다. 뻔히 알고 있는 사실을 애써 물은 이유는 다른 게 아니었다. 맞닿을 진실에 대한 두려움 때문이었다. 이를테면 본 게임을 시작하기에 앞서서 상대가 가진 패를 예측하고자 하는 노련함. 그것은 반드시 저 목을 틀어쥘 것이라는 오만에서 비롯되는 힘이었다.

"그래서 뭔데. 우리 잘난 교수님께서 펜대를 놀렸던 이유."

"왕자님의 성을…… 무너뜨리고 싶어서."

유영이 웃는 얼굴로 던진 말, 그 날카로운 혀끝에서 현은 무방비로 당했다.

"내 성을…… 무너뜨리시겠다? 네가? 하, 하하."

눈이 벌게진 남자가 크게 웃어 젖혔다. 맥락에 맞지 않는 웃음은 스스로에 대한 조소였으며 끊어진 생각을 되돌리기 위함이었다. 뒤통수를 맞았다는 표현으로도 부족한 파괴력. 이따위로 단번에 후려칠 거면 진작 말이라도 하지. 방심했던 차에 제대로 얻어터졌다는 생각에 화가 치민다. 내뿜는 열기 때문에 목구멍이 후끈거렸다. 그 속을 긁고 나오는 모든 말에는 가시가 돋친다.

"그래서, 총리의 아드님께서는 모반이라도 꾀할 요량이신가?"

비아냥거림이 섞인 웃음이 고압적이었다. 하지만 겨우 짜낸 그 웃음조차 오래갈 수 없었다. 번뜩이는 분노에 맞서는 유영의 눈빛이 진심을 말하고 있었다. 마치 투사라도 된 듯이 절실하게. 그 순간에 현은 인정해야 했다. 유영의 눈에 그녀가 들어 있다는 잔인한 진실을 말이다. 그래서 그 눈을 들여다보는 남자에게서 어둡고 차가운 냉기가 피어난다.

"어째서야?"

돌아올 답을 기다리면서, 현은 상대의 목을 틀어쥘 준비를 끝냈다.

"탐이 나."

단번에 들은 말을 그대로 씹어 삼키기에는 그 덩어리가 몹시도 크고 뜨거웠다. 비해당의 궁녀를 건드렸다는 것은 교수인 유영의 도덕성에도 금이 가는 일이었다. 총리의 아들로서도 돌이킬 수 없는 치명타, 그것은 부자간의 연을 끊어낼지도 모를 파멸을 예기한다. 그런데도 김유영이 홍운영을 원한다. 그토록 선해 보이던 유영의 두 눈이었는데, 지금은 간사한 여우의 구슬이 박혀 있는 것처럼 불쾌했다.

"미친 거지?"

"아마도."

"다행이네. 제정신이 아니라 미쳤다고 하니……."

현은 호흡을 고르고 시간을 번다. 한때는 지랄 맞게 친했던 저 여우 새끼한테 기회를 주겠다는 듯이.

"접어."

"……."

"맨정신으로 갈기갈기 찢기고 싶지 않으면…… 앞으로 1분 동안만 미쳐 있어. 그게 너한테 줄 수 있는 마지막 시간이야. 그 시간이 끝난 뒤에는 전부 잊어."

부디 알아서 들어 처먹고 물러나 주길 바라며 마지막으로 한 경고였다. 그것은 친구에 대한 마지막 남은 자비심이었다.

"그 시간, 필요치 않아."

살 수 있는 마지막 기회, 그 마지막 자비를 거부하는 것은 연심에 취한 여우의 굳은 의지.

"갈기갈기 찢겨서 죽는 순간에도 내가 원하는 건 오직 하나야."

그 강렬한 문장이 옮겨지는 순간 현은 이성이 끊어지기 시작했고 유영은 담담했다. 절대로 금빛 눈을 가진 사내에게 어린 양을 바치지 않으리라. 그녀가 바라는 푸른 잔디 위의 세상을 지킬 수만 있다면…… 서정주의 말처럼 가시덤불 쑥 구렁…… 그 잔인한 세계에 몸을 던진들 아쉬울 것도 없었다.

"놔줘."

"……."

"운영이를……."

쿠당탕 소리와 함께 유영이 책장 옆으로 쓰러졌다. 현의 주먹이 움직인 것은 유영이 말의 첫머리를 시작했던 이미 그 시점이었다. 소란한 소리에 수행원들이 연구실의 문을 벌컥 열어젖혔지만 홍 내관은 그에 대한 개입을 저지했다.

"미치려면 곱게 미쳐, 이 개자식아!"

거친 욕설과 함께 한 번 더 제대로 주먹이 내리꽂혔고, 분노가 닿았던 자리에는 살갗이 터지고 피가 고였다. 그 순간에 유영은 아릿한 입꼬리를 휘면서 웃었다. 흐르는 피가 수치스럽기는커녕 고결하게 느껴졌다. 전장에서 피를 흘리고 승리하는 장수의 그것처럼. 그래도 치졸하게 고개를 숙이지 않는다.

"똑바로 봐."

"……."

"네 옆자리를 차지하고 있는 여자가 누구인지. 온 세상이 다 아는 그 고귀하신 분께서 어떤 얼굴로 그녀에게 독사과를 건네고 있는지."

단번에 날아와서 무릎을 꺾는 말. 그 어떤 무기보다도 강력한 한 방 앞에서 현은 입술을 힘없이 터뜨렸다. 받아칠 수 없음을 인정하는 순간 눈에는 열기가 아닌 냉기가 서렸다. 만만치 않은 상대, 김유영. 현은 알고 있었다. 유영이 가진 힘을. 그것은 유영이 총리의 아들이라는, 그 거창한 지위 때문이 아니었다. 학창 시절 유영의 별명은 거북이었다. 감정의 기복이 없이 꾸준하고 한결같은 페이스를 가진 아이, 그래서 얻고자 원하는 것이 있어도 쉽게 들떠서 흥분하지 않는다. 아주 조용히 주변을 살피고 천천히, 꾸준하게 모든 노력을 다할 뿐이다. 그래서 결국엔 원하는 것을 얻고야 마는 신실함이 유영의 진짜 무기. 그런 그가 운영을 원한다. 그래서…… 두렵다. 왕자님은 거북이를 이길 자격이 없어서.

"네가, 그녀를 원하는 건 떳떳하지 못한 악습의 계승일 뿐이야. 왕실의 전통? 웃기지 마. 그따위 명분은 개도 안 속아."

지치지도 않고 속을 후벼 파는 얄미운 친구를 일으켜 세워서 멱살을 잡아 쥐었다. 이미, 초점을 잃은 두 눈, 이대로 상대의 숨을 끊어 놓아도 상관없다는 사악한 기운이 피어난다. 그 독기 앞에서 유영은 눈 하나 깜짝하지 않고 현을 똑바로 응시했다.

"이현."

배신자로 명명된 친구의 입에서 흘러나오는 자신의 이름조차 낯선 기분이었다.

"1분이라고 했나?"

곧장 향하지 못하는 주먹이 부들거렸다. 그 긴박한 틈을 놓치지 않는 유영은 마지막 확인 사살을 준비했다.

"그 시간, 채 지나기도 전에 마음을 접어야 하는 건……."

여우가 말이 멈추는 순간, 왕자님은 정신이 아득해진다. 뱉어지지 못하고 뭉치는 호흡이 가슴을 짓누른다. 뻐근한 고통 속에서 밀려드는 배신감, 그리고 그보다 깊은 상실감이 한꺼번에 밀려드는 순간에, 죽음을 각오했던 맑은 눈동자가 웃는다.

"너야."

툭, 어깨에 힘이 빠지고 꽉 막혔던 숨이 한꺼번에 토해졌다.

"으아아아아악!"

폭발하듯이 터지는 고함과 함께 벽에 걸렸던 거울이 와장창 깨졌다. 유리가 박힌 현의 주먹에서 순식간에 피가 쏟아졌다. 뚝 뚝, 손가락을 타고 떨어지는 그 핏방울은 위대한 혈족의 증거. 아픔의 찡그림도 아까움도 없다. 현은 그저 떨어지는 피의 양이 못마땅하다는 듯 입술을 비틀었다. 멈추지 않고 흐르는 피의 향취에 조금씩 정신이 흐려진다. 그럼에도 분명한 생각 하나, 이 파멸의 공간을 전부 부수고 싶다는 것. 그래서 오늘 하루의 모든 일을 산산이 조각내어 없애 버리고 싶다는 것. 그리할 수 있다면 제 몸을 타고 흐르는 금빛의 핏줄기조차 전부 끊어낼 수 있다는 생각이었다. 그렇게 절박한 남자가, 다시 한 번 유리를 몸에 새겨 넣으려던 순간, 홍 내관의 손짓 한 번에 달려든 수행원들이 현을 에워쌌다. 겹겹이 쌓이는 성에 갇힌 남자는 악을 쓰면서 그들을 뿌리쳤다. 남자의 거친 포효를 감당할 수 없었기에 홍 내관은 결국 내키지 않는 방법을 사용했다. 홍 내관의 손날에 의해서 뒷목을 가격당한 현은 그대로 무릎이 꺾였고 의식을 잃은 채 힘없이 무너져 내렸다. 그를 떠받친 홍 내관은 긴 한숨과 함께 속죄의 말을 전했다.

"죄송합니다. 대군."

그는 하얗게 질린 얼굴로도 제법 침착하게 이 상황을 마무리 짓고 있었다.

"퇴로는?"

"이상 없습니다. 현재, 서관의 뒷문에 차를 대기시킨 상태고 수성궁에 복귀 연락을 취했습니다."

"정리해. 최대한 조용히 빠져나간다."

"주변을 물러. 빨리 길을 내!"

모두가 소란하게 떠들면서 난리를 치는 와중에도 유영은 아무 소리도 들리지 않았다. 마치 이 공간이 정지된 것처럼 모든 것이 느려졌다. 여전히 현의 주먹에서는 피가 떨어져 내렸고 홍 내관의 날이 선 외침이 그치지 않았다. 그 소리에 이끌려서 겨우 눈을 깜박였을 때 유영은 똑똑히 볼 수 있었다. 고요히 눈을 감은 왕자의 눈에서 떨어지는 눈물을 말이다. 눈에서 시작된 맑은 액체가 바닥으로 떨어져서 붉은 핏빛으로 변하는 짧은 순간 유영은 그 아찔한 잔상을 이기지 못하여 눈을 감아버렸다. 모든 기억들이 소멸되기 시작했다. 투닥거리면서 정답게 만들어갔던 유년의 시간들이 깨진 유리 틈 사이로 전부 빠져나가고 있었다. 멍하니 시간이 흐르길 기대했던 그 시간, 현과 그 일행이 빚어내는 앙칼진 소음들이 사라졌을 때는 벌써 어둠이 스몄다. 어두워서 보이지 않지만, 분명히 산산조각이 난 거울에는 현의 피가 묻어 있을 터였다.

유영과 현은 선대의 인연으로 인하여 네 친구 가운데 가장 오랜 시간을 함께했다. 친구에게 비수를 꽂아야만 하는 그들의 운명이 참 얄궂었다. 하지만 유영은 제 선택을 번복하지 않았다. 자비를 구할 마음 따위는 없다. 현을 아프게 한 만큼 아플 것이고, 그에게서 웃음을 뺏은 만큼 웃지 않을 것이다. 현이 던지는 화살도 모두 기꺼이 받으리라. 어둠 사이로 여인을 향한 의지가 담긴 유영의 눈빛이 번쩍였다. 그는 긴 숨을 뱉으면서 고개를 뒤로 꺾었다. 현의 붉은 눈이, 소리치던 목소리가, 힘없는 몸짓이 도무지 머릿속에서 떠나지 않는다. 정작 자신에게서 흐르는 피를 닦아내지도 못한 채 스스로를 방치하고 있던 유영은 갑자기 피식 거렸다.

"내가, 유다였던가."

이내 곧 미친놈처럼 웃기 시작했다. 주먹이 닿았던 통증이 서린 복부를 움켜쥔 채 뻐근할 정도로 웃고 또 웃었다. 배신. 그 지독한 독기가 전신으로 퍼지는 순간에 유영의 눈이 붉게 충혈되었다.

"대군께서 돌아들 가시랍니다."

"그러지 말고 한 번 더⋯⋯."

평훈은 삼혁의 말을 막아섰다.

"알겠습니다. 현이를⋯⋯ 잘 부탁합니다."

평훈과 홍 내관이 인사를 나누던 그때였다. 무언가가 와장창 깨지는 소리가 들렸다. 이윽고 남자가 악을 쓰는 소리가 함께 뒤섞였다. 분명히 현의 목소리였다. 사색이 되어 질려 있는 궁녀들이 그 안으로 들어서지도 못한 채 눈치만 살폈다. 그도 그럴 것이 처음 보는 대군의 폭주였으니 말이다. 이 소란에서 의연함을 유지하는 것은 오직 홍 내관뿐이었다. 물론 그 역시도 얼굴은 하얗게 질려 있었다.

"그럼, 살펴들 가십시오."

홍 내관이 현의 침실로 다급하게 뛰어 들어갔다. 삼혁과 평훈은 심란한 표정으로 닫힌 문을 바라보는 것 이외에는 할 수 있는 게 없었다. 여전히 날카로운 파열음이 그치지 않고 있었지만 그들은 돌아서야 했다. 걱정스러운 마음을 뒤로 한 채 별궁의 모퉁이를 돌아 나오던 그때였다. 복도 끝에서 걸어오고 있는 운영이 보였다. 그녀는 종묘제례 행사를 위한 대군의 당의를 가져오는 중이었다.

"아, 저……."

삼혁이 그녀를 불러 세우려고 했으나 평훈은 이를 다급하게 저지했다.

"내가 꼭 할 말이 있다니까."

"네가 무슨 할 말! 무슨 자격으로! 이 이상으로 현이를 자극하지 마."

따박따박 꾸짖는 한마디에 삼혁은 입을 꾹 닫았다. 언제나처럼 삼혁은 감정적이었고 평훈은 이성적이었다. 운영이 자신의 옆을 스쳐 지나는 동안 할 말을 삼키는 삼혁의 표정이 일그러졌다. 수성궁을 나온 삼혁과 평훈은 곧장 태종대로 차를 몰았다. 밤 12시. 어제와 오늘의 경계로 자연스럽게 넘어드는 시각. 저 혼자서 시간이 멈춘 듯이 유영의 연구실은 불이 꺼져 있었다. 그 어둠을 바라보면서 심란해지는 순간 뜻밖에도 평훈의 입에서 먼저 불편한 이야기가 꺼내졌다.

"왜 그랬을까?"

"뭐가?"

"김유영은 어디 여자가 없어서 항아님을 마음에 품었냐는 얘기지. 일이 이렇게 될 거였으면 진작 멈추라고 얘기할걸. 그날……
그 녀석 마음을 봤을 때."

삼혁의 놀란 시선이 심드렁한 표정의 평훈에게 향했다.

"알고 있었어?"

"그날…… 녀석이 항아님을 빌려달라고 호기롭게 말하던 날 말
이야."

"아, 그때……."

"처음이었어. 거두어지지 않는 시선으로 여자를 보는 모습……
가벼운 연애만 하던 녀석이었잖아. 지금껏 누굴 깊게 좋아하는
모습도 없었지. 그런데 아주 홀린 듯이 쳐다보더라. 그게 몹시도
신선해서 가만히 두고 봤더니, 이렇게 일을 벌이네. 그것도 아주
잭팟으로."

"그 사이에서 우리만 등골 터지는 거지."

"등골만 터지면 다행이고."

'네 덕분이라고 했는데, 그게 내 실수인 건가.'

평훈은 쓴웃음을 지었다. 마주친 시선 너머로 억지로 웃으면
서 서로의 등을 두드렸다.

"안에 없나?"

연구실 앞에 닿았다. 문을 두드렸지만 아무런 응답도 없었기
에 문고리를 잡아 돌렸다. 안으로 들어서는 기척에도 방의 주인
은 여전히 말이 없었다. 평훈에 의해 불이 켜지고 난 뒤 어둠이
사라진 자리는 그야말로 아수라장이었다. 넘어진 책장과 깨진 유
리 파편 사이에 한 남자가 있었다. 내던져진 휴지조각처럼 위태

롭게 구겨져 있는 유영이었다.

"도대체 무슨 일이······."

"이야, 어마어마하네. 진짜 재밌는 구경을 놓쳤잖아."

놀란 마음에 삼혁은 일부러 되지도 않는 농담을 했지만, 유영은 미동조차 하지 않았다. 멍하니 창밖을 바라보고 있을 뿐······. 그는 지금쯤 수성궁에서 벌어질 일들에 대해서 생각하고 있었다. 자신의 섣부른 객기가 그녀를 다치게 할지도 모른다는 생각에 초조했고, 이 다음을 어떻게 풀어나가야 할지에 대해서 고민했다.

"항아님 말이야."

무심하게 내던져진 말속에서도 '항아님'은 금세 귀에 담긴다. 유영은 그제야 친구들을 마주봤다.

"괜찮아. 그러니까 걱정하지 마."

"그보다 너, 맞았냐?"

삼혁은 유영에게 가까이 다가서면서 인상을 찌푸렸다. 앞에서 마주 보고 있자니 가관이었다. 볼의 멍 자국, 입술에 엉겨 붙은 피, 벌건 눈언저리가 잔인한 상황을 또렷이 설명한다. 치우지 못한 바닥에 남아 있는 붉은 핏자국이 섬뜩했다. 유영에게서 돌아선 삼혁은 일부러 바닥의 자국을 밟지 않기 위해 여기저기 피하면서 걸음을 옮겼다. 한 여자를 사이에 둔 비극적인 남자들의 싸움에 피비린내가 진동했다. 평훈은 물끄러미 바닥의 자국과 유영의 상처를 번갈아 바라봤다.

"저 피는? 네가 흘린 것 같지는 않고······ 넌 맞기만 했어?"

"왜, 한 대 쳐보지 그랬어?"

"그럼 쟤가 여기 살아 있겠냐?"

"그만하길 다행이지. 조선시대였으면 넌 벌써 죽었습니다. 어디 여자가 없으셔서 왕자님의 여자를……."

"아하! 총리의 아들이시지. 그 빽이 좋긴 좋네."

친구들이 주고받는 대화 속에서 유영은 피식거리면서 웃었다. 저들이 애를 쓰는 이유를 잘 알고 있기에. 바람 빠진 풍선처럼 힘없이 웃는 유영의 웃음에 평훈은 속이 쓰렸다.

"웃긴…… 맥주나 마셔라. 맨 정신에 잠이 오겠냐."

유영의 책상에 걸터앉은 평훈은 그의 앞에 맥주 캔을 흔들어 보였다. 차마 받아들 생각조차 못 하는 듯 가만히 바라보고만 있는 유영의 눈빛에는 초점이 없었다.

"진짜 뭣 같아서 못 봐주겠네."

감정이 격해진 평훈은 욕설을 뱉어냈다. 도대체 무엇을 위한 싸움이란 말인가? 평훈은 이 모든 원인이 '어떤' 여자라는 것이 몹시도 불쾌했다.

"받으라고! 손에 쥐어줘? 아니면 먹여주리?"

"됐어."

유영은 희미하게 웃으면서 맥주 캔을 받아 들었다. 그 한 모금으로 갈증을 달랠 여유조차 허락할 수 없다는 듯 누군가 거칠게 문을 두드렸다. 이윽고 검은 양복을 입은 사람들이 연구실 안으로 들이닥쳤다. 누가 보낸 것인지 짐작이 가는 듯 유영은 캔을 내려놓은 채 그들을 똑바로 마주 봤다.

"총리께서 보자고 하십니다."

"나이스 타이밍!"

삼혁은 인상을 쓰면서 맥주 캔을 찌그러뜨렸다.

"유영아."

평훈은 유영의 어깨를 힘주어 짚었다. 친구를 바라보는 그 눈에 불안과 걱정이 가득했다. 유영은 초연히 웃으면서 평훈의 손을 거두어냈다. 그는 의지가 서린 걸음을 내디뎠다. 총리가 보낸 사람들을 지나쳐서 그대로 앞서 걷는 모습은 무척이나 쓸쓸했지만, 후광이 서린 듯했다.

"투사처럼…… 쓸데없이 멋진 뒷모습이네."

"총리가 어디까지 알고 있을까? 이 미친 광기의 스캔들이 그 귀에 들어가지 않아야 할 텐데."

"그럴 일은 없어. 현이가 제 입으로 이 일을 떠벌리지 않을 테니까."

"뭘 믿고 장담해?"

"이 소란에서 가장 큰 피해를 입는 건 항아님이라고. 그러니, 지켜주려고 할 거야. 분명히…… 그럴 거야……."

"도대체 뭘까? 그 여자. 예쁘긴 하던데…… 내 눈에는 결코 안 들어오던 그 여자가, 왜 내 친구 둘을 잡아먹듯이 홀렸을까?"

"모르지. 미친 매력이 있을지도……."

평훈은 몹시도 못마땅한 표정을 지으면서 인상을 찌푸렸다. 그는 유영이 놓고 간 맥주 캔을 집어 들어서 단숨에 들이켰다. 주인 잃은 방에 남겨진 두 친구의 눈이 붉게 충혈되었다. 하루가 참

길었다. 감당하기 버거울 만큼. 유영과 현 사이에서 어느 한쪽의 편도 들 수 없기에 심란한 밤이었다.

와장창!

"네놈이 미친 것이야! 네놈이!"

쨍그랑!

근엄한 대인군자로 유명한 총리 김종대가 제 분을 삭이지 못한 채 날카롭게 소리쳤다. 고함을 쳐도 화가 풀리지 않는 듯 계속 씩씩거리면서 유영을 노려봤다.

"안형대군한테 등을 돌리지 마라! 수도 없이 얘기했거늘! 어찌하여 그에게 칼을 겨눈 것이야. 도대체 왜!"

김종대의 손을 떠난 책이 유영의 이마를 스치듯 지나쳤다. 그 바람에 유영의 이마에 피가 맺혀 흘렀지만, 그는 동요하지 않았다. 묵묵히 아버지의 분노를 받아들이는 것은 익숙한 일이었다. 언제나 자기 뜻과 반하는 일을 할 때마다 아버지는 이런 식으로 분노를 표출했었다. 그리고 지금은 자신의 정치적 생명력에 대한 위기감에서 비롯된 가장 큰 화를 터뜨리는 순간이었다. 입헌군주제를 옹호하면서 총리로서의 정치적 입지를 다져온 김종대에게 안형대군은 그 존재만으로도 어마어마한 후광을 가져다주었다. 반드시 함께 가야만 하는 질 좋은 그림자가 바로 안형대군 이현이었다.

"명심하거라! 지금 이 순간 이후로 안형대군의 심기를 어지럽히는 일을 할 시에는 너를 가만두지 않을 것이다."

"가만두지 않으면 어찌하실 겁니까."

"뭐라?"

"어머니처럼 집에 가두기라도 하실 요량이십니까?"

조곤조곤 따지는 유영의 말에 김종대가 눈을 번뜩였다. 지금
껏 유영이 말대답이라는 것을 하면서 날을 세우는 모습은 처음
이었다. 게다가 그가 먼저 어머니의 이야기를 꺼내는 것은 심상
치 않은 상황임을 뜻했다.

"네 어미 얘기는 하지 말라 일렀다."

"왜요? 지은 죄가 너무 커서 두려우세요? 지옥에라도 떨어질
까 염려스러우십니까?"

격양된 목소리가 다스려지지 않았다. 아버지를 향한 노골적인
힐난이었다. 그럼에도 김종대는 더는 아무 말도 하지 않았다. 아
들을 잡아 죽일 듯이 몰아붙이던 엄격함도 전부 사라졌다. 먼저
세상을 떠난 부인은 그에게 아킬레스건이었으니까. 멍하니 책상
위의 사진을 바라보면서 입을 닫고 있는 아버지의 모습 앞에서
유영은 눈에서 핏발이 터지는 기분이었다. 분명히 어머니의 사진
일 터였다. 그게 불쾌하고 속이 쓰라려서 비릿한 웃음을 숨기지
않고 터뜨렸다.

"죽은 이를 상대로 꽤나 애틋한 순애보십니다."

불손하기 짝이 없는 비아냥거림과 함께 유영은 주먹을 꽉 틀어
쥐었다. 그러곤 미련 없이 돌아섰다. 복도를 걸어 나가는 그의 걸
음이 위태로웠다. 일하시는 아주머니가 잠시 쉬었다 갈 것을 청
했지만, 그는 단칼에 거절했다. 단 1분이라도 더 머물고 싶지 않

을 만큼 서 있는 곳의 공기가 거북했다. 그가 도망치듯 황급히 빠져나가야 했던 김종대의 집에는 어머니의 체향이 아직도 진하게 남아 있었다.

"숨…… 막혀."

새벽녘이 되어서야 자신의 집에 도착한 유영은 지친 몸을 겨우 이끌고 침대에 앉았다. 힘없는 몸은 너무 쉽게 침대 위로 쓰러졌다. 지독하게도 달이 밝아서 하루가 끝났음이 믿기지 않는 시간, 친구를 잃은 밤이었다. 배신의 대가로 목숨을 달라 해도 좋으니, 그 끝에서 부디 그녀를 구원할 수 있기를 하늘에 청한다.

"그녀의 밤을…… 지켜줘. 엄마, 제발……."

"왜들 이리 소란하지?"

오늘 벌어진 일에 대해 아무것도 모르는 운영은 제 발로 맹수의 우리에 걸어 들어간 참이었다. 별궁의 기운이 심상치 않았다. 한참 전에 도착했지만 홍 내관의 명에 따라서 가만히 대기하고 있는 것이 벌써 한 시간째였다. 지밀나인들은 홍 내관의 지시에 따라 바쁘게 움직이면서 계속 무언가를 나르고 있었다. 산산조각이 난 화분과 쏟아져 나온 흙, 깨진 찻잔 등 현의 방에서 나온 물건이라 믿을 수 없는 흔적들이었다. 그 사이에는 현이 유독 아끼는 백자 항아리의 깨진 조각도 포함되어 있었다. 운영은 뭔가 일이 잘못되고 있음을 직감했다.

"무슨 일입니까?"

홍 내관은 별다른 말없이 고개를 저었다. 그녀를 바라보는 그의 표정이 복잡했다. 예견된 파국의 끝에서 운영이 맞게 될 수모를 생각하면 아찔하다. 해줄 수 있는 게 없어서 미안하다고 생각하면서도 이 소란을 만들어낸 사촌 동생이 몹시도 원망스러웠다.

"이제, 들어가 보아라."

홍 내관이 보여주는 참담한 표정의 이유를 모르는 운영은 목안으로 침을 삼켰다. 그저 마음을 바싹 졸여서 정신을 차릴 수밖에.

"대군."

"……."

"운영이옵니다."

걸음을 조금 옮기자 침대 끝에 걸터앉아 있는 현의 모습이 보였다. 불 꺼진 방 안의 어둠 때문에 그의 안색을 살필 수가 없었다. 뭔가 알 수 없는 불안감이 솟아올랐지만, 운영은 다가서는 걸음을 멈추지 않았다.

"불을 켜도 되겠습니까?"

역시나 현은 아무 말도 하지 않았다. 그가 불을 켜는 것을 싫어한다고 생각한 운영은 잠시 머뭇거렸다. 운영은 협탁 위에 놓인 작은 향초에 의지해서 겨우 어둠을 몰아냈다. 그의 곁에 다가선 운영은 촛불의 빛 너머로 현의 안색을 살폈다. 묻는 말이 전부 조심스러웠다.

"새 당의를 가져왔습니다. 종묘제례 행사 때까지 맞추지 못하면 어찌하나 걱정했는데…… 다행히 작업이 제시간에 끝났습니다.”

일부러 크게 조잘거리면서 말을 붙였음에도 그는 답이 없었다. 마치 이곳에 운영이 없는 것처럼 그녀를 무시하는 행동이었다. 그것이 불쾌하기는커녕 역시 걱정스럽다.

“지금 입어보시겠습니까?”

어둠 속에서 어렴풋이 주먹을 움켜쥐는 움직임이 느껴졌다. 힐긋거리면서 현의 상태를 살피던 그때였다. 상처 입은 남자의 오른손이 그녀의 눈에 담기는 순간 입을 틀어막았다. 손에서 놓친 당의가 바닥으로 떨어졌지만 줍지도 못했다. 하마터면 소리를 지를 뻔했던 엄청난 상처였기에. 그를 바라보는 시선을 고정한 채 얼른 침대 밑에 손을 뻗었다. 언제나 같은 자리에 놓아두는 구급통을 재빨리 집어 들어서 그 안에 있는 약품들을 촤르륵 쏟아냈다. 마음이 다급해져서 정돈된 행동을 보일 수가 없었다. 소독약을 집어 드는 손이 덜덜 떨렸다.

“우선 소독부터 할 터이니 제게 손을 보여주십시오.”

“가.”

그녀가 방에 들어온 지 15분 만에 깨진 침묵이었다. 현은 그녀에게 시선을 주지 않은 채 침대에서 몸을 일으켰다. 운영은 잠자코 그의 행동을 지켜보면서 이어질 말을 기다렸다. 우뚝 멈춰 선 현은 그녀를 돌아보지 않은 채 깊은 숨을 내쉬었다.

“나가. 귀찮으니까.”

생각지 못한 날카로운 목소리였다, 그럼에도 운영은 딱히 상처

받지 않았다. 그저 빨리 대군의 손을 치료하고 싶다는 생각뿐이었다.

"상처가 심합니다."

꽉 다물어진 입 안으로 이가 갈린다. 도무지 말을 듣지 않는 여자 때문에 골이 깨지는 기분이었다. 내 세상을 산산이 조각낸 주제에 도대체 누가 누구를 걱정한단 말인가. 목을 틀어쥐고 잔뜩 흔들어도 풀리지 않을 분이 좀처럼 사그라지지 않고 있는 상태였다. 지금 운영의 눈을 마주 보면 제 스스로도 무슨 짓을 할지 예측 불가였다. 그래서 저 여자를 똑바로 보지 않으려 했던 건데 그녀는 자꾸 알짱거리면서 그의 신경을 자극했다.

"지금 처치를 하지 않으면 흉이 질 수도 있습니다."

운영은 물러서지 않았다. 그녀는 소독약을 다시 집어든 뒤 눈에 힘을 주었다.

"치료하겠습니다."

운영이 그의 상처 난 손을 붙잡던 그때였다. 그 손을 뿌리치고 여린 손목을 움켜쥐는 현의 눈에서는 푸른 노기가 스쳐 지났다.

"대군."

하얀 살결이 남자의 힘으로 금세 붉어졌다. 놀람과 아픔 때문에 커진 눈망울이 물결처럼 흔들리는 순간, 촛불의 미약한 불빛 너머로도 그녀의 두려움이 충분히 느껴졌다. 그래서 안타깝지만 위로하지 않는다. 네 안에 서린 두려움은 내가 만든 것이 아니라, 스스로 얻은 거라고 다그치면서.

"그러니까…… 나가라고 했…… 잖아."

목 안을 긁고 나온 소리가 잠겨 들었고 몸이 반응하기 시작했다. 독기에 휩싸인 것처럼 세상의 풍경이 어지럽게 흔들리고 있었다. 약에 취한 것처럼 모든 것이 희미해지는데도 단 하나가 선명하다. 그것은 유영의 곧은 눈동자, 그 속에 서린 여인의 모습. 그는 악을 쓰며 거부한다.

"왜…… 말을 안 들어 처먹는데."

잇새로 내뱉어지는 말의 마디마디가 칼끝처럼 뾰족했다. 두려움의 실체가 어둠 속에서 스산한 기운을 몰고 왔다. 그 속에 홀로 던져진 애처로운 여인. 분명히 미워서 미칠 것 같은데 하얀 목에서 뛰는 맥박조차 가엽다 느껴진다. 이렇게 연약한 주제에 도대체 무엇을 위하여 겁을 상실하고 이토록 무모한 짓을 벌인단 말인가? 가만히 있으면 알아서 지켜줄 텐데…… 내가 사랑하는데…… 어째서…….

"대군. 손을……."

겁에 질린 운영은 그의 손을 비틀어 빼내려고 했지만 그녀의 미약한 거부는 겨우 움켜잡았던 끈 하나를 잘라냈다. 거칠게 이끌어서 그대로 넘어뜨렸다. 놀란 여인은 본능적으로 몸을 일으켰지만 소용없는 일, 현은 그녀의 어깨를 붙잡아서 단단히 내리눌렀다. 마치 나를 보라는 듯한 가혹한 시선 속에서 그가 울고 있는 것처럼 느껴지는 건 왜일까. 그 눈을 보고 있으면 속이 발가벗겨지는 것만 같아서 마주 보기도 힘들었다. 순간의 두려움으로 고개를 옆으로 틀었던 것이 여인의 가장 큰 실수. 펄떡거리는 그 모습조차 애처로운 목덜미에 남아 있는 붉은 기운이 현의 눈에 스미는 순간 독이 퍼진다. 몰래 꽃피웠던 금단의 꽃, 그 증거를 광기에 휩싸인 남자한테 고스란히 들켜 버렸다. 크게 떠졌던 남자의 눈이 서서히 제자리로 돌아오는 순간 눈의 열기가 식었다. 그것은 불꽃보다 강렬한 살기.

"애송이 주제에……."

그의 엄격한 시선 아래에 갇힌 여자는 서서히 몸이 차가워졌다.

"같잖은…… 장난질을 할 거면……."

이가 갈린다. 마침내 제 것을 빼앗겼음을 확인한 상실감은 분노로 채워졌고, 위태로운 남자는 제 안의 모든 악을 끌어냈다.

"들키지…… 말았어야지……."

차라리 지금 이 순간에 저 목덜미에 손톱을 박으면, 그래서 숨을 끊어 놓으면 영원히 저 소녀를 가질 수도 있지 않을까…… 미친 광기가 피어오른다. 그 순간에 운영은 어떤 예감에 소름이 돋았다. 하지만 도망칠 수 없었다. 그것은 예견된 파멸.

의식으로 통제할 수 없는 손이 헐떡이는 목으로 뻗어졌다. 그대로 잡아 쥐는 것은 순간이었는데 드문드문 끊어지는 신경 사나운 흐느낌이 귓속을 파고들었다. 잠시 멈칫했던 순간에 손끝으로 물이 스민다. 그것은 언제나 그를 미치게 하는 영롱한 구슬. 그 위에 겹쳐지는 붉은 피는 현의 것이었다. 제대로 굳지 못하고 살갗이 터진 손에서 떨어져 내린 피가 운영의 목덜미를 타고 흐르는 순간…… 의식을 놓는다. 무의식의 계단을 단번에 뛰어 내려가는 걸음조차 너무 느려서 그대로 몸을 던진다.

리비도의 세계로 추락하는 금빛 날개가 바람을 맞아 잔뜩 찢기고 뽑혀서 사방에 흩어졌다. 배려가 없는 뜨거운 혀가 입술 사이를 거칠게 가르고 들어가던 순간의 느낌은 아찔함 그리고 묘한 불쾌함. 살덩어리가 섞이는 그 순간의 짜릿함에 취할 수 없는 건 숨이 끊어지는 것처럼 버둥거리는 여체의 잔인한 몸짓 때문이었다. 그럼에도 현은 멈추지 않고 제 것임을 확인한다. 잠시 벌어졌던 틈, 그녀가 그의 가슴팍을 밀어내고 몸을 일으켰지만, 또다시 붙잡혀 침대 위로 넘어갔다. 반드시 제 몸을 지키겠다는 듯 다부지게 가슴팍을 가리고 있는 여인의 작은 손조차 남자의 신경을 자극했다.

"놓아주십시오."

"······."

"제발······."

애타는 요구와 달리 남자의 손끝은 힘이 실려서 더욱 하얗게 질려 갔다. 유영, 그 녀석 앞에서도 이렇게 단단했을까? 그 생각만으로도 욕지기가 치밀어 오르듯이 메스껍다. 그가 애써 지켜온 순결한 여인이 다른 이에 의해 티가 묻었다는 생각은 차마 떠올리고 싶지도 않았다.

"정도껏 까불어."

현의 안에 고여 있던 독기가 여인의 입으로 흘러든다.

"오냐오냐 예쁘다고 웃어줬더니······ 분수를 몰라 지나쳐."

여전한 본심을 숨긴 채 여인의 상처 입은 영혼을 난도질했다. 그것이 그녀의 배신에 대한 대가였고 제 아픈 마음을 이길 수 있는 유일한 힘이었다.

"객기를 부리는 것도…… 정도를 지킬 줄 알아야지."

잔인하게 웃는 남자는 거칠게 손을 뻗어서 곱게 묶인 머리를 쓸어내렸다.

"그게, 을의 본분이고……."

비해당 궁녀의 상징인 개나리빛 댕기가 바닥으로 떨어지는 순간, 운영의 마음도 부서져 내렸다.

"네 삶이야."

잔인한 입술의 움직임을 좇고 있자니 그의 입에서 붉은 피가 고여 흐르는 것만 같았다. 그 환영 속에서 헤어나지 못하는 순간에 운영은 정작 현의 손에서 흘러내리는 피를 눈치채지 못했다. 그것이 이 순간을 버티고 있는 남자의 마음이었는데도 말이다. 그저, 잔인한 말로 자신을 가지려고 하는 그의 마음을 확인하고 싶다는 약한 생각만이 가득했다. 운영은 뿌옇게 흐려진 시선을 깜박이면서 겨우 눈에 힘을 주었다.

"그림자의 여인."

왕자와 소녀 사이를 연결하는 금단의 단어, 그것은 결코 입 밖으로 터뜨릴 수 없었던 말. 그것이 운영에게서 뱉어지는 순간 현은 생의 끝자락이 다가온 듯 절박해졌다. 그리고 간절히 바랐다. 나를 떠나지 말아 달라고.

"대군께서 원하신다면……."

작은 입술의 움직임을 좇아가는 현의 눈이 불안하게 흔들렸다.

"그리 살 수도 있겠지요. 하나, 그리하면⋯⋯."

치밀어 오르는 감정을 누르기 위해서 잠시 말을 멈추었다. 잠깐의 침묵 속에서 마주친 시선 너머로 서로의 눈시울이 붉어졌다. 현은 시선을 비틀어서 운영을 마주 보지 않았다. 그저 맑고 예쁘기만 하면 되는 여인의 눈인데, 그는 그런 상냥한 눈을 좋아했는데 전부 망가뜨렸다. 두려움과 원망이라는 단어가 자신과 여자 사이에 놓이는 순간을 인정하고 나면 숨이 막힌다. 그래서 모든 것을 멈추고 덮고자 마음먹었는데⋯⋯.

"온전히 저를 가지실 수 있겠습니까."

모든 것을 내려놓은 듯한 초연함은 어딘가에서 본 듯했기에 속이 뒤틀리고 손끝에 떨림이 번져 올랐다. 마침내 그녀의 얼굴 위로 유영의 잔잔한 미소가 환영처럼 겹쳐지는 순간 그의 눈이 다시 가혹해졌다.

"그걸 묻고자 하는 너의 태도가 바로⋯⋯."

숨이 끊어지지 않은 먹이를 앞에 두고서 조금씩 할퀴면서 즐기는 듯한 비릿한 시선이었다.

"객기야."

"⋯⋯."

"그러니, 건방떨지 말고⋯⋯."

하면 할수록 거친 말들이 쏟아졌다. 그 모든 것이 스친 자리마다 상처가 남는 것은 운영도, 현도 마찬가지였다.

"눈을 감아."

"⋯⋯."

"애쓰지 말고 얌전히."

몸을 지키기에는 너무도 무력한 천 조각이 떨어져 내리는 순간에 떨리는 몸은 설렘이 아니라 서러움의 진동이었다. 커다란 그림자 아래에서 몸이 눌리고 입술이 벌어진다. 발가벗겨지는 모든 순간마다 운영은 서러운 두 눈에 힘을 주었다. 그리고 똑바로 마주했다. 그의 눈을, 그 속에 담긴 의미를 찾아내기 위해서. 도대체 무엇 때문에 나를 원하느냐고, 어째서 그리도 아픈 얼굴이냐고, 간절히 답을 구했다. 하지만 현은 그때마다 시선을 비틀어서 운영을 바로 보지 않았다. 이유도 알 수 없는 독한 말을 던지는 순간에도 탐하는 손길은 너무도 다정해서, 몸에 닿는 체온이 너무도 따뜻해서…… 약에 취한 듯이 눈앞이 흐려졌다.

어쩌면 꿈일지도 모르리라, 너무도 생생하여 믿지 못할 일이라면 차라리 환상이라 생각해 버리는 게 편했다. 그렇다면 현실에서 품을 수 없었던 저 높은 곳의 남자를 한 번쯤은 마음껏 껴안아 봐도 되지 않을까? 운영은 흐릿한 의식 너머로 어른거리는 검은 그림자에 손을 뻗었다.

그녀의 하얀 손이 자신을 향하고, 마침내 체념한 듯이 안겨오는 순간에 현은 아무것도 할 수 없었다. 떨리는 어깨, 오르내리는 가슴의 굴곡, 선이 고운 허리…… 그 모든 곳에 자신이 만든 붉은 흔적이 또렷이 새겨져 있는데도 신기하리만큼 색욕이 식어 간다.

"이건…… 아니지."

보고 싶은 얼굴을 바로 보지 못했던 이유는 그의 허탈한 숨소리 때문이었다.

"이 따위로 아무렇지 않으면 안 되는 거지."

답할 수 없었던 건 입 안에 고인 울음 때문이었다.

"뭐가 이렇게 쉬운데."

이해할 수 없는 말을 되물을 수 없었던 건 뺨 위로 눈물이, 그녀의 것이 아닌 그의 눈물이 스며들었기 때문이었다.

"너는……."

모든 상처가 또렷해진다. 현의 붉어진 눈시울을 마주하는 그 순간에 찢어진 날개가 운영의 가슴 위로 추락했다. 그대로 콱 쑤셔 박혀서 갈고리처럼 날을 세웠고 어디 한번 버텨보라는 듯 아프게 휘갈겼다.

"어려웠어야지."

"……."

"너랑, 나는……."

운영은 저도 모르게 이끌리듯 남자의 젖은 눈가로 손을 뻗었다. 여인의 차가운 손이 눈에 닿는 순간 현은 눈앞이 아찔하여 그 작은 손을 거칠게 쳐냈다. 나신의 여체가 눈에 담기는 순간 현기증이 이는 것처럼 눈앞이 아찔했다. 그대로 침대 위에서 몸을 일으킨 그는 여자의 벗은 몸 위로 얇은 이불을 내던졌다. 아주 무심한 몸짓이었지만 그가 마지막으로 보여줄 수 있는 최선의 배려였다. 현은 주먹을 꽉 틀어쥐었다.

"널, 이렇게 만든 게……."

손톱이 파고들어서 생채기를 내도 통증이 느껴지지 않는다.

"김유영."

그의 입에서 힘겹게 내뱉어진 세 음절의 조합을 겨우 깨달았을 때 운영은 끝을 직감할 수 있었다. 이불을 끌어안은 손끝의 아릿함은 심장의 욱신거림을 이기지 못했다. 이제야, 현의 아픔이 바로 보이기 시작했다. 끝내 자신을 안지 못한 남자의 찢어지는 고통을 마주한다. 꽉 깨문 입술의 틈 사이로 쓰디쓴 액체가 스며들었다. 멍하니 하늘을 올려다보고자 했는데 꽉 막힌 벽이 이를 가로막았다. 자비를 청하지 말라는 듯 굳건한 그 자태를 바라보면서 희한하게도 원망스러운 마음이 들지 않았다. 어차피, 천상의 선녀는 죄를 얻어 인간 세상으로 유배되었으니까. 그러니 결코 그 보살핌을 청할 수 없다는 것쯤은 너무도 잘 알고 있는데, 그래서 언제나 운이 없다는 것도 별로 놀랍지 않은데…… 간절히 청하고 싶은 하나의 소원이 입 안에 맴돈다. 부디, 저 남자의 아픔을 오롯이 내게 달라고.

"착한 아이라고 방심했더니, 제법이던데."

"……."

"여우 새끼한테 홀려서 한 일탈치고는……."

"……."

"꽤나 귀찮고 성가셔."

속이 욱신거렸음에도 사악하게 웃었다. 그것은 제 자신에 대한 조소였다. 가장 치졸하고 잔인한 방법으로 여인을 붙들고 있음을 안다. 스스로에게 감히 그럴 자격이 있느냐고 되물었지만 답은 하나다. 지금 이 여인을 놓칠 수가 없다는 것. 제 안의 모든 이기심을 끌어 모아 운영을 주저앉힌다고 해도 애달픈 죄의식조차 느끼고 싶지 않았다. 그만큼 절실했다. 저 여자가.

"얌전히 살아. 아무 일도 없었던 것처럼 웃어줄 테니까."

애처롭게 흔들리는 몸짓을 바라보는 현의 눈도 텅 비어 있었다. 그것은 눈에 담긴 피사체로도 채워지지 않는 허전함을 보여주었다. 그 결핍된 마음의 근원은 갈증이었다. 여인에 대한 사랑으로 넘치듯 찰랑이던 마음이었는데, 한순간에 썰물처럼 빠져나가서 텅 비었다. 그것은 결코 자신이 원했던 것이 아니었기에 이 순간의 허전함을 인정할 수 없다. 텅 빈 자리에는 독이 쌓인다.

"한 번만 더…… 하지 말라는 짓을 하면, 너는 이제껏 본 적 없는 세상을 보게 될 거야."

눈에 담기는 영상이 분명히 있는데도 텅 빈 느낌이었다. 그것의 근원은 결핍된 마음의 갈증 그리고 희미하게 사라지는 소녀의 실루엣에 대한 죄책감이었다.

"그래도 말을 듣지 않으면……."

서러움으로 물든 아픈 눈동자를 외면한다.

"너를 가진 그자도…… 너도, 죽어."

모든 이기심을 끌어모은 힘에 기대어 겨우 돌아설 수 있었다. 쾅 소리와 함께 닫힌 문 뒤로 남겨진 운영은 마침내 혼자가 되었을 때 참았던 모든 것을 터뜨렸다. 그 가냘픈 목소리에 현은 머리가 지끈거려서 몸이 휘청거렸다. 그녀에게 닿았던 모든 몸의 마디마디가 산산이 조각나는 것만 같았다. 꽉 틀어쥔 주먹에서 떨어지는 핏방울이 그대로 하얀 바닥을 얼룩지게 하였다. 방치된 상처, 홍 내관은 이를 심란하게 바라보면서도 그에게 다가설 수 없었다. 눈이 붉어진 남자는 그대로 제 피를 짓밟으면서 돌아섰기에.

그날 밤, 운영은 서궁으로 돌아갈 수 없었고 그 다음 날에는 그녀가 대군의 여인이 되었다는 소문이 파다하게 퍼졌다. 이상하리만큼 홍 내관은 그 소문을 거두어들이지 않았다. 일부러 알아서 퍼지라고 두고 보는 듯이.

"또 비야? 지겹네."

"그러게. 장마인가?"

비해당의 궁녀들은 작은 소반에 담긴 음식들을 분주히 나르면서 조잘거렸다. 저녁 식사 시간이었지만 운영은 제 할 일을 조용히 마친 뒤 그대로 물러났다.

"운영이는? 밥 안 먹는대?"

"응. 그냥 놔둬."

"얼굴이 점점 안 좋아지네."

"그 소문 때문이잖아. 보름날 밤에……."

모두의 시선이 금기어를 꺼낸 여인의 입에 집중되었다. 그게 뭐? 대수롭지 않다는 듯 얄밉게 웃는 궁녀가 바로 자란이었다. 소옥은 밥을 퍼 담던 동작을 멈춘 채 헛구역질을 했다. 먹은 것도 없이 속이 얹히는 기분이었다. 눈을 치뜨면서 자란을 흘겨봤지만 그녀는 또 약 올리듯이 싱긋 웃을 뿐이었다.

"도대체 무슨 일이래?"

"모르지. 운영이 상태로 봐서는 뭔가 있지 싶기도 한데……."

"딱히 이상한 노릇도 아니지. 그냥 때가 된 거야."

이야기의 중심에 서서 계속하여 궁녀들을 부채질하는 것은 자란이었다. 그녀는 운영의 빈자리를 바라보면서 눈을 흘겼다. 어느새 궁녀들은 밥을 먹는 것도 잊은 채 한곳에 모여 앉아서 조잘거리기 시작했다. 그 신경 사나운 소음에 소옥의 얼굴은 점점 더 굳어졌다.

"대군의 후처……."

"우와, 부럽다."

"내 말이! 그러니까, 그게 사실이라면 도대체 왜 저렇게 식음을 전폐하고 있는 거냐고."

"맞아. 나 같으면 대군에게 안겼다는 사실만으로도 웃다 지쳐서 잠들 텐데. 완전히 팔자 피는 거잖아. 꽃가마를 탄 거지."

'꽃가마 좋아하네. 놀고들 있어. 진짜…….'

소옥은 이 대화에 끼지 않기 위해 먹기 싫은 밥을 부지런히 입에 쑤셔 넣었다. 저들끼리 아무리 조잘거려 봐야 나오는 답도 없건만 지치지도 않고 입들을 놀리는 게 벌써 일주일째였다. 모두가 저를 향해서 한마디씩 주절대는 것을 알고 있었지만 운영은 귀를 닫고 입을 열지 않았다. 그저 되도록 소란함이 들리지 않는 곳을 찾아서 휘적거리는 걸음을 옮길 뿐이었다.

"소옥아. 넌 뭐 알지?

역시나 이 대화의 끝은 언제나 소옥이다. 모두의 뜨거운 시선을 받아내면서 그녀는 긴 한숨을 내쉬었다. 운영의 파리한 모습을 지켜보면서 아무것도 해줄 수 없었기에 소옥은 제 자신의 무력함을 탓했다. 그런데 이 철부지 궁녀들은 친구의 아픔이 보이지 않는 듯 제 궁금증만을 해결하고자 안달이 나 있었다. 그게 못마땅해서 심술이 들어찬 볼이 툭 불거졌다.

　"최소옥. 넌 다 알면서 말 안 하는 거지? 비밀 유지 대가로 뭐라도 받았어?"

　자란은 불퉁한 시선을 감추지 않았다. 턱을 치켜들면서 입을 삐죽이는 모양새에 시선이 닿는 순간 한 대 치고 싶은 충동을 겨우 눌렀다.

　"말 가려 해라."

　소옥은 눈을 부라리면서 젓가락을 꽉 움켜잡았다.

　"그러지 말고 소옥아, 네가 우리 중에 운영이랑 제일 가깝잖아. 어떻게 된 일이래?"

　"이러다가 정말 첩지라도 내리는 거 아냐?"

　"조선시대냐! 첩지는 무슨…… 그냥, 세컨드지."

　"아우, 진짜 뭐냐고! 최소옥. 말 좀 해봐."

　"모른다고 했잖아! 나도 모른다고!"

　한계에 달한 그녀는 젓가락을 바닥으로 집어 던지면서 벌떡 일어났다. 그 순간에는 상석에 앉아 있던 최 상궁의 존재감도 전부 잊었다.

　"너희들이 정말 친구니? 해도 너무한다는 생각 안 들어?"

"소옥아, 우리는……."

"정말 지친다. 저 계집애 넋 놓고 살아. 곧 죽을 작정인 것처럼 모든 걸 거부한다고. 그런 걸 눈앞에서 보면서도…… 뭐가 더 알고 싶은데? 너희한테는 홍운영이…… 그저 가십거리니? 그러고도 동기야! 이 싸가지 없는 것들아!"

'싸가지'라는 단어를 힘주어 뱉으면서 소옥은 자란을 노려봤다. 원색적이고 날카로운 외침 덕분에 시끄러운 소음이 일순간에 정지되었고 싸늘한 기류가 감돌았다. 제 화를 주체 못 하고 씩씩거리던 소옥이 겨우 정신을 차렸을 때에는 유독 한 여인의 서늘한 눈매를 마주 봐야 했지만 그녀는 부릅뜬 눈의 힘을 풀지 않았다.

"최소옥."

최 상궁을 향해 선 소옥은 목에 힘을 준 채 도리어 고개를 쳐들었다. 불손한 몸가짐을 보였다고 혼이 날 것이 뻔했지만 상관없었다. 차라리 종아리를 맞은 핑계로 엉엉 울고 싶은 심정이었으니까.

"앉아."

"싫습니다."

"최소옥!"

"보시지 않았습니까. 저들의 얄팍함을…… 그런데 어찌…… 저를 나쁘다…… 혼을 내시는 겁니까. 어째서……."

말끝에 서린 눈물 때문에 자꾸만 말이 끊어졌다. 최 상궁은 큰 한숨과 함께 몸을 일으켜서 소옥의 머리를 쓰다듬었다. 제 분을 참지 못해서 부들부들 떠는 모양새가 딱하게 느껴졌다.

"소옥아……. 저 아이들도 운영이를 생각하는 마음은 같다. 다만 표현의 방법이 다를 뿐이야."

"아니요. 마마님이 틀리셨습니다."

"……."

"저는 마마님도 홍 내관 나리도 전부 다 싫습니다. 무엇 때문에 운영이만……."

차마 말을 이을 수가 없어서 입술을 꽉 깨물었다. 붉어진 눈시울에 힘을 준 채 끝내 울음도 삼켜냈다. 꼴 보기 싫은 이들 앞에서 흘리는 눈물은 의미가 없으니까.

팽하니 돌아선 소옥의 뒷모습을 바라보는 최 상궁의 눈도 이미 붉어져 있었다. 소옥이 전하는 말의 의미를 안다. 운영을 위한다면 그날 밤의 사건에 대해서 모든 것을 덮어야 했다. 그것은 여느 때의 관례였다면 숟가락을 뒤집는 것처럼 쉬운 일이었지만 최 상궁과 홍 내관은 퍼지는 소문을 거둘 수 없었다. 그것은 현의 뜻이었다. 운영이 제 여인이라는 낙인을 선명하게 드러내는 것. 절대적인 갑의 위치에 있는 대군의 뜻을 따라야 했다. 물론 좀 더 마음을 낸다면 충분히 그에게 반하는 뜻을 관철시킬 수도 있었지만 묵묵히 현의 뜻을 따른 것은 운영에 대한 남자의 진심을 알고 있기 때문이다. 그렇기에 동조한 일이었지만 속이 편할 리는 없었다. 무방비로 난도질당하는 운영의 다친 영혼을 치유해 줄 방법이 없었기에. 그리고 그 책임에서 자신도 자유로울 수 없다는 죄책감에 시달렸다.

"듣거라."

소옥이 한바탕 난리를 친 통에 저마다 입을 삐죽이면서 골이 난 모양새가 꽤나 신경을 자극하고 있었다.

"퇴궁한 이들 때문에 속이 허한 듯이 보여 이리저리 눈감아주 었더니, 내가 너희를 너무 곱게 풀어주었던 모양이구나. 파적거 리로 입을 놀리면서 시간을 소비할 만큼 그리도 한가한 것이냐?"

최 상궁은 서늘한 눈매로 궁녀들을 주시했다. 그녀가 소맷단 을 접으면서 말을 잇는 것은 무척이나 화가 났음을 뜻하는 행동 이었기에 모두 입을 닫고 눈을 내리깔았다. 저 손이 회초리를 찾 으면 이미 늦었다.

"보지 말고 듣지 말라 하였거늘 어찌들 그리 물색없이 떠들어 대. 추측과 심증만으로 지저귀는 모든 소문 때문에 너희의 소중 한 벗이 상처 입고 있음을 진정으로 모르느냐."

모두 최 상궁의 곧은 시선을 마주 보지 못한 채 고개를 푹 숙 였다.

"주변을 보거라. 열에서 여덟으로…… 빈자리가 여전하지 않느 냐. 그런데도 어찌 너희는 가진 인연의 소중함을 모른 채 아픔을 제대로 보지 못하느냐."

특별히 목소리를 높이고 인상을 쓰지 않아도 말이 전해주는 무게감이 상당했다. 언제나 이성적이고 조금은 냉정한 감정 표현 으로 궁녀들을 옭아매는 최 상궁이었다. 하지만 이번에는 불편 한 심사를 감추지 않고 노출했다. 사실 그간 이들이 보여준 행동 이 마땅치 않았던 것은 최 상궁도 마찬가지였다. 그녀는 자신이 소중하게 여기는 비해당 궁녀들이 생각을 한데 모으지 못한 채 흩어지는 모습이 불안했고 속이 상했다. 그녀의 품 안에서 곱게 품었던 아기새들이 서로를 부리로 쪼면서 아프게 하는 것처럼 느껴졌기에.

"어찌 너희는 항상 잃어버린 뒤에야 소중함을 아는 것이냐. 어리석게도……."

날이 선 훈계를 뒤로한 채 최 상궁이 몸을 일으켰다. 그녀가 떠난 자리에 남겨진 궁녀들은 모두가 쉽사리 입을 떼지 못한 채 눈만 굴렸다. 어디선가 '우리가 너무했어'라는 한탄이 섞여 나오는 순간 자란은 입술을 비틀면서 눈을 흘겼다. 끊임없이 보름날 밤의 진실을 확인하고 싶었던 이유는 그것이 진실이 아니라고 믿고 싶었기 때문이다. 대군의 침대에 누워 있는 운영의 여린 몸뚱이를 생각만 해도 욕지기가 치밀었으니까. 시계를 바라보던 자란은 야릇한 웃음과 함께 조용히 자리에서 일어났다. 그녀가 은밀히 향하는 곳은 소해궁의 처소였다. 이미 여러 번 마주했기에 일면식이 있는 지밀나인이 눈짓을 했다. 문을 여는 순간 소해궁이 바로 보였다. 그녀는 고상한 몸짓으로 화초에 물을 주고 있었다.

"자란이라고 하였느냐."

"예, 마마님."

시선이 마주치는 순간 저절로 소름이 돋아서 움찔했다. 그 우아하고 기품 있는 실루엣은 아름답지만 차갑고 서늘한 느낌이었다. 존재만으로도 주변을 압도하는 기가 느껴졌다.

"약속한 것을 가져왔느냐."

자란은 얼른 소맷단에서 작은 봉투를 꺼냈다. 이를 받아든 소해궁은 입꼬리를 올리면서 자란의 두 눈을 마주봤다. 순간 움찔한 자란은 얼른 눈을 내리깔았다.

"지난번처럼 미적지근한 상태면 곤란하다."

"이, 이번에는 명확한 증좌가 될 것입니다."

소해궁의 눈에서 독살스러운 기운이 뻗어 나갔다. 자란이 건넨 물건에는 김유영과 홍운영이 함께 있는 사진이 담겨 있었다. 소해궁은 운영의 행동을 감시하도록 비해당 궁녀 가운데 사람을 매수하고자 했는데 뜻밖에도 알아서 먼저 찾아온 것은 자란이었다. 언제나 운영에게 날을 세우고 있기에 그녀에 관해서 만큼은 유달리 촉이 좋은 자란이었다. 그녀는 문학 답사 날을 기점으로 하여 일찌감치 홍운영과 김유영 사이를 눈치채고 있었다. 몰래 운영에게 따라붙어서 찍은 사진들을 소해궁에게 건넸고 그 대가로 금품을 받았다. 꼴 보기 싫은 홍운영을 제거하는 동시에 재물까지 챙긴다는 것은 자란에게 일거양득이었다. 자란과 소해궁은 서로 증오하는 대상이 같았으니 손발이 착착 들어맞았다.

"김유영과 홍운영이라……."

자란이 건넨 물건에 꽤나 만족한 소해궁은 느릿한 손짓으로 제 입술을 매만졌다. 마치 먹잇감을 앞두고 간을 보는 듯한 입술의 움직임은 보고 있는 것만으로도 현기증이 났다.

"제 발로 죽어주겠다니…… 맹랑한 계집이 꽤나 마음에 드는 짓을 하는구나."

운영이 대군의 침소에서 하룻밤을 보냈다는 얘기에 소해궁은 몹시도 분개했었다. 그야말로 제 안의 화를 주체하지 못하여 미처 날뛰었다. 소해궁은 현을 빼앗길 것이라는 불안감을 다스릴 수가 없었다. 현 시점에서 왕족의 일부다처제는 법률적으로 허용되지 않았지만, 그에 대한 도의적인 문제를 제기할 수 있는 이는 아무도 없었다. 후처를 두고 그에게서 자식을 얻는 것은 왕실의 전통이라는 미명하에 공공연하게 자행되고 있는 악습이기도 했다. 그리고 후처의 자식은 정실의 밑에서 키워지게 된다. 운영이 대군의 여자라는 사실이 공표되면 그야말로 소해궁은 낙동강 오리알 신세가 될 것이 뻔했다. 종친회에서도 그들이 쇼윈도 부부라는 소문이 퍼져가고 있는 마당에 운영이 덜컥 현의 아이라도 갖게 되는 날에는 돌이킬 수 없는 일이 될 터였다. 그 아이가 제 밑으로 들어와 '어머니'라고 부르는 상상만으로도 살기가 피어났다.

"한 상궁."

소해궁이 손짓하는 의미를 알아차린 한 상궁은 자란에게 작은 상자를 하나 건넸다. 그 안에는 오만 원 권 지폐가 가득 들어 있었다. 자란의 얼굴에는 참지 못한 웃음꽃이 피었다. 터져 나오는 웃음을 삼키기 위해 안간힘을 쓰는 꼴은 도리어 우스꽝스럽게 보이기까지 했다.

"따라 붙은 이가 있더냐?"

"없었습니다."

서늘한 목소리에 곧장 웃음이 걷혔다. 자란은 얼른 예를 갖추면서 고개를 숙였다.

"지우거라. 이곳에서 있었던 모든 일을……."

기에 눌려서 숙여진 고개는 저절로 끄덕여진다.

"너는 본 것도 들은 것도 없다. 백자란이 이곳에 출입한 일은 애당초 없는 일이다."

"명심하겠습니다."

소해궁은 우아한 몸짓으로 자리에서 일어나 자란의 앞에 섰다. 가까워진 거리만큼이나 선명해진 그녀의 위협적인 존재감에 자란은 어깨가 움츠러들었다.

"혹여 사람들이 묻거든……."

소해궁이 차가운 손으로 볼을 쓰다듬는 순간 자란은 겁에 질려서 눈을 질끈 감았다.

"내가 네 수예품을 몹시도 마음에 들어 하여…… 너에게 자수를 배우고자 하였다. 그리 고하거라."

고귀한 마님은 벌벌 떠는 자란의 모양새가 우습다는 듯이 피식거렸다.

"자란아."

다정한 듯이 이름을 불러주는 목소리가 어둡고 차가웠다.

"네 입에서 내 이름이 나온다는 것은…… 네가 세상을 끝내고자 한다는 뜻으로 들을 것이다."

죽음을 예고하는 잔인한 속삭임을 내뱉으면서도 소해궁은 두 눈을 휘며 웃었다. 그녀는 타고난 배경이 주는 고상함, 격이 높은 미소를 지을 줄 아는 여자였다. 제 스스로의 위치를 지키기 위해서라면 거짓된 웃음조차 만들어낼 수 있을 만큼 독한 구석이 있었다. 그 사악한 미소 앞에서 자란은 혼을 빼앗긴 기분이었다.

"알겠느냐?"

목이 막혀서 대답 대신 고개만 끄덕였다. 이제야 실감이 난다. 눈앞에 있는 여자는 악독한 성질머리로 유명한 소해궁이었다.

"대군은 어디 계신가?"

"서재에 계신다 하옵니다."

"차비를 하게. 지금, 대군께 갈 것이야."

거울에 비친 제 모습을 바라보면서 소해궁은 아주 즐겁다는 듯이 입술을 말아 올렸다. 하얀 얼굴 덕분에 유달리 붉어 보이는 입술은 피를 취하는 것처럼 사악해 보였다. 그녀는 방금 전까지 정성스레 물을 주던 수선화의 꽃을 꺾어서 잔뜩 짓이겼다.

"이제 때가 됐구나."

자란은 눈을 치떴다. 그 느닷없는 잔인한 몸짓에 소해궁의 사람 어느 하나 놀라는 이가 없다는 것은 더욱 잔인하게 느껴졌다. 그제야 자신이 마녀의 손을 잡았음을 깨달았지만 너무 늦었다. 자란은 돌이킬 수 없는 일을 스스로 선택했고 그 대가를 받았음을 인정해야 했다.

"대군께서 아무도 들이지 말라 하셨습니다."

"그 '아무도'에 내가 포함된다는 뜻이냐."

"돌아가시지요."

소해궁의 독살스러운 눈빛 앞에서도 홍 내관은 딱히 쫄지 않았다. 소해궁에게 홍 내관은 꽤나 거치적거리고 귀찮은 존재다. 그녀는 홍 내관이 홍운영의 사촌 오라비라는 사실도 마땅치 않았고 무엇보다 저 단단한 자세와 고고한 눈빛이 마음에 들지 않았다. 밟아 뭉개고 싶은 간악함을 불러일으키는 것은 홍운영과 신기할 만큼 닮아 있었다.

"비켜."

"그리할 수 없습니다."

이렇다 할 표정 변화도 없이 제 뜻을 굽히지 않는 모습에 그야말로 심사가 뒤틀렸다. 괜히 애꿎은 지밀나인에게 눈을 흘기던 그녀는 홍 내관을 옆으로 밀친 뒤 문고리를 붙잡았다. 기어코 문을 열고 들어가려는 소해궁의 손목을 홍 내관이 망설이지 않고 붙잡았던 순간이었다.

"어디에 손을 대!"

날카로운 외침과 함께 홍 내관의 고개가 옆으로 틀어졌다. 그 자리에 있던 모두가 제 손으로 입을 틀어막았다. 홍 내관의 뺨을 내려친 소해궁은 씩씩거리면서 눈을 부라렸다. 허공에 뜬 손이 노기가 서려서 부들부들 떨렸다. 그 순간에 홍 내관은 조용히 욕을 삼켰다.

"같잖은 것이……."

훑어내리는 시선이 고약했다. 홍 내관은 끓어오르는 화를 다스리기 위해 이를 꽉 깨물었다. 아무리 싫어도, 무례하고 불손해도 소해궁은 대군의 본처였고 귀한 신분이었다. 그것은 지켜야 할 도리가 있음을 뜻했다. 결국 홍 내관은 소해궁에게 머리를 숙여야 했지만 '죄송하다'는 사과의 말은 끝내 전하지 않았다. 그건 또 어쩔 수 없는 자존심이었다. 사실 그에게 소해궁은 그다지 무서운 존재감을 주는 여자는 아니었다. 다만 계급과 신분의 차이 때문에 어쩔 수 없이 숙여주는 것뿐. 성의 없는 끄덕임, 그 의미 없는 몸짓의 의미를 알기에 소해궁은 다시 한 번 더 잔인한 손을 뻗어 올렸다.

"끝까지 건방을 떨어. 주제를 모르고!"

또 한 번 홍 내관을 향해 손이 움직이려던 순간 서재의 문이 벌컥 열렸다.

"뭐가 이리도 소란해."

문틈으로 얼굴을 드러낸 것은 현이었다.

"대군."

소해궁은 반가운 듯이 웃었지만 현은 아니었다. 문밖에서 전해지는 시끄러운 소음을 고스란히 듣고 있었기에 그의 미간에는 이미 잔뜩 주름이 잡혀 있었다. 그의 차가운 시선이 소해궁과 뻗어 올라간 그녀의 손을 번갈아 향했다. 그녀는 아무 잘못 없다는 듯 고개를 쳐들면서 허공에 뜬 손을 거두어들였다. 겁먹은 채 떨고 있는 궁녀들을 지나쳐서 홍 내관의 붉어진 볼에 시선이 닿는 순간 현은 눈앞이 아찔했다. 튀어나오는 욕을 삼킨 채 겨우 건넨 한마디는…….

"등장이 요란하십니다."

들어오라는 듯 등을 보이고 서재로 들어서는 남자를 따라 나서면서 소해궁은 거친 호흡을 다스렸다. 문이 닫히는 순간 홍 내관은 그제야 뜨거운 숨을 토해내면서 넥타이를 풀어헤쳤다.

"더러워서 못해 먹겠네. 제길!"

그 답답한 속내는 현도 마찬가지였다. 뒤따라 들어오는 여인의 시끄러운 존재감이 마땅치 않아서 이마에 힘줄이 돋았다. 다시 자리에 앉은 현은 보던 책을 다시 집어 들었고 페이지에 시선을 고정했다. 마음 같아서는 홍 내관에게 손찌검한 것에 대한 책임을 묻고 싶은데 그랬다가는 저 더러운 성질머리를 더욱 자극할 것이 뻔했다.

"아무도 들이지 말라 한 것은 나의 지시였습니다."

현은 소해궁에게 눈길 한 번 주지 않은 채 말을 이었다. 소해궁은 자신이 언제 그렇게 표독스러웠냐는 듯 얌전한 몸짓으로 현의 앞에 섰다.

"내 지금껏 왕의 내관에게 손을 대는 처가 있다는 얘기를 들어 본 적이 없습니다만……."

"저자가 답답히도 말을 듣지 않아……."

"아, 나는 왕도 아니고, 지금은 조선시대도 아니니…… 그리해도 된다 여기신 모양입니다."

진한 검은 눈동자 속에 담긴 적개심을 숨기지 않았다. 마주친 시선 속에서 전해지는 그의 힐난에 소해궁은 마음이 토라졌다. 예상은 했지만 역시 싫다. 저 남자가 보여주는 한결같은 서늘함이. 그리고 갖고 싶다. 모두가 경탄하는 그의 다정함을.

"급한 용무가 있었습니다."

"그러셨겠지요."

"궁금하지 않으십니까."

"그다지."

그의 무심한 말투에 자극을 받은 소해궁은 입술을 꽉 깨물었다. 그의 손끝에서 책장이 넘어가는 소리만이 규칙적으로 들릴 뿐 현은 그녀에게 차 한 잔조차 권하지 않았다.

"제 앞으로 선물이 하나 왔습니다. 분명히 흥미가 동하실 겁니다."

소해궁은 야릇한 미소와 함께 그의 책상 위에 사진을 쏟아 냈다. 홍운영과 김유영이 찍힌 그것이었다. 무심결에 스치듯 그것을 바라본 현의 두 눈이 순간 번뜩였지만, 그는 감정의 동요를 드러내지 않았다. 표정 없는 차분함으로 일관할 뿐이었다. 흔들리는 눈빛조차도 통제할 만큼 현은 안간힘을 쓰고 있었다. 영민한 머릿속에서는 이미 소해궁이 벌인 소란과 지금 이 상황의 의미를 파악하는 것을 끝냈다. 남은 것은 적절한 대응뿐.

"누구의 짓입니까?"

"글쎄요. 사는 게 무료하여 갑갑하던 저를 위로하는 어떤 이겠지요. 덕분에 꽤나 회가 동하여 즐거운 참입니다."

"되지도 않는 말장난을 하십니다."

"농이라 여기고 싶은 것은 대군이시지요."

소해궁은 일부러 생글거리면서 현을 자극했다. 결국, 현은 읽던 책을 덮고 그녀를 올려다봤다. 눈이 마주쳐서 좋았던 것은 잠시뿐, 그에게서 살기를 읽어낼 수 있었다. 남자의 압도하는 기의 흐름에도 소해궁은 빳빳하게 고개를 쳐들었다. 익숙한 일이었기에 습관처럼 반응할 수 있었다. 그는 언제나처럼 매정하고 쌀쌀하니까. 문제는 애석하게도 그것이 남자의 전부가 아니라는 것. 그 싸늘한 눈빛 너머에 뜨거운 열망과 정다움이 숨겨져 있음을 잘 안다. 그런데 그것은 언제나 제 몫이 아니었다. 그래서 무척이나 애가 끓는다.

"누구의 짓이냐고 물었습니다."

"상황을 바로 보지 못하십니다. '누구'가 아니라 '무엇'이냐 물으셔야지요. 이 사진의 의미에 대해서."

소해궁은 일부러 사진을 흔들면서 바람을 일으켰다. 홍운영을 제거할 수 있는 마지막 기회였다. 지금 이 순간을 맞이하기 위해 지난 세월 참아온 것을 생각하면 서럽다 못해 독이 난다. 운영이 대군의 침대에 있는 모습을 떠올리면 지금도 욕지기가 나고 속이 메스껍다. 그럼에도 소해궁은 귀부인의 위엄을 보여주겠다는 듯 차분하고 도도한 몸짓을 유지했다. 하지만 그것을 단번에 깨뜨리는 것은 그녀의 부군.

"괜한 짓을 하셨습니다."

사진을 바라보는 무심한 시선과 동요하지 않는 평온함 앞에서 소해궁의 눈빛이 흔들렸다. 그의 속을 제대로 알 수 없지만 뭐라 말할 수 없는 불안감이 치밀어 올랐다. 불현듯 머릿속에서 생겨난 어떤 예감이 분명해졌기에 소해궁은 입술을 잘근잘근 깨물었다.

"알고…… 계셨습니까."

현은 아무 말도 하지 않았다. 자리에서 일어난 그는 숨 막히는 공기의 흐름이 버거운 듯 인상을 찌푸릴 뿐이었다. 그가 만들어 내는 침묵의 의미는 분명했다. 소해궁은 주먹을 꼭 틀어쥔 채 현을 노려봤다.

"홍운영 그 아이가 저지른 부정을 알고도 묵인하신 겁니까! 도대체 왜!"

귀부인답지 않은 날카로운 외침 덕분에 소해궁은 현의 시선을 잡아끌 수 있었다. 그리고 후회했다. 무덤덤한 시선으로 자신을 바라보는 남자는 표정이 없었다. 화를 내기는커녕 흐트러짐 없이 단정한 시선이 모든 것을 말해준다.

"어찌하여……."

인정하기 싫다. 이제는 끝이라 생각했는데 끝이 아니라는 것을 말이다. 홍운영이 저지른 부정의 증거만 제 손안에 들어온다면 현에게서 그녀를 떼어놓을 수 있으리라 믿었다. 그것은 마치 밤하늘의 별을 따는 일보다 쉬운 일이라 여겼었다. 그런데 눈앞에 놓인 진실은 그녀를 미치게 만들고 있었다.

"그 아이를 참 곱게도 감싸십니다."

소해궁은 허탈한 웃음을 터뜨리면서 눈을 부릅떴다.

"내가 분명히 경고하였는데, 잊으신 모양입니다."

"저는 잊은 것이 없습니다."

"내가, 부인께…… 어리석은 일을 벌이지 말라 하였습니다."

서늘한 목소리로 전하는 한마디 한마디가 송곳처럼 뾰족했다.

"그 아이를…… 건드리지 말라는 말도 덧붙였던 걸로 기억합니다. 그런데도 이따위 물건을 내 앞에 내놓는 겁니까."

현은 소해궁의 손에 들린 사진을 뺏어서 제 손으로 잔뜩 우그러뜨렸다. 그는 더 이상 제 감정을 숨기지 않았다. 그 앞에서 무방비로 노출된 소해궁은 상실의 아픔을 느낄 여유도 없었다. 그가 모든 것을 알고도 덮었다는 사실에 배신감마저 들었다. 제 안의 위태로움을 감당하지 못하여 흔들리는 그녀의 손이 부들부들 떨렸다.

"어찌 잊겠습니다. 연모하는 여인이라 하셨지요? 잘도 제 앞에서 그 계집년을 연모한다 하셨습니다."

붉게 충혈된 눈에서는 눈물이 고이고 있었다. 그럼에도 그녀는 상처받지 않은 척 도도한 시선으로 남자를 힐난했다. 그가 가장 아파하는 부분을 건드려서 그의 견고함을 허물고 싶었다.

"그런데 어찌 된 일입니까? 호기롭게 외치시더니, 어찌하여 계집년 하나를 지키지 못하여…… 빼앗기셨습니까? 그것도 가장 믿었던 친구에게……."

"부인!"

마침내 평정심을 잃은 현의 날카로운 외침 앞에서 소해궁은 잔인하리만큼 예쁜 미소를 지었다. 그를 아프게 하는 것이 결코 즐겁지 않다. 오히려 제 생각대로 건드린 부분에 반응하고 화를 내며 흔들리는 모습을 보고 있자니 배알이 뒤틀린다. 한마디로 자존심이 상한다. 그의 아킬레스건은 언제나 홍운영이니까.

"그 아이를 채 지배하기도 전에 빼앗겼으니 이를 어쩝니까. 왕자의 체면이 참으로 딱하게 되셨습니다. 헌 여자를 마음에 두고 있으니."

소해궁은 일부러 자극적인 단어를 힘주어 내뱉었다. 그녀의 입에서 '헌 여자'라는 말이 내뱉어지는 순간이었다. 숨기지 못하는 노기 어린 눈빛 사이로 그녀는 똑똑히 보고 말았다. 거친 호흡과 떨림을 숨기지 못하는 남자의 위태로움을 말이다. 그것은 그가 이 모든 것을 억지로 참아내고 있다는 것을 뜻했다. 도대체 무엇을 위해서란 말인가? 부족한 것 없이 다 가진 남자가 갖지 못하여 전전긍긍하는 것이 무엇이기에 이토록 아파한단 말인가. 맞닿은 생각의 끝에서 마침내 눈물이 떨어져 내렸다.

"이토록 깊은 연심이셨습니까……."

울먹이며 잠겨드는 그녀의 목소리가 처연했다. 이럴 줄 알았으면 그의 말대로 모른 척할 것을 그랬다. 한 사내가 아리따운 젊은 여인에게 품은 단순한 욕정이었다면 더 쉬울 뻔했다. 그래서 잠시 욕심내어 한번 가지면 끝을 볼 수 있는 불같은 마음이리라 믿고 싶었다. 그런데 그것이 아니란다. 현의 마음은 자신에게 칼날을 박으면서까지 지키고자 하는 순수한 사랑이었다.

"다른 사내를 품은 여인을…… 곁에 두고 떠나보내지도 못할 만큼! 그리도 그 아이를 연모하시는 겁니까!"

"밤이 늦었습니다."

오늘은 그만하고 돌아가란 뜻이었다. 현은 머리가 어지러워서 눈을 질끈 감았다. 그 역시도 한계였다. 이 이상 소해궁을 자극하고 싶지도 않았고 제 안에 있는 헝클어진 마음도 더는 들여다보고 싶지 않았다. 모든 더러운 감정의 조각들이 전부 튀어나오기 전에 멈추고 싶었다. 그랬는데 눈앞의 여자는 제 손으로 고삐를 풀고 끊임없이 그를 자극했다.

"마음을 주지 않는 여인을 품고서 무엇을 얻으셨습니까."

악에 받쳐 소리치는 그녀의 목소리가 날카로웠다. 그것은 남자에 대한 미움과 증오 그리고 연민이 섞여 있었다.

"어찌하여 그 하찮은 계집년 하나 잊지 못하여……."

눈물로 뒤덮인 얼굴이 처량했으나 현은 그녀에게 손을 뻗을 수 없었다. 애석하게도 그의 머릿속에는 한 가지 생각뿐이었다. 위험에 노출된 홍운영을 지켜야 한다는 것. 책상 위에 있는 사진 뭉텅이를 집어 드는 현의 손길에 충혈된 소해궁의 시선도 따라붙었다. 그리고 뒤이어진 그의 행동에 멍하니 입술이 벌어지고 두 눈동자가 황망히 흔들렸다.

"나는 아무것도 본 것이 없습니다."

현은 미련 없이 그 사진들을 좌악 찢어버렸다. 마치 보란 듯이 찢고 또 찢어서 허공에 흩뿌렸다. 흩날리는 사진 조각들은 무력하게 바닥으로 투두둑 떨어졌다. 그 파편 조각들의 움직임을 쫓으면서 소해궁은 앙칼지게 소리쳤다.

"작정하고 저를 욕보이실 요량입니까!"

"그러니!"

언제나 단정한 자세를 유지하던 남자가 허물어졌다. 현은 그답지 않게 목소리를 높이면서 으르렁거렸다.

"하지 말라는 일은 안 하는 게 좋을 뻔했습니다."

그의 눈에 읽히는 불안감과 분노가 소해궁에게도 전해졌다. 때문에 그녀는 좀 더 속이 아리고 화가 치밀었다.

"제가 쉽게도 그 뜻을 따르리라 생각하십니까."

"그게 부인이 살 수 있는 방법이 될 것입니다."

그의 목소리에는 흔들림이 없었다. 끝까지 홍운영을 제 품안에서 놓지 않겠다는 남자의 의지에 소해궁은 허탈한 웃음을 토해냈다. 교만하게 웃으면서 남자의 앞에 섰던 그 목적이 무엇이었는지 기억도 나지 않는다. 모든 것을 얻을 줄 알았더니 전부 빼앗겨서 가슴이 텅 비었다.

"또다시 저 사진을 문제 삼을 시에는…… 투기심을 못 이겨서 궁녀를 사사로이 사찰한 부인에게도 책임을 물을 것입니다."

"사찰이라니요? 저는 모르는 일입니다."

이제는 살아야겠다는 생각이 들었다. 그녀는 채 물기가 마르지 않은 눈으로도 뻔뻔하게 생글거렸다. 그녀는 현이 쉽사리 자신을 버리지 못하리라는 것을 안다. 정략이라는 것은 너와 나의 이해관계가 남아 있는 한은 서로의 관계를 깰 수 없다는 의미였으니까. 그걸 이용하려는 여자의 빤한 속내가 보여서 현은 속이 뒤틀렸다.

"그런 제게 무슨 책임을 물으실 겁니까. 저는 분명히 어떤 이의 선물을 받았다고 말씀드렸습니다."

현은 바닥에 떨어진 사진을 지르밟으면서 어이없다는 듯이 웃었다. 입에 고인 웃음과 달리 눈에 비친 기운이 몹시도 섬뜩했다.

"그러시겠지요. 우리 부인께서는 아무것도 모르시는 일일 테지요."

그가 한 걸음 다가설 때마다 소해궁과의 거리가 좁혀졌다. 그것이 설레기는커녕 벗어나고 싶다는 두려움에 휩싸이게 했다. 적개심이 가득한 그의 눈빛은 그녀가 정인이 아니라 '적'임을 분명히 전하고 있었기에. 소해궁은 떨리는 제 두 손을 꽉 움켜잡은 채 애써 아무렇지 않다는 듯이 미소를 보였다.

"그러니……."

현은 소해궁의 어깨를 꽉 붙잡은 채 그대로 고개를 내렸다. 그 느닷없는 움직임에 여인은 떨림을 주체하지 못했다. 이윽고 귀 언저리로 얼굴이 내려오는 순간 소해궁은 상황에 맞지 않는 어떤 기대감으로 호흡이 빨라졌다. 하지만 그것은 헛된 기대였을 뿐이다. 귓가에 속삭여지는 말들은 밀어라고 하기에는 너무도 뾰족했다.

"말을 잃고 눈을 감고 사세요."

흔들리던 두 눈의 초점이 돌아왔다. 한 순간의 설렘은 분노로 변하여 남자를 향했다.

"지금처럼 얕은수를 부리면서 주변을 귀찮게 하는 것보다 훨씬 즐거운 삶이 될 테니."

"저를 이리 하찮게 업신여겨도 된다고 여기십니까."

"차라리 그럴 수 있었으면 좋겠습니다. 당신이란 여자가 너무도 대단하여 곁에 두기 버거울 지경이니까."

사악한 속삭임 끝에 웃음이 걸렸다. 아주 작은 피식거림이었는데도 그녀에게는 유달리 크게 들렸다. 아픈 말이 담기는 귓속이 울리고 마음이 멍울진다. 노골적인 힐난에 자존심이 상하는 것은 참으라 하면 참을 수 있었다. 진정으로 견딜 수 없는 것은 이 남자의 마음에 남은 공백이 없다는 것을 확인하는 지금 이순간이다.

"진정으로 제 마음을 모르시는 겁니까."

현의 눈빛이 깊게 가라앉았다. 마음을 갈구하는 여인의 갈라지는 목소리가, 물기 어린 눈동자가 몹시도 애달프게 느껴지지만 해줄 수 있는 게 없다. 싫다. 그녀의 모든 처연함과 허전함은 마치 자신을 닮은 듯해서.

"저는 지금껏 대군을……."

일방적인 구애의 처절함을 알기에 멈추게 하고 싶었다. 그래서 현은 모진 말을 멈출 수가 없다.

"어째서 언제나 잊으십니까."

"……."

"내가 분명히……."

아주 나지막한 목소리에 가슴이 저릿하여 숨이 막혔다. 남자의 눈을 보기 싫어서 고개를 옆으로 틀었다. 눈을 마주치면서 하는 모든 말들이 상처였으니까. 하나 눈을 보지 않는다고 하여 피할 수 있는 것이 아니었다.

"나를 욕심 내지 말라 하였습니다."

모든 것을 확인시키는 한마디였다. 그녀가 절대로 그의 정인이 되어 옆자리를 차지할 수 없음을 말이다. 그 순간의 서러움이 한꺼번에 밀려와서 눈 안으로 고여들었다. 무언가를 사달라고 조르는 아이처럼 상처받은 눈이 휘어졌다. 현의 차가운 손이 소해궁의 볼을 스치고 지났다. 눈물을 닦아주는 다정한 손길이었다. 그것으로 끝이었으면 좋았을 텐데 남자는 끝내 여자를 아프게 하는 말들을 끝까지 매듭지었다.

"안형대군의 정실부인 자리가 주는 후광이 부족했던 모양입니다. 나쁘지 않은 인생이었을 텐데? 그저 손안에 쥔 것을 움켜쥔 채 편히 사시면 되셨을 인생을 어렵게 가십니다. 안 그래도 가진 것을 손에 쥐기도 벅찰 터인데도…… 왜 헛된 생각을 품어서 예쁜 얼굴을 찡그리십니까."

"……."

"부인."

현은 제 말을 번복할 의사가 없다는 듯 그녀의 어깨를 힘주어 붙잡았다. 그러곤 망설임 없이 서재를 빠져나갔다. 쾅 닫힌 문 뒤로 혼자 남겨진 여인은 진이 빠져서 바닥에 주저앉았다. 찢겨진 조각들 한가운데에 내던져진 처지가 가련했다. 갈기갈기 찢긴 마음의 조각들은 갈 곳을 잃은 채 황망히도 흩날렸다. 이곳에서 방금 전까지 벌어졌던 모든 일들은 꿈이라고 믿고 싶을 만큼 선명하지 않았다. 고작 귓가에 남은 한마디는…….

"부인이라……."

소해궁은 멍한 시선을 허공으로 띄운 채 실없이 웃었다.

"부인……."

그 말을 되뇌면서 점점 호흡이 거칠어졌다. 결코, 여인으로 인정하지 않는다는 그 말, 연정 따위는 나누어주지 않겠다는 결심이 담긴 한마디에 소해궁은 제 가슴을 내려쳤다.

"그깟 껍데기 따위는 필요치 않단 말입니다!"

날카로운 외침조차 그에게 닿지 않아서 서럽다. 그녀의 남편은 지나가는 이름 모를 꼬마가 울어도 무시하지 못할 위인이었다. 제 손으로 눈물을 닦아준 뒤 기어이 엄마를 찾아줄 만큼 따스하고 다정한 사람이다. 그런 그가 제 마음 하나는 철저하게도 나누지 않는다. 소해궁의 충혈된 눈이 찢기다 만 사진 조각으로 향했다.

"네년이 내 것을 빼앗았느냐."

환하게 웃고 있는 운영의 얼굴이 담긴 조각을 손 아래에서 우그러뜨리면서 소해궁은 입술을 비틀었다.

"그럼, 나도……."

볼을 타고 흐르는 눈물이 입언저리에 닿아 독살스럽게 반짝였다.

"빼앗을 수밖에."

소해궁은 손등으로 눈물을 훔치면서 미소 지었다. 잔인하고도 교만한 입술의 움직임은 아이러니하게도 몹시 아름다웠다. 그래서 더욱 처절했다.

"소해궁은 처소로 돌아가셨습니다."

"좀 어때……."

"사진은…… 제가 직접 처리했으니 걱정하지 마십시오."

"네 얼굴, 좀 어떠냐고."

"남은 사진 전부를 불태웠고 좀 전의 소란에 대해서 입을 열자는 아무도 없습니다."

현은 벽창호처럼 듣고도 모른 척하는 홍 내관 때문에 지친 숨을 뱉어냈다. 홍 내관은 자존심이 상한 탓인지 소해궁과의 사이에 벌어진 신경전에 대해서 어떤 말도 하고 싶지 않아 했다. 그 때문에 현은 미안하다는 흔한 말조차 전할 수가 없었다. 홍 내관의 얼굴은 여전히 부어올라 있었다. 그 모습을 보고 있자니 또 화가 치밀어서 차라리 고개를 돌렸다. 무엇보다 지금은 이성적으로 처리해야 할 일이 남아 있었으니까.

"소해궁의 처소를 찾았던 모든 이들을 샅샅이 조사해."

"쉽사리 입을 열지 않을 것입니다."

"분명히 금품을 받은 누군가가 있을 거야. 나인들을 비롯한 궐 안에 있는 모든 이들을 수색해."

생각에 잠긴 두 눈이 초조하게 빛났다. 소해궁이 운영의 부정을 알아차린 이상 이대로 넘어갈 리가 없었다. 이 이상 부정의 증거가 수집되기 전에 운영을 보호할 수 있는 조치가 필요했다. 엄포를 놓았다고 해도 소해궁은 쉽사리 포기할 여자가 아니었다. 그녀는 제 뜻을 관철시킬 힘이 있었고 그만큼의 오만함으로 자신을 치장하고 있었으니까.

"홍운영은?"

"대군의 명대로 외부에서 오는 모든 연락을 차단하고 있습니다. 서궁에 억류 중인 상태니 김유영 교수와의 접촉은 아예 불가능합니다."

"누가 그런 거 궁금하대!"

"예?"

"잘……."

소해궁과의 소모전으로 인하여 진이 빠진 현은 갑자기 눈앞이 어지러워서 말을 멈춘 뒤 숨을 몰아쉬었다. 그제야 말뜻을 알아차린 홍 내관은 옅은 미소를 지었다.

"잘 지내고 있습니다. 궁녀들이 숙덕거리는 통에 말을 잃었고 밥을 먹지 않는 것을 빼면 꽤나 잘 지내고 있다 합니다."

웃는 얼굴로 전한 뼈가 있는 한마디였다. 현은 지끈거리는 머리 때문에 미간을 찌푸렸다.

"피화당에서 지내게 해."

"피화당이라면……."

피화당은 대군의 처소에서 가장 가까운 곳에 있었다. 중요한 내빈이 수성궁을 찾았을 경우에 사용하는 임시 처소였다. 현은 침대 위에 쓰러지듯 몸을 누인 채 가만히 눈을 감았다. 그러곤 혼잣말을 하듯이 위로한다.

"미안."

"당치 않습니다. 대군."

굳이 말하지 않아도 안다. 그럼에도 아랫사람에게 쉽게 꺼낼 수 없는 말을 전하는 제 주인이 홍 내관은 내심 고맙고 자랑스러웠다. 그래서 반드시 그의 세계를 지켜주고 싶다는 다짐을 또 한 번 굳게 다졌다.

"하루가 쓸데없이 길어."

홍 내관이 나가고 난 뒤 혼자 남겨진 현은 멍하니 천장을 바라봤다. 몸이 물 아래로 가라앉는 듯 무거웠다.

"숨 막히게……."

셔츠 단추를 풀어헤쳤다. 그럼에도 쉽사리 숨이 쉬어지지 않았다. 시간이 흘렀지만 달라진 건 없다. 홍운영과 김유영에 대한 배신감이 깊게 자리한 탓에 그 무게를 견뎌내기가 버거웠다. 매일 매일이 한계 상황이었고 하루에도 몇 번씩 감정이 오르내렸다. 그는 운영을 강제로 취하여 가질 수 있었고 김유영을 교수직에서 파면시켜서 벼랑 끝으로 내몰 수도 있었다. 다시는 일어서지 못하게 끌어내리는 것도 어렵지 않았다. 그가 마음만 먹으면 못 할 일이 없었지만 현은 아무것도 하지 못했다. 소중해서 함부로 할 수 없다는 마음조차 우스운 상황임에도 그는 망설였다.

"짜증나……."

일순간 감은 눈 안으로 소해궁이 건넸던 사진의 잔상이 스치고 지났다. 유영을 바라보며 환하게 웃고 있는 운영의 웃음이 뇌리에 박혀서 지워지지 않는다. 미치도록 예쁜 웃음이었다. 오직 그만이 알고 있는 생글거림을, 왕자를 홀렸던 그 웃음을…… 다른 이가 만들어냈다는 사실은 욕지기가 날 만큼 불쾌하다.

"그 순간에도…… 예뻐서 도는 줄 알았어. 빌어먹을……."

달빛 아래로 드러난 눈부신 여체. 그것이 떠오르는 순간, 틀어쥔 주먹으로도 치밀어 오르는 열기가 다스려지지 않아서 이를 사려 물었다. 가장 사랑하는 여인과 친구, 그 사이에서 깨어진 영혼을 치유 받지도 못한 채 현은 위태롭게 흔들렸다.

"지금부터 시찰이 있을 것이다."

"시찰? 갑자기 왜?"

예고 없이 진행되는 시찰에 궁녀들의 얼굴은 하얗게 질렸다. 저마다 들키지 말아야 할 물건들이 많았기에 속이 시끄러웠다.

"모두 하던 일을 멈추고 별궁에서 대기하거라."

그 가운데에서도 유독 전전긍긍하는 것은 자란이었다. 그녀는 오늘 받은 현금을 제대로 정리하지 못한 상황이었다. 최 상궁도 아니고 홍 내관이 직접 주도하는 시찰은 상황이 심상치 않음을 뜻했다. 궁녀들이 빠져나간 뒤 근위대가 서궁과 남궁의 주위를 에워쌌다. 아무도 근접하지 못하게 조치한 홍 내관은 직접 움직이면서 궁녀들의 짐을 뒤졌다. 세 시간 동안 이어진 시찰의 결과 홍 내관은 자란의 짐에서 그녀가 숨겨두었던 물건들을 찾아냈다. 그동안의 대가로 받은 패물과 현금 뭉치가 상당했다. 백자란이 배후임을 전해들은 최 상궁은 차마 자신의 손으로 자란의 심문을 진행할 수 없어서 홍 내관에게 모든 일의 권한을 일임했다. 그러면서도 내심 마음이 놓이지 않는 듯 문밖에서 조용히 손을 모아 쥐었다. 독방 안에서 홍 내관은 운영에 대한 질투와 분노가 빼곡히 적힌 자란의 일기장을 뒤적이면서 심문을 계속했다.

"어지간히도 싫었던 모양이구나. 하지 말라는 짓을 제 발로 찾아서 하다니……."

홍 내관은 재밌다는 듯이 웃었지만 자비를 잃은 시선은 무척이나 매서웠다.

"홍운영이 그리도 아니꼽더냐. 그 아이는 너를…… 딱히 싫어
하지 않았는데…… 네게 무슨 해를 끼쳤다고…….."

일기장을 좌악 찢어버린 홍 내관의 손짓이 몹시 거칠었다. 그
는 무릎을 꿇고 앉은 자란의 앞으로 다가섰다. 벌벌 떠는 여인의
얼굴 앞으로 현금 뭉치를 들이밀었다.

"이것뿐이냐."

"……."

"숨겨진 것이 있다면 네 입으로 고하는 것이 좋을 것이다."

자란은 떨리는 입술을 꽉 깨물면서 고개를 저었다.

"제 뜻이 아니었습니다."

"하고픈 말은?"

"소, 소해……."

순간 홍 내관의 눈이 사납게 떠졌다. 자란은 입을 닫고 머리를
조아리면서 울부짖었다. 소해궁의 살벌한 경고가 떠올라서 눈앞
이 아찔했다.

"최 상궁 마마님을 만나게 해주십시오, 나리. 제발……."

"최 상궁을 찾는다고 네가 처한 상황이 달라지는 것은 아니
다."

"마마님께 모든 것을 고할 것입니다."

"그럴 필요 없다."

"나리."

"지금 내가 네 앞에서 시간을 소비하는 것은 무언가를 알고자

함이 아니다. 덮고자 하는 것이다. 그리고 그것은 너를 내치는 명분이 된다. 나는 너에게서 그 어떤 것도 알아내지 않을 것이다."

자란은 멍하니 입을 벌리면서 홍 내관을 바라봤다. 문밖에 서 있는 최 상궁의 흐느낌이 간헐적으로 들려왔다.

"네가 받은 현금과 패물은 모두 가져도 좋다. 단, 비해당 궁녀로서의 모든 혜택은 전부 내려놓아야 한다. 이곳에서 보고 들었던 모든 것도 전부 잊어라."

"이럴 수는 없습니다! 저는 못 갑니다."

"버틴다 하여도 달라질 것이 없으니 쓸데없는 소모전을 할 요량이라면 지금 멈추어라. 너는 이곳을 결국엔 나가게 되어 있다."

홍 내관은 시계를 고쳐 풀어 다시 매면서 가녀린 여인의 애달픈 눈빛을 외면했다. 언제나 이런 식의 심문을 하고 나면 며칠씩 속이 얹혀서 밥맛을 잃는다. 그 역시도 쉬운 일은 결코 아니었다.

"시간이 되었구나."

"지난 세월을 어떻게 버텼는데…… 이리, 이리도 쉽게 내쳐진단 말입니까!"

"그것은 너의 신기한 재주 덕분이구나."

홍 내관은 차디찬 쓴웃음을 터뜨리면서 자란의 눈을 노려봤다.

"저는 억울합니다."

"내쳐지는 처지가 가엽기는 하다만……."

홍 내관은 별다른 표정도 없이 문을 열어젖혔다. 밖에서 대기하고 있던 초아에게서 건네받은 짐 가방을 자란의 앞에 내던졌다.

"억울하다는 말은 거두는 것이 좋겠는데."

열린 문틈으로 최 상궁의 얼굴이 보이는 순간 자란은 악을 쓰면서 그녀에게 달려갔다. 하지만 이를 막아선 근위대에게 붙잡혀 자란은 최 상궁의 손조차 잡을 수 없었다. 최 상궁은 또 한 명의 궁녀를 떠나보내면서 애가 끓었다. 치밀어 오르는 서글픔에 더는 그 자리에 있을 수 없었기에 자란에게 등을 보여야 했다.

"마마님! 제발 저 좀 도와주십시오. 마마님!"

부질없는 외침이었다. 홍 내관의 눈짓을 따라서 근위대가 자란의 입을 틀어막았고 그녀의 소리 없는 절규도 전부 묻혔다. 그 누구도 자란이 떠나는 모습을 볼 수 없었다. 기둥 뒤에 숨어서 자란의 마지막을 지켜보던 최 상궁은 바닥에 주저앉아 오열했다.

"벗을 보라 하였거늘……."

최 상궁의 말을 자란이 조금 더 귀담아 들었더라면 일어나지 않았을 비극이었다. 홍 내관은 최 상궁을 위로하고자 했으나 그녀가 손길이 닿는 것조차 거부했기에 잠자코 지켜봐야만 했다. 공적인 일에 사적인 감정을 앞세우지 않는 것은 홍 내관보다도 최 상궁이 더욱 엄격하게 지키는 가치였지만 이번에는 결코 쉽지 않았다. 최 상궁은 벌써 세 명의 궁녀를 잃었으니까. 시찰이 진행되는 동안 별궁에서 대기하고 있었던 궁녀들은 자란의 퇴궁 소식을 전해 들은 뒤 모두 말을 잃고 주저앉았다. 자란이 궁을 떠나는 이유에 대해서 아는 이는 정확히 없었다. 그저 막연히 금지된 어떤 물건을 지니고 있었기 때문이라 추측할 뿐 그 사건의 중심에 운영이 있었음을 아는 이는 아무도 없었다. 시찰이 끝난 뒤 서궁으로 돌아가는 길목에는 아침부터 시작된 지루한 이슬비가 계속되고 있었다. 그 속에서 궁녀들은 옷이 젖는 것도 개의치 않았다. 그저 코를 훌쩍이면서 조용히 흐느꼈다. 그 가운데 제일 표정이 좋지 않은 것은 소옥이었다.

"가는 날까지 못돼 처먹었어. 어쩜 인간이 그리도 한결같아."

서서히 가는 빗줄기가 굵어지기 시작했지만 모두의 걸음이 느렸다. 그렇게 느려지는 걸음으로 향한 곳은 남궁, 자란의 모든 흔적이 지워진 공간이었다. 실수로 흘린 머리핀 하나조차 남아 있지 않은 깨끗함. 그 정돈된 질서가 수성궁의 세계, 그래서 짓눌리는 모두의 마음이 멍울졌다. 모두가 그 안으로 들어서는 순간에도 운영은 표정 없이 빗속에 서 있었다. 차마, 그 안으로 발을 밀어 넣을 수가 없었다. 자란의 처절의 외침이 귓속으로 되풀이되고 있었기에.

"간다는 인사 정도는, 하게 두지."

자란의 짐이 놓였던 자리를 손으로 쓸어내면서 소옥은 푸념처럼 주절거렸다. 시큰한 눈가의 눈물은 마땅치 않아서 하품하는 것처럼 가장했지만 그게 진정으로 아픈 소옥의 진심이었다. 애증의 관계, 애를 잃어버리고 증오만 했던 시간이 안타까워서.

"세상에서 제일 나쁜 게 백자란인 줄 알았더니……."

"……."

"홍 내관이…… 더 못돼 처먹었어."

결국, 이슬비가 소나기로 바뀌는 시점 소옥은 큰 소리로 울었다. 비해당의 궁녀는 이제 일곱이 되었다. 어쩌면 여섯이 되었을지도 모른다. 운영의 배신, 그 부정을 현이 묵인하지 않았다면 분명히 그리되었을 텐데, 현은 끝끝내 운영을 놓지 않았다. 구원의 목전에 달했던 그 경계가 또다시 되풀이된다. 소녀가 금단의 벽을 기어오르던 순간, 인간의 사랑을 질투했던 저 높은 곳의 제우스가 밀고했다. 그래서 노기를 띤 붉은 눈의 왕자님은 금빛 날개가 달린 백마를 타고 날아와 죄 많은 여자를 붙잡는다. 거칠게 붙잡아 끌어내리는 힘을 이기지 못하여, 간절한 손을 놓치는 순간에 얼굴 없는 기사가 안개 속으로 사라졌다. 끝내 그 얼굴을 마주 볼 수 없었던 절망의 순간에 여자는 똑똑히 보았다. 죽음을 예고하며 뿌려지는 붉은 피가 왕자님의 눈물이었음을…….

'어지러워.'

그 환영이 아찔하여 운영은 눈을 감았다. 습관처럼 갑갑한 숨을 느릿하게 뱉어냈다. 제대로 먹은 것도 없었기에 몸을 제 뜻대로 가누기도 힘들었다. 누군가 작정하고 힘주어 잡으면 금방이라도 부서질 듯이 운영은 여위어 있었다. 가까스로 기둥을 붙잡자마자 그대로 미끄러져 바닥에 주저앉았다. 비에 젖은 저고리 소맷단 아래로 빠져나온 하얀 손목에는 옅은 갈색의 멍 자국이 남아 있었다. 하늘을 향해 들어 올린 두 눈, 젖어든 속눈썹 위로 빗방울이 눈물처럼 떨어진다.

"멈추면, 좋을 텐데……."

한참을 멍하니 떨어지는 빗줄기의 규칙적인 움직임을 좇고 있자니 시야가 뿌옇게 흐려졌다. 천천히 손을 뻗어서 손바닥 위로 빗줄기를 받아냈다. 투두둑 얼굴로 튀어 오르는 물방울은 손목에 아픔을 새겨 넣었던 그날 밤을 떠올리게 한다. 그날, 그의 눈물은 그녀에게 전부 스며들었다. 마치 이 비처럼. 손에 닿은 물기는 손톱 밑으로 흘러 들어와 가시가 되었다. 운영은 물이 가득 고여 흘러내리는 손바닥을 그저 가만히 두고 보았다.

"끝이…… 없네."

"피화당에서 기거하라는 명이시다."

"갑자기…… 무슨 이유입니까?"

소옥은 묵묵히 최 상궁의 뒤를 따라나서는 운영의 팔을 잡아 끌어서 제 뒤에 감추었다. 운영은 왜냐고 묻지도, 싫다고 거부하지도 않았다. 그 말 없는 평온함이 너무도 서글퍼서 소옥은 눈물이 핑 돌았다.

"대군의 뜻입니까?"

최 상궁은 이렇다 할 말도 없이 등을 보였다. 참다못하여 뒤따라 나온 소옥은 다부지게 그 앞을 막아섰다. 그녀는 운영을 잃게 될지도 모른다는 생각에 절박하고 불안했다.

"비키거라."

"싫습니다."

"어지간히도 말을 듣지 않는구나."

"답을 주십시오, 마마님. 운영이는 어찌되는 것입니까."

"소옥아…… 부디 오늘은…… 말을 줄여주지 않겠느냐."

답지 않은 청이었다. 소옥은 고개를 들어 올려서 최 상궁을 마주 봤고 멍하니 입을 벌렸다. 언제나 단정한 용모의 최 상궁이었는데 그녀의 눈시울은 잔뜩 붉어진 채 부어 있었다. 그 모습에 자극을 받은 소옥의 눈에서도 참았던 울음이 쏟아져 내렸다. 최 상궁은 덩달아서 터져 나오는 거친 울음을 삼키기 위해 떨리는 입술에 힘을 주었다.

"운영이를 생각하면 불안해서…… 미칠 것 같습니다……."

"괜한 걱정은 거두어라."

"하지만 대군께서…… 모든 것을……."

"피화당의 의미를 아느냐. 그것은 화를 피하는 곳이란 뜻이지. 네 말대로 모든 것을 알고 계신 대군께서 저 아이를 그곳에 두고자 하는 연유가 무엇이겠느냐."

말뜻을 이해한다는 듯 소옥은 천천히 고개를 끄덕였다. 최 상궁은 소옥의 눈물을 닦아내면서 다정하게 웃었다.

"다행이구나. 운영이가 너를 만난 것은, 하늘에 감사할 일이구나."

그날 밤. 모든 소란을 뒤로하고 피화당으로 거처를 옮긴 운영은 완전히 혼자가 되었다. 바스락 옷이 스치는 작은 소음조차 크게 들리는 공허한 공간에는 유독 어둠이 짙게 깔려 있었다. 애당초 귀빈을 모시는 곳이었기에 운영 혼자 쓰기에는 너무도 호화스럽게 넓은 방이었다. 마음 두고 의지할 물건 하나 눈에 띄지 않는 방이었기에 운영은 웅크리고 앉은 채 제 몸을 꽉 끌어안았다. 불을 켤 마음도 들지 않아서 그저 어둠 속에 저를 내맡겼다. 이곳에 오게 된 의미는 분명히 알 수 없었지만, 하나 분명한 것은 현의 뜻이라는 것. 그래서 거부할 수 없다는 것.

'아무 일도 없었던 것처럼……'

현은 그 말에 지독하게도 충실했다. 그날에 벌어진 모든 일들은 그의 힘으로 전부 사라졌다. 운영은 휴대전화와 수성궁 ID카드를 빼앗긴 채 바깥출입이 통제되었다. 사가에서 오는 모든 연락도 차단되었고 수성궁의 문화 행사에서도 배제되었으며 학교에도 나갈 수 없었다. 물론 가족들에게 돌아가는 생활비의 40%가 삭감되었고 월급도 50%나 감봉되었다. 모르는 이가 들으면 가혹한 처우라고 할 수도 있었으나 운영은 그리 생각지 않았다. 그것은 금기를 어긴 대가치고는 그다지 나쁘지 않은, 어찌 보면 꽤나 후한 대우였다. 그게 한편으론 다행이라 생각하는 스스로가 우스워서 운영은 느닷없이 웃곤 했다. 넋을 놓고 실없이.

"비…… 그쳤네."

작은 마음으로 안도하며 창밖을 바라봤다. 그 순간에 날아든 작은 새, 혼자가 된 여인을 위로하겠다는 듯 종종거리는 걸음으로 창문 앞을 서성였다.

"안녕."

운영이 새를 손 위에 올리려고 손을 뻗던 순간, 일순간 검은 구름이 몰려 왔다. 그 어둠이 두려웠던지 새는 꾸르륵 소리를 내면서 날개를 퍼덕였다. 가지 말라고 붙잡을 틈도 없이 새가 날아오르는 순간에 예고도 없이 시작된 소나기. 그 잔인한 빗줄기가 나뭇잎을 뚫고 흙에 스미면서 아픔의 시간을 또다시 재생한다. 그 순간에 시작된 흐느낌이 빗속에 묻힌다. 아무도 듣지 못하리라 생각하면서 빗소리에 기대어 마음껏 터뜨리는 울음을 고스란히 들키고 있음을 여인은 몰랐다. 그곳에 현이 있었다.

"어찌할까요."

진작부터 문밖에 있었지만 차마 문을 열 수 없어서 잠자코 기다리던 중이었다. 저 여인을 갖고자 원하는 마음이 멈추지 않아서 고작 할 수 있는 일이 가두는 것뿐이다. 그래서 스스로가 무력하고 저주스럽다. 마음 같아서는 지금이라도 저 여자가 원하는 모든 원을 들어주고 싶다. 떠나고자 하는 이를 억지로 붙든 채 영혼을 메마르게 하는 일은 현에게도 고통이었다. 그런데도 그 통증을 멈출 수가 없다. 여인을 곁에 두기 위해서 감당해야 하는 아픔이라면 전부 안고 갈 수 있었다. 그녀가 그의 세상에서 사라진다면 남자는 모든 생의 감각을 잃을 테니까. 차라리 악을 쓰면서 벗어나겠다고 소란을 피우면 그에 반하는 마음으로 독을 쏟아낼 텐데. 모든 분노를 전부 던지면 홀가분한 마음으로 살 수도 있을 것도 같은데 저 여자가 너무 말을 잘 듣는다. 그래서 다행인데 너무 아프다.

"혼자 뒤."

결국 문고리에서 손을 뗀 채 돌아섰다. 휘청거리는 걸음을 겨우 옮겨서 서재에 도착한 현은 쓰러지듯 의자에 몸을 뉘였다.

"내일 초아를 보내겠습니다. 저 아이가 끼니를 챙기도록……."

갑자기 관자놀이가 욱신거리고 속이 메스꺼웠다. 신경성 두통이 매일같이 그를 괴롭히고 있었다. 겨우 약을 집어삼킨 뒤 떨리는 눈가를 손으로 찍어 눌렀다. 홍 내관은 그가 자신에게 좀 더 의지하길 바랐지만 현은 오롯이 제 짐을 혼자 짊어지고자 했다. 마치 무슨 형벌이라도 겪듯이 말이다. 아프다, 외롭다, 화가 난다…… 그 어떤 감정도 제대로 전하지 못한 채 그대로 속을 뭉치는 남자가 몹시도 가엽다. 외로운 남자를 혼자 지키는 홍 내관의 얼굴에도 피로와 근심이 가득했다. 곱고 잘생긴 얼굴이라 자부하며 살았건만 며칠 사이에 폭삭 멋을 잃었고 자란의 일과 관련하여 뜻하지 않게 최 상궁에게는 미움을 사고 있었다. 그 모든 불쾌함을 자아내는 원인은 잘나신 대군의 사랑 놀음. 그까짓 여자 하나 때문에 일을 크게 벌인다고 힐난을 하고 싶지만 참는다. 남자의 사랑은 역사를 바꿀 수 있다던 최 상궁의 말을 되새기면서 저 혼자 웃었다.

"왕이 아니시라 다행이네요."

"뭐?"

"지금의 대군이라면 연심에 취해서 나라도 팔 수 있으실 것 같습니다."

피식, 쓴웃음이 터진다. 반박할 말이 없어서.

"버티실 수 있겠습니까."

이 역시도 답할 수가 없다. 어디까지 버티고 참을 수 있을지, 그래서 이 지옥을 끝낼 수는 있는 건지 알고자 해도 생각이 닿지 않는다. 지금도 인정할 수가 없다. 모든 것의 처음에는 김유영이 아니라 이현이 먼저였다. 운영을 본 것도, 반하여 연심을 품은 것도, 탐내어 욕심내었던 것도 전부 다 그의 몫이었다. 그런데 홍운영을 갖는 그 레이스의 출발에서는 늦어도 한참 늦었다.

'감히, 네가……'

삽시간에 치밀어 오른 불덩이가 눈으로 옮겨져서 눈시울이 뜨끈해졌다. 일순간 눈앞에 붉은 글씨가 떠오르는 것처럼 '헌 여자'라는 말이 되새겨졌다. 아무렇지 않은 척했지만 소해궁이 잔인하게 내뱉었던 그 말의 충격은 받아들이기 힘들 정도였다. 순결을 잃은 소녀는 아픔의 대가로 여인의 몸을 얻었다.

'나의 소녀가……'

여리고 작기만 했던 몸뚱어리가 지독하게도 매력적인 여체로 화했을 때 손 아래 들어온 꽃잎을 뜯어내지 못했던 이유를 분명히 알고 있다. 그것은 비단 그녀의 부정으로 인한 훼손, 처음이 아닌 것에 대한 불쾌함, 그따위의 저열한 감정으론 설명할 수가 없다. 욕망을 아는 듯 흐려진 눈, 아무렇지 않게 감기는 두 팔, 다음을 예비하는 당연한 몸짓에 놀라지 않는 입술, 그 모든 것이 낯선 이물감을 만들어냈다. 영원히 변치 않으리라 믿었던 순정을 잃은 여체는 그 순간에 지독하게 아름다운 향취를 내뿜었다. 그것이 독이 되어 몸에 스미는 순간 현은 손끝 하나 움직일 수 없었다. 인정해야 했으니까. 소녀가 죽었다는 것을. 그리고 그것은 이미 되돌릴 수 없다는 것도.

"시간을 주십시오. 모든 것이 제자리로 돌아올 것입니다."

"시간, 그 녀석은 날 안 좋아해."

창밖에 시선을 둔 남자는 아주 슬픈 시를 읊조리는 것처럼 그 눈빛이 아련했다.

"그놈을 믿고 기다리다가 뒤통수가 까였거든."

아주 가볍게 웃으면서 눈에 고인 눈물을 털어낸다. 일주일 내내 그치지 않는 비는 만개했던 라일락 꽃잎을 전부 거두어냈다. 여기저기 찢겨서 흩어지고 바닥에 흩뿌려졌던 꽃잎의 처절한 절규는, 어느 단옷날…… 지독하게도 햇살이 밝았던 그날, 소녀의 기도를 떠올리게 했다.

"선심 쓰듯 시간을 주는 게…… 아니었는데."

이제 알 것 같다. 그녀가 그 순간에 무엇을 빌었는지 말이다. 떨림을 멈추지 못했던 작은 손에서 떨어져 내리는 꽃송이의 의미를 그때 알았어야 했다.

"창밖의 소녀는……."

"……."

"이제 없어."

"항아님…… 제발."

운영은 저를 위해서 차려진 작은 소반에도 반응이 없었다.

"한 숟가락만요!"

결국, 초아가 운영의 손에 숟가락을 억지로 쥐어줬지만, 그마저도 힘없이 바닥으로 떨어졌다. 새하얀 얼굴과 가느다란 손목이 그녀의 위태로움을 보여준다. 그럼에도 운영은 요지부동이었다. 그저 웅크리고 앉은 채 멍하니 창밖만 바라볼 뿐.

"운영 언니!"

"미안해, 초아야."

"아휴, 내가 진짜……."

결국, 초아는 곡기를 끊은 여자 대신에 젓가락을 집어 들었다. 오늘도 거짓말을 해야 했다. 운영이 밥을 먹었으니 걱정하지 마시라는 가슴 떨리는 거짓말이 벌써 일주일째였다. 초아가 한숨과 함께 밥알을 삼키던 그때였다. 별다른 기척도 없이 드르륵 문이 열리면서 현이 들어섰다. 그 느닷없는 등장에 깜짝 놀란 초아는 얼른 제 손으로 툭 불거진 볼을 가렸다. 그간의 거짓말이 들통날 것이 두려워 겁에 질린 눈동자가 흔들렸다. 현은 다정스레 웃으면서 고갯짓을 했다.

"초아는 나가 보아라."

"예, 대군."

초아는 입안의 음식물 때문에 웅얼거리면서 얼른 피화당 밖으로 뛰어나갔다. 그가 걸음을 옮기는 기척에 운영은 떨리는 입술을 꼭 깨물었다. 초아에게 보여주었던 미소는 금세 거두어졌다. 바닥에 떨어진 숟가락을 집어 든 그의 표정이 심란했다. 초아의 거짓말은 이미 일찍이 알고 있었지만 잠자코 두고 보고자 하였다. 그런데 운영은 끝내 자신을 한계 상황까지 몰아붙였다.

"단식투쟁이라…… 조금 더 재미난 방법을 기대했더니……."

"……."

"진부하기 짝이 없네."

버석거리는 입 안에서 튀어나온 건조한 목소리가 또 상처를 긁는다. 운영은 아예 고개를 옆으로 틀어서 현을 마주 보지 않았다. 그 거부의 몸짓을 눈에 담는 남자는 손끝조차 아릿하게 아프다.

"병들어 죽어 나갈 작정이 아니라면…… 여러 사람 귀찮게 하는 짓은 여기서 멈춰."

그녀를 흔들고자 건넨 말이었음에도 운영은 입을 떼지 않았다. 그 침묵의 순간에도 어김없이 여인이 눈에 담긴다. 나날이 야위어가는 여자의 모습은 생명을 다한 나뭇가지처럼 퍽퍽하고 위태롭게 느껴졌다. 살아갈 이유를 잃었다는 듯이 제 스스로를 놓아버리는 그 모습이 애처롭다. 그리고 그보다 더한 화가 치밀어 오른다.

"꽤나 대단한 순애보구나."

비아냥거리는 물음에도 여자는 단단했다. 내리깐 두 눈과 굳게 다물어진 입술은 그에게 보이지 않는 벽처럼 느껴졌다. 도대체 뭐 얼마나 대단한 것을 빼앗겼다고 저리도 슬퍼한단 말인가? 나는 저보다 더한 것을 잃었고 지금도 피를 토할 지경인데. 현은 운영이 만들어내는 답답한 침묵의 의미를 생각했다. 그것은 짝을 잃은 비익조의 추락.

'죽어? 네가…… 내 앞에서. 감히.'

생각조차 하기 싫은 불쾌한 영상에 머리가 지끈거렸다. 현은 그녀를 사납게 노려봤다. 지금 당장 저 단아한 입술에 밥숟가락을 들이밀고 싶은 마음을 겨우 눌렀다. 결국, 그녀의 가장 아픈 상처를 또 헤집는다.

"얌전히 살라는 말을 여전히 이해 못 하는구나."

"……."

"그렇다면 원하는 대로 보여주는 수밖에."

"……."

"이제껏 본 적 없는 세상."

운영은 아예 몸을 웅크려서 고개를 파묻었다. 그는 모르리라. 거부하고 외면했던 것은 원망의 표현이 아니었다. 그의 아픔을 보는 것이 두려웠기 때문. 살고자 하는 의지를 꺾었던 것은 복수가 아니었다. 그것은 보름의 그날 밤, 현의 눈물 때문이었다. 그것은 부정의 대가로 죽어버린 소녀에 대한 마지막 애도, 그 처절한 작별 인사처럼 느껴졌다. 그 끝에서 운영은 마침내 자신이 그의 가슴에서 튕겨져 나갔음을 깨달았고 그것은 처절한 절망감을 느끼게 했다. 언제나 그 순간을 바라고 시간아 흘러라, 속되게 기도했다는 것이 원망스러울 정도로.

"네 가족에게 돌아가는 생활비와 네 어미의 병원비…… 동생들의 학비까지, 그것이 당장 오늘부터 중단될 것이다. 우울증에 걸린 네 어미는 약을 먹지 않으면 살 수 없다지? 제 앞가림도 못 하는 어린 동생들은 더 이상 누이의 품에 기댈 수 없으니 가엽게 되었구나. 거리의 아이로 사는 삶, 그것이 꽤나 고달플 터인데……."

운영은 겨우 고개를 들어서 그를 마주봤다. 눈으로 보고 귀로 들어도 믿지 않는다. 차라리 그가 건넨 모진 말들이 전부 그의 진심이라면 더 좋을 뻔했다. 자신을 억지로 가두려는 남자를 원망하고 욕이라도 할 텐데, 그러면 제가 저지른 부정을 보기 좋게 합리화할 수 있을 텐데…… 운영은 그럴 수가 없다. 여자는 남자를 너무도 잘 안다. 지금 이 순간 진정으로 상처받고 있는 것은 자신이 아니라 현이다. 그를 바라보는 두 눈이 시려서 금세 큰 눈망울이 젖어들었다. 이윽고 한 번 깜박이는 동작 너머로 떨어지는 눈물방울에 현은 눈앞이 핑글 돌았다. 하마터면 눈물을 닦아주고 다정스레 눈을 맞추면서 너를 놓아주겠다는 감당 못 할 말을 지껄일 뻔했다.

"사랑 놀음이 꽤나 요란해. 그것이 샘이 나고 심사가 뒤틀려 내가 미칠 지경이니까…… 적당히 해. 내 안의 청개구리가 광기로 날뛰는 꼴을 볼 요량이 아니라면……."

멀어지는 현의 뒷모습이 쓸쓸해서, 흐려질 때까지 하염없이 바라봤다. 운영은 무슨 결심이 들었는지 제 손등으로 흐르는 눈물을 슥슥 닦아냈다. 그러곤 숟가락을 잡아 쥔 손에 힘을 준 뒤 입안에 밥을 욱여넣었다. 씹지도 못하면서 밥을 계속 쑤셔 넣는 모양새가 미련스러웠고 처절했다. 젖은 속눈썹이 파르르 떨리는가 싶더니 하얀 쌀밥 위로 툭툭 눈물이 떨어졌다. 그녀는 흐르는 눈물을 손등으로 쓱쓱 닦아내면서 기어코 밥을 다 먹었지만 얼마 지나지 않아 전부 토해 버렸다. 도대체 누구의 편이냐고 묻고 싶은 시간은 멈추지 않고 흐르면서 과거를 덮고, 미래를 보여주지 않았다. 현의 말대로 제자리로 돌아오는 것이 어쩌면 정말 불가능할지도 모를 일이었다. 모든 것이 달라졌으니…….

"최소옥 학생!"

"이런, 젠장……."

소옥은 유영의 애타는 부름에도 불구하고 못 들은 척 돌아섰다. 운영과 관련한 일로 유영에 대한 감정이 좋지 않았다. 유영은 그대로 스쳐 지나려는 소옥의 팔을 다급하게 붙잡았다.

"잠깐, 잠깐이면 됩니다."

"놓으십시오. 이제 아예 대놓고 선을 넘으시는 겁니까!"

소옥은 붙잡힌 팔을 뿌리치면서 뾰로통한 표정을 지었다. 그를 바라보는 시선이 고울 리 없었다.

"교수님 때문입니다. 이 모든 소란은……."

"알고 있습니다."

"교수님께서 그 아이를 뒤흔드시는 바람에……."

소옥의 목소리가 잠겨들었다. 남자를 지켜보고 있자니 감정이 격양되었다. 부아가 치민다. 여학생들의 마음을 훔치던 젊은 교수의 보조개는 '콱!' 쑤시고 싶은 충동까지 들었다.

"교수님은 지금 괜찮으십니까."

유영은 흐릿한 미소를 꺾인 고개 아래로 숨겼다. 굳이 묻지 않아도 충분히 보인다. 겉으로 보이는 유영의 모습은 누가 봐도 괜찮지 않음을 드러내고 있었다. 까칠해진 모습과 초점을 잃은 눈빛, 그늘진 얼굴의 어둠은 그가 짊어진 무게가 상당함을 짐작하게 한다.

"괜찮지 않습니다. 그 아이도……."

단 한마디로 정리되는 운영의 상황에 목이 막힌다.

"사가에 있는 가족조차 만날 수가 없습니다. 밥도 먹지 못하고 잠도 이루지 못한 채 서서히 생의 감각을 잃어가고 있는 꼴을 보고 있으면 욕이 나올 지경입니다."

직설적으로 전해지는 모든 말들에 저지른 일을 실감한다. 유영은 손 아래에 쥐고 있는 쪽지를 꽉 움켜잡았다. 소옥은 손가락으로 툭 치면 와르르 허물어질 듯한 유영의 위태로움을 마주했다. 그러면서도 그를 몰아붙이는 것을 멈출 수 없었다. 벌어지지 않았어도 될 소란을 만들어낸 자가 바로 김유영이니까. 소옥은 모든 원망의 화살을 유영에게 돌리고 싶었다.

"그 아이는 뿌리가 뽑혔습니다. 그러니……."

"……."

"아무리 아름답고 탐이 나도……."

"……."

"꺾지 말라는 꽃은……."

"……."

"그대로 두고 보시는 것이 좋았을 뻔했습니다."

유영은 가혹한 시선을 피하지 않았다. 고스란히 받아내면서 제 안을 깊숙이 찌르도록 가만히 두었다. 그는 그렇게 괴로움의 한가운데 자신을 내던지고 있었다.

"그 아이를 탐한 것은 교수님의 교만이었습니다."

탐이 나는 꽃을 꺾으면서 상처 입은 것은 유영도 마찬가지였다. 자신을 향한 힐난과 그로 인한 흠집은 충분히 참을 수 있었다. 진정으로 참을 수 없는 것은 여인을 구하지 못할 수도 있다는 불안감과 자괴감이었다. 운영이 억류되었다는 것을 알았음에도 할 수 있는 게 없었다. 무단으로 수성궁에 침입하는 것도, 현에게 담판을 청하는 것도 전부 뜻대로 이루어지지 않았다. 그녀를 구하고자 했으면서도 벌어진 일의 뒤처리가 버거웠던 그간의 무력감으로 인한 깊은 환멸은 지금도 멈추지 않고 있었다. 운영에게 자유를 주기 위해 이런저런 수단을 취하던 끝에 알아낸 사실이 하나 있었다. 수성궁에 유배된 선녀를 구하는 것은 어느 날 느닷없이 손을 내민 나무꾼이 아니라는 것을 말이다.

유영은 소옥의 앞에 작은 쪽지를 내밀었다. 그의 손에서 조금 구겨진 그것의 행선지는 분명히 운영이었다. 그것을 눈치챈 소옥은 싸늘히 굳은 표정으로 그것을 단호하게 밀어냈다.

"사랑의 도피라도 하실 요량입니까? 낭만으로 저지른 모든 일들의 결과가 무엇인지 눈앞으로 보시면서도 또 미련하십니다."

사납게 치켜뜬 적개심을 마주하면서도 유영은 초연하게 웃었다. 그 느닷없는 웃음의 의미가 쉽사리 와 닿지 않아서 소옥은 그를 바라보는 눈에 더욱 힘을 주었다.

"교수님은 그 아이를 위해서 할 수 있는 게 없습니다. 지금껏 부딪쳐도 열리지 않는 수성궁의 문을 보셨으니, 잘 아실 겁니다."

"알고 있습니다."

유영은 입가의 웃음을 거두었다.

"수성궁에서 나올 수 있는 유일한 방법이…… 그녀의 의지라는 것도."

결심이 서린 눈빛으로 소옥의 적개심 가득한 시선을 맞받아쳤다. 그것은 제 자신에게도 서려 있는 두려움을 쫓아내기 위함이었다.

"운영이 혼자서 마음을 낸다고 해결될 일이 아닙니다. 교수님께서도 꽤나 많은 것을 잃으실 겁니다."

"상관없습니다. 그저……."

"……."

"그녀가 웃었으면 좋겠다 생각합니다."

'고작, 겨우! 그런 이유냐'고 소리치고 싶었지만 목소리가 잠겨서 나오지 않았다. 흔들림이 없는 눈동자의 맑은 빛이 남자의 진심을 보여준다.

"그래서 내 남은 인생의 노선이 달라진다 하여도, 그 끝이 꽤나 초라할지라도 견딜 수 있을 것 같습니다."

유영은 옅은 미소와 함께 다시 한 번 더 쪽지를 내밀었다. 소옥의 눈동자가 물기를 머금은 채 흔들렸다. 그녀는 흐려진 시선을 되돌리기 위해 눈을 깜박이면서 유영이 내민 그것을 바라봤다. 소중한 벗을 잃을지도 모른다는 불안감은 떨림을 다스리지 못하게 만든다. 하지만, 그가 바라는 것의 의미를 알 것도 같았다. 제 스스로 입가의 웃음을 지웠던 여자가 다시 웃는 날은 완전한 행복을 찾았다는 뜻일 테지. 그리되면 오죽이나 좋을까마는 쉽지 않은 일임을 알기에 자꾸만 말이 비틀려서 튀어나왔다. 한마디로 소옥은 유영이 미덥지 않았다.

"밥 굶기는 남자를 평생 사랑할 여자는 없을 겁니다. 심지어

운영이조차도……."

"굶으면서 살 생각은 없습니다."

"교수님이 배경을 포기하면 알맹이 빠진 쭉정이가 될 것이 아 닙니까."

"원래 가진 것을 버린다 하여, 단번에 무너질 정도로 무능력한 남자는 아닙니다만."

"영원이라도 약속하실 겁니까?"

"그 답은 그녀에게 직접 하겠습니다."

지지 않고 받아치는 남자의 답변에 소옥은 입을 삐죽였다. 답 하는 순간에 운영을 떠올렸던 유영은 편안하게 웃고 있었다. 소 옥은 그 웃음을 흘겨보면서 생각했다. 저 웃음이라면, 믿을 수 있을지도 모른다고. 어쩌면 운영에게는 마지막 기회일지도 모른 다고.

"달을 보며 기도해 주십시오. 큐피드의 무사 귀환을."

"덧붙여 좋은 인연을 맞이하라 기도하겠습니다."

"그것은 기도가 아니라 저주입니다!"

소옥은 앙칼지며 외치면서 심란한 물건을 향해 손을 뻗었다. 순간 찌릿! 전기가 오른다. 겨우, 건네받은 쪽지를 얼른 가방에 쑤셔 넣은 뒤 혹시라도 누가 볼까 봐 연신 주변을 살폈다.

"미안합니다."

그것은 어려운 책무를 떠맡긴 것에 대한 유영의 마음.

"그건 됐고! 감사 인사는 후일에 받겠습니다. 모두 무사한 그 날에."

소옥은 그제야 학생 본연의 모습으로 상냥하게 웃었다.

수성궁으로 향하는 소옥의 뒷모습을 바라보는 유영의 표정이 초조했다. 쪽지에 적혀 있는 것은 그의 다짐이었다. 그는 운영과 떠나기로 마음먹었다. 그리고 그 책임이 얼마나 크게 다가올지도 예감하고 있었다. 그럼에도 불구하고 운영과 맞잡은 손을 놓고 싶지 않은 간절함이 너무 커서 고통을 잊었다. 꽃을 꺾은 남자의 손에 엉겨 붙은 피딱지는 마치 전리품처럼 평생을 안고 갈 작정이었다. 그렇게 유영은 모든 불행을 받아들일 준비를 끝냈다. 사랑의 완성을 위하여 남은 것은 오직 하나, 운영의 의지였다.

"우와, 심장 떨려! 으으윽."

수성궁에 돌아온 소옥은 배가 아프다는 핑계로 남들 몰래 서궁을 빠져나왔다. 의무실로 향하는 척했던 그녀는 발걸음을 돌려서 바쁘게 피화당으로 향했다. 짙은 어둠이 깔린 수성궁을 혼자 돌아다니는 것은 제법 무서운 일이었다. 그럼에도 소옥은 친구를 위해서 해줄 수 있는 마지막 일을 위해서 정신을 다잡았다. 벽을 짚고서 폴짝폴짝 뛰어오르자 창문 너머로 운영이 웅크리고 앉아 있는 모습이 보였다.

"으윽! 팔이 짧…… 아."

소옥은 커다란 돌을 끌어다가 그 위를 밟고 섰다. 그럼에도 높이가 맞지 않아서 겨우 까치발을 들고 섰더니 그제야 창틀에 손이 닿았다. 가까스로 닫힌 창문을 슬쩍 열어젖힌 뒤 작은 틈 사이로 쪽지를 재빨리 밀어 넣었다.

"됐다!"

쪽지를 무사히 전했다는 기쁨도 잠시였다.

"거기 누구야!"

저 멀리서 낯선 인기척을 알아챈 근위대가 소옥이 있는 쪽으로 뛰어 왔다. 운영에게 인사를 전할 틈도 없이 소옥은 그대로 달음질쳐야 했다. 근위대의 호각 소리와 날이 선 고함에 오도독 소름이 돋았다. 갈 곳을 찾지 못하고 허둥대던 소옥은 그들이 가까워짐에 따라 무작정 앞으로 직진했다.

"교수님! 기도는 하고 계십니까! 제가 제 명에 못 죽습니다. 제엔장."

다행히도 달리기는 자신이 있었다. 어려서부터 최 상궁한테 종아리 맞기 싫어서 도망 다니던 스킬 덕분이었다. 어둠 속이었지만 매일 오가는 길이었기에 몸에 익은 감각을 되새기면서 멈추지 않았다. 그때 기둥 뒤에서 누군가 소옥을 잡아 당겼고 그녀는 너무 놀라서 '악!' 소리조차 내지 못한 채 끌려갔다. 입이 틀어 막혀서 소리조차 칠 수 없었다. 잔뜩 커진 두 눈이 보름달을 가득 담은 채 흔들렸다.

"으흡, 흡!"

"쉿!"

달빛 사이로 얼굴을 보여준 남자는 그녀를 감시하는 암행꾼이었다. 따라오라는 듯 잡아끄는 손길에 이끌리면서 소옥은 멍하니 입을 벌렸다. 그가 이끄는 대로 걸음을 옮긴 끝에는 서궁으로 통하는 개구멍이 있었다. 고맙다는 인사를 전할 틈도 없이 그 구멍 사이로 밀어 넣어진 소옥은 엉금엉금 기어서 돌담 너머로 몸을 숨겼다. 그는 소옥이 무사히 개구멍을 빠져나간 것을 확인한 뒤 스쳐 지났던 자리가 난 바닥의 흙을 다시 정리했다. 까만 어둠 속에서도 유달리 시선을 잡아끄는 남자의 하얀 손에 이끌린 소옥은 저도 모르게 남자의 손을 붙잡았다. 무슨 용기와 객기로 이런 무모한 짓을 벌이는지 스스로도 납득할 수가 없었다.

"이름이 뭐예요?"

돌담 너머의 남자가 어떤 표정을 짓고 있을지 감히 짐작조차 할 수 없었지만 한 가지는 분명했다. 무척이나 황당한 표정을 짓고 있으리라. 그럼에도 묻고 싶었다. 진작부터 알고 싶었지만 알 수 없었던 그의 이름이었다. 남자는 당황한 듯 쉽사리 입을 떼지 못한 채 망설였다. 소옥은 닿았던 손을 거두어들인 뒤 마른 침을 삼켰다. 여차하면 들킬 수 있는 다급한 와중이었다. 시간은 빠르게 흘렀고 잠깐 벌어진 10여 초가 무척이나 길게 느껴졌다. 그리고 마침내 되돌아온 목소리는…….

"강산아! 최강산!"

급하게 뛰어온 듯 숨을 헐떡이는 홍 내관의 거친 음성이었다. 그리고 소옥은 그 찰나의 순간 '강산'이라는 두 음절을 머릿속에 또렷이 새겼다.

"거기 뭐 있어?"

"아, 개구멍 사이로 새끼 고양이가 지나가서…….”

남자는 아무렇지 않게 웃으면서 개구멍 앞을 막아섰다. 돌담 너머의 새끼 고양이 최소옥은 바들바들 떨면서 옷고름을 잡아 쥐었다.

"뭐야, 고양이였어?"

"네. 무슨 일로 이리 소란한 겁니까?"

"피화당 근처에 서성이는 수상한 여자가 있다기에. 혹시 봤어? 이상한 낌새를 보이는 사람?"

"아니요. 이쪽으로 오는 이는 없었습니다."

"행색이 궁녀와 같다고 하던데?"

홍 내관의 격양된 목소리에 긴장한 소옥은 얼굴의 보송한 솜털마저 쭈뼛 돋아 올랐다.

"궁이 조용할 날이 하루도 없어. 제길!"

"걱정 마십시오. 별일 아닌 소란일 것입니다."

"소해궁 쪽 사람만 아니라면 좋겠는데…… 정말 아무도 없었어?"

"예. 별다른 기척은 없었습니다."

"혹시 담을 넘은 건가?"

촉이 좋은 홍 내관이 돌담 너머로 야릇한 시선을 던지자 남자는 얼른 그 앞을 막아섰다. 소옥은 잔뜩 몸을 웅크린 채 제 입을 꽉 틀어막았다.

"아! 매형!"

"어? 뭐라고?"

매형이라는 단어에 유독 크게 반응하는 홍 내관의 목소리가 잔뜩 상기되었다.

"그러고 보니 개울가 느티나무 너머로 그림자가 스치는 것도 같았습니다.”

“그래? 고마워, 처남!”

홍 내관은 갑자기 힘이 솟는 듯 눈을 반짝였다.

“그럼, 수고하십시오. 매형!”

“뭣들 하고 있어. 빨리들 움직여! 빨리!”

홍 내관은 어깨에 잔뜩 힘을 준 채 근위대를 이끌었다. 최강산, 그는 최 상궁의 남동생이었고 홍 내관에게는 절대적인 신임을 받는 존재였다. 최 상궁과의 사이를 딱히 지지하지 않았던 강산이었는데 그런 그가 자신을 매형이라고 불렀으니 잔뜩 바람이 드는 것도 당연했다.

소옥은 담 너머로 이어지는 대화에 집중하면서 숨을 멈추었다. 처음 아는 사실이 많았다. 홍 내관과 최 상궁이 그렇고 그런 사이라는 것은 이미 소문이 파다했기에 별로 놀랍지 않았고, 자신을 따라붙는 암행꾼이 최 마녀의 동생이라는 것은 조금 뜻밖이었다. 생각해 보면 항상 뚱한 표정과 쌍꺼풀 없이 선이 짙은 눈매의 날카로움은 남매간의 닮은 모습인 듯도 했다. 하지만 그 어떤 것보다도 놀란 가슴을 쓸어내리게 하는 것은 자신이 저 남자의 손을 잡았다는 사실이었다. 스스로도 미쳤냐고 되묻고 싶을 만큼의 객기였는데 손에 닿는 촉감이 몹시도 부드러웠던 기억에 온몸이 후끈거린다. 손바닥으로 전해지는 입술의 뜨거움은 부끄러울 지경이었다.

소옥은 홍 내관과 그 일행의 발소리가 더 이상 들리지 않을 무렵이 되어서야 겨우 입에서 손을 떼었다. 그녀는 돌담 너머의 남자가 홍 내관을 따라서 이동했으리라 생각하면서 조심스레 몸을 움직였다. 낙엽이 부서지는 소리에도 화들짝 놀라는 여인의 앞으로 무언가가 툭 떨어졌다. 담 너머에서부터 날아든 그것은 초 코바였다. 그것을 잡아 쥔 소옥의 눈동자가 크게 흔들렸다. 담 너머의 남자는 여느 때와 마찬가지로 아무 말도 하지 않았고 소옥도 더 이상 입을 열 수 없었다. 호기롭게 남자의 손을 붙잡았던 제 손을 꽉 움켜잡으면서 두 눈을 감았다.

'와, 내 심장…… 뛸 줄 알았던 거였네.'

소옥은 옅은 미소와 함께 제 심장 언저리에 손을 가져다댔다. 불규칙하게 이어지던 거친 호흡이 점차 안정되어가자 그 소리가 좀 더 분명해졌다. 그것은 두근두근…… 처음 들어보는 아주 예쁜 소리였다. 소옥은 조용히 입 안으로 그 남자의 이름을 되새기면서 잊지 말자고 다짐했다.

"강산…… 예쁜 이름이네."

스물셋 인생 처음으로 남자의 손을 잡은 밤 소옥은 처음 알았다. 어떤 이의 이름만으로도 온몸에 열이 오를 수 있음을 말이다.

사랑의 메신저 소옥이 날뛰는 심장을 다독이는 사이 운영은 제 눈을 의심했다. 갑자기 소란한 소리에 고개를 들어보니 주변의 풍경이 이상했다. 분명히 닫혀 있었던 창문이 열려 있었고 본 적 없는 작은 쪽지가 눈에 들어 왔다. 주변을 살핀 뒤 조심스럽게 쪽지를 집어 들었다. 잠시 망설이던 운영은 일부러 불을 끈 뒤 작은 향초를 켰다. 눈시울이 붉어진 것은 작은 쪽지가 펼쳐지던 그 시점부터였다.

  – 3일 뒤 금요일.
  저를 따라 수성궁을 떠날 다짐을 해주십시오.

  손끝의 떨림이 순식간에 전신으로 번졌다. 유영이 자신과 함께
도망치자는 이야기를 하고 있었다. 그 어마어마한 이야기를 들킬
세라 운영은 얼른 향초에 쪽지를 태워 버렸다. 타오르는 불꽃 사
이로 다시 유영의 글귀가 스쳐 지났다. 순간 눈앞이 아찔해져서
창밖으로 시선을 던졌다. 만월이었다. 운영은 완전한 성인이 되
었던, 성년의 날 이후 보름의 밤이면 꽉 찬 달을 보면서 빌었다.
덧없는 인생에도 남은 복이 있다면 부디 평범한 연인을 만나 사
랑하게 해달라고 말이다.
  그렇게 간절한 소망을 하늘로 전해 올린 날이면 누군가의 손을
붙잡고 수성궁의 담을 넘는 꿈을 꾸곤 했다. 흐릿한 얼굴의 남자
가 제 손을 잡아 이끄는 꿈을 꾸면서 깨어나지 않길 기도했지만
아침이면 어김없이 눈이 떠졌다. 그리고 세상은 달라지지 않았
다. 그런 날이 반복될수록 삶은 불안해졌고 소망은 더욱 간절해
졌다. 어느 날 소옥에게 저 혼자만의 꿈을 이야기했을 때 소옥은
심란한 표정을 지으면서 눈을 맞췄다. 좋지 않은 꿈의 징조라고
말이다.
  그녀는 꿈속의 남자, 얼굴 없는 그자가 죽음의 요정, 듀라한을
닮은 실루엣을 가졌다는 것에 대해서 불쾌함을 표했다. 그러니,

반복되는 꿈에 의미를 부여하지 말라면서 어깨를 두드렸다. 그래야, 다시는 그 꿈을 꾸지 않을 수 있다는 말을 들었던 순간에 운영은 답했다. 돌담만 뛰어오르면 된다고. 그 경계만 넘으면 미련 없이 그 손을 뿌리치고 저 혼자 달아날 거라고. 그 순간에 꿈이 깨어버리면 죽음의 요정도 어쩌지 못할 거라고.

그 장난처럼 했던 말이 운영의 진심이었다. 어쩌면 소옥의 말대로 반복되는 꿈은 어둠의 징조였을지 모른다. 그걸 깨닫는 순간에도 여자를 지배했던 생각은 두려움이 아니었다. 죽음의 강렬함보다도 더한 생령에 대한 갈망. 그것은 어두운 자의 손을 잠시 빌리는 순간의 힘으로라도 얻고 싶은 소망. 그래서 운영은 보름의 밤이면 간절히 눈을 감고 꿈을 청했다. 꿈을 깨는 시점은 내가 정할 터이니, 그저 나를 돌담 위로 올려주기만 하라고.

"이제……."

달을 바라보는 눈가에 눈물이 어린다. 바라던 세상이 손만 뻗으면 닿을 거리로 다가오는데 손끝이 아프다.

"끝인데……."

세상을 다 가진 웃음을 지어도 부족한데 이상하리만큼 심장이 멈춘다. 자신과의 인연을 이어가기 위해 많은 것을 포기했을 유영과, 상처받은 영혼으로 이곳에 남겨져 외롭게 침잠할 현의 얼굴이 겹쳐지는 순간 눈앞이 아득해졌다. 선택의 순간이었으나 명쾌히 떠오르는 생각이 없었다. 운영은 자신이 두 남자를 사이에 두고 저울질을 하는 것처럼 속되고 무른 여인처럼 느껴졌다.

"떠날 수 있는데……."

손바닥 가득 저고리 고름을 움켜쥔 채 고개를 젖혔다.

"왜……."

더운 숨을 토해도 뜨거운 불덩이는 여전히 심장을 압박하듯이 내리눌렀다. 다 타버린 쪽지의 재가 바닥에 흩날렸다. 한참을 멍하니 타오르는 불꽃을 바라보던 운영은 갑자기 몸을 움직였다. 제 감정을 다스리지 못해서 정신없이 짐을 싸는가 하면 일순간 그 동작을 멈추고 멍하니 허공에 시선을 던졌다. 그러다가 다시 짐을 싸고 느닷없이 짐을 쏟아냈다.

정신을 놓은 여인처럼 의미 없는 행동의 반복이 겨우 그쳤을 무렵이었다. 새벽녘의 어스름한 어둠이 밀려나가는 시간이 되어서야 운영은 울음을 터뜨렸다. 갑자기 투두둑 떨어지는 눈물을 어찌하지 못해서 제 몸을 꽉 끌어안은 채 울고 또 울었다. 보름의 소원이 이루어진 밤이었다. 이대로 달려가면 모든 게 끝인데 자꾸 발이 묶인다. 이제 그만 놓으라고 소리치려고 했는데 발아래로 눈물처럼 떨어진다. 라일락 꽃잎 한 송이가…… 아주 외로운 듯이, 쓸쓸하게. 뿌려지는 피처럼 애달프게.

"운영이 안에 있느냐?"

홍 내관이 피화당을 제대로 찾은 것은 운영이 이곳에서 지내기 시작한 이후로 처음이었다. 주변을 모두 물린 자리에서 홍 내관은 운영과 마주 앉았다.

"얼굴 하고는……."

그의 얼굴이 불만스럽게 구겨졌다. 그렇게 곱고 예쁘던 얼굴의 생기는 도대체 누가 훔쳐간 것인지 몰골이 엉망이었다. 그동안 벌어진 시끄러운 일들은 모두 소리 없이 묻혔는데 그것을 실감하게 하는 것은 눈앞에 있는 파리한 여인이다.

"왜 그렇게 무모해."

홍 내관이 이 상황을 바라보는 한마디였다. 무모함. 운영은 그 한마디가 너무도 쉽게 와 닿아서 피식 웃어버렸다. 그 바람 빠진 웃음 앞에서 홍 내관은 인상을 찌푸렸다.

"으이그. 반푼아."

예스럽게 격식을 갖춘 말투도 사수의 교양도 전부 벗어던졌다. 지금 그는 오직 홍운영의 사촌 오빠로서 가녀린 운명을 견디고 있는 동생을 대하고자 했다.

"일을 크게 만들었다고……. 납작 엎드려서 기다려도 됐잖아. 하긴, 나도 남의 얘기라 말이 쉽네. 제길."

물 한 잔을 마시고 긴 숨을 토하면서 시간을 끌었다. 입을 떼기는 했는데 말을 잇는 것은 영 자신이 없었기에. 그동안 묵혀 두었던 이야기들을 꺼내기로 작정한 터였지만 막상 모든 것을 끄집어내려고 하니 숨이 갑갑했다. 그는 긴장감을 상쇄시키기 위해서 괜히 손뼉을 한 번 치더니 벽에 등을 기댄 채 아주 편안하게 앉았다.

"그때 내가 스물두 살이었을 거야. 내 소맷단을 붙잡고 수성궁의 문턱을 넘던 열다섯 소녀가 있었어. 가족을 위한 선택이라면서 제 자신을 희생했던…… 아주 착하고 예쁜 그런 아이가 있었어."

아주 오래된 옛 기억이었다. 그날의 모든 것이 선명하게 기억나지 않지만 한 가지 분명한 영상이 있었다. 소맷단을 잡아끌면서 자꾸만 더딘 걸음을 옮기던 운영에게 좀 더 빨리 움직이지 못하느냐고 소리쳤던 그 기억. 홍 내관은 상념에 잠긴 듯 옅은 미소를 지으면서 말을 이었다.

"아비도, 어미도 전부 의지할 수 없는 딱한 처지였어. 눈물을 삼키는 모습이 그저 안쓰러운 작은 아이였는데…… 그래서 잘 먹이고 토닥이면 되는 일이라고 생각했는데 그게 착각. 내가 방심했지. 라일락 꽃나무…… 하필이면 보랏빛."

드문드문 맥락 없이 이어지는 말들의 의미를 모르지 않는다. 고개에 힘이 빠져서 툭 꺾였다.

"그 꽃에 담긴 잔망스러운 마음을 알아차렸을 때에야 난…… 그 아이도 여인이라는 것을…… 알았지. 아주 뒤늦게."

전해지는 이야기가 속을 헤집는다. 겨우 잊고자 했던 기억을 기어이 끄집어내는 남자가 야속했다. 그 모든 것을 어떤 마음으로 잊고자 하였는데, 그런데도 잊을 수가 없어서 잠 못 드는 날을 감히 샐 수도 없는데…… 결국 가라앉혔던 모든 기억의 넝마가 전부 튀어나와서 조각난 마음을 흔든다.

"순수했어. 제법 영롱한 눈빛으로 다부지게 제 마음을 고백하기에 그 입을 틀어막았지. 그런데도 제 말을 멈추지 않기에 조용한 데로 끌고 갔는데도, 울음소리가 더 커져. 사람 환장하게. 마음이 급해져서 회초리를 들었어."

운영에게서 옅은 흐느낌이 묻어나기 시작했다.

"네까짓 게 품어서는 안 되는 마음이라고 소리쳤어. 절대로 그 곁에 떳떳한 모양새로 설 수 있는 날이 오지 않을 거라고 저주를 퍼붓는 것도 잊지 않았어. 악을 썼지. 그날 최 상궁이 나더러 미친놈이냐고 욕을 했지만 멈추지 못했어. 겁이 나서. 흐느끼고 주저앉는 아이 앞에서…… 그랬어. 내가…….."

홍 내관은 쓴웃음을 지으면서 잠시 말을 멈추었다.

"그랬는데…….."

운영은 초점을 잃은 멍한 눈동자를 허공에 띄운 채 이를 꽉 깨물었다. 그 미약한 몸짓은 전신에 퍼지는 슬픔을 다스리기에 역부족이었다.

"문제가 생긴 거지. 대군께서 그 풋내기 소녀를 마음에 두신 거야. 생각지도 못한 일이었어. 그때 네가, 열여덟. 생각을 달리한다면 여인이라 믿어도 되었을 나이였지. 노파심이 나서 이를 어찌해야 하나 생각했어."

홍 내관은 길게 숨을 내쉬었다. 지금의 상황은 그에게도 버거웠다. 그가 소중히 여기는 모든 이들이 아파하고 있었고 그 모든 것을 오롯이 지켜보는 것은 자신의 몫이었으니 말이다.

"미쳐서 물었어. '애'를 상대로 뭘 할 거냐고. 나한테 미쳤냐고 한 대 쳐도 됐을 텐데 웃더라. 아무 짓도 안 한다고. 그런데 진짜로 아무 짓도 안 해. 그게, 차라리 가벼운 욕정이었다면 쉽게 꺼질 마음이었을 텐데 아니었어. 시간이 지날수록 신중하고 깊은 애정. 그런 대군의 마음을 감시하듯 지켜보면서 생각했어. 어쩌면 소녀를 그분께 보내도 나쁘지 않겠다. 하지만…… 소녀가 스물이 넘었을 때 이미 모든 게 어긋났지."

단번에 제 속을 꿰뚫는 이야기에 운영은 발가벗겨지는 느낌이었다. 소리조차 내지 못하는 울음이 입안에 가득 고여서 숨이 턱턱 막혔다.

"소녀는 이미 알고 있었던 거야."

"……."

"수성궁의 의미……."

"……."

"이곳에서 나가는 방법이…… 제 안에 있음을 말이야."

속수무책으로 내던져진 여인의 여린 속내를 아프게도 훑고 지나는 말들이 그치지 않았다.

"스물…… 여인은 연모를 내던졌어."

홍 내관은 자조 섞인 푸념과 함께 힘없이 웃었다. 대군과 운영 사이를 가로막았던 최초의 장애물이 자신일지도 모른다는 책임감에 짓눌렸다. 분명히 어린 사촌 누이를 위하는 마음에서 시작한 모든 일이었는데 끝이 엉망진창이었다. 할 수 있다면 다시 모든 것을 제자리로 돌리고 싶은 마음이었다.

"마치 한 번도 마음을 품지 않았던 것처럼 철저하고, 지독하게. 대견하다고 등을 쓸어주고 싶을 정도로."

바닥을 타고 흐르는 물기는 전부 연모를 내던진 여인의 것이었다. 운영은 바닥을 짚고 있는 팔에서 자꾸만 힘이 빠져서 제 몸을 가누기 힘들 지경이었다.

"그분은 모든 것을 덮었어. 결코 쉽지 않은 일이야. 너의 부정을 받아들이는 일은 나조차도 버거우니까. 감봉, 작은 어머니의 병원비, 네 동생의 학비 얘기를 들쑤셨지만 그뿐이야. 너도 알잖아. 사가에 대한 지원은 변함이 없었어. 그 얘기대로 된 건 아무것도 없다고."

이제 그만 멈추라고 악을 쓰고, 듣기 싫다고 귀를 틀어막고 싶은데 손끝 하나 마음대로 움직이지 않는다. 정말이지 마음대로 되는 일이 하나도 없다. 어떻게 살라고……

"밥을 못 먹는 거, 잠을 못 자는 거, 말을 잃은 거…… 너 혼자만의 일이 아니야. 그분도 같아. 너처럼 아파. 뜬눈으로 밤을 지새우고, 이따금씩 밤 산책을 혼자 나가서 나를 미치게 하고, 이기지도 못할 술을…… 고주망태가 되도록 마셔서 나인들 보기에 민망할 지경이고…… 책을 본다면서도 세 시간째 똑같은 페이지를 펼친 채 넋을 놓고 웃지. 그리고 매일같이 주문처럼 확인해. 홍운영 네가, 자신을 미워하느냐고…… 그때마다 나는 영혼 없는 앵무새를 보는 기분이야."

홍 내관의 입을 통해 전해지는 모든 말들이 가시가 되었다. 깊숙이 목을 뚫고 들어와 속을 헤집는다. 발가벗겨진 몸으로 가시밭에서 뒹구는 기분이었다. 제 처지의 서글픔도 못 견딜 노릇이지만 그가 아프다는 사실은 더욱 깊숙이 여자를 찌른다.

"살고 싶다며."

"……"

"평범하게."

홍 내관은 씁쓸하게 웃으면서 흐느끼는 여자를 내려다봤다.

"그랬다면 조금 더 참았어야지…… 시간이 멈추지 않고 흐르고 있었는데…… 뭐가 그렇게 불안했어."

불안의 시작은 소녀의 질투였다. 현의 옆자리를 당당하게 차지한 고귀한 신분의 여인이 주는 우아한 반짝임을 훔치고 싶었다. 간절히 원해도 온전히 가질 수 없는 남자의 옆자리를 생각할 때마다 운영은 제 삶이 못내 원망스러웠다. 자신은 도무지 그의 곁에 다가설 수 없는 초라한 신분이었으니까. 그래서 한 번 접은 마음을 다시 펼치지 않으려 했고 지독히도 입을 다문 채 제 마음을 내뱉지 않았다.

말을 섞으면 마음을 들킬까 봐 입을 닫았고 웃으면 행복하다고 착각하게 될까 봐 웃지 않았다. 그렇게 무던히 버티고 가시밭 위를 열심히 걸으면 끝이리라 믿었다. 그런데 점점 더 어려워졌다. 대군의 숨겨진 마음을 눈치챈 소해궁의 간악함이 도를 넘어설수록, 현의 눈빛이 점점 더 진하게 깊어질수록 운영은 조급해졌다. 이 세계를 벗어날 수 없을 것 같아서 불안했다. 현을 대하는 마음이 거짓이었다면, 차라리 계산적으로 그의 세계에 뛰어 들어서 재물을 탐하고자 했다면 세상의 모든 것이 쉬워졌으리라. 하지만 진심이었기에, 진정으로 연모했기에 운영은 그림자의 삶을 택할 수가 없었다. 평생을 바쳐도 떳떳하게 사랑할 수 없는 남자를 바라보는 서러움은 참기 힘든 고통이었으니까.

"홍운영."

"……."

"살아."

"……."

"미워하는 힘으로라도 살아. 이곳에서……."

옆으로 고개를 돌린 홍 내관은 눈에 고인 작은 눈물방울을 손가락으로 꾹꾹 찍어 눌렀다.

"그건 대군의 뜻이야."

마침내 여인은 제 가슴을 두드리며 오열했다.

"떠나. 김유영 그자와 함께. 이건 네 사촌 오빠인 나의 뜻이야."

현민은 씁쓸하게 웃으면서 돌아섰다. 홍운영과 이현, 그 두 사람 사이에서 위태롭게 흔들리던 홍 내관은 어찌할 수 없는 선택의 순간 운영을 택했다. 그는 그녀에게 진 빚이 있으니까. 운영의 사랑을 망쳤던 지난날의 과오를 이렇게 해서라도 씻을 수만 있다면 현을 배신해서라도 그녀의 새로운 사랑을 지켜주고 싶었다. 그래서 아픈 칼끝이 전부 제 안으로 향한다고 해도 홍 내관은 상관없었다.

"선택은……."

"……."

"네 의지야."

약속의 날.

어둠 속에 흩어지는 처연한 흐느낌은 무력하게 이지러지는 달의 절망을 닮아 있었다. 붙잡지도 못할 황망한 시간을 흘려보내고 난 뒤 선택의 날이 다가왔다. 방 안에 혼자 웅크리고 앉아 있는 여인의 희미한 실루엣이 그녀의 처연한 외로움을 보여주고 있었다. 불 꺼진 방 안에서 촛불에 기대어 꺼내든 것은 작은 수첩이었다. 그것은 수성궁에 입궐하면서 받았던 궁녀 등록증이었고, 그 안에는 잘 접힌 흰색 종이가 끼워져 있었다.

– 비해당 궁녀 포기 각서

흰 종이 위에 선명하게 자리한 문구를 바라보면서 눈시울이 뜨끈해졌다. 그것은 비해당에 소속된 궁녀들에게 딱 한 장만 발부되는 포기 각서였다. 이곳에서의 모든 생활과 인연을 정리한 뒤 떠나겠다는 다짐이 서는 순간에 내보일 수 있는 마지막 인사인 셈이었다. 수성궁을 떠나겠다는 완벽한 다짐은 그녀의 손을 통해서 완성될 수 있었다. 해가 뜨는 순간까지 멍하니 종이를 들고 있던 운영은 결심이 선 눈빛으로 종이를 붙잡은 손에 힘을 주었다. 그럼에도 손의 떨림이 멈추지 않았고 그녀의 애처로운 흔들림을 따라서 투두둑 눈물이 떨어졌다.

"미안…… 해요."

작게 흐느끼던 울음이 입 밖으로 터져 나오자 운영은 피가 맺히도록 입술을 깨물었다. 하지만 이미 오열로 변해 버린 울음을 멈출 수 있을 리가 없었다.

문밖에서 이를 전해 듣던 초아는 가만히 아침 소반을 문 앞에 내려놓을 뿐 운영의 시간을 방해하지 않았다. 작게 흐느끼는 소리조차 감추어내던 운영이었다. 그런데 아침부터 대성통곡을 하는 모양새가 심상치 않았다. 어쩐지 이곳 수성궁에서 운영을 마주할 수 있는 날이 그리 길지 않을 것 같다는 이상한 예감에 휩싸여서 초아는 조금 쓸쓸해졌다.

"이것이 전부입니다."

소옥이 전한 것은 흰색 종이 장미꽃이었다. 그것을 건네받는 유영의 표정이 참담했다.

"그것이 전하는 의미를 교수님께서는 아실 거라고……."

소옥은 말을 붙이기도 조심스러웠다. 유영은 텅 빈 눈으로 실없이 웃으면서 제 손에 들린 종이꽃을 바라 봤다. 이렇다 할 말도 없이 휘적휘적 옮기는 위태로운 걸음에 소옥의 걱정스러운 시선이 따라붙었다. 도대체 저 종이 장미꽃에 무슨 의미가 담겼다는 건지 도무지 알 수가 없어서 소옥은 심란했다.

햇살이 가득 비치는 입구를 돌아 나오는 남자의 얼굴은 혼을 뺏긴 듯이 창백했다. 불현듯 귀가 간지러운 느낌이었다. 소녀에서 여인이 된 아름다운 여자가 내뱉던 느릿한 숨소리가 일순간 다시 귓가를 맴돌았기에. 유영은 그날 여자의 속삭임이 마지막 밀어가 되리라고는 생각지 못했었다. 어리석게도. 남자의 시간은 처음으로 사랑의 불꽃을 터뜨렸던 그날 밤으로 되돌려졌다.

"신부의 꽃을 주신 보답으로 저도 꽃을 드리고 싶습니다."

"진짜? 보랏빛 라일락으로?"

"아뇨. 그건 드릴 수 없습니다."

"됐습니다. 나도, 처음보단 마지막이 좋으니까."

"삐치지 마십시오. 아주 예쁜 마음을 담아서 교수님께 드릴
꽃을 찾아오겠습니다."

"기대해도 됩니까?"

"네. 그러니 조금만 천천히 걸어주십시오. 내가 당신과 함께
걸을 수 있도록……."

꽉 끌어안은 품을 벗어나지 않던 여자의 체온이 지금도 몸 안
을 타고 흐른다. 나른한 숨소리와 부드러운 살결, 떨리는 호흡과
힘이 서린 손가락, 그 모든 감각이 밀려드는 순간에 눈이 시렸다.
유영은 차라리 두 눈을 질끈 감아버렸다. 감은 눈 사이로도 어른
거리는 여자의 실루엣 때문에 숨이 턱턱 막힐 지경이었다. 겨우
눈을 떴을 때 마주한 것은 흰색 종미 장미……. 유영은 허탈한
웃음을 터뜨렸다.

"기대…… 한다고 했잖아."

흰색 장미…… 그 종이꽃을 접어낸 것은 비해당 포기 각서였
다. 펼쳐서 확인한 종이에는 여인의 서명과 직인이 찍혀야 할 자
리가 텅 비어 있었다. 그 대신 '미안해요'라는 단정한 글씨가 눈앞
에 또렷이 새겨졌다.

"잔뜩 들떠서 기다렸더니……."

그것이 전하는 의미를 안다. 그녀는 수성궁에 남기로 결정했

다. 그 글씨를 손으로 쓸어내리는 순간 눈에 고였던 눈물이 툭 떨어져 내렸다. 여인의 마지막 글씨가 남자의 눈물로 얼룩져 번져 가는 모습이 처연했다. 원망스레 하늘을 올려다봤다. 마주 보기도 어려울 태양의 작열함에 욕이라도 뱉으려 했는데 느닷없이 비가 떨어진다. 마치, 너무 아파하지 말라고 위로하듯이 내리는 여우비의 한가운데에 자신을 던져 넣었다. 밝은 햇살과 빗물의 부조화 속에서 마치 환각을 느끼는 듯 머리가 어지럽고 시선이 흐려졌다.

"진짜 뭣 같네. 날씨도, 나처럼……."

여인을 구해내지 못했다는 스스로에 대한 자괴감이 세차게 훑고 지나가서 몸이 휘청거린다. 그래서 채 정신을 차리기도 전에 마침내 '잃었다'라는 단어가 응어리진 마음에 새겨져서 속이 욱신거렸다. 이미 한번 겪어봐서 잘 안다. 한동안, 어쩌면 평생을 다하여 꽤나 오래 아플 깊은 자상이었다.

"내 편인 줄 알았는데, 하늘은……."

그의 손 아래에서 잔뜩 우그러진 흰색 종이는 마침내 힘을 잃은 손 때문에 바닥에 떨어져 내렸다. 이루어지지 못한 사랑의 서러움도 함께 떨어져 내렸다. 속절없이, 그렇게 하염없이.

"경치는 좋아. 소격서동……."

소옥의 손에 이끌려 더딘 걸음을 옮겼다. 느려진 걸음만큼 주변의 소담한 풍경이 천천히 눈에 들어왔다.

"인원이 줄어서 제 몫으로 하는 일이 더 많아진 것 같아."

"그래도 누군가 새로 들어오는 건 싫어."

"나도. 새 궁녀가 들어오면, 마치 우리만 알던 기억을 빼앗기는 기분이 들 것 같아."

그 옛날 삼청의 선녀가 유배되었다는 그곳에 비해궁의 궁녀들이 도착했다. 민속촌의 여행 패키지와 연계한 오늘의 행사를 구경하기 위한 많은 사람이 모여 있었다. 행사가 시작되고 얼마 지나지 않아서 사람들이 모여들기 시작했다.

"오전에는 A조가 민속촌 사진 행사에 참여할 것이다. B조는 조용히 대기하다가 합류하도록 해라."

행사 시간이 다가옴에 따라 궁녀들도 바빠졌다. B조에 속해 있는 운영과 소옥은 제 차례가 아직 오지 않았기에 A조의 다른 궁녀들을 지켜보면서 한쪽 구석에 앉아 있었다. 오늘 빨아서 넌 은 비단들은 복주머니로 만들어서 판매하기로 결정되었다. 그 수익금은 모두 결식아동의 급식 해결을 위한 모금으로 마련될 터였다.

그것은 현의 뜻이었다. 유영의 비해당 저격 논평 이후 정양호를 필두로 한 야당에서는 비해당의 실효성에 대한 논란을 재점화시키고 있었다. 딱 좋은 먹잇감을 물었으니 놓칠 리가 없었다. 그들이 작정하고 물어뜯고 흔드는 바람에 현은 골머리를 앓았다. 그는 조선 왕조의 전통을 계승하는 각종 문화 행사를 관광 상품과 결합하는 등 수성궁을 지키기 위한 갖은 노력을 하고 있었다.

"그래 뭐, 다 좋다 이거야. 비해당을 위한 일은……."

"……."

"그런데 폭염주의보라고! 하필이면 날을 잡아도 오늘이야!"

36도를 웃도는 작열하는 여름의 뙤약볕이 살갗을 아릿하게 훑고 지난다. 소옥은 끈적거리는 목 언저리에 연신 부채질을 하면서 입을 씰룩거렸다. 행사가 진행되는 모습을 물끄러미 바라보던 운영은 무슨 생각이 들었는지 자리를 털고 일어났다.

"어디 가려고?"

"잠깐 걷고 싶어. 바람이 기분 좋게 부는 것 같아."

"기분 좋기는…… 바람 한 점 안 부는데. 아우, 눈도 따가워. 피부도 다 타고!"

툴툴거리면서도 소옥은 흔쾌히 운영의 뒤를 따라나섰다. 금세 벌어졌던 거리를 좁히면서 제 옆에 다가서는 소옥을 향해서 운영은 싱긋 웃어보였다.

"왜 웃어?"

"좋아서."

"왜?"

"너랑 있어서."

"실없긴."

소옥은 무덤덤하게 받아치면서 고개를 옆으로 틀었다. 그녀의 옆얼굴이 살짝 붉은빛으로 물들어 있었다. 여자의 미소에 마음을 빼앗긴 것은 결코 아니다. 그저 조금은 들뜬 기분이었다. 함께 숲길을 거닐면서 운영과 자연스레 말을 섞었고 발걸음을 맞추어 걸었다. 그 당연한 일상을 회복한 것은 근 한 달 만이었다. 어찌 보면 당연하지 않았을 오늘의 시간은 그녀가 유영을 따라나서지 않았기에 마주할 수 있는 깜짝 선물과도 같았다. 소옥은 내심 궁금했다. 그녀가 이곳에 남은 이유를 말이다. 하지만 물을 수 없었다. 자신은 운영에게 그것을 물을 자격이 없다는 생각이었다. 운영의 행복을 기원했고 친구의 선택을 존중하고자 했지만 내심 그녀가 떠나지 않기를 바랐다.

'운영이가 떠나지 않게 해주세요……'

달이 뜬 밤 그 속된 소원을 하늘에 빌면서 죄를 받을지도 모른다고 생각했지만 입에 고인 소망을 내뱉는 것을 멈출 수가 없었다. 비취, 금련, 소옥, 운영 네 명의 절친한 친구들 가운데에서도 소옥이 가장 많이 의지하고 속을 보이는 것이 운영이었다. 소옥의 인생에서 운영과 함께했던 시간을 도려낸다면 남는 것이 무엇이 있을까 싶을 만큼 운영의 존재감은 상당했다. 비취와 금련이 떠난 이후에도 수성궁에 겨우 정을 붙일 수 있었던 것은 운영이 존재하기 때문이었다. 그런데 그녀가 떠난다면 그리해서 진정으로 혼자가 된다면…… 생각만으로도 가슴이 뛰고 불안했었다. 그런데 지금 운영이 옆에 있었다.

소옥은 자신의 옆자리에 있는 여자의 존재가 한없이 고마웠지만 이루 말할 수 없을 만큼 미안한 마음이 들었다. 혹시 자신의 속된 소망이 운영의 운명에 먹구름을 드리우게 한 것은 아닐지 노파심이 들었다. 갑자기 왈칵 울음이 쏟아질 것 같아서 눈을 깜박이다 보니 조용히 나무에 붙어 있는 매미가 눈에 띄었다. 수년간 땅속에 파묻혀 있다가 겨우 세상에 나온 뒤 얻은 7일의 짧은 생애가 몹시도 서글프다던 그들. 그들의 자지러지는 외침이 귀에 닿는 순간 저들의 처량한 처지와 자신들이 다를 게 없다는 생각에 괜히 마음이 토라져서 눈을 흘겼다.

"어후, 매미 저것들이 오늘 밤도 악을 쓸 테지. 저것들 때문에 잠을 못 잔다고. 하여튼 여름은 이래저래 마음에 안 들어."

"난 아닌데."

"응?"

"여름이 좋아."

"너 원래 봄 좋아했잖아?"

"이젠 아냐."

"왜 그렇게 됐어?"

"그냥 그렇게 됐어."

소옥은 정말 이해할 수 없다는 듯 눈을 데굴거렸다. 들은 말을 다시 되새겨도 딱히 그 의미를 알아채기 어려워서 심란해졌다. 혹시 운영이 제 처지를 비관하여 마음의 병을 앓고 있는 듯싶어서 노파심이 들었다. 소옥의 걱정스러운 시선을 눈치챈 운영은 안심하라는 듯 빙긋이 웃어 보였다.

"정신없는 계절이잖아. 덥고 끈적여서 선풍기를 하루 종일 틀고 있노라면 금세 추워서 옷 하나를 껴입게 되고, 그래서 끄면 또 덥고…… 느닷없이 비가 오고, 그 비에 기대서 더위를 좀 식혀 볼 요량이면 금세 그쳐서 해가 내리쬐고…… 그래서 방심하고 밖에 나가면 또 비가 쏟아지고…… 그래서 좋아."

"그게, 좋은 이유가 되니?"

"다행이잖아. 계절도 정신이 없어서."

걸음을 멈춰선 운영은 그대로 고개를 들어 올려서 시선을 허공에 띄웠다. 그녀가 멈춰선 자리는 커다란 아름드리나무 아래였고 하늘을 올려다보기에 딱 좋은 그늘이 드리워져 있었다.

"지금, 봄이었으면……."

"……."

"힘들었을 거야. 못 견디게 샘이 났을지도 모르겠어."

제 처지에 대한 제법 솔직한 감상이었다. 그래서 소옥은 조금 더 속이 쓰렸고 운영이 걱정스러웠다. 정말 진정으로 하늘이 쓸데없는 기도를 들어준 것은 아닐까 싶은 생각도 들었다.

"후회하니?"

"아니."

"거짓말."

"정말인데……."

말끝에 울음이 서릴 듯해서 시작한 말을 맺을 수가 없었다. 소옥은 가만히 입을 닫고 있는 운영의 옆얼굴을 살폈다. 고운 이목구비는 여전했지만 살이 빠진 탓인지 얼굴선이 조금 더 날카로워져 있었다. 무엇보다 달라진 것은 그녀의 눈망울이었다. 선한 기운을 내던 눈동자는 물에 잠긴 듯 고요했고 그 속을 알 수 없을 만큼 짙은 검은빛을 띠고 있었다. 그런데도 운영은 아무 일도 없었다는 듯 입술을 움직여 미소를 만들어냈다. 그게 더 슬퍼 보이는데도 말이다.

"그냥 떠나지 그랬어. 교수님은 네 가족에게도 힘이 되어주실 분이잖아."

"아마 그랬을 거야."

"그럼 눈감고 떠나버리지…… 왜 그랬냐고. 그냥 다 놓고 가버리지!"

"에이, 항아님. 마음에도 없는 소리는 그만하시지요."

운영이 장난처럼 웃어넘기는 모습에 소옥은 괜스레 화가 치밀었다. 작정하고 따지는 모양새로 운영의 팔을 잡아 세운 뒤 세차게 흔들었다.

"그래, 말이 나와서 말인데 나 네가 안 떠나길 바랐어! 그러니까 나쁜 년이라고 욕할 거면 지금 해."

"그런 거 아냐. 왜 그런 말을 해."

"됐어. 나도 내가 나쁜 년이라 생각하니까. 그래도 네가 간다고 했다면 억지로 붙잡지는 않았을 거야. 네 빈자리가 아쉽고 그리울 테지만 난 또 그런대로 살았을 거야. 그게 감당이 안 돼서 무섭고 외롭더라도 차라리 그게 나을 뻔했어."

"소옥아."

"싫어! 난 네가…… 네가…… 지금처럼 겨우 사는 모습은 더 보기 싫어. 억지로 사는 모습 싫단 말이야. 이 멍청한 계집애야!"

꾹 참았던 것이 기어이 터졌다. 앙칼지게 소리치면서 울음을 터뜨리는 소옥의 어깨가 부들부들 떨렸다. 느닷없는 호통에 적잖이 당황했지만 그래서 어이가 없다기보다는 고마웠다. 진정으로 저를 걱정하는 말임을 안다. 소옥이 운영을 생각하는 마음만큼 운영도 소옥에게 의지하고 있었다.

"나도 잘 모르겠어."

"……."

"왜 떠나지 못했는지."

"네가 모르면 누가 알아! 네 시꺼먼 속을 누가 아냐고! 으흐흑."

소옥은 앙칼지게 외치면서도 계속 볼썽사납게 울었다. 운영은 꼭 다문 입술에 힘을 주면서 소옥의 등을 두드렸다. 물꼬가 트이면 걷잡을 수 없이 무너져 내릴 것임을 알기에 운영은 제 마음을 바싹 조였다. 여차하면 울음이 터질 것 같은 붉은 눈을 깜박이며 크게 숨을 들이쉬었다. 연한 소나무 향이 어렴풋이 풍겨오는가 싶더니 일순간에 진해졌다.

"소옥아."

"……."

"바람이다."

그 뜬금 없는 말소리에 이끌려서 소옥은 운영의 품에 파묻혔던 고개를 들어 올렸다. 빨갛게 부어 오른 코끝으로 향긋한 풀냄새가 스쳐 지났다.

"난 있지."

운영은 오고가는 사람들의 시선도 의식하지 않은 채 그대로 눈을 감았고 두 팔을 뻗어서 온몸으로 바람을 맞았다.

"이렇게 느닷없이 불어오는 바람에도 가슴이 뛰어."

"……."

"정말…… 운이 좋은 것 같아……."

'멀리 있어도 가까이 있는 기분이 들거든.'

바람을 닮은 남자가 있었다. 갑갑한 삶의 연속에서 느닷없이 파고들었던 한 남자를 가슴에 품으면서 참 많이도 웃었다. 영원을 약속하겠다는 남자를 제 손으로 놓았다. 그 남자를 따라나서지 못한 것에 대한 미련도 후회도 없다. 다만 함께했던 기억이 깊게 자리하여 흐려지지 않을 뿐이었고 쉽사리 지울 마음도 없었다. 운영은 해사하게 웃으면서 차분하게 시선을 내리깔았다. 그렇게 한참을 바람이 온몸을 휘감도록 내버려두었다.

"괜찮아?"

"아니."

"그럼, 울어."

"싫어."

"왜?"

"약속했거든."

"누구랑?"

"나랑."

제 입으로 내뱉는 모든 말들에 울음이 솟구친다. 그래도 참아야 했다. 이제 더 이상 소리 내어 엉엉 울지 않겠다고 제 안에 살고 있는 가녀린 여자와 새끼손가락을 걸었다. 그것은 제 스스로의 선택에 대한 책임이었고 앞으로의 삶에 대한 의지였다. 운영은 떨리는 눈꺼풀을 꾹 찍어 눌렀다. 진작부터 고여 있던 눈물이 다시 눈 안으로 스며들었다. 소리 없이 흐르는 눈물이 핏줄기를 타고 도는 느낌에 손끝이 저릿했다. 겨우 시끄러운 속을 다스린 여자는 아무 일도 없었다는 듯이 또 웃었다.

"이제 그만 가자. 마마님한테 혼나겠다."

운영의 옆을 지키면서 소옥은 한마디 말도 붙일 수가 없었다. 이해한다, 힘내라, 기운 내라…… 전부 부질없는 말들. 그래서 그 어떤 위로의 말도 전할 수 있는 게 없었다. 그저 이대로 손을 놓으면 운영이 어딘가로 사라질 듯 희미하게 느껴져서 그녀의 옷 깃을 붙잡은 손에 힘을 꽉 주는 게 할 수 있는 전부였다.

"어, 비 온다. 비!"

"기껏 빨았더니, 이게 뭐야!"

"얼른 비단부터 꺼내. 빨리!"

운영과 소옥이 속해 있는 B조의 행사가 끝나 갈 무렵이었다. 톡톡 작은 빗방울이 떨어지기 시작했다. 한두 방울이 전부라고 방심하기에는 그 기세가 심상치 않아서 궁녀들은 서둘러 비단 천을 정리했다. 순식간에 굵어진 빗줄기에 관광객들도 서둘러 자리를 뜨기 시작했다.

"아직이야?"

"어. 다 됐어! 지금 가!"

운영도 허둥지둥 자리를 정리하고 몸을 일으켰다. 무심결에 고개를 든 순간 숨이 멈추고 두 눈이 잔뜩 커졌다. 개울 건너편에 고정된 시선 끝이 초점을 잃고 흔들렸다. 그녀의 눈에 담긴 남자, 거짓말처럼 그곳에 있는 김유영 때문이었다. 운영은 손에 쥔 비단 천을 꽉 움켜잡았다. 언제부터 저 자리에 있었던 것일까? 자신을 향한 올곧은 시선에 운영은 눈시울이 젖어들었다. 거센 빗줄기 속에서도 두 사람은 우두커니 서서 서로를 향한 시선을 거두지 못했다. 마치 모든 것이 정지된 것처럼 그들은 그 자리에 멈춰 있었다. 시간이 멈추지 않았음을 보여주는 것은 흐르는 개울물의 움직임이었다.

마주친 시선 속에서 유영은 '괜찮으십니까?'라고 물었고 운영은 '괜찮다'고 답했다. 그녀의 답을 알아들은 듯 유영은 입꼬리를 휘며 다정스레 웃었다. 당장에라도 그녀에게 뛰어가고 싶은 충동을 누르면서 주먹을 꽉 틀어쥐었다. 지금이라도 운영이 개울물을 건너서 제 품안으로 뛰어든다면 저 작은 손을 잡고 어디로든 함께 가리라 생각했다. 부디 한 번 더 마음을 내어 달라고 간절히 빌었다. 하지만 애석하게도 정중한 이별을 전한다. 운영은 단정한 자세로 손을 모아 고개를 숙였다. 입 밖으로 소리 내어 전할 수 없는 그 말은……

'안녕.'

그의 기대가 여인에게 닿지 않았고 운영은 미련 없는 뒷모습을 보였다. 그 차디찬 뒷모습을 바라보고 있자니 눈이 시려서 유영은 차라리 눈을 감아버렸다. 그리고 간절히 바랐다. 부디 행복하기를……. 진작부터 끝이라고 선언한 여자를 이곳까지 찾아와 다시 마주한 것은 믿기지 않아서였다. 절친했던 친구를 잃었고, 아버지를 실망하게 했지만 그에게 남은 것은 아무것도 없었다. 야속한 저 여자는 모르리라. 서른셋 인생을 살아온 남자가, 이제야 겨우 첫사랑의 열병을 시작했다는 것을.

　"사랑, 두 번은 못 하겠네."

　　남포에서 임 보내며 슬픈 노래 부르네
　　대동강 물은 어느 때 마르려는지
　　해마다 이별 눈물 푸른 강물에 더해지네
　　- 정지상 〈송인〉

제오장.

파국

"홍운영은?"

"그냥 감기입니다. 콜록콜록."

"지금은 어떤데?"

"열은 더 이상 오르지 않는 듯싶습니다. 제대로 된 컨디션을 찾아가고 있으니 심려치 마십시오. 그보다 제가 더 걱정…… 콜록콜록."

홍 내관은 일부러 현에게 보란 듯이 콜록거리면서 눈을 흘겼다. 사랑의 열병을 앓고 있는 왕자님 때문에 감기 바이러스까지 함께 앓아야 하는 것이 못내 짜증이 났다. 그는 일부러 잔기침을 쥐어짜내면서 캑캑거렸다. 현은, 홍 내관의 기침 소리를 흘려 들으면서 운영의 열병이 시작되었던 첫날을 떠올렸다.

유영과의 마지막 날. 수성궁으로 돌아온 운영은 쏟아지는 빗줄기 속에서도 한참을 멍하니 서 있었다. 내리는 빗줄기 속에서 몸을 내맡기던 그녀는 그대로 쓰러져서 근위대에 의해 발견되었다. 열이 펄펄 끓는 통에 정신을 차리지 못하는 운영의 옆에서 현은 몇 날 며칠을 전전긍긍했다. 감기에 옮을 수 있으니 곁에 있지 말라던 홍 내관의 만류에도 그는 요지부동이었다. 좀처럼 떨어지지 않았던 열이 정상 온도를 찾아갈 때까지 현은 직접 그녀의 이마에 수건을 올려 주었다. 덕분에 현도 감기에 옮아서 며칠을 앓았고 홍 내관은 여전히 잔기침에 시달리고 있었다. 그 보상으로 원하는 게 있는 홍 내관은 무심한 현의 관심을 끌기 위해서 다시 한 번 더 거친 소리로 콜록거렸다. 그리하여 마주한 것은 '찌릿!' 쏘아보는 눈.

"아, 진짜! 좀 그만하지?"

"대군 덕분입니다."

"며칠 쉬어."

"정말입니까?"

"궁이 시끄러워서 월차 못 쓴 지 꽤 됐잖아. 이참에 몰아서 쉬어."

시들시들했던 홍 내관의 얼굴에 금방 꽃이 피었다. 달력에 빨간색으로 표시를 하면서 휴가 일정을 짜는 홍 내관의 눈이 반짝거렸다. 그 모습이 재밌어서 현도 오랜만에 웃었다. 하지만 그 작은 웃음조차 오래갈 수 없었다. 타이밍도 적절하게 현의 개인 핸드폰이 울렸기 때문이다. 그 순간에 소름이 돋았다.

"성삼혁 검사님이십니다."

그가 궐 안의 직통 전화를 거치지 않고 현에게 직접 전화를 걸었다는 것은 좋지 않은 징후였다. 그것은 결코 외부에 알려져서는 안 되는 일을 뜻했으며, 곧 홍 내관이 휴가에 갈 수 없음을 보여주는 일이었다. 홍 내관은 심란한 표정으로 집어 들었던 달력과 펜을 내려놨다.

"나야."

현이 전화를 받는 순간 그의 표정을 빈틈없이 주시하는 홍 내관의 얼굴이 심각하게 굳어졌다. 휴가 따위는 까맣게 잊어도 좋으니 부디 큰일이 아니기만을 바랐다.

[죽었어. 홍만식.]

수화기 너머로 전해지는 옅은 음성이었지만 똑똑히 들렸다. 출소를 한 달 앞둔 홍만식이 옥중에서 죽었다는 전화였다. 사인은 독극물에 의한 중독사. 순간 현의 눈이 스산한 빛을 내며 번뜩였다. 이를 사리무는 대군의 모습을 넋을 놓고 지켜보던 홍 내관은 갑자기 무슨 생각이 났는지 다급히 몸을 움직였다. 서재 밖으로 뛰어나가 지밀나인들과 호위병들을 단속했고 별궁 근처의 모든 출입을 차단했다. 특히 소해궁 쪽 사람이 별궁 주위를 얼씬거리지 못하도록 경계를 강화했다. 홍 내관이 본능적으로 제 할 일들을 마무리하는 그 시간 현의 세계는 또 갈라지기 시작했다. 더 이상 무너질 곳도 없는 넝마와도 같은 성이 마침내 쓰러지기 직전이었다.

"정양호인가?"

[아마도. 섣불리 단정할 수 없지만, 홍만식이 풀려나면 가장 위험해지는 건 그쪽이니까.]

불안한 예감이 사실로 확인되는 순간 눈앞이 아찔해졌다. 현의 얼굴은 핏기가 빠져나간 듯 하얗게 질려 있었다. 테이블 위로 까닥여지는 손가락, 깨물어지는 입술, 찡그려지는 눈가의 움직임이 지옥이 왔음을 분명히 하고 있었다.

"총리 쪽은?"

[특별한 반응은 없어. 총리로서는 다음 재선까지 불필요한 잡음을 만들어내지 않는 게 유리할 테니까. 이 일에 깊게 관여하지 않으려 할 거야.]

"그럴 테지. 그래서 앞으로의 예후는?"

[내사를 진행하고 있지만 이미 사람을 매수했을 테니 손쓰기 어려워. 독극물도 내부 소행일 테니까. 최대한 털어봐야지.]

"부탁할게."

통화를 끝낸 뒤 현은 말을 잃었다. 한참을 멍하니 전화기를 붙잡고 있을 뿐 아무것도 할 수가 없었다. 목이 마른다. 침을 삼켜도 더욱 메마르는 것이 이제는 육체조차 마음대로 되지 않는다.

"죽었…… 다고?"

'죽음' 그 강렬한 어감이 입 밖으로 되새겨지는 순간 사고가 정지된 듯 머릿속이 뿌옇게 흐려졌다. 머리 한쪽에서 번지는 날카로운 통증에 미간이 찌푸려졌고 속이 메스꺼웠다. 그는 떨리는 손으로 재빨리 두통약을 씹어 삼켰다. 물을 삼키지도 못할 만큼 휘둘리는 고귀한 자의 위태로운 모습 앞에서 홍 내관의 표정도

처참했다.

"주변을 모두 통제하고 있습니다."

"소해궁은?"

"별다른 움직임은 없습니다. 지금 승마장에 계신 것으로 보고되었는데 가족 모임이라 합니다."

"정양호가 그 자리에 함께하나?"

"그렇다고 합니다. 안 그래도 저녁 식사를 함께하시고 싶다는 연락이 왔었습니다. 어찌 할까요?"

"사람을 죽여 놓고서 잘도 그 입에 뭐가 들어간단 말인가."

현은 이를 갈면서 으르렁거렸다. 후들거리는 다리에 힘을 준 채 겨우 의자에서 몸을 일으킨 그는 커다란 책장 앞에서 크게 숨을 들이쉬었다. 어떤 결심이 서린 듯 망설임 없이 책장을 밀어젖혔다. 그 뒤쪽에는 또 다른 쇠문이 있었다. 현이 지문 인식으로 문의 잠금장치를 푸는 사이 홍 내관은 닫힌 문을 주시하면서 주변을 살폈다. 문을 열고 들어간 그곳은 삼엄한 경계가 어울리지 않을 정도로 단출했다. 협탁 위에 놓인 작은 금고 하나가 전부였다. 홍 내관에 의해서 금고 안에 들어 있던 작은 상자 하나가 꺼내졌다. 그것을 받아든 현의 표정이 처참히 일그러졌다.

"죽었어."

"……."

"…… 때문에."

상자 안에 들어 있는 작은 USB가 시야에 들어오는 순간 이성이 끊어진다. 의식을 놓고자 하는 것은 믿을 수 없는 현실 때문이었다.

"나 때문에…… 죽었…… 다고."

그야말로 이중 삼중, 겹겹의 철통 보안으로 지켜온 그것은 현의 비밀, 〈정음〉의 비밀문서였다. 모든 문제의 시작점이 되는 지옥의 열쇠가 그것이었다. 아무리 욕지거리를 내뱉어도 목 안의 불쾌함이 사라지지 않는다. 손을 뻗어 물건을 움켜쥐는 순간에 '죽음' 그 잔인함이 목을 죄어 온다. 이미 벌어진 모든 일을 되돌릴 수 없음에 스스로가 몹시도 무력하게 느껴졌다. 지금껏 눌러 왔던 모든 감정이 북받쳐 오르기 시작해서 숨소리가 끊어질 듯이 흩어졌다.

"진정하십시오."

"내가 죽인 거야."

"지나치신 생각입니다. 감정적으로 마주할 일이 아닙니다."

차분한 말로 다독이기에 현은 이미 통제 불능이었다. 초점을 잃은 두 눈이 붉게 충혈되어 있었고 주먹이 부들부들 떨렸다. 한계에 달한 남자는 USB를 움켜쥔 손으로 벽을 내려쳤다. 주먹에 피가 맺히는 그 모습에 홍 내관은 아연실색했지만 현을 멈출 수는 없었다. 그는 터지기 직전의 폭발물처럼 몹시도 위태로웠다.

"스승님께서……."

눈을 거친 뜨거운 액체에 모든 슬픔이 섞여 있었다. 남자의 거친 몸짓을 따라서 그의 눈물이 여기저기 흩뿌려지는 모습이 몹시도 처연했다.

"아아아악!"

현은 악을 쓰면서 무너져 내렸다. 홍운영의 아버지 홍만식은 현의 사람이었다. 그는 현의 어린 시절 검도 선생이었고 수성궁의 경호 책임 고문을 맡고 있었다. 현과 홍 내관의 인연도 그때부터였다. 삼촌을 따라 수성궁에 놀러온 되바라진 꼬마 아이가 왕자의 놀이친구로 지목되었고 사이가 좋지 않던 그들은 어느 날 갑자기 호형호제를 하게 되었다.

"현민아. 고개를 숙여서 인사해야지."
"내가 왜? 이쪽도 어린이인데."
"쓱! 이분은 왕자님이야. 너보다 형이고."
"왕자는 무슨……. 삼촌, 동화책 그만 봐. 요즘 세상에 왕자가 어디 있어?"
"이 자식이 진짜!"

훗날 되바라진 꼬마가 현의 수행비서가 되리라고는 생각지 못했던 일이었다. 현과 홍 내관이 또래 친구들처럼 정을 나누면서 커가는 사이 홍만식은 결혼을 했고 아이를 낳았다. 자녀들이 자라면서 홍만식은 아버지로서의 시간을 좀 더 갖고 싶다는 뜻을 전했고 현은 그의 뜻을 존중하여 홍만식을 수성궁에서 떠나보냈다. 그 뒤로 홍만식은 줄곧 작은 검도 도장을 운영했었다. 이따금 이어지던 홍만식의 연락이 끊긴 것은 그의 첫 아이가 이제 초등학생이 되었다는 편지를 받은 그 이후였다. 현은 조용히 스승의 단란한 일상을 응원하면서 일부러 그를 찾지 않았다. 그 무렵

현은 선대왕이었던 한종의 주도하에 〈정음〉의 실체를 쫓기 시작했다. 그렇게 3년여의 시간이 더 흐른 뒤 현은 스무 살의 성인이 되었고 제 자신의 한계를 깨달았다. 〈정음〉의 실체를 깊숙이 파악하기 위해서는 뼛속까지 믿을 수 있는 사람이 필요하다는 것을 말이다. 그때 떠오른 한 사람이 바로 홍만식이었다. 결국, 홍만식은 현의 간곡한 부탁으로 이중 스파이 노릇을 하게 되었다. 그것은 현이 지금껏 숨겨온 모든 일의 시작이었다.

"죄송합니다."

"큰일을 앞두신 분께서 입에 올리실 말은 아닙니다. 대군께서 가시는 그 길의 초엽에 제가 있음이 영광스러울 뿐입니다."

"아이는…… ."

"이제 막 열 살 생일을 앞두고 있습니다. 얼굴이 예쁘장해서 골목마다 숨어 보는 소년도 제법 많습니다. 어느 녀석한테 시집을 보내는 게 좋을지 고민스러울 정도로. 걷기만 해도 조공을 바치는 녀석들이 줄줄이 따라다니는 거 보셨습니까?"

"아이의 울음소리는 질색이라고 하시더니, 스승님도 딸바보가 되신 모양입니다."

"이제, 기억이라는 것이 생길 나이지요. 부디, 예쁜 추억만을 가져야 할 텐데……. 대군. 제가, 일이 잘못되면…… 저를 대신하여, 이 아이에게 좋은 기억을 선물해 주시지 않겠습니까?"

"저 아이가 분명히, 저를 미워하게 될 텐데요."

"왕자님과 함께하는 소녀가 어찌 행복하지 않겠습니까. 모두가 꿈꾸는 동화인 것을요."

홍만식이 운영하던 검도 도장을 접고 대내외적으로는 무능력한 한량의 삶을 보여주기 시작한 것은 운영의 나이 열 살 무렵이었다. 어린아이의 기억이 자리 잡기 시작했을 그 시점부터 그녀가 아버지의 모습을 무능력한 가장으로 기억하는 것은 그 때문이었다.

그렇게 홍만식은 용역 회사를 통해 심부름꾼이라는 명목으로 정음의 지하조직에 접근했고 출중한 무예로 그들의 신임을 얻었다. 마침내 비밀 전령사로 위장하는 데 성공했고 그 뒤로 정음의 핵심 조직원을 파악하는 일에 주력했다.

차근차근 일이 진행되었고 수년간의 시간이 흘러서 프로젝트의 종결을 선언하던 날이었다. 입헌군주제의 전복을 꾀하는 비밀조직 〈정음〉의 모든 조직원의 수결 및 그들의 수장이 정양호라는 사실이 담긴 비밀문서를 넘겨받기로 약속한 날이었다. 그날 홍만식은 모든 일을 끝내고 가족의 품으로 돌아가기로 되어 있었다. 그런데 그날 홍만식의 정체가 발각되었다. 그는 목숨을 담보로 도망치던 와중에도 현에게 USB를 건넸다. 모든 것이 담긴 USB를 건네받으면서 현은 그에게 진심으로 무릎을 꿇고 마음을 다해 사죄했다. 그는 제 손으로 스승을 체포해야만 했다. 홍만식을 죽이고자 하는 정양호에게서 그를 지켜낼 방법은 그것뿐이었다.

그의 스승은 그에게 부디 이로운 일을 하시라는 말과 함께 성삼혁이 이끌고 온 사람들에 의해 체포되었다. 삼혁이 그를 잡아들이는 죄목은 〈정음〉의 비밀 전령사 노릇을 했다는 간단한 명분이었다. 삼혁은 비밀문서의 행방에 대해 추궁했지만 홍만식은 함구했다. 체포되기 직전에 만난 자가 누구인지에 대해서 지금까지도 입을 열지 않고 있었기 때문에 형량은 감축되지 않았다. 그렇게 비밀문서의 행방은 묘연해졌고 홍만식이 현의 사람임을 아는 자는 아무도 없었다. 오직 현과 홍 내관만이 품고 있는 무거운 짐이었다.

"이롭게 써달라 하셨어. 그런데 이롭기는커녕 골방에 처박아두고서…… 모르는 척 살았다고. 이까짓 문서 조각 때문에 생과 사를 오가던 어떤 이의 보람도 함께 모른 척하면서……."

"제 숙부도…… 동의하신 일이었습니다."

"그분은 정의로우신 분이니까. 나는 비겁한 겁쟁이고."

"그때는 어찌할 수 없는 일이었습니다. 대군께서는 때를 보고자 하지 않았습니까. 그저 타이밍이 좋지 않았다 생각합니다."

"아니지…… 그리 믿었던 건 나였지."

"……."

"내가 살기 위해서."

현은 밀려드는 감정의 소용돌이에 제 몸을 던져 넣었다. 처절하게 나뒹굴고 상처 받아도 상관없다 생각했다.

"시대의 풍운아. 백조처럼 우아한 삶? 우습다고. 같잖은 소리지."

운영을 받아들인 것도, 귀찮아서 거부했던 비해당 프로젝트를 떠안은 것도 사실상 홍만식 때문이었다. 본래 비해당의 궁녀는 친인척 가운데 범죄자가 존재해서는 안 된다는 규율이 있었지만 현은 그 규율을 직접 어기면서까지 운영을 비해당의 궁녀로 뽑았다. 열다섯 소녀 집단이라는 입궁 조건은 당시 그 나이였던 운영에게 동갑내기 또래 친구들을 만들어주기 위한 현의 배려였고 서른살의 퇴궁 조건은, 홍만식이 출소하기 전까지 그 가족을 〈정음〉의 세력에게서 지켜내기 위한 최소의 시간이었다. 그것이 안형대군의 정체가 탄로 나지 않으면서 왕조를 영달을 위해 희생당한 운영의 가족을 도울 수 있는 최선의 방법이었다. 그렇게라도 해야만 자신의 죄책감과 무력함을 상쇄시킬 수 있었으니까.

그게 키다리아저씨, 아니 왕자님의 시작이었다. 가엾고 미안하여 한 번 더 눈길이 가는 소녀가 신경이 쓰이기 시작하더니 마침내 제 마음에 떡하니 들어찼다. 처음엔 그저 여동생처럼 아끼는 마음일 것이라 믿고 무시했다. 그런데 여인의 미소를 짓기 시작하는 여자를 바라보면서 뛰는 가슴은 멈추지 않았다. 그것이 연모의 마음임을 인정하지 않을 수 없게 되었을 때에는 이미 그 마음이 걷잡을 수 없이 커져 있었다. 그래서 제 곁에 억지로 묶어두고 떠나지 말라 애원하는 것이 그의 현재였다.

"미친 거지."

"……."

"지은 죄도 모르고 감히 누굴 원해. 돌았던 거지."

실없이 터지는 웃음이 멈추지 않아서 가슴이 뻐근했다. 그 아릿한 통증조차 아프다고 느껴지지 않았다. 잃은 것을 되찾을 수 없다는 공허함이 그를 더욱 아프도록 휘갈겼기에.

"아등바등 살았어. 가진 것을 지키기 위해서…… 독을 감추고 억지로 웃으면서 즐거운 세상이라고 같잖게 소리쳤어. 내가……."

홍 내관은 말없이 현의 모든 넋두리를 받아냈다. 텅 빈 눈동자에 담긴 서글픔을 마주하면서도 손이 묶인다. 그를 위로할 수 있는 방법이 없음에 속이 쓰렸다.

"그 더러운 발놀림을 지금껏 숨겨 왔다는 게 신기할 정도지. 뭐가 그리 애타는 삶이라고 놓지 않으려 애를 썼는지…… 빌어먹을."

스스로에 대한 힐난과 비릿한 조소로도 부족했다. 한 가정의 몰락과 그 속에서 모든 것을 짊어진 한 여인의 비극적인 운명을 떠올리면 숨이 막힌다. 그것의 시작이 바로 자기 자신이라는 사실을 그동안 잊고 있었던 스스로가 저주스러웠다. 붉게 충혈된 눈의 열기 때문에 눈이 시큰거려서 잠시 눈을 감았다. 그런데 그조차도 사치라는 듯이 눈물로 얼룩진 운영의 얼굴이 선명하게 튀어 올랐다. 순간 눈앞이 아찔해서 감은 눈을 번쩍 떴을 때 하필이면 그 흐릿한 시선이 제 손에 들린 물건으로 향했다. 그 딱딱하고 작은 조각이 주는 존재감이 무척이나 버겁다.

"이 빌어먹을 막대기만 없었으면……."

선대왕인 한종은 갈망하던 〈정음〉의 비밀문서를 가졌음에도 쉽게 칼을 빼어들 수 없었다. 당시에는 그들의 활동이 이미 정점에 달해 있을 무렵이었다. 하루가 멀다 하고 조선 왕조 타파를 주장하는 게릴라성 시위가 벌어졌고, 잊을 만하면 터져 나오는 왕족의 성추문 보도에 왕실은 골머리를 앓았다. 사치스러운 왕족의 차림새에 대한 집중 보도는 국민들에게 상대적 박탈감을 불러일으켰고 왕실의 경제적 지원에 대한 논란이 점화되었다. 한번 붙은 불은 걷잡을 수 없이 피어올랐고 국민들은 왕실에 대하여 '없어도 되는 존재'라는 인식을 갖기 시작했다.

그것이 〈정음〉이 의도하는 바였다. 그들의 목적은 백성들과 왕실의 견고한 유대감을 끊어내는 것이었다. 조선 왕조에 대한 국민들의 애정을 애증으로 바꾸는 모든 일의 시작과 끝에는 〈정음〉이 있었고 그들의 꼭대기에 있는 자가 정양호였다. 그는 세도정치가의 후손이었다. 막강한 재력과 탄탄한 배경으로 제 뜻을 관철시킬 수 있는 오만함은 그의 가장 큰 무기였다.

정양호와 관련한 일도 감당할 수 없어서 속이 시끄러운데 문제는 그뿐이 아니었다. 총리 김종대는 정양호와 함께 숙향대군을 엮어서 처리하고자 호시탐탐 기회를 노리고 있었다. 절대왕정으로의 복귀를 추진하는 숙향의 정치적 입지를 아예 제거하기 위함이었다. 무엇보다 칼을 뽑은 한종의 손을 머뭇거리게 하는 것은 바로 정양호가 왕가의 사돈이 된다는 것이었다. 진실이 드러났던 그 시점에, 이미 현은 정양호 가문의 예비 사위였다. 약혼녀인 정양호의 딸이 느닷없이 유학길에 오른 덕분에 정식 혼담 절차가 늦춰지고 있었지만 그녀가 돌아오는 시점에 완성될 정략결혼이었다. 왕조를 전복시키려고 하는 자가 왕족의 사돈이 된다는 아이러니한 상황 속에서 한종이 칼을 뽑으면 절대적으로 불리

한 것은 현이었다. 이미 당시에는 현에 대한 좋지 않은 소문이 퍼지고 있는 상황이었다. 정양호가 왕실의 후원금을 지급한다는 명목으로 비자금을 조성하고 있으며 그것에 앞장서고 있는 것이 안형대군이라는 뜬소문이었다. 그가 정양호와 야합하여 조성한 비자금이 숙향대군의 사병 조성에 흘러들어간다는 추측성 소문도 가라앉지 않았다.

사그라지지 않는 소문 앞에서 현은 그 모든 문제의 싹을 잘라내기 위해 최후의 수단을 꺼냈다. 그것은 소해궁과의 혼담 파기였다. 하지만 한종은 이를 마땅치 않아 했다. 정양호가 주도한 찌라시 기사 덕분에 현과 그의 약혼녀는 꽤나 애틋한 장거리 연애를 하는 모양새로 비치고 있었다. 그런 와중에 파혼한다는 것은 대중의 설득력을 얻을 수 없었다. 오히려 비자금 문제를 제 손으로 인정하는 불리한 모양새로 비칠 수도 있었다. 게다가 제 딸 사랑이 지극한 정양호를 섣불리 자극하는 것은 알아서 불구덩이 속으로 들어가는 일이었다. 〈정음〉의 수장은 왕자님에게 모든 넝마를 덮어씌울 수 있는 힘이 있었다. 무엇보다 왕족의 파혼은 이미지로 먹고사는 그들의 가치와 도덕성을 훼손하는 일이었다. 그것은 왕가의 후손들에게 있어서 참을 수 없는 수치였다.

"왜 망설이는데! 그냥 찔러. 가진 칼을 휘두르면 된다고."
"네가 위험해져."
"그딴 게 뭐가 무섭다고! 뜬소문 따위는 어차피 사라져. 아니, 아예 얼룩진 오물이 되어도 상관없어. 내 욕은! 내가 알아서 씹을 테니까 상관 마. 형은, 그 반역자를 감옥에 집어넣어. 그 요망한 세 치 혀는 평생 그곳에서 영원히 살아야 한다고."

"네 장인이 될 사람이야."

"장인? 누구 맘대로? 약혼, 그 빌어먹을 선택을 했던 열아홉 살에 내 의지는 없었어. 보위에 오르신 형님께서 정치적 중립을 논했고 내게 종이 한 장을 내밀었지. 그 시절의 철없던 내가, 지장을 찍었던 건 오로지 당신! 나의 주군을 위해서였어. 그런데 봐. 그 선택이 지금, 우리 목을 조른다고."

"파혼은 안 돼. 약조를 어기는 일이야."

"아직도 점잖은 소리야?"

"똑바로 들어. 그건 결코 가벼운 일이 아니야. 국민을 기만하는 행위고, 왕가의 신의와 직결되는 치명타야."

"지금 스승님께서는! 저 차디찬 냉골 속에서 홀로 버티고 계셔, 우리가 그분을 감옥에 처넣었어. 덕분에! 나는 구역질이 날 정도로 꾸역꾸역 살고 있다고. 그런데도 임금님께서는 여전히, 왕실의 안위를 논하는 거야? 그게, 고작 그 빌어먹을 정음의 수장을 숨겨주는 대가인가?"

"곡해해서 듣지 마. 지금 네가 사리분별이 안 되고 있잖아!"

"파혼할 거야. 그래서 형이 아등바등 지키는 그 왕실의 명예가 훼손된다고 해도 내 선택은 하나야."

"닥치지 못해!"

"형……."

"네 안에 흐르는 피의 의미를 욕보이지 마. 종묘에서 예를 갖추는 이유는 찬란한 뿌리를 확인하고 위대한 혈족의 계승을 약속하는 행위야. 국민들 앞에서 그걸 굳이 보이는 이유는! 우리가 당신들이 사는 세상을 지배했던 단 하나였음을 상기시키기 위해서야. 그렇게 악을 쓰며 지켜온 우리의 성이야. 반쪽이 되었다고 해서 함부로 살 수 없는 삶이라고. 그 혈통의 계승에 빨간 줄을 드리우는 건 용서 못 해. 그건 네 형이 아니라, 왕으로서의 명령이야."

처음으로 형에게 대들어서 뺨을 맞았던 그날, 결국 현은 혼담 파기 서류를 제 손으로 찢어야 했다. 그리고 그날은 현이 처음으로, 주군이 앓고 있는 병의 진실에 대해서 들었던 잔인한 하루였다. 안팎으로 좋지 않은 상황을 더욱 한계 상황까지 몰아붙이는 것은 야속하리만큼 얼마 남지 않은 한종의 목숨이었다. 제가 휘두르던 칼의 끝에서 진동할 피비린내를 직접 닦아낼 수 없는 미완의 결말. 그것은 젊은 왕이 호기롭게 벌여놓은 일의 심판을 제 손으로 할 수 없음을 뜻했다. 아직도 잠들기 전 어미의 젖무덤을 찾는 어린 세손은 그 모든 것을 감당할 수 없을 터였다. 그래서 덮어야 했다. 할 수 없이 적과 손을 잡은 채 곁에 두고 지켜봐야 했다. 어린 왕이 세상에 눈을 뜨고 조금은 제 삶의 뒤처리를 할 수 있을 때까지 적절한 시기를 두고 지켜보자는 것이 그들의 결론이었다. 왕가의 후손들은 인정할 수 없는 자신들의 한계를 시간을 버는 것으로써 합리화하고자 했다. 그리하여 남은 모든 치

욕은 살아 있는 자의 몫.

"죄는 같이 지어 놓고서……."

들어줄 사람이 없어서 더욱 서러운 혼잣말이었다.

"혼자 천국에서 살면…… 좋냐."

현은 아주 오랜 시간 부르지 않았던 그 이름을 입에 담았다.

"선이 형."

하늘을 향한 그의 두 눈에 눈물이 가득 고였다. 눈물을 참아 내는 탓에 아릿한 통증이 느껴지는 두 눈을 제 손으로 찍어 눌렀다. 그럼에도 손가락 사이로 번져 나가는 물기는 이제 어쩔 도리가 없었다. 미치도록 형이 원망스럽고 그리운 순간이었다. 고요하게 눈을 감으면서 건넨 마지막 한마디가 환청처럼 귓가를 떠돌았다.

"현아. 미안하구나."

이제는 그 얼굴조차 흐릿한데 그 음성은 너무도 생생했다. 한종은 터울이 많이 지는 막냇동생을 무척이나 귀여워하였다. 글과 셈을 가르쳐준 첫 번째 스승이었으며 그가 기대어 어리광을 피울 수 있는 커다란 그늘이었다. 개구쟁이 숙향은 현과 몸싸움을 하면서 장난치는 것을 좋아했고 그것을 친밀감의 표현이라 하였다. 혹여 현이 그 싸움에 져서 다치거나 울고 있으면 으레 가장 먼저 달려와 업어 달래준 것이 큰형이었다. 왕좌를 논하며 요망하게도 세 치 혀를 움직이는 자들에게 고고하게 웃어주며 속으로는 욕을 뱉었다. 그에게 있어서 완벽한 왕재(王材)의 모습은 그의 큰형인 이선…… 그가 전부였다. 그러니 어디 감히 왕좌가 탐난다고 혀를 놀릴 수 있으랴. 그는 형이 만들어가는 세상 속에서 그저 작은 보탬이나마 되면 좋겠다 생각했다. 그리 사는 인생이라면 충분히 많은 것을 누리는 것이라 생각했다. 그랬는데 그의 형은 너무도 빨리 그를 떠났다. 그것이 미치도록 야속하다.

"미안하다는 말은 이제 내가 할게, 선이 형. 더는 돌아갈 길이 없어."

현은 USB를 다시 힘주어 움켜잡았다. 그것을 잡아 쥐는 순간 모든 것이 끝났음을 실감했다. 남은 것은 틀어진 것을 제자리로 돌리는 것이었다.

"홍운영은?"

"최 상궁과 함께 있습니다."

"그럼……."

"지금쯤 소식이 전해졌을 겁니다."

순간 입 안으로 흙먼지가 고여드는 것처럼 숨이 막혔다. 현은 거친 호흡 때문에 가슴이 욱신거려서 인상을 찌푸렸다. 그 애처로운 몸짓을 바라보면서 홍 내관은 주먹을 꽉 틀어쥐었다. 차마 '괜찮으십니까'라는 그 흔해빠진 말조차 건넬 수가 없다. 지금 현을 위해서 해줄 수 있는 게 아무것도 없다는 사실에 스스로가 몹시도 무력하게 느껴졌다. 현은 그에게 모시는 분 그 이상의 특별한 의미를 가진 존재였다. 제 가족보다도 더 많은 시간을 함께했으며 서로의 기침 소리만으로도 그 의중을 알아챌 수 있을 만큼의 특별한 교감이 그들 사이에 있었다. 때문에 홍 내관은 현의 말을 믿지 않는다. 제 스스로 '아등바등'이라고 명했던 그 시간 속에서 현이 얼마나 애를 쓰며 모든 것을 지켜왔는지 잘 알고 있기 때문이었다. 빛이 없는 어둠 속에서 억지로 쥐어 짜낸 빛 때문에 저 남자의 속이 얼마나 겁게 썩어 있는지 말이다.

"사가로 보내."

겨우 몸을 일으킨 현은 지친 숨을 토하며 벽에 손을 짚었다. 미약한 몸짓으로는 후들거리는 몸의 떨림이 진정이 되지 않았다.

"내 스승의 장례를 섭섭지 않게 치를 수 있도록……."

벽을 짚고 있는 손에는 잔뜩 힘이 들어가서 손끝이 하얗게 핏기를 잃었다.

"뒷일을 부탁해."

모든 것을 지키고 싶다는 욕심의 대가가 그의 눈앞에 있었다. 제 스승도, 여인도…… 전부 망가졌다. 그녀를 향한 자신의 마음을 사랑이라 이름 붙였건만 모든 것이 허상이었다. 결국 운영에게서 아버지와 꿈을 빼앗은 채 선녀의 유배지에 가둔 것은 자신이 아니던가. 그가 죄책감에 시달리는 사이에도 시간은 속절없이 흘렀고 운영은 소중한 것을 잃은 슬픔에 빠져들었다. 그렇게 삶의 감각을 잃어가는 시간이 계속 흐르는 사이 남자는 모든 것을 내려놓을 준비를 끝냈다. 그 순간에 떠오르는 것은 1분의 시간, 유영이 왕자님에게 잘난 듯이 혀를 움직여 힐난했던 말…… 현은 새삼 그 시간이 간절해졌다. 고작, 1분. 그 시간으로 전부 잊을 수 있다면…….

"오죽이나…… 좋을까."

✳

"운영이옵니다."

그녀의 목소리와 작은 기척을 분명히 들었음에도 현은 우두커니 서 있었다. 여자의 눈을 마주 볼 용기가 나지 않았다.

"베풀어주신 은혜에 감사드립니다."

'은혜라…… 당치도 않지.'

현은 제 자신에 대한 조소를 담아서 입술을 비틀었다. 의미 없이 주먹을 쥐었다 폈다 하는 동작은 그의 초조함을 보여주고 있었다.

"사가에서의 일은 잘 마무리하고 왔습니다."

"……."

"대군."

"……."

"혹여 무슨 큰일이라도 있으신 겁니까?"

다정한 목소리에 코끝이 시큰거렸다. 지금 그 어느 누구보다도 큰일을 겪고 있는 여인이 대체 누구를 걱정한단 말인가. 현은 그녀를 돌아보지 않은 채 등 뒤로 말을 전했다.

"천하태평 한량에게 큰일이 있을 리가 없지."

허울 좋은 말에 속아 넘어갈 운영이 아니었다. 좋지 않은 기운이 서려 있는 목소리에 그녀의 눈빛은 한층 차분해졌다.

"어디 편찮으신 데라도……."

"없어."

짧은 답변이 전부였다. 이유는 몰라도 현이 자신을 피하고자 하는 시선의 움직임은 똑똑히 볼 수 있었다.

"제가 대군을 귀찮게 하는 것입니까?"

"그렇지 않대도."

역시나 뭔가 있다 싶은 예감에 운영은 그의 앞을 계속 알짱거렸다. 그때마다 현은 운영의 야릇한 시선을 피하기 위해 시선을 여기저기 흩뿌렸다. 그것도 마땅치 않아서 아예 책상 앞으로 걸음을 옮겼다. 운영은 하고픈 말이 많았기에 그의 뒤를 조용히 따랐다. 등 뒤에서 느껴지는 기척 때문에 현은 눈을 질끈 감았다 떴다. 좁혀진 거리만큼 긴장되고 불안한 마음도 더욱 커졌다.

"어찌 저를 보지 않으십니까?"

직설적인 물음 앞에서 현은 딱히 받아칠 말이 없었다. 슬픔이 엉겨 붙은 여인의 눈을 마주하는 것이, 그 눈을 보고 전할 말이 몹시도 힘겨워서 피한다는 말을 어찌 전할 수 있을까. 현의 틀어진 고개가 여전히 제자리였다. 끝내 눈을 마주치지 않겠다는 듯 다부지게 입을 다물고 있는 남자 때문에 운영은 한숨을 내쉬었다. 그 연유를 알 수 없지만 그가 몹시도 지치고 피곤해한다는 것을 느낄 수 있었기에 그 이상 남자를 몰아붙일 생각은 없었다. 결국 운영은 그의 곁에서 한 걸음 물러선 채 등을 보면서 입을 떼었다.

"아비의 장례를 섭섭지 않게 치러주라 하셨다지요. 제 어미가 꼭 감사 인사를 전하라 하셨습니다. 그리고……."

"……."

"평안하시라는 말도 함께 전하셨습니다."

평안이라…… 내가, 감히…….

흔들림이 거두어진 눈동자에 짙은 어둠이 내려앉았다. 현은 천천히 몸을 돌렸다. 딱 한 걸음 뒤에 서 있던 여인의 얼굴이 그 제야 온전히 들어온다. 역시 보지 말았어야 했다. 마치 인형처럼 표정 없이, 그녀는 모든 것을 내려놓은 듯 초연했다. 그럼에도 부은 눈가와 젖어 있는 눈매는 어찌할 수 없는 노릇이었다. 며칠 사이 조금 더 야위고 창백해진 여자는 머리에 흰색 리본을 달고 있었다. 그 흰색 리본에 시선이 멈추는 순간 스승님의 마지막 모습이 섬광처럼 스쳐 지났다. 그 외로운 죽음을 되새기면서 체온이 식고 피의 흐름이 멈춘다. 고귀한 핏줄기의 마디마디가 끊어지는 환각 속에서 현은, 위대한 스승을 애도했다.

"저의 동생들도 대군께 감사 인사를 전하고 싶다 하였습니다."

미소 짓는 그녀의 입술에서 끊임없이 터져 나오는 '감사' 인사에 현은 귀가 아팠다. 그리고 묻고 싶었다.

"너는……."

"괜찮습니다."

망설이지도 않고 튀어나온 대답에는 감정이 없었다. 그럼에도 운영은 단아하게 웃으면서 고개를 끄덕였다. 억지로 휘어진 입매를 바라보고 있자니 눈앞이 아득해지고 목구멍이 막혔다. 차라리 괜찮지 않다고 울부짖고 소리친다면 그 상황에 기대어 모든 미움을 받아낼 수도 있을 것 같은데 저 여자가 웃고자 하였다. 억지로 말이다. 그래서 또 한 번 목이 막힌다. 수도 없이 되뇌면서 연습했던 모든 말들은 그저 입 안에서만 맴돌았다. 내가 너의 소중한 것을 빼앗았다고, 너는 나 때문에 지겨운 인생을 살게 되었다는 그 말을 꺼내야 하는데 도무지 입이 떨어지지 않았다.

'아직도 미움 받고 싶지 않은 건가. 염치 없이.'

스승이 죽었고, 운영은 아비를 잃었다. 그런데도 망설이는 스스로가 가소롭기 짝이 없었다. 어두운 생각이 그치지 않은 탓인지 느닷없이 머릿속이 쪼개지는 것처럼 욱신거렸다.

"으흑."

외마디 비명과 함께 머리를 감싸 쥐는 현의 얼굴이 잔뜩 일그러졌다. 그의 위태로운 모양새를 바라보는 운영의 낯빛도 불안감을 감추지 못했다. 그가 두통에 시달리는 것은 익히 알고 있었지만 지금처럼 식은땀을 흘리며 괴로워하는 모습은 처음이었다. 통증에 눈살이 찌푸려지는 와중에도 현은 두 손을 모아 쥔 채 입술이 떨리는 여자를 똑똑히 보았다.

"괜찮…… 크흑."

여자를 안심시키기 위하여 희미하게 웃어 보일 요량이었는데 몸이 말을 듣지 않았다. 순간 무릎이 꺾이는 느낌이 들더니 몸이 휘청거렸다.

"대군!"

운영은 쓰러질 듯 흔들리는 남자의 팔을 다급히 붙잡았다.

"제게 기대십시오."

이대로 현을 놓으면 그가 금방이라도 무너질 것 같았기에 그의 팔을 꽉 붙들었다. 그녀의 미약한 체온이 얇은 옷 사이를 타고 넘어오는 것이 느껴지자 더욱 머리가 지끈거렸다.

"단순한 두통이 아니신 게 아닙니까."

"별거 아니야."

욕지기가 치밀어 올라서 말을 잇기도 힘들었다. 그는 떨리는 손으로 제 팔에 닿은 여자의 작은 손을 떼어냈다.

"됐으니, 홍 내관을……."

딱히 부르지 않아도 텔레파시가 통한 듯 마침 서재의 문을 열고 홍 내관이 들어왔다. 그가 시야에 들어오는 순간 현은 그제야 숨을 내쉬었다. 긴장이 풀린 탓에 또 한 번 휘청거리는 몸을 붙잡은 것은 홍 내관이었다. 그는 심란한 표정으로 현을 꽉 붙든 채 서재를 빠져나갔다. 더운 숨을 토해내는 남자의 호흡이 몹시도 거칠었다.

"오빠."

사가에서의 호칭으로 그를 부른 것은 처음이었다. 애타는 운영의 목소리에 홍 내관은 문고리를 잡아 쥐던 손에서 힘을 풀었다. 그는 안심하라는 듯 옅은 미소를 지었다. 그럼에도 눈에 붙어 있는 심란함은 숨길 수가 없었다.

"너는 그만 돌아가."

"도대체 무슨 일이야?"

"아무 일도 아니야."

"하지만 대군께서……."

"걱정도, 위로도, 상대를 봐가면서 하는 거야."

홍 내관은 뜻 모를 건조한 말을 남긴 채 그대로 문을 열어젖혔다. 운영은 더 이상 아무것도 묻지 못한 채 입술을 꼬옥 깨물었다. 서재의 문이 닫히기 직전이었다.

"홍운영."

"으응……."

"마더 테레사가 될 요량이 아니면 네 슬픔부터 주워 담아. 아프면 아프다고 말해. 억지로 괜찮은 척하지 마. 그래서 다 나으면 그때 제대로 웃어."

"……."

"그게…… 네가 할 수 있는 유일한 일이야."

혼자 남겨진 운영은 멀뚱히 서 있었다. 그 순간에 멍한 정신은 아무것도 예감할 수 없었다. 머리 위의 흰색 리본, 그 아픔의 시간이 끝나기도 전에 또 다른 절망이 예고되고 있음을…….

"구류라니! 도대체 무엇 때문에!"

숙향대군의 날이 선 목소리가 쩌렁쩌렁했다. 한 나라의 대군에게 내려진 자택 구류 명령은 모멸감을 느끼기에 충분했다.

"그 꼬맹이가 맹랑하게도 나를 겨눠. 제 명에 못 살고 싶은 게지! 망할!"

"국왕의 지시가 아닙니다."

머뭇거리는 수행원의 태도에 숙향은 눈을 부릅떴다. 조금만 더 지체했다가는 목을 틀어쥘 기세로 매섭게 노려보는 눈빛이 번쩍거렸다.

"안형대군께서…… 직접 지시하신 일이라고 보고되었습니다."

믿고 싶지 않은 자의 이름이 배후로 거론되는 순간 숙향은 비릿하게 웃으면서 갑갑한 목을 틀어쥔 넥타이를 풀어헤쳤다. 손으로 돌돌 말았다가 다시 풀어서 손안으로 우그러뜨리는 천 조각의 볼썽사나움은 그의 혼란스러움을 닮아 있었다.

"이유는……."

"알 수 없습니다. 다만, 안형대군께서 총리를 접선하시는 일이 잦다고 들었습니다. 개인 차량으로 이동하시며 그 일정도 비밀에 부치신다 합니다."

믿기지 않는다는 듯 멍한 눈으로 창밖을 바라보던 숙향의 눈에서 다시 초점이 돌아오는 순간이었다.

"그 자식이 기어이 내게 등을 돌린단 말이냐."

비틀렸던 입술에서 웃음이 터졌다. 미친놈처럼 웃어젖히는 남자의 붉은 눈이 소름 끼치도록 험했다.

'무엇을 위해서.'

입 안이 깔깔하게 마르는 느낌이 몹시도 불쾌했다. 갈증을 해소하기 위해서 손에 잡히는 술병을 집어 든 채 되는 대로 입 안으로 쏟아 부었다. 절반은 흐르고 절반은 삼키고 그렇게 비틀거리는 몸을 주체하지 못했다.

"무엇을 위해서!"

결국 제 안의 화를 다스리지 못한 숙향은 손에 잡히는 것이 무엇이든 집어 던졌다. 그가 지나치는 곳마다 깨지고 떨어지는 물건들이 만들어 내는 소음이 굉장했다. 그야말로 미쳐 날뛰는 통에 비서진은 벌벌 떨면서 머리를 조아렸다.

"칼끝에 내가 있을 거라 하였더냐…… 어디 한번 해봐. 내가 네 칼끝에 기꺼이 서줄 터이니. 내가 흘리는 피를 네 손으로 받아내라고."

구류 명령은 정양호와 거리를 두라던 현의 뜻을 보란 듯이 무시하는 숙향 때문에 벌어진 일이었다. 정양호와 함께 있는 숙향의 조합은 김종대에게는 더할 나위 없이 좋은 먹잇감이었다. 현은 정양호 일파를 제거하기로 마음먹었고 선왕의 뜻과 마찬가지로 그 과정에 숙향이 개입되는 것을 원하지 않았다. 애석하게도 숙향은 그런 동생의 넓은 마음을 이해하기에는 그 그릇이 너무도 작았다. 파편처럼 흩어져 있던 숙향의 자격지심과 피해 의식이 잔뜩 응어리진 상태로 흘러 넘친다. 그의 작은 그릇을 제 손으로 깨뜨리면서.

숙향대군에게 자택 구류 명령이 떨어진 3일째 밤이었다. 그가 생각보다 조용히 구류 명령을 받아들이고 있는 것에 안심하던 현이었다. 잠깐의 평화는 맞이할 파국을 예비하는 하늘의 마지막 자비라는 것을 그땐 몰랐다.

"총리께서 접선의 뜻을 받으셨습니다."

"내가 가진 패는?"

"아직, 모르는 것 같습니다."

"속을 모를 늙은이야. 의중을 살피면서 접근해야 해. 방심할
수가 없지."

현은 제 형을 믿으면서 비밀스러운 계획의 마지막 단계에 총력
을 기울이고 있었다. 그것은 〈정음〉의 비밀문서 실체를 총리에게
알리고 제 요구조건을 분명히 전하는 일이었다.

"총리께서 대군의 뜻을 받지 않으시면 어찌하실 겁니까?"

"별수 있나. 같이 죽어야지."

그는 이 모든 일의 시작과 끝을 책임지겠다고 다짐하면서 넥타
이를 힘주어 잡아당겼다. 오늘은 평훈, 삼혁과의 저녁 약속이 있
는 날이었다. 물론 그것은 핑계였고 믿을 만한 벗들에게 도움을
청하기 위한 자리였다. 모든 준비를 마친 뒤 서재를 나서려던 그
때였다. 허옇게 질린 최 상궁이 서재의 문을 벌컥 열어젖혔다.

"숙향대군이…… 숙향대군께서……."

좋지 않은 예감이 머릿속을 스치면서 일순간 한기가 들었다.

"형님이…… 왜?"

최 상궁은 도돌이표처럼 숙향대군을 외치면서 말을 잇지 못했
다.

"근위대한테 초, 총을…… 쏘았습니다. 그곳에 사는 왕립 학교
의 동기와…… 통화를 하고 있던 터였는데…… 총성이 울리는 것
을…… 들었습니다."

"뭐……."

외마디 탄식과 함께 다리에 힘이 풀렸다. 휘청거리는 몸을 겨

우 벽에 의지했지만, 몸의 떨림이 멈추지 않았다. 떠오르는 생각은 하나도 없었고 그저 머릿속이 아득해졌다. 외부에서 온 연락을 정리한 홍 내관은 겨우 놀란 마음을 추스르면서 제대로 된 상황 보고를 시작했다.

"최 상궁 말이 사실이야?"

대답을 갈구하는 현의 눈빛이 불안하게 흔들렸다.

"다행히 총알이 빗맞아서 사상자는 없다고 합니다. 수행원을 두지 않으신 상태고 현재 총을 소지하고 계십니다. 지금 대군을 쫓고 있는데 그 방향이…… 경복궁입니다."

"거길, 왜!"

"아마도 전하를……."

차마 그 뒷말을 들을 수 없어서 현은 손을 내저었다. 잔뜩 성이 난 그의 두 눈에서 노기가 서린 빛이 번쩍였다.

"미치지 않고서야 어찌 이런 일을……."

현에게서 피어나는 기운이 심상치 않았다. 그것은 어떤 것을 지키기 위해 내뿜어야만 하는 살기였다. 그는 망설이지 않았다. 예정된 약속을 취소한 뒤 근위대를 소집했고 행선지가 바뀌었다. 그는 경복궁으로 향하는 차에 몸을 실으면서 왕실 근위대장에게 연락을 취했다. 채 한 번의 수화음이 이어지기 전에 연락이 닿았고 통화를 이어가는 현의 표정이 잔뜩 일그러졌다.

[경복궁의 비상 경비 체계를 강화하고 있습니다. 하지만 명분 없이 숙향대군의 진입로를 차단할 수는 없습니다. 게다가 전하께서 숙향대군의 알현을 거부하지 않으시겠다는 뜻을 밝혔습니다.]

"그래서 지금 상황은?"

[숙향대군의 차는 현재 5분 뒤에 도착 예정입니다.]

"젠장, 너무 늦다고!"

현은 틀어쥔 주먹으로 창문을 내려쳤다. 급하게 차를 몰아도 숙향대군보다 늦게 도착한다는 것이 분명해졌다. 그 찰나의 순간 여차하면 국왕은 목숨을 잃을지도 모른다.

[전하께서는 담대하십니다.]

"부디 뜻을 번복해 달라 청해."

[그 뜻은 전할 수가 없습니다. 다만 전하께서…… 만에 하나 일이 잘못되면…….]

수화기 너머로 잦아드는 목소리에 현은 마음이 까맣게 탔다. 입 안으로 '제발'이라는 단어가 끊임없이 되새겨질 뿐이다.

[안형대군을 제 숙부로 둔 것이 무척이나 자랑스러웠다. 그리 전하라 하셨습니다.]

통화가 끝난 전화기를 물끄러미 내려다보던 현은 갑자기 구역질이 치밀었다. 속을 달래기 위해서 넥타이를 잡아 풀었지만 달라지는 것은 없다. 성미가 급한 그의 형은 그동안 현이 지켜온 모든 것을 물거품으로 만들고 있었다. 경복궁의 돌담이 보이는 순간 눈을 똑바로 뜰 수 없을 정도로 초조해졌다. 언뜻 보아도 궐내의 소란함이 감지되고 있었기에. 현은 떨리는 눈꺼풀을 감은 채 손을 모아쥐었다.

"제발."

할 수만 있다면 이 세상의 모든 절대자를 소환하고 싶었다. 간절한 마음으로 세상의 모든 자비를 청했다. 부디 아무 일도 일어나지 않기를……. 현이 긴장된 표정으로 차에서 내리던 그때였다. 남자의 간절한 소망이 채 하늘에 닿기도 전이었는데 그의 소망이 산산이 조각났다.

탕!

한 발의 총성이었다. 야속한 파열음이 궐 안의 고요함을 헤치고 퍼져 나가서 메아리쳤다. 시공간이 멈춘 듯한 적막이 이어진 것은 잠시뿐…… 뒤이어 궐 안의 사람들이 잔뜩 소리치면서 쏟아져 나왔다. 그 자지러지는 소음의 한가운데에 서 있으면서도 귀가 멍하니 울려서 아무것도 들리지 않았다. 현은 발을 딛고 선 그 자리에서 한 걸음도 더 움직일 수 없었다.

"근위대를 집합해!"

"전하께서 위험하시다. 빨리빨리 움직여!"

쏟아져 나온 이들이 향하는 곳은 한 방향이었다. 근정전. 그곳은 왕의 침전이었다. 울부짖는 목소리와 시끄러운 외침 속에서 현은 세상이 옆으로 꺾이는 느낌이었다. 모든 것이 느려졌고 뿌옇게 흐려졌다. 얻어맞은 것처럼 다리에 힘이 풀리고 무릎이 땅에 닿았다.

"석이 형……."

입술이 힘없이 터진다. 실소도, 조소도 아닌 그냥 두려움이다.

"왜…… 왜!"

결코, 웃을 상황이 아니었음에도 멈추지 않는 웃음 속에서 현의 눈시울이 붉어졌고 핏발이 섰다. 아슬아슬하게 고여 있는 눈물 때문에 시야가 흐릿했다. 한 번의 깜박임으로 가득했던 눈물이 떨어져 내리는 순간 모든 것이 선명해졌고 모두의 절규가 그제야 또렷이 들렸다. 눈앞에 펼쳐진 세상은 지옥이었다.

"아아아아악!"

현은 악을 쓰면서 무너져 내렸다.

그 시각 근전정에 도착한 경찰 특공대와 근위대는 숙향의 퇴로를 전부 차단했다. 최대한 숙향을 자극하지 않기 위해 조심스레 그 안으로 진입했다. 국왕을 안전하게 엄호하기 위한 대피로를 확보하는 사이 또 한 번의 총성이 울렸다. 그 순간 문짝이 쪼개지고 창이 깨지면서 근위대가 왕의 침전으로 한꺼번에 쏟아져 들어갔다. 그곳에는 무릎을 꿇은 채 고요히 눈을 감고 있는 풍전등화의 임금이 있었고 비정한 숙부가 함께였다. 총알이 박힌 병풍은 이미 산산조각이 나 있는 상태였다. 나머지 한 발은 천장에 박힌 듯했다. 천장을 향했던 숙향의 팔이 천천히 떨어지는 순간, 근위대장은 온몸이 경직되는 듯한 긴장감을 느끼고 있었다. 서늘한 공기의 흐름을 주도하는 것은 분명히 한 사람, 비릿하게 웃고 있는 숙향이었다. 투두둑 떨어지는 천장의 잔해와 진동하는 화약 냄새가 이 섬뜩한 상황을 증명하고 있었다.

"느려."

알 수 없는 혼잣말과 함께 곧게 뻗어진 팔은 망설임 없이 조카를 향했다.

"느리다고."

그는 총부리를 거두지 않은 채 같은 말을 되풀이했다. 심사가 뒤틀리면 방아쇠를 당길 기세였기에 근위대는 조심스럽게 국왕의 주위를 에워쌌다. 심약하기로 소문난 어린 왕은 이상하리만큼 이 상황에서 초연했다. 그는 근위대의 엄호를 거부했고 담담하게 제 숙부의 말에 집중했다.

"꼬마야."

일순간 근위대의 눈빛이 차갑게 식었다. 제 주군을 '꼬마'라고 칭하는 자에게 총부리를 겨눈다 하여도, 그래서 총을 발사한다 해도 탓할 자가 없었다. 지금의 상황은 절대적으로 숙향에게 불리했다. 여차하면 숙향은 죽을 수도 있었다. 그럼에도 그는 뻣뻣하고도 오만한 시선으로 그들을 노려봤다.

"두 발의 총성이었다."

"……."

"덧없는 네 목숨은 충분히 죽고도 남았을 시간이었는데……. 너를 지키는 자들의 시계는 너무도 느리구나. 그러고도 왕이라고 할 수 있느냐. 네가 오늘 죽는다면 그것은 내가 아니라 너 때문이다. 그러니…… 무능하고 나약한 꼬마야, 왕이 되려거든 말이다."

흑주술이라도 걸린 듯한 사악한 입술의 움직임이 멈추지 않고 이어졌다.

"여차하면 죽을 수 있었던 오늘을…… 너를 바라보는 내 눈에 서린 분노를 잊지 말아야 할 것이다. 그런데 어쩌면 좋으냐. 애석하게도 오늘 죽을 터이니, 그 깨달음이 너무도 늦겠구나."

사악한 속삭임에 서린 어둠의 기운은 도대체 무엇에서 비롯된 걸까? 숙향은 그 순간 제 안에 가득한 분노의 원인, 그 시작점이 새삼 궁금해졌다. 숙향은 비릿하게 웃으면서 고개를 가로저었다. 그 따위 이유쯤은 찾지 않아도 그만이다. 그저 빨리 저 나약한 목숨을 거두고 피비린내가 맡고 싶어서 손끝이 간지러웠다. 그리하면 현의 표정이 몹시도 가관일 테지. 국왕, 이결은 무릎을 꿇은 채 묵묵히 숙향의 날이 선 시선을 받아내고 있었다. 왕이라 하는 자가 바닥에 꿇어앉아 있는 모양새가 몹시도 초라해서 더욱 화가 치민다. 빨리 끝을 내자는 생각에 숙향은 총을 잡아 쥔 손을 다시 고쳐 잡았다.

"왕은 군림하되 통치하지 않는다."

아이의 목소리에 이끌려 고개를 돌린 순간 숙향의 눈에 빛이 스쳐 지났다. 당연히 울먹였으리라 생각했다. 눈물이 얼룩진 엉망진창의 표정을 기대했는데 그의 예상이 보기 좋게 빗나갔다. 두 발의 총성과 서슬 퍼런 독설에도 오줌싸개 꼬마의 얼굴은 이상하리만큼 단정했다. 그 모습이 같잖고 아니꼬워서 숙향은 더 마음이 비틀렸다.

"선왕께서, 제게 남기신 말입니다."

"……."

"숙부님은 그 의미를 아십니까?"

"건방진 질문이구나."

"모른 척하시는 것일지도 모르겠습니다. 그것이 저희가 사는 세상인데도 말입니다. 그러니 외로우실 테지요."

숙향은 큭큭 웃었다. 죽기 전에 하는 발악치고는 귀엽다는 생각이었다. 숙부에게 애송이로 명명된 국왕은 그 오명을 거부하겠다는 듯 흔들림 없이 곧은 눈이었다. 피하지 않고 제법 매섭게 노려보는 모양새가 심상치 않았다. 숙향은 억지로 웃던 웃음을 거둔 뒤 표정을 굳혔다. 언제나 무섭다고 징징거리던 그 아이는 전부 거짓된 가면이었나? 유약한 제 자신을 지키기 위한 껍질이었나? 숙향은 여태껏 다른 이를 상대한 것처럼 혼란스러웠다.

"모든 것이 변했습니다. 노비도 양반도 없는 이 세상에⋯⋯ 왕이란 자가 쓰고 있는 감투가 무슨 의미인지 아십니까?"

"같잖은 훈수는 닥치거라."

"그것은 절대 권력을 내려놓고 얻은 전리품입니다."

단번에 숙향의 아픈 부분을 찌르고 들어갔다. 그 폐부를 찌른 것이 꼬맹이의 혀끝이라서 이가 갈린다.

"갈라진 권력. 그 반쪽의 가치⋯⋯ 그조차도 지키기 어려워, 조심하는 마음이 일상이 되어야 하는 게 위대한 혈족, 이 씨 왕조의 사명입니다. 하나, 숙부님께서는 언제나 그 본분을 잊으시는 모양입니다."

"닥치라 하였는데도 끝까지 입을 놀리는구나."

"제 뜻이었습니다."

아이의 입에서 나온 말에 왕의 위엄이 실린다. 거칠고 급박했던 숙향의 호흡이 조금씩 느려지기 시작했다.

"오시는 길을 막지 말라 했던 것도, 겨누는 총부리를 피하지 않는 것도, 지금 이 순간 제가 죽음을 맞이하는 것도 전부 제 뜻입니다. 그것이…… 저를 지키는 자들의 시계가 느려진 이유입니다. 그것은 저의 무능과 나약함이 아니라 이 나라의 왕으로서 보여드리고자 했던 제 의지입니다."

감정이 북받치는 듯 부들부들 떨리는 여린 주먹이 애처롭다. 어른의 손 아래로 숨겨질 듯한 작은 주먹을 가진 저 아이가 왕이란다. 숙향은 아이에게 총부리를 겨누고 있는 지금 이 순간에도 납득이 안 간다. 왕의 적자, 명분 그따위가 무엇이기에 저 유약한 아이의 손에 옥쇄를 쥐어주었단 말인가. 그래서 저 꼬맹이가 왕좌에 앉아 있는 꼴은 가만히 두고 볼 수가 없다.

"당기면 끝이다."

"숙부님은 어찌되는 것입니까. 저를 죽이면 숙부님은 그때 무엇을 얻게 되십니까."

"죽음."

"고작, 저의 주검을 얻을 위해서 숙부는 생을 거시는 겁니까."

"아니지."

숙향은 비릿한 웃음을 터트렸다.

"그보다 더한 좋은 구경거리를 얻을 수 있다. 꼬마 네가 피에 절어서 나뒹구는 꼴을 보면서 울부짖을 어떤 녀석이 있거든. 그 녀석이 엉엉 우는 꼴을 볼 수 있다면 하늘에 내 목숨을 올린다 하여도 아깝지가 않아. 세상이 바뀌었다 하였느냐? 그 바뀐 세상이 잘못되었음을 그 녀석에게 내가 똑똑히 보여줄 것이다."

"……"

"그러니 네가 흘리는 피가 탐이 나는 게지."

아이는 잔인한 말의 공격 앞에서도 의연하게 웃으면서 고개를 끄덕였다. 총부리 앞에서도 울부짖지 않았다. 구차하게 목숨을 청하면서 망가지는 모습을 보고자 했는데 숙향의 뜻대로 되는 것이 하나도 없었다. 그게 몹시도 불쾌하다. 무엇보다 저 약한 목숨을 거두지 못한 채 자꾸만 망설이고 있는 제 자신의 떨림을 이해할 수가 없다. 그래서 숙향은 더욱 조급증이 났고 더 이상 시간을 지체하지 않기로 마음먹었다.

"이제 넋두리는 끝났을 테지."

"……."

"잘 가라는 인사는 차마 하지 못하니 애석하게 됐구나."

숙향의 손가락이 방아쇠 근처를 스치면서 철컥거리는 소리를 냈다. 국왕의 주위를 에워싸고 있는 근위대의 움직임도 조용히 시작되었다. 그들의 총부리가 향할 곳은 분명하다. 곧 피비린내가 진동하게 될지도 모를 터였다. 살벌한 상황에서도 아이는 이상하리만큼 환하게 웃으면서 무릎 꿇었던 몸을 일으켰다. 그 느닷없는 몸짓에 숙향은 마른침을 삼키면서 총을 고쳐 잡았다. 표적을 놓치지 않기 위해 안간힘을 쓰고 있었지만 이미 손이 떨리기 시작했다. 꼬맹이가 고개를 숙이고 시선을 떨구면 자연히 보지 않아도 될 저 눈, 그 눈이 자신을 똑바로 본다.

"생일이면 초를 끄면서 소원을 빌곤 했습니다. 부디 꼭 한 번 불러볼 수 있었으면 좋겠다. 눈을 마주 봐도 겁에 질려 도망치지 않고 꼭 불러보고 싶다. 그리 빌었더니, 오늘 죽기 전에 그 소원을 이룰 수 있을 것 같습니다."

마치 자신을 한 번만 봐달라는 듯한 애처로움이 느껴졌다. 조카를 죽이러 왔다는 비정한 자를 대하는 눈빛치고는 지나치게 맑고 선하다. 그것은 잊었던 어떤 이를 닮은 듯했다. 그것을 인정하고 싶지 않아서 잔뜩 망가뜨리고 짓밟아 흐려지게 만들고 싶다는 생각을 다시 분명히 한다. 숙향은 제 다짐을 되새기면서 이를 사리물었다. 그대로 손이 미끄러지면 단번에 총부리가 당겨질 순간이었다. 갑자기 눈앞으로 무언가가 스쳐 지났다. 흐릿했던 잔상이 조금씩 선명해지더니 마침내 아이의 얼굴 위로 겹쳐지는 순간 숙향은 붉게 충혈된 눈을 부릅떴다.

"저를 지키는 자들이 제 죽음 이후에도 5분의 시간을 벌어줄 것입니다."

귀를 틀어막고 싶을 만큼 다정한 음성이었다.

"부디 살아 나가십시오."

잔꾀가 아니라 진심이다.

"석이 삼촌."

생경한 두 단어가 합쳐지는 순간 숙향은 전신에 번개를 맞은 듯한 기분이었다. 어둠 속에서도 빛을 내는 아이의 얼굴에서 마침내 숙향은 보고 말았다. 단 한 번도 제대로 바라보지 않았던 조카의 얼굴에는 형의 이목구비가 남아 있었다. 제 아들의 미숙함을 알면서도 끝내 왕위를 동생에게 넘겨주지 않았던 한종이었다. 너무도 사랑했지만 그래서 미치도록 원망했던 형의 미소를 저 꼬맹이가 대신 짓고 있다. 할 수만 있다면 남은 생애의 시간을 바쳐서라도 다시 보고 싶었던 형의 얼굴이 눈앞에 있었다. 순간

아이를 향하여 손을 뻗고 싶은 마음이 치밀어 올라서 총을 들고 있음도 잊었다. 때문에 힘없이 바닥에 떨어진 총은 떨어지는 충격 때문에 그대로 발사가 되었고 그 오발탄이 향한 곳은 다행히 근위대의 방패였다. 일순간의 정적이 지난 뒤 근정전 내부가 아수라장이 되었다.

"엄호!"

"전하를 모셔라!"

"숙향을 포위해!"

숙향은 달려드는 무리에 의해서 무릎이 꺾이고 포박당하여 바닥에 엎드렸다. 왕은 숙향에게 다가서기 위해 악을 쓰면서 그들을 뿌리쳤지만 근위대는 이미 한 번 제 목숨을 포기하고자 했던 어린 왕의 명을 따르지 않았다. 그것은 지키기 위한 명령 불복종. 그들은 순식간에 퇴로를 뚫었고 어린 꼬마는 커다란 장신들에게 에워싸여서 짐짝처럼 떠밀려 빠져나갔다. 시야에서 사라진 와중에도 아이의 거듭된 외침이 멈추지 않았다. '삼촌' 그 애타는 부름 때문에 숙향은 허공에 붕 뜬 손을 거두어들이면서 피식피식 웃었다. 바닥에 떨어진 총으로 뻗는 손을 저지한 것은 왕실 근위대장이었다. 그는 숙향과 군 시절을 함께 보낸 동기였다. 옛 벗을 만났건만 반가운 해후를 나누기에는 마주한 처지가 초라하기 짝이 없었다.

"대군."

숙향은 힘이 빠져서 꺾이는 무릎에 힘을 준 채 턱을 꼿꼿이 치켜들었다. 자신을 붙잡고 있는 이들을 앙칼지게 노려보면서 뿌리치는 것은 왕자의 자존심이었다.

"정중히 모시라는 전하의 뜻입니다."

"애송이가 끝까지 건방져."

그는 실소와도 같은 웃음을 터뜨렸다. 터지는 웃음을 어쩌지 못하는 사이에도 눈은 붉어졌고 뜨거운 액체가 고여들었다.

"현은?"

"밖에서 기다리고 계십니다."

"녀석. 똥줄이 탔을 테지."

숙향은 비릿하게 웃으면서 제 팔을 직접 내밀었다. 그 고귀한 손에 차디찬 수갑이 채워지는 순간에도 숙향의 어깨는 움츠러들지 않았다. 근위대는 더 이상 숙향을 포박하지 않았고 그는 어떤 저항도 없이 제 발로 움직였다. 어둠이 짙게 내린 밤하늘을 올려다보는 숙향의 눈빛이 쓸쓸했다. 마치 무언가를 애타게 그리워하는 것처럼 말이다.

'듣고 있어? 오늘은 제발 내 말 좀 들어.'

아주 오랜만에 하늘을 향해 말을 건넸다.

'내 처지가 꼴사나워 나도 죽고 싶은 심정이니까 날 위로할 거면…….'

"비라도 내려. 선이 형. 날씨도 지랄맞게 더운데……."

쓸쓸하게 비틀어진 입술이 더욱 굳어진 것은 현 때문이었다.

"단추 채운 꼴 하고는…… 답답한 걸로는 널 못 이기지."

숙향은 망연자실한 표정으로 자신을 바라보는 동생의 서러운 눈빛을 바라보면서 일부러 히죽거렸다. 마치 나는 여전히 숙향대군이라는 듯이. 그러니 너의 그 슬픈 눈물은 바라지도 않는다는 것처럼 농을 건네고 아무렇지 않게 웃었다. 평정을 가장한 절망이 고스란히 들키는데도.

"형."

부르는 말에도 입을 닫고 그대로 현을 지나치던 숙향은 아무래도 안 되겠던지 걸음을 멈추었다. 차에 오르기 전 몸을 틀어서 현을 돌아봤다.

"엉엉 울기라도 하지 그러느냐."

마치 혼을 내는 듯한 투덜거림이었다. 마주친 시선 너머가 애틋하여 울음이 치민다. 그래서 숙향은 심드렁한 표정으로 피식거렸다.

"너란 녀석은 코흘리개 울보 시절이 더 귀여웠다."

현은 숙향을 향해 손을 뻗었지만 그는 단호하게 몸을 틀었다. 제 동생이 뻗은 손을 잡아주기에는 그의 말대로 자신의 처지가 너무도 꼴사나웠다. 수갑 때문에 손의 움직임조차 여의치 않았고 차디찬 금속이 주는 이물감이 몹시도 거북했다. 그 불쾌함을 현에게도 전하고 싶은 생각은 조금도 없었다.

"가지."

숙향이 탄 차가 출발한 이후 하늘에서 비가 쏟아지기 시작했다. 그 굵은 빗줄기 속에 현의 눈물도 함께 묻혔다. 그는 제 시야에서 숙향이 탄 차가 사라지고 난 뒤에도 한참을 그 자리에 머물러 있었다. 그의 곁에는 묵묵히 말을 아끼는 홍 내관도 함께였다.

"기자들이 모여들고 있습니다. 이제 수성궁으로 돌아가심이 좋을 듯싶습니다."

현은 우두커니 서서 쏟아지는 빗줄기를 그대로 받아냈다. 비를 내려달라던 숙향의 말이 머릿속에서 메아리처럼 되새겨졌다. 구중궁궐, 가득한 전각에 서려 있는 왕조의 기운에도 왕자님의 어깨에는 힘이 빠졌다. 이곳 어딘가에 깃든 성스러운 왕조의 시조에게 묻고 싶었다. 당신이, 이 세상을 시작할 때 감히, 예감할 수 있었냐고. 당신의 피를 이은 후예가, 이토록 허무하고 초라하게 무너질 것을…… 만약 알았다면…… 진작 얘기해 주지 그랬냐고. 그랬다면, 나는, 사는 동안 더 많은 이를 사랑했을 거라고, 미워할 시간조차 아까우니…….

"대군, 지체할 시간이 없습니다."

근위대와 기자들이 실랑이하는 소리가 점점 가까워지고 있었다. 홍 내관은 커다란 우산을 현의 머리 위로 높이 들었다. 하지만 현은 오늘만큼은 내리는 비를 전부 맞고 싶은 심정이었다. 몸을 타고 흐르는 비는 마치 고결한 혈족의 파멸을 위로하는 선왕의 눈물처럼 느껴졌기에. 그래서 홍 내관의 호의를 전부 거부했다. 빗속을 뚫고 옮겨지는 걸음 너머로 조소가 터진다. 느닷없이 세상이 저를 칭하는 말이 생각난 참이었다.

"전생에 나라를 구했다고?"

온몸으로 스미는 비가 차갑기는커녕 뜨거웠다.

"그럴 리가. 팔아도 천 번은 팔았던 모양인데……."

그렇게 왕자님은 스스로를 헐뜯고 할퀴면서 자신의 성을 무너뜨리기 시작했다.

- 탕! 경계가 뚫린 경복궁. 국왕, 생의 경계를 넘다
- 비정한 숙부, 처벌의 수위는 어디까지인가
- 왕좌의 게임, 그 결말은?

다음 날 숙향의 경복궁 침입 사건을 떠들어대는 세상은 몹시도 들썩였다. 신문의 머리기사마다 한결같은 내용은 국왕의 무사함을 축하하는 것이었고, 그의 목숨을 노렸던 숙향에 대한 분노였다. 그리고 해결되지 않은 의문 하나, 숙향이 왜 왕을 죽이지 않았는지, 마지막 순간에 떨어진 총의 의미였다. 세상의 가십거리 속에 그에 대한 답은 없었다. 그 잔인한 현장에 있었던 모두가 숙향의 속내를 알지 못했다. 국왕 역시 그들이 나눈 대화에 대해서 아무 말도 하지 않았고 다만, 법정에서 숙향의 처벌을 원하지 않는다고 말했을 뿐이었다.

"탄신 축하합니다. 탄신 축하합니다. 사랑하는 대군의 탄신 축하합니다! 유후후."

다소 경박스러운 축하 노래가 뜻밖에도 홍 내관의 입에서 튀어나왔다. 그는 여느 때의 점잖음을 내려놓고 폭죽을 터뜨리며 방정을 떨었다. 오늘은 현의 서른세 번째 생일이었다. 예년 같았다

면 유명한 예악인들과 문학가, 정치인, 왕실 종친회가 모두 참석하는 성대한 생일 파티가 벌어졌을 일이었지만 올해는 달랐다. 숙향대군의 사건 이후 현은 모든 대내외적 행사 일정을 취소한 채 그 예후를 지켜보면서 대응책을 세우는 데 몰두하고 있었다. 그러니 생일잔치는 가당치도 않은 일이었다.

"대군, 감축하옵니다!"

"축하드려요."

"건강하세요!"

현의 뜻에 따라 수성궁의 사람들은 역사상 가장 조촐한 왕자의 생일 파티를 마련했다. 숫자 3을 뜻하는 두 개의 초가 꽂힌 생일 케이크와 미역국 한 그릇이 전부였다. 나쁘지 않은 상차림이었다. 단 한 가지, 그 자리에 운영이 없다는 것만을 제외하면 말이다. 못내 아쉬웠지만 현은 티 내지 않고 자신을 챙기는 사람들을 향해 웃어 보였다. 그의 허전한 속내를 알 것도 같기에 홍 내관은 말하지 않으려 했던 미역국의 진실에 대해서 입을 열었다. 새벽녘에 일어나 미역국을 끓인 여인이 제발 말하지 말라고 부탁했던 것은 이미 까맣게 잊었다.

"운영이가 끓인 것입니다."

국을 떠 올리던 현의 손이 멈칫했다. 차가운 금속에 전해지는 손의 떨림 때문에 숟가락이 꼴사납게 흔들렸기에 현은 그대로 숟가락을 내려놓았다. 갑자기 울컥 치밀어 오르는 무언가 때문에 입 안에 머금고 있던 액체도 겨우 집어 삼켰다. 혀를 감싸는 따스한 온기에도 현의 눈은 차갑게 식었다. 그는 소리 없이 내쉰 한

숨과 함께 그대로 자리에서 일어났다. 초아가 예쁜 접시에 담긴 생일 케이크를 권했지만 그는 인자하게 웃으면서 어린 소녀의 머리를 한 번 쓰다듬을 뿐이었다. 그 자상한 손길에 초아는 괜스레 얼굴이 붉어져서 시선을 내리깔았다. 현은 초아에게서 운영의 어린 시절을 보고 있었다. 저렇게 작고 아담한 아이가 마냥 예쁘게, 행복했어야 했는데…… 현은 스산한 기운이 내려앉은 눈을 감추기 위해 돌아선 걸음을 재촉했다.

"그냥 가십니까."

"오늘은 모두 편히 쉬어. 소란한 일은 만들 필요가 없으니까. 다들 평소대로 해."

"안색이 좋지 않으십니다. 역시 편찮으신 게 아니십니까. 지난 며칠 잠을 못 주무신다 들었습니다. 수면제를 드신다는……."

"그렇지 않아."

현은 쓸데없는 말을 옮기는 그 남자, 홍 내관을 찌릿 노려봤다. 그는 괜한 헛기침과 함께 날카로운 눈빛을 피하면서 슬쩍 최 상궁의 옆에 섰다. 제법 잘 어울리는 실루엣이라는 생각에 현은 피식 웃었다.

저들은 참 많이도 닮아 있었다. 모시는 이를 끔찍이 챙기는 책임감과 맡은 일은 반드시 해내는 성실함이 말이다. 그래서 더 고맙고 딱한 이들이다. 그들이 젊음을 바쳐서 모시는 자, 이현이 그리 대단치 못한 인간이라서 말이다.

"아무래도 최 박사를 부르심이…… 제가 당장 오시라 청하겠습니다."

"효녀는 아니었네."

"예?"

"박사님께서 3년 만에 제대로 얻은 휴가야. 노익장을 매일같이 부려먹는 고약한 왕자 때문에 수성궁에서 지내는 나날이 살얼음판이셨을 거라고. 그런 아비가 간만에 편히 쉬고 있는 일상을 단번에 깨뜨릴 작정이야?"

"하지만 상황이……."

"실망이네. 최 상궁이 내 딸이라 생각하면 제법 속이 상할 것 같아. 일 잘하는 여자보다는 난 효녀를 더 좋아하거든."

대번에 말뜻을 알아들은 최 상궁은 입을 꾹 닫았다. 그럼에도 그 눈빛은 걱정이 한가득이었기에 현은 한숨을 내쉬었다.

"정말 괜찮대도."

"괜찮지가 않습니다. 저희는."

그러고 보니 그를 둘러싼 모두의 눈빛이 신기할 정도로 똑 닮아 있었다. 근심, 걱정, 불안 그 어두운 감정이 저들에게까지 옮겨지는 것은 그가 원하는 바가 아니었다. 그래서 현은 억지로 웃어야 했고 제 마음을 숨겨야 했다. 그게 몹시 힘들어도 그래야만 했다. 할 수 없이 현은 억지로 나른한 하품을 터뜨리면서 돌아섰다. 축 처진 어깨와 억지로 옮겨지는 걸음의 힘겨움은 그의 심적 고통을 고스란히 보여주고 있었다. 그 모든 것을 제 일처럼 함께 공유하는 그 남자, 홍 내관이 단번에 현의 옆자리를 꿰찼다.

"잘 거야."

"주무십시오."

홍 내관은 입 안에 가득 머금은 빵 조각을 우물거리면서 웅얼거렸다. 그의 손에는 언제 챙겼는지 케이크 한 접시도 들려 있었다.

"따라오지 마."

"제 갈 길 가는 겁니다."

"시간이 남으면 연애질이라도 하든가. 안 말린다고. 사내 연애 적극 권장이야."

"할 만큼 해서 괜찮습니다."

"진짜 어지간히도 말을 안 들어."

오늘 하루는 그저 종일 입을 닫은 채 머릿속을 텅 비우고 싶었는데 일 잘하는 수하는 도무지 상전의 말을 들을 생각이 없다. 현의 굳어진 표정이 풀리지 않자 눈치를 살피던 홍 내관은 케이크 조각의 크림을 손가락으로 조물락거렸다.

"대군."

"왜."

"저 좀 보십시오."

"싫어."

"그러지 말고 저 좀 보시란 말입니다."

홍 내관은 지치지도 않고 입을 놀리면서 현의 팔을 툭툭 쳤다. 급기야 짜증이 난 현은 인상을 찌푸리면서 고개를 틀었다.

"아, 왜! 너 진짜 귀찮……."

홍 내관은 제 손으로 입을 틀어막았고 현은 말을 잃었다. 두 남자 사이에 잠깐의 침묵이 이어졌다. 볼 언저리에 아주 살짝 생크림을 묻히려고 했는데 현이 너무 갑작스레 돌아서는 바람에 손이 빗나갔다. 때문에 현의 앞머리는 생크림으로 떡칠이 되었다. 혼자 보기 아까운 그 광경을 혼자 보고 있는 게 즐거워서 웃음이 터진다.

"푸하하하하."

결국 배를 붙잡고 끅끅거렸다. 그 신경 사나운 웃음소리에 정신이 든 현은 재빨리 머리를 쓸어 넘겼다. 하얗고 말캉거리는 촉감이 손에 닿는 순간 '빠직!' 하는 효과음이 귓가를 울렸다.

"미친 거야!"

그의 날 선 고함에 홍 내관은 체증이 가시는 기분이었다. 너무 웃어서 뻐근한 가슴을 두드리면서 훅훅 숨을 내쉬었다. 씩씩거리는 현과 달리 홍 내관의 얼굴에는 장난기와 만족스러움이 한껏 배어 있었다.

"이제야 좀 생일 같습니다."

"이 자식이! 감히……."

현은 주먹을 꽉 틀어쥐었다. 여차하면 한 대 맞을 수도 있겠다 싶은 생각에 홍 내관은 다다닥 앞으로 뛰어가면서 혀를 내밀었다. 올해 서른인 남자의 장난치고는 한없이 없어 보였지만 그가 현을 위해 할 수 있는 최소한의 위로였다. 잠시나마 그의 머릿속을 딴 생각으로 채워주는 것.

"너 이리 못 와!"

난데없는 추격전이 시작되었다. 현은 생크림이 머리에 치덕거리는 우스꽝스러운 모양새로 홍 내관을 쫓았다. 쫓고 쫓기는 순간 시계태엽이 되돌려졌다. 고무줄놀이를 좋아하는 왕자님이 있었다. 계집애 같은 놀이는 같이 할 수 없다면서 그 고무줄을 기세 좋게 끊고 달아나던 한 꼬마도 있었다. 그들이 뛰어다니는 이곳 수성궁의 모든 공간에는 함께했던 추억이 전부 서려 있었다. 그런데 현은 이곳을 곧 잃게 될지도 몰랐다. 수성궁의 존립 문제는 나날이 불거지고 있었고 버티는 것에도 한계가 있음을 인정해야 했다.

이 모든 이들이 한 순간에 기댈 곳을 잃는다고 생각하면 먹었던 모든 것을 게워내고 싶을 만큼 속이 갑갑하던 차였다. 아마 홍 내관의 유치한 장난이 아니었다면 그는 또 서재에 혼자 처박혀서 딱히 떠오르지도 않는 답을 찾아 헤맸을 터였다. 저 앞에서 먼저 힘에 빠진 홍 내관은 될 대로 되라는 듯 잔디 정원의 바닥에 털썩 드러누워 있었다. 현은 가뿐 호흡을 다스리면서 홍 내관의 옆에 풀썩 주저앉았다. 마음 같아서는 누워 있는 이의 멱살을 잡아 쥐고 흔들고 싶었지만 전부 그만두었다. 굳이 홍 내관을 응징하지 않아도 상관없으니 이 시간이 온전히 기억 속으로 스며들기를 바랐다. 다시 오지 못할 추억이 될 테니 말이다. 그 순간에 같은 마음이었던 홍 내관이 먼저 피식거렸다.

"저는 정말로 하기 싫었습니다."

"뭐가?"

"고무줄놀이. 그렇게 싫다고 말했는데도 매번 제게 고무줄놀이를 함께 하자고 청하셨지요. 중전마마도 합세하여."

"어머니가 나와 함께 즐기시던 놀이였어. 총과 칼을 갖고 노는 두 아들에게서 채워지지 않는 무언가를 나를 통해 채우셨다고. 그런데도 넌 비정하게 내 고무줄을 끊었지."

"세 달을 참다못하여 한 짓이었습니다. 정당방위."

"아무데나 갖다 붙이기는."

현은 싱겁게 웃으면서 홍 내관의 머리를 한 대 쥐어박았다.

계집아이와 같은 취미 생활을 즐겼던 것은 어머니 때문이었다. 딸아이를 소원했던 어미의 염원을 꺾었다는 왠지 모를 죄책감에 현은 세 살 난 어린아이 시절부터 소꿉놀이를 했다. 다행히도 그는 꽤나 예쁘장한 남자아이였기에 어머니는 여자아이의 옷을 입혀서 사진을 찍는 것을 즐겼고 그를 '공주'라 불렀다. 그것을 딱하게 보는 형들의 시선을 의식했을 무렵에야 현은 뭔가 잘못되었음을 깨달았고 제 안의 남성성을 스스로 깨달았다. 경호 책임 고문이었던 홍만식에게 알음알음 검도를 배운 것도 제 안에 있는 남성성을 꺼뜨리지 않기 위함이었다. 그 시절의 흑역사는 고스란히 창고 안에 처박히는 신세가 되고 말았지만 그것을 똑똑히 기억하는 자가 홍 내관이었다.

"대군께서 주방놀이 세트를 선물로 사달라고 하셨을 때 숙향 대군께서는 진심으로 걱정하셨습니다."

"어째서?"

"대군의 성적 취향이 남다를지도 모른다면서……."

"별 참, 괜한 걱정을……."

현은 멋쩍게 웃으면서 머리를 흩뜨렸다. 멋있게 헝클어져야 할 머리가 찐득거리면서 뭉쳐지는 순간 가라앉았던 짜증이 다시 솟

구쳤다. 아무래도 한 대 더 쥐어박아야 할 것 같아서 주먹을 움켜쥐던 그때였다.

"기억나십니까. 대군께서 승마장에 처음 다녀오신 날이었습니다. 말에 대한 흥미를 보이셨을 때 숙향대군은 무척이나 기뻐하셨습니다. 그래서 선물로 주신 것이…….."

말을 옮기는 홍 내관의 표정도 사뭇 진지했고 그것을 듣고 있는 현의 눈빛도 금세 짙어졌다.

"목각 인형입니다."

"그랬지."

"직접 만드셨습니다. 동생을 위해서."

언제나 같은 자리, 고개를 들면 가장 먼저 눈에 띄는 곳에 올려져 있는 제 책상 위의 물건이 떠오르는 순간 또 명치가 막힌다.

"한때는 그렇게 다정하신 분이었습니다."

"알아."

심드렁한 말을 툭 던지면서 잔디 위로 넘어 갔다. 흐릿한 미소 너머로 저 혼자 삼켜지는 말은…….

'보고 싶어. 형.'

제육장.

꽃의 연심

똑똑.

사가에서 어머니의 병원 일을 처리하고 온 운영은 뒤늦게 대군의 서재를 찾았다. 문을 열고 들어간 자리에는 창밖을 바라보고 있는 현의 뒷모습이 있었다. 그의 곁에 다가선 운영은 조잘조잘 시키지도 않은 얘기들을 먼저 시작했다.

"치료의 예후가 좋다 합니다. 다행이지 않습니까?"

여자의 목소리를 따라서 그가 돌아섰다. 머리 위에는 여전히 흰색 리본이 단정히 자리하고 있었고 현은 그것을 제대로 보지 않기 위해 시선을 비틀었다. 여자의 뒤에 있는 작은 꽃병에 겨우 시선을 둔 뒤에야 현은 그녀와 대화를 이어갈 수 있었다.

"동생들은?"

"두 아이 모두 장학금을 받았다 합니다. 예년 같았으면 받은 돈으로 좋아하는 물건들을 사들였을 터인데…… 어찌된 일인지 예금 통장을 만들었다고 합니다. 정말 기특해서 한참을 안아주었습니다."

현은 가만히 고개를 끄덕였다. 운영과 그녀의 가족들은 생각보다 담담하게 아버지 홍만식의 죽음을 받아들이고 있었다. 그녀의 어머니는 제 손으로 방치했던 우울증 치료에 좀 더 열심히 임하고 있었으며 두 동생은 운영의 부담을 덜어 주고 싶은 마음에 학업에 매진하고 있었다. 그런 아이들에게 보이지 않는 후원의 명목으로 장학금을 지급하고 있는 것은 물론 현이었다. 그들에게 알리지 않는 것도 현의 뜻이었다. 조금 더 오랜 시간을 슬퍼한다고 하여도 아무도 타박할 이가 없건만 운영의 가족은 단단하게 서로를 잡아당기고 있었다. 비 온 뒤에 땅이 굳는다는 것을 몸소 증명하겠다는 듯이 절박하게. 마치 아무 일도 벌어지지 않았다는 것처럼 믿고 싶다고 하여도 이미 모든 일이 벌어진 것은 어찌할 수 없는 일. 그래서 무너지는 것은 결국 현이었다.

"참, 제 막냇동생에게 듣자하니, 아이 반 체험학습으로 수성궁을 개방해 주신다고요. 직접 한 청으로 인하여 체험학습이 성사되었다고 어깨에 힘을 잔뜩 주고 있습니다. 마치 제가 뭐라도 되는 듯이 으스대는 모양새가 어찌나 재밌던지. 그런데 어찌 그런 결정을 하셨습니까."

발뒤꿈치를 쳐들면서 고개를 갸웃갸웃, 끝내 눈을 마주보고자 하는 여인을 피해서 현은 아예 걸음을 옮겼다. 괜히 책장의 책을 이것저것 빼들면서 보지도 않을 책을 살피는 것은 다가올 일에 대한 두려움 때문이었다.

"혹시 궁의 경비체계가 허물어지는 것은 아닐지 걱정입니다."

"기껏해야 20여 명의 아이들이지 않느냐. 인솔자도 동행할 것이니 별다른 소란은 없겠지. 나머지는 홍 내관이 알아서 할 터이고."

"그래도 외부에 개방을 하지 않는 것이 원칙이지 않습니까."

"지금 내가 그 원칙을 깼다고 나를 탓하는 건가?"

눈앞의 작은 여자는 모른다. 언제나 그의 모든 원칙은 홍운영을 위하여 깨뜨려지고 있었다.

"그것이 아니라…… 제가 또 대군께 괜한 부담이 되는 것이 아닌가 하여……."

부담이라니 당치도 않지. 홍만식의 아이에게 그가 젊음을 바치며 지켜왔던 수성궁의 세계를 보여주는 것은 어려운 일이 아니다. 진정으로 어려운 일은 아직 시작도 못 했으니.

"대군……."

가만히 고개를 푹 숙이고 입을 달싹이는 모양새가 또 그놈의 '감사 인사'라도 전할 듯했기에 현은 한숨을 내쉬었다. 그는 여자의 입에서 듣기 싫은 소리가 전해지기 전에 먼저 화제를 틀었다.

"아하! 그러고 보니 미역국. 그거 하나로…… 입 닦을 생각이었지?"

"예?"

미역국의 실체를 들킨 여자는 눈을 동그랗게 뜨면서 얼굴이 붉어졌다. 현은 그녀의 빈손을 쳐다보며 장난스레 눈짓을 했다. 섭섭하다는 듯 입을 쭈욱 내미는 우스운 행동도 덧붙였다.

"내 생일."

"아, 그것이……"

"정신없는 와중에 마음을 내준 것은 고맙다만 그걸로는 뭔가 부족해도 너무 부족한데?"

현은 뒷짐을 쥔 채 그녀의 앞을 괜히 서성였다. 여자의 재밌는 표정 변화를 지켜보는 것도 잊지 않았다. 동그랗게 떴던 눈이 가라앉더니 조금씩 흔들렸다. 뭔가 잔뜩 고민거리가 있는 것처럼 입술을 깨물고 눈을 굴리는 모습 하나하나가 미치도록 사랑스럽다. 남자의 시선을 모르는 여자는 저 혼자만의 생각에 빠져들었다. 사가에서의 일로 정신이 없었기에 미처 선물을 준비할 여유가 없었다. 사실은 그의 생일조차 잠시 잊었다.

어젯밤 소란하게 떠드는 궁녀들의 수다 속에서 겨우 대군의 생일임을 알아차렸을 때에는 남은 시간이 없었다. 그래서 할 수 있는 일이라는 게 고작 소주방에서 미역국 한 그릇을 끓이는 것이 전부였고 제 손으로 직접 전할 여유도 없었다. 수성궁에서 살아가면서 단 한 번도 잊지 않았던 대군의 생일이었는데 그것을 잊었다는 것이 충격이었고 무엇보다 대군의 초라한 생일상에 자신의 미역국이 오른다는 사실은 속이 상했다. 그래서 홍 내관에게 자신이 한 일에 대하여 말을 전하지 말라 부탁한 터였다.

"제가…… 그러니, 제가 어찌하면 좋을까요. 대군."

"어찌하면, 이라니?"

그녀의 물음에 도리어 당황한 것은 현이었다. 뭘 어찌하라고 한 얘기는 아니었다. 어차피 생일에 의미를 부여하고 있는 것도 아니었고 그저 화제를 돌리기 위한 핑계에 불과했다. 그런데도 운영의 표정은 정말 심각했다.

"뭔가 필요하신 것이 있습니까?"

"딱히 없는데."

"그럼 갖고 싶으신 것은?"

순진한 물음이었다. 저에 대한 모든 것을 갖고자 하는 남자에게 결코 물어서는 안 되는 질문이었다. 제가 내뱉은 말의 심란함을 모르는 여자는 천진한 눈망울을 반짝였다. 그는 집었던 책을 다시 제자리에 꽂은 뒤 여자를 향해서 고개를 내렸다.

"말하면 줄 수 있겠느냐?"

가까이 속삭여지는 목소리의 숨결이 간지러워서 운영은 잠시 숨을 멈추었다.

"시간……."

현은 일부러 느끼하게 목소리를 내리깔았다. 스스로 내뱉으면서도 속이 니글거릴 정도로 창피한 말이었다.

"아, 혹시 시계를 말씀하시는 겁니까?"

손뼉을 치면서 이제 알았다는 표정을 짓는 여자였다. 어벙벙한 표정을 짓던 현은 결국 웃음이 터졌다. 아주 오랜만에 소년처럼 한껏 웃는 모양새에 운영은 귀가 뜨거웠다.

"왜, 왜 웃으시는 겁니까?"

고개를 갸웃거리면서 반짝이는 그 예쁜 눈매에 모처럼 눈물이 걷혀 있었다. 현은 옅은 미소를 지었다. 이제는 그도 마지막을 준비할 수 있을 것 같았다. 그는 제 눈에 담긴 여자의 미소를 영원히 눈 안으로 새겨 넣고 싶어서 잠시 눈꺼풀을 내렸다. 감은 눈을 떴을 때는 웃음기가 사라져 있었고, 진중한 얼굴의 남자는 다시한 번 제 뜻을 전했다.

'너와의 마지막을 위한…….'

"데이트 말이다."

생각지도 못한 얘기에 운영은 귀를 의심했다. 입만 벙긋거리는 모양새에 현은 내심 긴장했다. 그녀가 당황할 것은 뻔히 알았고 쉽게 응할 수 없으리라는 것도 안다. 그럼에도 현은 제안을 물리고 싶은 마음이 없었다. 그것은 그가 받고 싶은 마지막 선물이었다. 그녀를 놓아주기 위한 마지막 결심을 위하여……. 그의 마음이 닿았는지 운영은 가만히 고개를 끄덕였다. 잔뜩 붉어진 얼굴이 보기 흉할까 봐 얼른 제 손으로 감싸 쥐면서 돌아섰다. 때문에 자신의 등 뒤에 남겨진 남자가 얼마나 아련한 표정으로 애타는 마음을 참고 있는지 알 수가 없었다.

"대군, 지시하신 대로 준비가 끝났습니다."

홍 내관은 항상 입던 검은 양복을 벗어 던지고 야유회를 떠나듯 편하게 옷을 차려입었다. 그 모습이 또한 나쁘지 않아서 궁 안의 많은 궁녀는 그를 다시 봤다고 소곤거렸다. 거울 속의 모습에 심취해 있는 홍 내관의 곁으로 현이 다가섰다. 항상 쓰던 뿔테 안경을 벗어 던지고 머리를 세운 그의 외양은 좀 더 말끔하고 세련

되어 보였다. 지금껏 몰랐는데 홍 내관이 제법 잘난 얼굴이었다.

"과해."

"충분합니다."

"안경은 왜 벗는 건데?"

"위장하라 하지 않으셨습니까. 대군의 뜻을 따를 뿐입니다."

"보통은 쓰잖아. 벗는 게 아니라?"

"편견이십니다."

"편견은 무슨, 위장이 아니라 작정하고 멋을 부린 모양새잖아! 누가 봐도 들떠 있다고. 일하러 가는 사람이 창피하지도 않아?"

"뭐든지 생각하기 나름입니다만."

한마디도 지지 않고 받아친 스스로가 대견했다. 홍 내관은 현의 핀잔에도 불구하고 계속 머리를 만지작거렸다. 오늘 하루 멋짐을 겨누는 투표에서 현과 홍 내관은 5:5의 동률을 기록하고 있었다. 그것이 내심 못마땅하여 현은 눈을 가늘게 떴다. 현의 야릇한 시선이 버거웠던 듯 홍 내관은 거울을 등진 채 괜히 입을 뾰족이 내밀었다.

"최 상궁과 약속이 있습니다. 그러니 초과근무는 사절입니다."

"어쭈? 이제 대놓고 엄포를 놓으신다?"

"분명히 그러셨습니다. 사내 연애 적극 권장이라고!"

내뱉은 말이 있어서 현은 그냥 입을 닫았다. 사실 홍 내관이 연애를 하든 말든 관심 없다. 그의 신경이 꽂힌 곳은 진작부터 하나였다. 그는 최 상궁에게 외부 활동 보고를 하는 운영을 조심스레 힐끗거렸다. 궁에서는 항상 단정히 묶어 올렸던 머리를 풀어헤친 모습에 조금 가슴이 뛰었다. 하늘거리는 흰색 원피스와 고운 발목이 드러나는 단화, 살굿빛의 카디건을 걸쳐 입은 채 자신에게로 뛰어오는 모습을 보는 순간 숨이 멈춘다. 그 모습이 세속의 말로 심쿵이었다. 심장이 쿵! 운영이 제 옆에 바짝 다가서는 순간 현은 날뛰는 가슴이 들킬세라 얼른 몸을 틀었다.

"그만, 출발하지."

"예, 대군."

현의 뜻대로 사복 차림의 수행원들은 함께 있으나 함께 있지 않은 것처럼 거리를 두고 걸었다. 현은 그조차도 마뜩잖았다. 마음 같아서는 전부 다 떼어놓고 단둘만의 시간을 갖고 싶은데 그것을 홍 내관이 허락할 리 만무했다.

"멀찍이 따라오너라. 아주! 멀찍이!"

그의 단호한 요구에 홍 내관은 바싹 따라 붙었던 걸음을 잠시 멈추었다. 조금씩 멀어지는 두 사람을 바라보면서 씁쓸하게 웃었다. 선남선녀, 참으로 잘 어울리는 두 사람이었다. 딱히 맞닿은 손을 부여잡지 않아도 충분히 연인이라 느낄 만큼 서로를 향한 시선이 다정했다. 그런데도 분명히 보이지 않는 벽이 있다. 그것을 손수 쌓아올려서 완전히 여자에게서 등을 돌릴 준비를 하는 것은 현이었다. 그가 오늘 하루 운영과 함께하는 이 시간의 의미를 잘 안다. 사실 홍 내관은 현의 말처럼 들뜨기는커녕 괜히 화가 났던 차였다. 할 수만 있다면 시간을 멈추어 저 둘이 함께하는 순간을 영원히 저 모양대로 굳혀 버리고 싶다는 헛된 소망도 품었다. 홍 내관은 이곳에 오기 전 현의 서재에서 나누었던 대화를 되새겼다.

"놓아주실 다짐을 하시는 겁니까."

"붙잡을 자격이라는 게 처음부터 없었어."

"앞으로 어찌 사시려고……."

"그냥 되는 대로."

그 한마디가 몹시도 힘겨운 듯 미소 짓는 남자는 사라질 것처럼 흐릿했다. 홍 내관은 그 아릿한 잔상이 떠오르는 것이 몹시도 불쾌하여 눈을 질끈 감았다가 다시 떴다.

"그래. 되는 대로."

현의 마지막 말을 제 입으로 되돌리면서 크게 기지개를 켰다. 나른한 몸짓이 게을러 보였지만 속내는 따로 있었다. 말끔한 옷차림 속에 숨겨진 총의 위치를 확인하기 위한 몸짓이었다.

"당신의 나머지는 내가 지키는 걸로."

멍청하게 흐려졌던 홍 내관의 눈빛이 금세 진해졌다. 경계를 늦추지 않되 결코 티 나지 않게 경호하는 일은 온 신경을 바싹 쏠리게 만들었다. 그는 적정 거리를 벗어나지 않도록 가여운 남녀의 뒤를 따라붙는 걸음의 속도를 높였다. 그러면서 혼잣말로 중얼거렸다.

"제발 좀 행복해라, 이현."

현이 원한다면, 그를 위한 일이라면 홍 내관은 그게 무엇이든 현의 뜻을 따를 터였다. 특이한 혈액형을 가진 탓에 목숨이 위태로운 한 여자아이가 있었다. 교통사고를 당한 그 아이가 수혈을 할 수 있는 피를 찾지 못하여 목숨을 잃을 처지에 놓였을 때 무력한 오라비는 아무것도 할 수 없었다. 제 동생에게 피를 줄 수 있다는 남자를 붙잡고 사정했다. 살려 달라고. 그 순간에 분명히 알고 있었다. 제가 구걸하는 남자의 피가 어느 혈통에서 비롯되고 있는지를 말이다. 그것이 얼마나 고귀하고 값진 것인지도 잘 알았다. 감히 돈으로도 살 수 없다는 그 금빛 혈액을 청했을 때 고귀한 그자는 망설이지 않았다. 안형대군 이현은 그런 사람이다. 그날 이후 홍 내관을 지탱하는 모든 세계의 중심은 오로지 이현뿐이다. 여차하면 저 남자를 위하여 목숨을 바치는 삶도 나쁘지 않은 마무리가 될 것이라 홍 내관은 생각했다. 그것은 최연소로 왕자의 놀이친구로 뽑혔던 되바라진 꼬마의 긍지였다.

"저거 먹을래?"

"호떡이요?"

"응. 줄이 무척 긴데."

"호떡도 드실 줄 아셨습니까? 왕자님인데?"

"뭐래? 요즘 세상에 왕자가 못 먹는 게 어딨어. 없어서 못 먹는 거지."

"하하. 듣고 보니 그렇습니다. 그럼, 제가 사올까요?"

운영이 나설 필요도 없었다. 현이 호떡에 흥미를 갖는 그 순간 재빨리 몸을 움직인 홍 내관은 곧장 호떡을 사서 대령했다. 그것이 범상치 않은 신분을 드러내는 몸짓이었기에 현은 눈을 찌푸렸다.

"가."

"……."

"가라고!"

결국, 현의 눈총을 피해서 쫓겨난 홍 내관은 그런데도 마음이 놓이지 않아서 계속 그들의 뒤에 바짝 따라붙었다. 때문에 단둘만의 시간을 가질 수 없었기에 현은 잔뜩 뾰로통한 표정으로 뒤를 힐끗거렸다. 현의 신경을 자극하는 것은 홍 내관이었지만 운영은 보다 큰 시선들과 싸우고 있었다.

"정말 괜찮으십니까?"

"네가 괜찮지 않다는 말을 돌려하는 거야?"

"예. 사람들이 자꾸 힐긋거립니다."

"그게 뭐."

현은 대수롭지 않다는 듯 어깨를 으쓱했다. 현과 운영은 사람들이 많이 오가는 인사동 거리를 걷고 있었지만 그 누구도 그가 안형대군이라는 것을 짐작조차 하지 못했다. 간혹 걸음을 멈춰서 돌아보고 수군거리는 사람들이 있었지만 그들의 결론을 하나였다.

'에이, 설마! 아니겠지.'

그럼에도 발그레한 홍조를 띄운 여성들이 자꾸만 현의 앞을 알짱거리고 있었고 운영은 그게 몹시도 신경이 쓰였다.

"혹여 사진이라도 찍히시면 곤란하실까 염려됩니다. 인적이 드문 곳으로 옮기심이 어떨지요."

"잘생긴 게 죄지."

"예?"

안색 하나 변하지 않고 내뱉는 거침없는 자기 자랑이었다. 운영은 걸음을 멈추고 입을 벌렸다. 그 어벙한 표정이 재밌어서 현은 한참을 큭큭거렸다. 그 멋스러운 웃음은 안 그래도 시선이 집중되어 있는 남자의 머리 위로 스포트라이트를 드리운 꼴이었다. 운영은 다급하게 손가락으로 조용히 하라는 제스처를 취했다.

"걱정하는 게 습관이구만."

"그것이 아니라……."

"내가 수성궁에 사는 그자일 것이라고 누가 짐작이나 하겠어? 지갑 하나 없는 빈 몸에 슬리퍼 끌면서 돌아다니고 있는 모양새는 분명하지. 백수. 그것도 영락없는 날백수."

현은 마치 자기를 보라는 듯 두 팔을 크게 벌렸다. 운영은 답답해서 한숨을 내쉬었다. 천진한 표정으로 세상 만물을 구경하는 남자는 영락없는 백수가 아니었다. 누가 봐도 귀티가 흐르고 그냥 빛이 나는 한량이다. 그런 남자와 함께 걷는 평범한 이 거리가 실감이 나지 않아서 운영은 속이 먹먹해졌다. 그렇게 꿈꿔 왔던 순간인데 그 소원을 품었던 간절한 마음에 이미 티가 묻었으니 말이다. 들뜰 자격이 없다고 다그쳐도 잦은 심장의 울림은 무시할 수가 없었다. 바쁘게 돌아다니던 현은 갑자기 걸음을 멈추었다. 우뚝 서더니 뚱한 표정을 지었다.

"갑자기 왜 그러십니까?"

"배고파서."

"예?"

"배고프다고. 아침을 먹는 둥 마는 둥 하였더니……. 그리고 보니 넌 가진 돈이 얼마나 돼?"

"혹시 정말 빈 몸이십니까?"

"응. 후우, 생일인데도 애석하게 푼돈 하나 없는 거지 신세네."

현은 정말 푸념처럼 중얼거리면서 거리의 점포들을 스윽 살폈다. 운영은 일순간에 심란해졌다.

"아하! 내 생일 선물로 시간이 아니라 네 지갑을 달라 하면 되겠네."

"제, 지갑을요?"

눈을 동그랗게 치뜬 채 입을 벙긋거리는 모양새가 아기 새처럼 보였다. 제 품에 고이 가둔 채 한없이 쓰다듬고 사랑을 주고 싶은 아기 새.

"거지 왕자가 빌붙을 곳이 너뿐이야. 홍 내관은 보았다시피 곁에 두기에는 하는 짓이 영 꺼림칙하고."

부정할 수 없는 얘기였기에 운영은 고개를 끄덕였다. 영 꺼림칙한 그 남자는 여전히 눈을 번뜩이면서 대군을 주시하고 있었다. 그 짧은 순간에도 주전부리를 챙겨먹는 것을 잊지 않으면서.

"그러니 별수 없지. 너한테 신세 지는 수밖에. 먹고 마시고 오늘 하루 보내는 데이트 비용을 네가 내는 것으로 생일 선물을 받은 셈 치마. 그 정도는 괜찮겠지?"

현은 뭔가 대단한 묘수라도 찾았다는 듯이 손뼉을 쳤다. 운영은 말없이 제 가방끈을 꽉 움켜잡았다. 무슨 생각을 하는 것인지 곤란한 표정으로 눈을 굴리면서 초점이 달라지는 모양새가 재밌었다. 그래서 더욱 놀려주고 싶었다. 진정으로 가진 게 없는 여자의 지갑을 털고 싶은 마음은 없다. 그저 특별한 의미가 서린 잊지 못할 순간의 기억을 만들고 싶을 뿐이다.

"그 데굴거림은 역시 싫다는 뜻이야?"

"그럴 리가 없지 않습니까."

"그럼 왜 말없이 뚱해 있는데?"

현은 바지 주머니 속의 신용카드가 튀어나올세라 주머니에 손을 넣는 척 카드를 쏘옥 밀어 넣었다. 운영은 자신의 작은 가방 안에 들어 있는 현금이 얼마인지 생각하면서 바쁘게 머리를 굴리고 있었다. 귀하신 분을 모시고 나오면서 너무 안이하게 준비를 했던 제 스스로의 무신경함도 함께 탓했다. 혹시 현이 너무 고급지고 비싼 것을 원하지는 않을지 내심 걱정이었다. 창피하게 계산도 못 한 채 가게에서 쫓겨나는 것만큼 수치스러운 일도 없기에. 그럼에도 뭐든 해주고 싶다는 마음이 커서 운영은 흔쾌히 제 지갑을 꺼내 들었다.

"좋습니다. 가시죠. 오늘 하루 물주는 저입니다!"

운영은 호기롭게 웃으면서 어깨를 떡 펼쳤다. 저 멀리서 이들의 뜻 모를 대화를 지켜보고 있는 홍 내관은 입을 씰룩이면서 투덜거렸다. '더워 죽겠는데, 빨리 아무데나 들어가 버려'라는 텔레파시가 부디 저들에게 닿기를 바라면서.

"좋아. 그럼 뭐부터 사 달라 해야 하나?"

현은 장난스럽게 웃으면서 여자의 팔을 잡아끌었다. 그러곤 내딛는 걸음을 멈추지 않았다. 시간이 아까운데 어찌 멈출 수 있을까. 참 좋은 계절의 한가운데에서 오랜만에 느껴보는 여유였다. 가을의 초입을 보여주는 풍경은 아름다웠고 바람은 시원하다. 무엇보다 그의 옆에는 아름다운 여자가 있었다. 꽃비가 우수수 떨어져 내리는 거리의 한가운데에서 운영은 단아한 미소를 짓고 있었다. 그녀는 이 가을날을 함께할 수 있는 완벽한 상대였다. 그 상대가 자신의 친구와 연애질을 했다는 것만을 제외하면 그야말로 완벽한 데이트였다.

"또 드십니까?"

"왜? 지금 나 눈치 주는 거야?"

"아뇨."

"그럼 뭘 뚱하게 서 있어? 빨리 돈 내."

그가 사달라고 하는 것은 거리의 흔한 음식이었다. 뽑기, 단팥빵, 아이스크림 그리고 번데기까지. 진정으로 이렇게 끼니를 때우는 것이 정말 괜찮을까 싶을 만큼 현은 왕자님답지 않은 소박한 식성을 뽐내고 있었다. 그리고 그 모든 것은 현에게 잊을 수 없는 추억이 되고 있었다.

"운영아."

"예, 대군."

"달리기 좀 해?"

"어느 정도는 잘 뜁니다."

그 말이 끝나기가 무섭게 현은 운영의 손을 잡고 그대로 거리를 뛰어나갔다. 그 때문에 타래과를 먹으면서 잠시 방심했던 홍내관은 잔뜩 사레가 들렸다. 순간 '대군!'이라고 소리칠 뻔했지

만, 가까스로 입을 틀어막고 현과 운영의 뒤를 쫓는 그의 얼굴에
는 밀가루가 잔뜩 묻어서 하얗게 떠 있었다. 물론 밀가루 때문만
은 아니었다. 이대로 대군을 놓쳤다가는 무슨 일이 벌어질지……
그 생각만으로도 아찔했다.

홍 내관의 애타는 속을 아는지 모르는지 현은 맞닿은 여자의
손이 주는 체온을 느끼면서 이대로 지구 끝까지 달리다가, 숨이
차서 죽어도 상관없다는 생각이었다. 그만큼 간절했고 소중했으
며 영원하기를 바라는 순간이었기에. 거친 호흡 너머로 멈추지
않는 떨림 때문에 가슴이 펑하고 터져 나갈 것만 같았다.

"헉헉…… 대군…… 이제는 못 뛰겠습니다."

"잘한다더니?"

"어느 정도라고 말씀드렸습니다!"

운영은 가쁜 숨을 몰아쉬며 헉헉거렸다. 겨우 숨을 다스렸을
때는 자신이 현의 손을 마주 잡고 있음을 깨닫고 눈을 동그랗게
떴다. 차마 놓아 달라는 말도 못 하고 입만 벙긋거리는 모양새가
안쓰러워서 현은 하는 수 없이 먼저 그녀의 손을 놓았다. 아쉬움
이 가득한 표정은 은근한 미소로 겨우 가렸다.

"커피. 정말 하실 수 있겠습니까?"

"아, 진짜…… 사람 엄청 무시하네."

"걱정이 돼서 그렇습니다!"

"진짜 걱정하는 병에라도 걸린 거야? 기다려! 내가, 다 해온다
고!"

홍 내관을 따돌리는 데 성공한 현은 살면서 처음으로 제 손으

로 커피를 주문하고자 했다. 이를 지켜보는 운영은 조마조마했다. 혹시 실수라도 하지는 않을까 싶어서 걱정스러웠다. 역시나 프랜차이즈 커피숍에 들어간 그는 주문은커녕 제자리에 우두커니 앉아서 사람이 오지 않는다고 불평했다. 앉은 자리에서 주문을 받는 것이 아니라는 운영의 속삭임에 그는 제 무지함이 창피해서 키득거렸다. 겨우 주문을 마친 뒤 커피숍을 빠져나와서 한적한 숲을 거닐고 있을 때였다. 커피 한 잔을 들고 있는 것뿐인데도 주변의 풍경조차 스튜디오처럼 보이게 하는 남자의 옆얼굴을 물끄러미 살폈다. 그는 처음 세상에 나온 오리처럼 시선이 닿는 모든 것을 신기하다는 듯이 보고 있었다.

"즐거워 보이십니다."

"처음이니까. 이 모든 것이. 서울 하늘에 이렇게 좋은 숲이 있다는 것도 오늘 처음 알았어. 저 높은 곳에 앉아서 세상을 내려다봤는데, 그래서 다 아는 줄 알았는데 내가 모르는 것이 참 많아. 내가 꽤나 재미없이 살았다는 것도 오늘 알았어. 그러니 다음 생에는 좀 더 낮은 세상에서 태어나고 싶다는 생각이야."

현은 씁쓸하게 웃었다. 언뜻 들으면 같잖은 객기를 부린다고 힐난을 들을지도 모를 소리였다. 하지만 운영은 분명히 안다. 그의 진심을 말이다.

"평범한 이들의 삶이 부러우신 겁니까?"

"그들의 삶이…… 무엇인지 모른다 하면…… 재수 없다고 욕할건가?"

"그럴 리가 있습니까. 저도 모르는걸요."

운영은 커피 한 모금을 삼키면서 쓸쓸한 표정을 감추었다. 현은 그 이상의 말을 건네지 않았다. 그저 묵묵히 밤하늘을 바라볼 뿐이고 운영은 그를 따라 시선을 하늘로 올렸다. 벌써 해가 져서 몹시 아쉽다는 생각이 들었다. 별이 반짝이는 공원에서 발을 맞추며 걷고 있는 남자를 참 많이도 좋아했었다. 그리고 이제는 끝이라 선언하며 돌아설 수 있으리라 호언했는데 지금 제 위치는 또 이 남자의 옆이다. 입 안에 고여 드는 쌉싸래함을 삼키면서 운영은 작게 웃었다. 처음으로 제 말을 전할 용기도 함께 끌어냈다.

"한때는 부러웠습니다. 그들의 삶이."

운영의 입이 떼어지는 순간부터 두 사람의 걸음도 조금씩 느려졌다. 현은 컵을 쥔 손에 꽉 힘을 준 채 여자의 입에서 이어질 말을 초조하게 기다렸다.

"하지만…… 그뿐입니다. 손에 쥔 것의 귀함을 모른 채 새로운 것을 갖겠다…… 손을 뻗었더니 쥐었던 것조차 놓칠 뻔했습니다."

그동안 제 삶에 벌어졌던 어지러운 일들을 담담하게 정리하는 한마디였다. 여자는 울지 않았고 남자는 차라리 울었으면 좋겠다고 생각한 순간이었다.

"가진 것을 소중히 여기면서 살기에도 벅차다 생각합니다. 그러니 더 이상 욕심 부리지 않을 것입니다."

그녀가 부리고자 했던 욕심의 테두리 안에 무엇이 들어 있던 걸까? 그 한가운데에는 분명히 유영이 들어 있을 테지. 그렇다면 자신은 그녀의 욕심 언저리 안에 들어 있기는 한 걸까? 생각이 많아진 눈동자가 황망히 흔들렸다. 눈빛의 떨림이 가라앉았을 때에는 지금 이 순간 그녀에게 반드시 전해야 할 말이 있음을 깨달은 뒤였다.

"미안해. 전부, 다."

"어찌 그런 말을 하십니까."

그 이유는 누구보다 잘 알고 있을 터인데 그녀는 정말 모른다는 듯이 되묻는다. 그녀의 태연함은 도리어 돌덩이가 되어 남자를 짓누른다.

"나한테 맺힌 마음이 쉽게…… 풀어지지 않으리라는 거 알아."

"그렇지 않습니다."

현은 믿을 수 없다는 듯 눈을 찡긋거리면서 쓴웃음을 지었다.

"그런 눈으로 보셔도…… 저는 진심입니다."

"입에 침이라도 발라."

"보십시오. 그럼……."

운영은 보란 듯이 입에 침을 바르면서 생글거렸다. 그는 손을 들어서 운영의 옆얼굴을 가린 머리칼을 조심스럽게 쓸어 넘겼다. 그 부드러움이 손가락 사이사이를 스치는 감각이 짜릿했다. 잠시 생각을 내려놓는다. 이 풍경의 아름다움에 취했다는 핑계로 여자의 머리를 쓰다듬었다.

"대군……."

그의 손길에 놀란 운영의 두 눈이 커다래졌다. 떨리는 입술을 꽉 깨문 모습에 시선이 닿는 순간 열망을 띄웠던 눈동자가 단번에 가라앉았다. 딱 좋은 타이밍이었는데 하필이면 가장 나쁜 기억이 떠올랐다. 그녀를 강제로 가지려 했던 그날 밤의 잔상은 지금도 발작처럼 떠올라 그를 미치게 만든다. 현은 그날의 기억을 송두리째 도려내고 싶을 만큼 후회했고 자신을 아프도록 다그쳤다. 그럼에도 이미 벌어진 일을 되돌릴 수 없어서 가슴이 묵직했다.

'왜 나를 떠나지 않았던 것이냐.'

운영과 유영의 마지막 날 그 자리에는 현도 함께였다. 우산을 챙기지 못한 궁녀들이 갑작스러운 소나기에 발이 묶였다는 소식에 다급히 그 자리를 찾았었다. 그리고 개울가를 사이에 둔 남녀의 애틋한 해후를 보고 말았다. 그 자리에서 자신은 불청객이었고, 사랑을 품은 여자가 제 연인을 따라서 도망친다 하여도 붙잡을 수 없었다. 그런데 그녀가 떠나지 않았다. 미련, 애증, 복수, 도대체 무슨 마음을 품은 것일까? 한동안 그것의 의미를 알고자 했지만 알 수 없었고 그 다음부터는 알고자 하지 않았다. 어떤 마음이든 그녀가 제 곁에 머물러 주기만 한다면 상관없다 여겼는데, 그래서 조금 더 욕심 부리고자 하였는데 홍만식의 죽음은 그의 모든 것을 뒤흔들었다. 연모에 취하여, 여인에 눈이 어두워 정작 지켜야 했던 스승을 지키지 못하고 죽음의 한가운데에 밀어 넣은 스스로가 저주스러웠다. 그리고 그 저주를 풀기 위해서는 이 여자를 보내야 한다.

"역시 조금 이상하다 했더니……."

현은 장난스러운 미소와 함께 운영의 머리에 닿았던 손을 거두어들였다. 웃음 뒤에 하고픈 말은 목구멍 뒤로 꾹 밀어 넣었다. '사랑한다'는 흔해빠진 말을 건넬 수 없음에 서글픈 제 처지도 이제는 곧 끝이 나리라. 그녀의 붉은 입술에 한 번 더 닿고 싶다는 마음을 꾹꾹 눌러서 저 밑으로 끌어내렸다. 그는 치밀어 오르는 욕정을 장난 같은 상황으로 덮고자 했다.

"바삐 준비하라 하였더니, 머리도 안 감고 나온 모양이네."

운영은 오늘 참 이래저래 멍하니 입을 벌릴 일이 많았다.

"어째 헝클어진 모양새하며 묘하게 반짝이는 것이…… 아까부터 이상하다 싶었는데…… 손 아래 닿는 촉감이 끈적끈적한 것이 영 아닌데. 실망이야. 비해당의 궁녀라는 여인이 제 머리도……."

"아닙니다! 제가 어찌…… 머리를…… 에, 에센스를 발랐을 뿐입니다!"

운영은 정말 억울해서 눈을 부릅떴다. 팔짱을 낀 채 그녀를 지그시 내려다보는 현은 여전히 빙글거리면서 웃었다. 운영은 심란해졌다. 여인에게 머리 지적이라니? 자존심에 상처를 입은 여자는 아예 될 대로 되라는 듯 현에게 머리를 들이밀었다. 제 정수리를 그의 턱 아래 가져다 대면서 다부지게 쏘아붙였다.

"제대로 보십시오!"

그녀의 기세에 도리어 놀란 현은 손사래를 치면서 운영의 어깨를 밀어냈다. 여자의 호흡이 너무도 가깝게 느껴졌기에 위험한 순간이었다.

"알았다. 알았어."

운영은 까치발을 들면서 눈에 힘을 주었다.

"못 믿으신다면 냄새라도 맡아보시란 말입니다!"

"내가 장난이 지나쳤어. 농담. 됐지?"

다시 생각해도 딱히 즐겁지 않은 농담이었기에 입을 삐죽이 내밀었다. 불손하기는커녕 사랑스러움이 묻어난다. 치밀어 오르는 감각을 참아내기 위해 턱에 너무 힘을 준 나머지 아릿한 통증이 느껴졌다. 그럼에도 현은 고상하고 격이 높은 미소를 유지하기 위해서 이를 꽉 깨물었다.

"그만, 가자."

위엄 있는 목소리는 아까부터 벤츠 뒤에서 웅크리고 있었던 홍 내관에게 제대로 전해졌다. 수행원들과 홍 내관은 진작부터 풀숲에 매복해 있었다. 그들은 현이 커피숍에서 나오던 그 시점부터 조용히 따라붙어 있던 참이었다.

"다들 정렬!"

홍 내관이 쭈그려 앉았던 몸을 일으키자 재주도 좋게 숨어 있던 수행원들이 미어캣처럼 하나둘씩 머리를 들어 올렸다. 고작 반나절의 시간 동안 얻은 많은 추억을 뒤로한 채 수성궁으로 향하는 밤길이었다. 잠시 화장실에 간 운영을 기다리면서 현은 크게 숨을 내쉬었다. 답답함을 전부 하늘에 토하고 싶어서 고개를 들어 올렸더니 밤하늘의 은하수 정중앙으로 시선이 붙들렸다.

"손도 안 닿는데 미치도록 예쁘네. 잡고 싶게."

십자가 모양으로 빛을 내는 백조자리가 반짝이고 있었다. 신들의 제왕 제우스는 스파르타의 왕비 레다의 아름다움에 빠져 그녀를 유혹했다. 질투가 심한 아내 헤라에게 들킬 것을 염려한 제

우스는 그녀를 만나러 갈 때면 백조로 탈바꿈하여 올림포스 산을 빠져나왔다. 미색을 갖춘 여인을 탐내는 속된 마음은 신도 인간도 매한가지였다. 언제가 우스갯소리처럼 자신은 레다를 취한 제우스와 같은 신세라고 푸념했던 적이 있었다. 그때 홍 내관은 맥주 한잔의 취기를 빌려서 이렇게 말했었다. 레다는 억지로 붙잡힌 것이 아니라 제 의지대로 제우스의 곁에 머무는 것이라고 말이다. 뭔 뜬금없는 소리를 하느냐고 타박했지만 꽤 오래 기억된 말이었다.

'의지라……'

현은 떠오르는 상념의 끝에서 쓸쓸하게 웃었다. 입 안이 텁텁하고 떫어서 구겨진 표정이 금세 다시 펴진 것은 갑자기 나타난 작은 실루엣 때문이었다.

"선물이옵니다."

여자의 손에는 작은 로즈메리 화분이 들려 있었다. 화장실에 갔다 온다고 하고서 한참을 돌아오지 않더니 이걸 찾아서 헤맨 모양이었다. 여자의 이마에 서린 땀방울에 가슴이 뭉클해진다.

"선물이라니? 이미 오늘 하루 여러 번 받았는데……"

운영은 작게 웃으면서 고개를 내저었다.

"그것이 어찌 진짜 선물이겠습니까. 그리고 홍 내관에게 전부 들었습니다. 대군께서 진짜 빈 몸이 아니셨다는 것을 말입니다."

"아, 저 자식……"

현은 인상을 팍 쓰면서 제 수하들과 노닥거리고 있는 홍 내관을 째려봤다. 운영은 다시 한 번 제 손에 들린 물건을 현에게 내밀었다.

"오늘 하루의 일은 딱히 대군께서 말하지 않으셔도 제가 마음 내어 할 수 있는 일이었습니다. 그러니 오늘 제가 쓴 푼돈에 대하여 경비 처리를 요구하실 생각이면 그 마음은 거두어주십시오."

운영은 정말로 고운 미소를 짓고 있었다. 가라앉았던 마음이 또 뜨겁다. 이 여자는 모른다. 이렇게 느닷없이 내뱉는 호의와 다정한 말들이 자신을 얼마나 예뻐 보이게 하는지 말이다. 그래서 그녀를 놓아주는 현의 손에서 피가 서린다는 것도 전혀 모를 것이다.

"진정으로 드리고 싶은 것은 이것입니다. 생일에 탄생화를 받으면 그 삶에 축복이 내린다는 얘기를 들으셨습니까?"

'제가 아프게 한 만큼 그 아이가 행복을 다시 채워줄 것입니다.'

현은 되도록 팔이 떨리지 않기를 바라면서 화분으로 손을 뻗었다. 혹여 저 작은 화분을 떨어뜨리는 꼴사나운 모양새를 보이지 않을까 걱정했는데 다행히도 제대로 받아들었다. 운영은 그제야 생글거리면서 다시 입을 놀렸다.

"가게들이 전부 문을 닫을 시간이라 열린 곳이 없어서 한참을 헤맸습니다. 좀 더 예쁘게 포장했으면 좋을 터인데 가게 주인이 어찌나 빨리 문을 닫으려고 하는지 리본 하나도 겨우 묶은 참입니다."

정말이지 꽉 껴안아 버리고 싶을 만큼 귀여운 조잘거림이었다. 현은 제 충동을 억누르기 위해 또 다시 되는 대로 말을 돌렸다.

"그런데 이게…… 정말로 내 탄생화?"

그는 제 손에 들린 화분을 이리 저리 살피면서 고개를 갸웃거렸다. 운영은 혹시 그가 선물을 마땅치 않아 하는 듯싶어서 긴장이 되었다.

"분명히 맞습니다."

"이상한데. 아무리 봐도 그냥 식재료……."

"마음에…… 들지 않으십니까?"

애석하게도 화분에 집중한 남자는 여자의 말을 듣지 못했다. 정말로 궁금해서 고개를 갸웃거렸다. 진정으로 왕자의 탄생화가 식재료란 말인가? 운영은 역시 그가 선물을 마땅치 않게 여긴다고 생각했고 속이 상해서 볼이 툭 불거졌다.

"그냥 이리 주십시오."

"선물이라 하였으면서 어찌 줬다 뺐으려고?"

"마음에도 없는 것을 어찌 키우십니까."

"그런 말은 한 적이 없는데?"

현은 너스레를 떨면서 한껏 웃었다. 그럼에도 상한 기분이 좋아지지 않는 운영은 눈에 들어간 힘을 풀지 않았다. 그조차도 남자의 눈에는 몹시 귀여워 보인다는 것이 문제였다.

"주십시오!"

뾰로통해진 운영이 아예 화분을 뺏어들려고 손을 뻗자 현은 얼른 옆으로 몸을 틀면서 화분을 사수했다.

'놀고들 있네.'

그건 속으로 삼킨 홍 내관의 푸념이었다. 화분 하나를 두고 벌이는 쓸데없는 남녀의 소모전이 몹시도 귀찮았다. 초과 근무는 하지 않겠다고 분명히 선을 그었건만 역시나 오늘도 제시간에 퇴근하기는 글렀다. 최 상궁과의 약속 시간이 가까워 옴에 따라 속이 바싹바싹 탔다. 그도 그럴 것이 썸 타는 그들이 처음으로 하는 데이트였다. 오늘은 조금 더 에로틱한 시간을 약속했는데 저것들이 자꾸 시간을 끈다. 손목시계만 노려보던 홍 내관은 이를 갈면서 걸음을 옮겼다. 운영과 현은 여전히 '달라', '못 준다'면서 실랑이 중이었다.

"아 쫌!"

느닷없는 호통에 놀란 두 남녀의 시선이 한곳을 향했다. 홍 내관은 씩씩거리면서 문제의 화분을 잔뜩 노려봤다.

"다 그만두십시오. 그냥 제가 키우겠습니다!"

"넌 빠져!"

마음이라도 통한 듯이 두 목소리가 같은 말을 내뱉었다. 쿵짝이 맞는 남녀의 습격을 받은 홍 내관은 잠시 멍한 표정을 짓더니 이내 곧 눈살을 찌푸렸다. 서로의 뜻이 통한 것이 신기하여 잠시 말을 멈추었던 그들은 동시에 웃음을 터뜨렸다. 오랜만에 함께 웃는 웃음이었다. 먼저 웃음을 그친 것은 현이었다. 그는 한참동안 홀린 듯한 시선을 거두지 못했다. 진짜가 눈앞에 있었다. 휘어진 두 눈, 한껏 올라간 입꼬리, 다디단 숨소리는 거짓이 아니었다. 언제나 갈망하던 그녀의 얼굴이었다.

'진짜 선물은 지금…….'

가벼운 입술의 움직임 끝에 참 많은 감정이 서렸다. 설렘, 애툿함, 떨림 그리고 다짐. 시원한 가을바람에 흩날리는 운영의 머리칼, 붉은 입술, 아름다운 눈망울 하나하나를 제 안에 새겨 넣었다. 그 순간에 모든 것이 명쾌해졌다. 산산이 부서지고 조각난 금빛 날개를 제물로 바칠 준비가 끝났다. 그러니, 부디 저 높은 곳의 고귀한 혈족이여. 가녀린 여자를 향해 저지르는 피의 배신을 눈감아 주소서.

✳

경복궁 침입 사건에 대한 특검팀이 구성된 이후 현은 숙향의 재판을 위해 수성궁을 비우는 날이 많아졌다. 호랑이가 자리를 비운 곳에서는 또 하나의 폭풍이 휘몰아치고 있었다. 맹수의 소굴에 던져진 운영은 다가올 파란을 예측하지도 못한 채 피화당에서 책을 보고 있었다. 밖에서 소란한 소리가 난다 싶더니 나인들이 들이닥쳤고 다짜고짜 운영의 무릎을 꿇렸다. 그들은 소해궁의 사람들이 분명했다. 그들 사이로 소해궁이 모습을 드러내는 순간 운영은 본능적으로 알아챌 수 있었다. 좋지 않은 일이 시작되리라는 것을 말이다. 바닥을 짚고 있는 손에 잔뜩 힘이 실려서 손끝이 하얗게 질렸다.

"김유영."

냉정한 입술이 갈라진 뒤, 처음 튀어나온 한마디는 뜻밖이었다. 유영의 이름이 거론되는 순간 운영은 두려움이 밀려왔다.

"그자의 아비가 내 아비의 목을 조르고 있다지."

운영을 노려보는 소해궁의 싸늘한 미소가 섬뜩했다. 오늘따라 진한 화장 덕분인지 그녀의 입술은 이미 한 차례 피에 적신 것처럼 몹시도 붉었다.

"딸자식이 된 도리로 그냥 두고 볼 수가 있어야지. 다행히도 내겐 가진 무기가 좀 있는데…… 못다 한 효를 이제야 할 수 있어서 참으로 다행이구나. 너에게 고맙다는 인사라도 해야 할 듯싶은데 어찌 생각하느냐?"

듣고 있어도 그 말뜻을 헤아릴 수가 없어서 머리가 욱신거렸다. 소해궁의 말에 집중하고자 했지만, 숨이 가쁘게 차오르고 눈앞이 흐려졌다. 막힌 생각의 물꼬는 좀처럼 터지지 않았다. 그리고 뒤이어진 말에 운영은 속수무책으로 떠밀려서 저 아래로 추락했다.

"같잖은 사랑 놀음이 재밌더구나."

사악하게 웃는 소해궁의 미소 앞에서 운영의 입술이 멍하니 벌어졌다. 목구멍에 턱턱 걸리는 두려움을 어쩌지 못해 치맛단을 붙잡은 손에 꽉 힘을 주었다.

"총리의 아들이자 저명한 교수가 비해당의 궁녀와 금단의 사랑에 빠졌다. 참으로 재밌지 않느냐? 덕분에 나는 사는 게 조금은 재밌어졌구나."

말끝에 서린 웃음소리가 귓속에 파고드는 순간 귀를 틀어막고 싶었다. 바쁘게 머리가 돌아간다. 눈물을 흘릴 여유도 없다. 자신으로 인해 유영이 곤란한 상황에 놓일 수 있다는 것이 분명해졌는데, 그를 살릴 방법이 도무지 머릿속에 떠오르지 않았다. 일개 궁녀가 할 수 있는 일이란 아무것도 없다는 사실의 끝에서 맞이한 무력감은 그녀를 미치게 한다.

"끝이라 생각했느냐?"

끝, 그 매력적인 단어를 입에 담는 순간, 소해궁은 섬뜩한 마음이 피어올랐다. 역시, 웅크리고 앉아 있는 저 계집년을 불태워 산산이 부수고 싶다고…… 그래야 내가 산다고.

"그게 아니지."

"……."

"대군께서 생각을 잘못해도 한참을 잘못하신 게지. 이 재밌는 일을 그리 쉽게 덮을 수가 있나?"

그녀는 비릿하게 웃으면서 검게 칠한 뾰족한 손톱을 쓰다듬었다. 그 모습은 마치 사냥을 앞둔 맹수가 발톱을 다듬는 여유로운 몸짓을 닮아 있었다.

"기대되지 않느냐? 전부 발가벗겨서 거리에 내던져지면 모두가 신이 나서 물어뜯을 테지. 그 속에서 처절하게 울부짖어도 누구 하나 손을 내밀기는커녕 우습다고 혀를 차며 힐난하겠지. 그래서 아주 재미난 구경거리가 될 것이다."

운영의 어깨가 바들바들 떨리기 시작했다. 여자의 흔들림을 발견했으니 이제는 몰아붙이는 일만 남았다. 소해궁은 독기 어린 입술의 움직임을 멈추지 않았다. 더욱 날카롭고 잔인한 혀 놀림이 이어졌다.

"김유영 그자는 왕실을 능멸하고 금기를 어긴 대가를 치르게 될 것이다. 이 시대의 대학생이 가장 본받고자 했던 전도유망한 젊은 교수는 모든 것을 잃게 될 테지. 도덕성이 바닥에 떨어지는 것은 물론이고 교수직에서 파면되는 것도 아주 쉬운 일. 학계에서도 그를 내치고 밀어내는 것이 당연하다 여길 것이다. 세상 모두가 그 얼굴을 알아보고 손가락질할 터이니…… 이 나라에서 쉬이 살아갈 수도 없을 것이야."

운영이 두려워했던, 그래서 끝내 맞이하고 싶지 않았던 세상의 모든 어둠을 소해궁은 너무 쉽게 내뱉고 있었다.

"단지 그뿐으로 끝이면 다행이겠지. 총리의 재선도 쉽지 않을 터…… 아들은 아비의 발목을 잡은 죄책감에 시달리며 저 아래로 추락할 것이다. 아주 깊고 어두워서…… 다시는 돌아올 수 없는 곳으로 말이다."

모든 것을 손에 쥔 소해궁의 붉은 입술은 모진 말들을 쉬지 않고 쏟아냈다. 마치 제가 물어뜯는 먹이의 피에 취한 듯 자비심이라는 것을 찾아볼 수가 없었다.

"나는…… 이 일에 관한 모든 것을 지금부터 시작할 터인데 어찌 생각하느냐?"

"제 의지를 묻고자 하여 건네신 질문이…… 아니지 않습니까."

이제야 이 상황의 의미를 제대로 파악한 운영은 차분한 시선을 들어올렸다. 떨어질 듯 말 듯 아슬아슬하게 걸쳐 있는 눈물이 마음에 들지 않아서 소해궁은 입술을 비틀었다. 뭔가 원하는 반응이 아니었다. 소해궁의 계획대로라면 운영은 김유영의 이름이 거론되는 순간부터 울부짖으면서 주저앉아 통곡하고, 발아래에서 매달려야 했다. 그렇게 처량 맞은 모습을 기대했건만…… 저 단단한 계집은 그녀의 뜻대로 움직이지 않고 있었다.

'제 명을 재촉하는 게지. 건방진 년.'

거친 욕을 하고 뺨이라도 한 대 내려칠까 생각했지만 소해궁은 생각을 접었다. 그녀는 어차피 이 상황을 제 뜻대로 움직일 마스터키를 가지고 있었다. 품위를 훼손하는 쓸데없는 행동은 소모적이었다. 타고난 기품과 고귀함으로 저 천박한 계집을 자근자근 밟아주리라 생각하자 온몸에 전율이 일었다. 현은 그녀에게 조용히 가진 것을 누리며 살라 경고했지만, 그녀는 그의 뜻을 따를 수 없었다. 그녀가 가진 것들은 껍데기였고 갖지 못한 것은 알맹이였다. 그것에 대한 갈망은 쉽사리 사라질 수 없었다. 홍운영이 안형대군의 여인으로 떡하니 안방을 차지하는 모습을 생각할 때마다 치 떨리는 분노에 잠을 이룰 수 없었다.

"제게 무엇을 원하십니까?"

호기로운 눈빛에 힘을 실어주는 다부진 목소리, 떨림이 없는 몸짓…… 그 모든 것이 배알이 뒤틀리고 우습다. 소해궁이 눈짓을 하자 한 상궁은 운영의 앞에 흰색 가루가 담긴 작은 병을 내려놓았다.

"정인을 구할 방법을 주고자 하는 것이다."

운영이 그것을 잡아 쥐는 순간 그 실루엣에 깊이 몰두한 간악한 여자는 눈을 번뜩였다. 처절하게 무너지는 여인의 슬픔을 짓밟고 일어나리라. 독이 묻은 손톱이 그대로 가녀린 여인의 목을 틀어쥐고 숨통을 끊기 직전이었다. 생각만으로도 입꼬리가 틀어 올라간다.

"독이다."

병을 움켜 쥔 여자의 손에서 일순간 힘이 풀렸고 작은 병이 바닥으로 굴러 떨어졌다.

"안형대군에게 먹이거라."

"어찌…… 그런……."

말문이 막힌 운영은 멍한 눈으로 소해궁을 올려다봤다. 어찌하여 자신의 남편을 죽이라는 소리를 저리도 쉽게 할 수 있는 것인가? 정말이냐고 되묻는 듯한 운영의 겁먹은 눈시울은 제법 마음에 들었다. 그래도 부족했다. 좀 더 처절하게 악을 쓰며 울부짖는 순간을 기대했다. 소해궁은 교만한 미소를 지으면서 운영에게 다가섰다. 좁혀지는 거리만큼 소해궁은 적개심이 가득한 두 눈에 힘을 주었다. 운영의 목에서 파드득 뛰는 맥박조차도 마음에 들지 않아서 지금이라도 당장 손 아래 움켜쥐고 그 숨통을 끊고 싶다 생각했다.

"어찌하겠느냐."

독한 말들을 집어삼키다 보니 목구멍에 가시가 돋친다. 운영은 떨리는 입술을 꼭 깨물면서 고개를 내저었다.

"못 하겠느냐?"

속삭임만으로도 주변을 집어삼키는 기운이 느껴졌다. 가득 고여든 눈물 때문에 뿌옇게 시선이 흐려졌다.

"그러면……."

소해궁은 운영의 볼을 손등으로 쓸어 내렸다. 아주 천천히 살결을 타고 흐르는 여자의 손이 몹시도 차가웠다. 그 잔인한 손짓에 운영은 차라리 눈을 감아버렸다. 감은 눈 위로 냉담한 말이 쏟아져 내린다.

"네가 대신 죽으면 되겠구나."

마침내 투두둑, 소해궁이 원하던 서러운 물방울이 쏟아져 내렸다. 운영의 볼을 타고 내린 눈물이 제 손을 적시는 그 순간, 소해궁은 말로 다 할 수 없는 야릇한 감각에 휩싸였다. 그것은 살아 있는 먹이를 입에 문 채 목숨이 끊어질 때까지 이리저리 흔드는 잔인한 쾌감과도 비슷했다.

"그리한다면 내가 네 가족의 안위는 보장을 해줄 것이다. 집안의 가계를 책임지던 딸자식이 유명을 달리하였는데 그 정도는 해줘야지. 그렇고말고."

소해궁은 아주 즐겁다는 듯이 웃으면서 작은 약병을 운영의 손에 꼬옥 쥐어주었다. 그 섬뜩한 손길에 운영은 일순간 숨이 막혔다.

"그러니 잘 생각해 보거라."

"……."

"아주…… 잘."

소중한 것을 전한다는 듯이 손등을 토닥이는 그 순간에 이미 사람이 아니었다. 귀하게 자라 격이 높은 여인은 질투에 사로잡혀 제 손으로 인간의 탈을 벗어던졌다. 끊어질 듯 말 듯 이어지는 여인의 흐느낌이 소해궁을 더욱 미치게 만들었다. 단번에 죽이는 것보다 아주 서서히 눈앞에 둔 먹이를 몰아붙이는 재미에 취하여 고귀한 여인은 그렇게 미쳐갔다.

"방법은 두 가지인데 어느 것이 더 쉬울지 네 선택이 기대되는 구나."

소해궁은 쌀쌀한 비웃음을 끝으로 피화당을 빠져나왔다. 여자의 부드러운 살결이 닿았던 스침이 여전히 손에 남아 있어서 마뜩지 않았다. 꽉 틀어쥔 주먹을 소맷단 아래로 가리면서 붉어진 눈을 천천히 깜박였다. 그녀의 눈 아래로 이기지 못한 눈물이 떨어진다. 그것은 제 스스로에 대한 연민이었다. 따르는 이가 많아서 제 입맛대로 남자를 고를 수 있었던 여자가 어찌 이리 되었단 말인가. 기품 있고 당당한 몸짓으로 옮겨지는 걸음 뒤로 잔인하고 치졸한 제 안의 더러움이 모두 남아 있었다. 이 모든 일을 꾸며낸 간교한 머리를 칭찬할 마음조차 없다.

소해궁은 애당초 현을 죽일 생각이 없었다. 혹여, 운영이 현에게 독을 건넨다면 기미 상궁을 시켜 그 독성을 증명해 보일 것이고, 운영은 대군을 시해하려 했다는 누명을 쓴 채 쫓겨날 것이 뻔했다. 그것은 현에게서 운영을 떼어 놓을 수 있는 확실한 방법이었다. 만약에 운영이 제 손으로 목숨을 끊어준다면 그건 더욱 즐거운 일이었다. 그래서 멈출 수가 없다. 이미 제 손으로 영혼을 팔아 간악함을 얻었으니 돌아갈 길도 없었다. 소해궁은 떨리는 입꼬리를 한껏 들어 올려 웃으면서 뺨을 타고 흐르는 눈물을 전부 닦아냈다.

"정말…… 왜 이래……."

운영은 제 손에 들린 작은 병의 실체를 믿을 수 없었다. 잔 경련이 온몸의 떨림으로 바뀌면서 작은 흐느낌이 오열로 바뀌었다.

"내가, 뭐, 뭘…… 그렇게…… 잘못했다고! 어떻게 이래. 어떻게."

끅끅거리는 울음이 가슴에 고여서 묵직하고 뻐근한 탓에 운영은 제 가슴을 내려쳤다. 그녀의 거친 울음소리에 누구 하나 달려오지 않는 외딴곳에서 운영은 악을 쓰면서 울부짖었다. 걷잡을 수 없는 운명의 소용돌이 속에서 선녀의 산이 무너져 내리고 있었다.

이화우 흩뿌릴 제 울며 잡고 이별한 님
추풍낙엽에 저도 날 생각는가
천리에 외로운 꿈만 오락가락하노매
- 매창 〈이화우 흩뿌릴 제〉

쨍그랑!

날카로운 파열음과 함께 적막한 고요가 깨졌다. 일순간 홍 내관과 현의 시선이 운영에게 닿았다. 발 아래로 떨어진 유리 주전자의 파편을 내려다보면서도 운영은 멍하니 그 자리에 서 있었다.

"홍운영!"

날이 선 외침을 듣고서야 운영은 겨우 정신을 차렸다. 그제야 제 손의 멈추지 않는 떨림도 인지할 수 있었다.

"어찌 이리도 얕은 실수를 계속하는 것이냐."

"자, 잘못했습니다. 얼른 치우겠습니다."

그녀는 황급히 깨진 유리 조각을 주워 담았다. 장갑도 끼지 않은 채 허둥대는 모양새를 보고 있자니 부아가 치밀었다. 홍 내관은 답답한 넥타이를 풀어헤치면서 인상을 잔뜩 찌푸렸다. 요 며칠 사이 이와 비슷한 실수가 벌써 다섯 번이었다.

"대군…… 차를 곧 다시 내오겠습니다."

"그냥 있어."

현은 운영의 허둥댐을 바라보면서 안타까운 시선을 던졌다. 몸을 일으켜서 대신 유리 조각을 치우고 싶은 마음이었다. 슬쩍 움직이자 홍 내관은 기다렸다는 듯이 부릅뜬 눈으로 고개를 내저었다. 그 불만 가득한 눈빛을 무시한 채 마저 몸을 일으키다가 다시 털썩 주저앉았다. 홍 내관만이 있는 자리였다면 현은 분명히 운영의 여린 손에 유리 조각을 들게 하지 않았을 터였다. 하지만 방금 서재의 문을 열고 들어온 그 여자, 최 상궁의 엄한 시선 때문에 아무것도 할 수 없었다. 요 며칠 자꾸 소화가 되지 않고 몸이 좋지 않아서 병가를 냈던 최 상궁은 입궐 보고를 하기 위해 대군의 서재를 찾은 터였다. 홍 내관은 오랜만에 수성궁에서 보는 최 상궁의 존재가 반가웠다. 하지만 갑자기 보안 팀에서 호출이 왔기에 서재에 머물 수가 없었다.

"대군, 잠시 자리를 비우겠습니다."

"그렇게 해."

최 상궁의 곁을 지나치면서 슬쩍 손등을 스치는 것은 둘만의 장난질이었다. 그런데 뭔가 타이밍이 맞지 않았다. 최 상궁은 수

작을 거는 홍 내관을 찌릿 노려보면서 이를 드러냈다. 으르렁거리는 모양새가 사나운 개를 닮았다. 결국 홍 내관은 괜한 헛기침과 함께 다급하게 서재를 빠져나갔다. 아무래도 요새 자꾸 살이 찌는 것 같다고 다이어트를 시도하더니 성질이 더욱 사나워진 모양이었다.

"저런! 운영아. 후우……."

최 상궁이 크게 한숨을 내쉬는 소리에 가슴이 졸아붙은 것은 현이었다. 최 상궁은 볼썽사나운 모양새로 유리 조각을 줍고 있는 운영을 힘주어 노려봤다. 지금 나서서 운영을 도왔다가는 더 큰 꾸중을 듣게 할 것이 뻔했다. 이러지도 저러지도 못하는 상황이 갑갑해서 현은 차라리 시선을 거두어들였다. 어차피 내용도 안 들어오는 책을 또 집어 들었다.

"장갑을 껴야지. 맨손으로 그리하면……."

얼이 빠진 여자는 부르는 소리도 듣지 못한 채 느릿느릿 손만 움직이고 있었다. 유리 조각 위를 배회하는 그 힘없는 몸짓에 시선이 닿는 순간 최 상궁은 눈을 번뜩였다.

"어디에 정신을 두는 게야!"

그제야 운영은 날카로운 외침을 따라서 고개를 들어올렸다. 근 일주일가량을 보지 못했던 최 상궁을 보는 순간 그저 반가워서 제가 저지른 실수는 까맣게 잊었다.

"마마님, 내일 오신다더니 어찌……."

상황에 맞지 않는 반가움을 표현하던 그 순간에 날카로운 유리 조각이 손가락을 스치고 지나갔다.

"으윽!"

신음 섞인 목소리에 고개를 번쩍 든 남자의 눈이 잔뜩 커졌다. 베인 살갗 위로 번지는 피를 보는 순간 눈앞이 핑 돌았다. 그럼에도 운영은 아픔조차 모르는 듯 떨어지는 핏방울조차 닦아내지 않은 채 계속 유리 조각을 집어 들었다. 옅은 피비린내에 놀란 최 상궁은 갑자기 구역질이 나서 서재를 빠져나갔다. 본래 비위가 약하고 피를 무서워하는 최 상궁이었지만 몸이 좋지 않은 탓인지 오늘은 좀 더 상태가 나빴다. 그 사이에 현은 보던 책을 덮는 손짓에 망설임이 없었고 단번에 걸음을 옮겨서 여자의 아픈 손을 움켜잡았다.

"손을 이리 내."

피가 맺힌 손가락에 현의 손이 닿는 순간 운영은 얼른 제 손을 뒤로 빼냈다. 그럼에도 현은 다시 그 손을 잡아당겨서 제 손수건으로 그녀의 손가락을 감싸 쥐었다. 손수건 너머의 떨림은 운영의 것이 아니라 현의 애타는 마음.

"소, 손수건이 피에 젖습니다."

차가운 손에 스미는 온기에 운영은 휘몰아치는 감정을 억누르지 못했다. 이 사람을 어찌 죽일 수 있단 말인가? 바라보는 것만으로도 가슴이 쓰리고 애달픈 사람을 어찌 또 배신하란 말인가. 참다못해 터지는 서러운 눈물 앞에서 현은 커진 눈을 제자리로 돌리지 못했다.

"주전자 하나 깨뜨린 것으로 나라를 잃은 것처럼 울 필요가 있나?"

현은 빙긋이 웃었다. 따뜻한 눈빛과 다정한 목소리였다. 햇살이 어둠으로 밀려 들어왔던 순간의 찰나에 밀고하듯 입이 열릴 뻔했기에 다시 이를 꽉 깨물었다. 말 못 할 이야기를 속으로 삭이면서 세차게 고개를 가로저었다. 그 바람에 눈물방울이 여기저기 흩어졌다. 현의 검은 눈동자가 더욱 어두워졌다. 언제나, 여자의 울음은 손끝조차 욱신거리고 속이 꽉 막히는 기분이다. 그저 애처로워서 뭐라도 해주고 싶은데 해줄 것이 없었다.

"제 잘못입니다."

"걱정하는 병에 이어서 탓하는 병증까지. 정말로 큰일이네."

장난처럼 건네는 위로조차 여자를 아프게 한다. 눈물이 그렁그렁한 눈으로 현을 올려다보던 운영은 붙잡힌 손을 빼냈다. 현은 제 손 아래에서 빠져나가는 여자를 그대로 놓아야 했다. 그 미칠 것 같은 상실의 순간에 되새기는 것은 어떤 다짐.

"가보겠습니다."

후들거리는 다리에 겨우 힘을 주고 일어난 여자는 짧은 묵례도 잊은 채 그대로 서재를 빠져나갔다. 별궁의 입구에서 마침 홍 내관이 들어오는 것이 보였지만 운영은 뛰어나가는 걸음을 멈추지 않은 채 그대로 그를 지나쳤다. 홍 내관은 운영의 뒷모습을 예의 주시하면서도 그녀를 따라나서지 않았다.

"아, 왜 또 들쑤시고 간 거야."

열린 문틈 사이로 멍하니 서 있는 현의 모습이 보였다. 굳이 보지 않아도 이곳에서 벌어졌을 일들이 그림처럼 그려진다. 현의 곁에 다가선 홍 내관은 보안 팀에서 전해들은 일을 상세히 보고

했고 이를 듣는 현의 얼굴이 잔뜩 구겨졌다.

"언제라고?"

"모레입니다."

"그래서 저리도……."

여자가 흘리고 간 눈물과 핏자국이 서려 있는 자리에는 흰색 손수건만이 덩그러니 남겨졌다. 이를 집어 들어 꽉 움켜쥐는 손에는 운영의 피가 옮겨져 있었다. 그 붉은 자국을 쓸어내리면서 끝을 예감한다.

"다른 방법이 있을 것입니다. 역시 다시 한 번 더 생각해 보심이……."

"아니. 그게 할 수 있는 전부야."

"제가 막을 것입니다!"

"할 수 있으면 해보든가."

"정신 차려! 이 미련퉁이야."

서재를 빠져나가던 걸음이 멈추어졌다. 홍 내관이 단 한 번도 보인 적 없었던 불손한 언행이었다. 뭔가 굉장히 화가 난 듯 쿵쾅거리는 걸음으로 현의 앞을 막아섰다. 순간 놀란 탓에 잔뜩 커졌던 현의 눈이 점차 제자리를 찾았다. 주먹을 꽉 틀어쥔 홍 내관은 씩씩거리면서 거친 호흡을 그대로 내뱉었다. 마주친 눈을 피하지 않은 채 붉어진 눈을 부릅뜨는 모습은 결연하기까지 했다.

"뭐 잘못 먹었어?"

현는 제 수하의 무례함을 탓하는 대신 재밌다는 듯이 피식거렸다. 그러곤 귀여운 동생의 투정을 받아주듯이 홍 내관의 어깨를 한 번 두 번 토닥였다. 잔뜩 상기된 홍 내관을 진정시키기 위한 손길이었다.

"놀라지 마."

"……."

"별거 아니야."

무언의 메시지로 전하는 홍 내관의 눈빛은 절박했고 현은 그 눈에 서린 마음을 전부 알고 있었다.

"소란 피우지 말고 비켜."

"싫습니다."

"까분다."

"뜻을 거두어 주십시오."

"현민아, 내가……."

"……."

"숨이 막혀."

현은 여자의 손이 빠져나가던 그 감각의 허전함을 기억하면서 자신의 끝을 기다렸다.

"그래서 그래."

"하지만!"

"잠자코 기다려."

"……."

"명령이야."

현은 엄격한 목소리로 제 뜻을 확인시키며 서재를 빠져나갔다. 여느 때와 같았다면 그를 따라나서서 껌딱지처럼 붙어 다닐

터였지만 홍 내관은 발이 붙었다. 그대로 사라지는 모습이 흐릿
해질 때까지 지켜보는 게 할 수 있는 전부였다. 그는 제 자신의
무력감을 탓하면서 벽을 내려쳤다. 속절없는 시간이 멈추지 않는
것이 야속했다.

"차를 내오너라."

소해궁은 평소보다 일찍 일어나서 치장하는 수고를 감내하면
서까지 일부러 대군의 서재를 찾았다. 홍운영의 선택을 지켜보기
위함이었다. 제가 잡은 먹이가 겁에 질린 모습을 지켜보는 것은
간악한 그녀의 소소한 재미였다. 소해궁이 도착했다는 소식을 전
해들은 운영은 탕비실에서 나오지 못한 채 한참을 머뭇거렸다.
결국 홍 내관에게 한소리 듣고 난 뒤에야 운영은 몸을 움직였다.
옮겨지지 않는 더딘 걸음으로 응접실에 들어서는 순간 속이 메스
꺼웠다. 아무도 웃지 않는 곳에서 소해궁만이 뭐라고 지껄이면서
간헐적으로 웃어젖혔다. 그 웃음소리가 주는 한기에 쟁반을 받
쳐 든 운영의 손이 덜덜 떨렸다. 겨우 테이블 위에 쟁반을 올려놓
은 뒤 천천히 차를 내렸다. 찻잔 속으로 떨어지는 연한 옥빛의 액
체를 바라보는 소해궁의 눈이 잔뜩 휘어졌다. 현의 표정은 고요
했다. 그가 찻잔을 집어 들려던 순간이었다.

"한 상궁, 은숟가락을 가져오게."

"안 하던 일을 하십니다, 부인."

"간밤에 꿈이 좋지 않아서요. 사람 일이란 모르는 것이 아닙니
까?"

어지간히도 제 부군을 위하는 모양새였다. 현은 마땅치 않아서 입술을 비틀었다. 소해궁의 뜻에 따라서 찻물이 은빛 숟가락에 떨어졌다. 그 순간 운영은 눈을 질끈 감았다. 은숟가락은 독이 닿으면 그 색이 까맣게 변했다. 만에 하나 운영이 현의 차에 독을 탔다면 그 색깔이 분명히 변할 터였다. 소해궁은 이를 노리고 있었다. 그러나 아무 일도 일어나지 않았다.

"이제 됐습니까?"

현은 소해궁을 노려보면서 비릿한 웃음을 지었다. 깨끗한 은숟가락을 바라보면서 잠시 당황한 듯했던 소해궁은 피식 웃었다.

"귀찮은 일을 벌이는 재주는 따라올 자가 없겠습니다."

비아냥거리는 목소리에 속이 상해서 입술을 샐쭉였다.

"저는 그저 대군이 염려되어……."

원망의 대상이 필요한 터에 딱 좋은 상대가 있었다. 여자의 싸늘한 눈빛이 운영에게 닿는 순간 현은 집어 들었던 찻잔을 그대로 쾅 소리가 나게 내려놓았다. 튀어 오르는 액체가 테이블 위에 흘러 내렸고 현의 손에도 물이 스몄다. 운영이 다급히 이를 치우기 위해 다가서자 현은 그녀의 손을 저지하면서 제 몸을 일으켰다. 그는 젖은 손이 대수롭지 않다는 듯 툭툭 털면서 심드렁한 표정을 지었다. 튕겨 나온 물방울이 소해궁의 얼굴에 닿는 순간 그녀가 살짝 인상을 찌푸렸다. 현은 피식 웃으면서 여자의 얼굴로 손을 뻗었다. 마침내 그녀의 볼에 현의 손이 닿는 순간 그 자리에 있던 모두가 옆으로 고개를 틀었다.

"도대체 누가 나를 죽인단 말입니까."

그가 볼을 쓸어내리자 긴장한 여자가 숨을 참는다. 대군 부부가 처음으로 보여주는 다정한 실루엣이었지만 여자를 묶어두는 남자의 눈빛은 뾰족하고 가혹했다.

"광기에 미친 원한이 있지 않고서야……."

"……."

"그렇지 않습니까? 부인."

목소리에 서린 기운이 몹시도 서늘했다. 차가운 손이 거두어지는 순간 소해궁은 얼른 미소를 띠웠다. 간교한 수를 쓰고 있는 더러운 속내를 들킬까 봐 애써 꾸며낸 웃음이었다.

"물론이지요, 대군. 감히 누가 대군을 해친단 말입니까."

소해궁은 일부러 바들바들 떨고 있는 운영을 향해 싱긋 웃어 보였다. 억지로 올라간 입꼬리가 파르르 떨렸지만 그녀는 앙큼한 속사정을 제법 잘 속이고 있었다. 운영을 쏘아보는 소해궁의 적개심이 마뜩잖았던 현은 차라리 이 자리를 빨리 끝내야겠다고 생각했다.

"홍 내관."

"예, 대군."

"밖에 나갈 차비를 해."

남겨진 여자를 위한 다정한 눈인사 따위는 없었다. 뒤 한 번 돌아보지 않고 미련 없이 서재를 빠져나가는 뒷모습에 처연한 시선이 따라붙는다. 함께 앉아 있던 자리였는데 오늘도 역시나 혼자가 되었다. 빈자리를 바라보는 제 처지가 서러워서 소해궁은 눈시울이 조금 붉어졌지만 그것도 잠시뿐이었다. 그 시선이 넋이

나간 표정으로 서 있는 운영에게 닿는 순간 빛이 번쩍였다. 자리에서 일어난 소해궁은 운영의 귓가에 스치듯 속삭였다.

"이제⋯⋯."

"⋯⋯."

"하루가 남았구나."

다기 세트를 정리해서 탕비실로 돌아온 운영은 몸이 휘청거려서 테이블을 짚은 손에 힘을 주었다. 이윽고 과호흡이 일어나는 것처럼 숨이 가쁘게 차올랐다. 전신으로 퍼지는 떨림을 주체하지 못해서 바닥에 주저앉았다.

"숨이⋯⋯ 숨이⋯⋯."

가슴팍이 뻐근해서 잔뜩 인상을 썼다. 호흡이 이어지지 않아서 눈이 붉어지고 핏발이 터졌다. 그녀는 제 손으로 입을 틀어막은 채 겨우 제 숨을 다시 들이 삼켰다. 가까스로 호흡이 진정되는 순간 온몸에 힘이 빠졌다. 소맷단 아래로 빠져나온 하얀 손이 무척이나 작고 고와서 더욱 가여웠다. 그 손에 독이 담겨 있음에.

"이것이 네 선택이냐?"

잔물결이 진 운영의 눈에 비친 것은 독이 든 물 잔이었다. 지옥 불구덩이와도 같았던 시간이 지나고 마침내 끝을 보는 마지막 날이었다. 대군은 아침부터 출타 중이었고 피화당 안에는 소해궁의 사람들로 가득했다. 하필이면 최 상궁은 오늘 또 병가를 냈고 그 가운데 홀로 남겨진 여자는 모든 것을 체념한 듯한 평온한 표정으로 앉아 있었다. 목숨을 구걸하지 않는 여인에게서는 맑고 깨끗한 아름다움이 피어났다.

"제 가족의 안위를 보장해 주신다는 약조, 지켜주십시오."

"물론이다."

"교수님도 놓아주십시오."

"교수님? 아, 김유영. 물론이다. 그리 하마."

제 손으로 죽음을 택한 계집을 눈앞에 두고서 몹시도 즐거워야 하는데 소해궁은 생각과 달리 조금 언짢아졌다. 그동안 일부러 제대로 마주보지 않았던 계집의 얼굴이 단번에 눈에 담겼다.

"그리고……."

"……."

"대군께 위해를 가하지 마십시오."

'감히 그런 눈으로 대군을 보았느냐.'

맑다는 표현도 부족해서 투명한 계집의 눈동자를 바라보면서 끝내 막지 못한 생각이 분명해졌다. 저 아이가, 참으로 곱다. 화려한 미색이라면 소해궁 쪽이 월등했지만 운영은 자신이 갖지 못한 고운 분위기를 가지고 있었다. 그게 탐이 나서 갖고 싶어 미칠 것 같았다. 그래서 한 시라도 빨리 저년의 목숨을 거두어들이고 싶다고 생각하면서 입술을 비틀었다.

"가질 수 있으리라 생각하셨습니까?"

"뭐라?"

"갖고자 했으나 결코 갖지 못하는 사내의 마음을 말입니다."

"죽음을 앞둔 년이 참으로 호기롭구나."

"제 미약한 목숨을 마님께서 거두어 가신다 하여도 달라지는 것은 없을 것입니다. 저는 마님이 두려워 제 목숨을 바치는 것이 아닙니다. 저의 연심과 신의를 위함입니다. 그리고 그것은 결코 마님께서 평생을 다하여 빌어도…… 갖지 못할 것이기에…… 저는 마님이 조금은 가엽다 생각합니다."

눈물이 맺힌 운영의 눈에 독기가 어렸다. 소해궁은 이를 가소롭다는 듯이 쳐다보며 키득거렸다. 뾰족한 손톱으로 난초 꽃의 목을 꺾는 손길이 잔인했다. 끝내 부러진 꽃 한 송이가 바닥으로 떨어져 내렸다. 힘을 잃은 꽃잎이 몹시도 처량하게 느껴졌다. 간악한 힘에 의해 억지로 생을 마감한 꽃 한 송이에서 운영은 자신의 모습을 보고 있었다.

"한때는 부러웠습니다. 마님이 가진 모든 것이 말입니다."

소해궁은 바닥에 떨어진 꽃을 지르밟으면서 운영의 앞에 섰다. 위협적인 몸짓에도 운영은 꼿꼿했다.

"그러나 이제는 부럽지 않습니다."

이미 모든 것을 내려놓은 여자는 흔들림 없는 눈동자로 소해궁을 올려다봤다. 더 이상 물러날 곳도 없었고 잃을 것도 없으니 하고픈 말은 하고 떠나야 제 불쌍한 영혼을 위로할 수 있을 것 같았다.

"아니, 오히려 마님은 제가 부러우실 겁니다. 당신이 갖고자 하던 그 사내의 마음에 제가 들어 있으니 말입니다."

"이년이 어느 안전이라 함부로 입을 놀리는 게야!"

한 상궁이 운영의 뺨을 후려쳤다. 얼얼한 볼 언저리가 금세 붉어졌다. 그럼에도 운영은 앙칼진 두 눈을 부릅뜨면서 적개심을

숨기지 않았다. 그녀가 높으신 분에 대한 불손한 눈빛을 고치지
않자 한 상궁은 또 다시 손을 뻗었지만 소해궁은 이를 저지했다.

"그냥 두시게."

"하지만 아랫것들도 있는 자리입니다. 저들이 무엇을 보고 배
울지……."

"어차피 죽을 년이네."

악독한 말을 쏟아내는 주제에 인자하게도 웃는다.

"더 할 말이 남았느냐."

"어찌 보면 제가 마님보다 낫지 않습니까? 여인의 삶으로 말입
니다."

"그럴지도 모르겠구나."

마치 죽음을 앞둔 자에게 마지막 자비를 베푸는 것처럼 소해궁
은 고개를 끄덕였다. 분명히 자극을 받은 터라 화가 치솟아 속이
부글거렸지만 상관없었다. 이제 모든 것이 끝이었다. 저 계집의
건방진 주둥이에 목숨을 거두어 갈 액체를 쏟아부으면 전부 끝날
일이었다. 운영은 옅은 미소를 지으면서 마지막 말을 이었다.

"앞으로도 제법 외로운 인생을 살게 되실 겁니다."

"그리될지는 저 높은 곳에서 지켜보거라. 내가 반갑게 눈인사
라도 할 테니."

"벼락이라도 내리면 어쩌시려고요."

"맞으면 되지 않겠느냐. 무엇이 두려운 인생이라고. 가진 것이
금텟줄인데."

소해궁은 턱을 치켜든 뒤 오만한 표정을 지으면서 운영을 노려

봤다. 운영은 단정한 미소로 응수하면서 흔들림을 보이지 않았다. 그게 몹시도 못마땅해서 소해궁은 손가락이 간지러웠다. 이제는 저 같잖은 계집의 목에 손톱을 깊숙이 박아넣을 순간이었다.

"한 상궁!"

더는 참지 못한 소해궁이 날카롭게 소리쳤다. 그녀의 부름을 따라 한 상궁은 운영에게 물 잔을 건넸다. 독이 들었나 싶을 만큼 투명한 물에 운영의 모습이 비쳤다. 죽기 전에 마지막으로 보는 자신의 모습에 운영은 작게 웃었다. 참으로 덧없는 인생이었다. 그럼에도 그녀는 모두를 지키기 위한 다짐이 부끄럽지 않았다. 떨리는 손으로 물 잔을 집어 드는 순간에도 망설임이 없었다.

'저를 제물로 바치는 몫으로 부디 제 세상을 지켜주소서.'

눈을 고요히 감은 채 잔을 입에 가져다 대던 그때였다.

"멈추어라!"

드르륵 문이 열리면서 근위대가 몰려 들어왔다. 그 어마어마한 숫자가 압도적이었기에 그곳에 있었던 모든 이가 입을 벌렸다. 그들 사이로 홍 내관이 모습을 드러내는 순간 소해궁의 얼굴이 하얗게 질렸다. 소해궁을 지나쳐서 운영의 앞에 선 홍 내관은 멍한 표정의 운영을 노려보았다.

"내려놓거라."

"……."

상황 파악을 못 한 운영은 잔을 내려놓지 못한 채 놀란 눈만 깜박였다. 잔을 쥔 손이 파르르 떨렸기에 힘주어 꽉 붙잡았다.

뭐가 그리 소중한 물건이라고 그리도 놓치지 않으려 하는 건지, 눈에서 열이 오른 홍 내관은 단번에 그 물 잔을 뺏어 들고는 소해궁이 있는 쪽으로 집어 던졌다. 그녀가 서 있던 기둥 옆으로 잔이 부딪치면서 유리 파편이 튀어 오르는 순간 모두가 악을 쓰면서 뒤로 물러났다. 소란한 와중에도 소해궁은 위엄 있는 몸가짐을 유지하면서 꼿꼿하게 서 있었다. 그 자리에 우뚝 선 채로 오만한 눈을 반짝이며 홍 내관을 향해 으르렁거렸다.

"네놈은 역시 광증이 있구나."

"마님께 들을 소리는 아닙니다."

"애석하게도 부정할 수 없어서, 더 화가 치밀어."

그 언젠가처럼 후려칠 기세로 소해궁은 손을 번쩍 들어 올렸다. 그 망설임 없는 손길이 여전했다. 하지만 홍 내관은 이번엔 달랐다. 자신을 향해 뻗은 손을 낚아채 힘주어 붙잡았다. 그리고 일부러 보란 듯이 비릿하게 웃으면서 손목을 꽉 비틀었다.

"놔."

"맞아드리는 것은 지난번이 마지막이었습니다."

볼썽사나운 신경전이 이어지는 통에 소해궁은 악을 쓰면서 몸을 비틀었다.

"놓으란 말이다! 목숨이 아깝지 않아 이따위로 건방을 떠느냐!"

"그만!"

서늘한 목소리와 함께 홍 내관은 손에서 힘을 풀었고 소해궁은 황급히 몸을 돌렸다. 모두가 길을 비켜선 자리에는 현이 있었다. 소해궁은 입이 바싹 메말랐다. 예정에 없었던 현의 등장이었고 이 상황의 의미를 쉽사리 알아차릴 수가 없었다. 분명히 먼저 판을 짜고 이 자리를 지배했던 것은 소해궁 자신이었는데 모든 것이 틀어지고 있었다.

"대군, 출타하신 일은 어찌……."

일부러 아무 일도 없었다는 것처럼 말을 섞었지만 현은 소해궁을 작정하고 무시했다. 소해궁은 불안한 시선을 여기저기 흩뿌렸다. 머리가 바쁘게 돌아갔다. 지금 이 순간을 벗어나기 위한 묘수가 떠오르지 않았기에 잔뜩 인상이 찌푸려졌다. 소해궁은 바닥에 떨어져 있는 유리 파편을 물끄러미 바라봤다. 그리고 슬쩍 입꼬리에 미소가 지어졌다. 어차피 독은 쏟아졌고 홍운영은 그것을 마시지 않았다. 엎드려 있는 궁녀와 그것을 둘러싼 무리의 조합, 그것은 분명히 좋지 않은 모양새였지만 마땅히 죄를 물을 만한 장면도 아니었다. 불손한 아랫것의 태도를 탓하며 잠시 문책을 하였다는 정도로 마무리하면 벗어날 수 있는 구석이 충분하다고 여겼다. 그녀는 오만한 눈빛을 반짝이면서 마른 입술을 혀로 적셨다. 시시각각으로 변하는 소해궁의 표정을 주시하고 있던 홍내관의 시선이 차분히 가라앉았다. 그것은 그녀의 입가에 설핏 웃음 비슷한 것이 서리는 순간이었다. 빠져 나갈 틈을 만들기 전에 먼저 손을 써야 했다.

"지시하신 대로 이곳은 이미 폐쇄되었습니다. 어찌할까요? 대군."

"모두를 잡아들여."

"저 미친 여자는요?"

그것은 소해궁을 뜻하는 말이었다. 홍 내관을 노려보는 여자의 시선이 살벌했다.

"제가 무엇을 잘못했단 말입니까."

기대한 답변이 나왔다. 현은 '역시나'라는 표정과 함께 피식거렸다. 그 웃음소리가 유달리 크게 들렸고 소해궁은 충혈된 눈을 부릅떴다.

"정중히 모셔."

그 말이 끝나는 순간 홍 내관의 손짓에 따라 근위대가 움직였고 소해궁은 도망갈 길이 막혔다.

"놓아라! 이 더러운 것들! 놓으란 말이다!"

악을 쓰고 소리치면서 바닥에 주저앉는 모양새가 처량하기 짝이 없었다. 가까스로 지키고 있던 고귀함과 품위도 전부 잃었다.

"아, 죄 짓고 살지 말아야지. 보기 딱하네."

바닥에 엎드려서 버둥거리는 여자를 내려다보면서 홍 내관은 딱히 즐겁지 않았고 복수를 했다는 유쾌함도 없었다. 그저 저 여자가 조금은 불쌍하다는 생각이었다. 그것은 물론 미운정과는 다른 의미였다. 소해궁이 볼썽사나운 모양새로 근위대에 의해 끌려 나가는 순간에도 운영은 정신이 바짝 들지 않았다. 눈앞에서 벌어진 모든 일들이 꿈속처럼 흐릿해서 멍한 눈을 깜박였다. 이미 죽은 것인가 싶어서 주변의 풍경을 돌아보던 그때 갑자기 모든 것이 선명해졌다. 시야에 들어온 남자는 분명히 현이었다. 그와 눈이 마주치는 순간 갑자기 어지러워서 몸이 휘청거렸다. 쓰러질 뻔한 여자를 가까스로 붙잡은 현은 다시 천천히 손을 놓았다.

"대군."

여자의 애타는 목소리에 눈앞이 아찔했다.

"어찌 오신 겁니까?"

대답 대신, 운영의 앞으로는 모든 것이 담긴 박스가 건네졌다. 그 안에는 홍만식과 관련한 파일과 금궤, 통장 여러 개가 들어 있었다. 건네받은 물건들의 의미를 알 수 없어서 운영은 멍한 눈을 깜박였다.

"이게, 무엇입니까?"

"네가 알아야 하지만 알지 못하게 숨겼던 나의 비밀이다."

이제껏 알지 못했던 어두운 세계가 눈앞에 놓였다. 운영은 박스 속 물건 가운데에서 유독 시선을 잡아끄는 작은 사진첩을 집어 들었다. 사진첩이 펼쳐지는 순간 여자의 눈에서 눈물이 멈추지 않고 쏟아져 내렸다.

"아…… 빠…… 어째서 이곳에……."

그녀가 애처로운 손길로 매만지는 사진 속 남자는 홍만식이었다. 젊은 시절 그가 수성궁에 있었음을 증명하는 사진들이었다. 옅은 흐느낌이 참지 못할 오열로 바뀌는 순간 현은 머릿속이 쪼개질 듯한 두통을 이기기 위해서 주먹을 틀어쥐었다. 그녀를 바라보는 눈에 힘을 주어 버거운 시선을 이겨냈다. 무력하게 피하지 않으려고 애를 쓴다. 반드시 눈을 보고 해야 하는 말들. 이제는 제 입으로 모든 것을 끝낼 순간이었다.

"운영아."

다정스레 부르는 목소리에 운영의 눈시울이 더욱 붉게 물들었다.

"네 아비는 무능한 거렁뱅이가 아니었다. 돈의 유혹에 어두워서 법이 하지 말라는 일을 했던 파렴치한도 아니다. 세상에서 가장 정의롭고 따뜻한 분이셨다. 힘없고 어리석은 왕자가 제 주제를 모르고 같잖은 객기를 부렸을 때에도 그 손을 외면하지 않으셨다. 그분이 바로 너의 아비다."

잠시 말을 멈춘다. 어차피 끝날 것을 알면서도 조금 더 시간을 끌고 싶다. 한 번 더 눈에 담고 싶어서. 눈앞에 있는 작은 여자아이는 스승의 모습을 똑 닮았다. 맑은 눈동자는 제 아비가 그러했던 것처럼 언제나 현을 위로했다. 강직하고 단단하지만 누구보다 따뜻하고 여린 속내를 지녔다. 제 아픔을 숨기는 것에는 익숙하지만 타인의 어려움은 눈 감고 모른 척하지 않는 올곧은 심성도 지녔다. 그런 여자다. 미색에 반하여 골목골목마다 숨어 보는 소년이 많았다던 아름다운 소녀, 홍운영.

"인기가 많구나."

"별로, 즐겁지 않아요."

"어째서?"

"저 중에 시집가고 싶은 마음이 드는 애가 없거든요."

"우리 꼬마 숙녀는 도대체 누구한테 시집이 가고 싶으실까?"

"왕자님이요."

"어?"

"참, 사탕 드실래요?"

"사탕?"

"전 항상 주머니에 사탕을 넣고 다니거든요. 아빠가 담배 피
우고 싶어 하실 때마다 이걸 드려요."

"그랬구나."

"아저씨한테서도 그 냄새가 나요. 우리 아빠와 같은…… 쓴
냄새."

"아, 아저씨라고?"

"네. 제가 위문편지 보내는 군인 아저씨도 아저씨와 같은 또
래거든요."

골목을 누비면서 흙먼지를 몰고 온 소녀가 천진한 웃음으로
사탕을 나누어주었던 그 순간에 철없는 왕자는 이미 골목골목에
숨어 있던 소년의 마음이었다. 열 살, 꼬마 소녀들 사이에서 '왕
자'가 최고의 남자를 칭하는 말이라는 것을 들었을 때 으쓱했던
것은 지금도 비밀이다. 그리고 그 소녀가 조금 더 자라서, 수성궁
의 문턱을 넘었을 때, '왕자'의 얼굴을 기억하지 못함을 확인했던
안도감은 세상의 모든 운을 다 쓴 기분이었다. 그녀에게 자신의
더러운 티끌을 들키지 않을 수 있었으니까.

"제, 아비를 아시는 겁니까?"

"나의……."

현은 메마르는 갈증 속에서 겨우 토해내듯 목소리를 뱉어냈다.

"스승이시다."

바닥을 짚은 손이 부들부들 떨려서 운영의 몸이 자꾸 무너져 내렸다. 이를 지켜보면서 차마 그녀에게 손을 뻗지 못하는 현의 마음도 전부 허물어져 내려앉았다.

"내 탓이었다."

여자의 손에서 눈물로 얼룩진 스승의 사진, 그 젊은 날의 해사한 미소가 미치도록 그리운 순간이었다.

"아비의 죽음은 전부 나 때문이다."

사랑하는 여인에게 하는 고백치고는 무척이나 아프고 서러운 과거다. 운영은 치맛단을 붙잡은 힘에 의지해서 겨우 고개를 들어 올렸다. 원망이 서린 여자의 눈에 시선이 맞닿는 순간 온몸에 통증이 번져 나갔다.

"어째서…… 지금껏……."

운영은 작은 주먹으로 현의 가슴을 때렸다.

"왜, 도와주지 않으신 겁니까. 대군이라면, 제 아비를 그런 차디찬 곳에서…… 구해주실 수……."

아프기는커녕 제대로 휘둘러지지도 않는 여자의 애처로운 주먹이 그를 더욱 미치게 만든다. 운영의 젖은 속눈썹 너머로 말 못할 서러움이 흘러내렸다. 떨리는 입술을 꼭 깨문 채 울음을 삼켜내도 끅끅거리는 숨소리가 애처롭게 울린다. 차라리 개자식이라고 욕을 하거나 내 아비를 살려내라고 악을 쓰기를 바랐건만 여자는 하염없이 울고 또 운다.

"나는 내 스승을 이용했을 뿐, 그를 지키지 못했다. 마치 그의 희생이 처음부터 없었던 것처럼 아주 오랜 시간을 잊고 지냈고 내가 일신의 안위를 지키는 사이…… 네 아비는…… 나의 스승은 저 혼자 외롭게 죽었다."

할 수만 있다면 운영의 작은 손에 들려 있는 사진 속의 남자를 살려내고 싶은 마음이었다. 제 심장을 바쳐서라도 말이다. 그에 대한 죗값으로 현은 제 스스로를 아프게, 말로 심장을 불태우고 있었다.

"그러니 너는, 죽는 날까지 나를 두고두고 원망하여라. 그렇게 저주해도…… 갈기갈기 찢어발겨도 분이 풀리지 않거든……."

"……."

"내 목숨을 달라 하여라."

순간 홍 내관의 눈이 번쩍였고 남자를 올려보다는 여자의 눈동자가 황망히 흔들렸다. 아버지를 원망하고 오해하며 살았던 지난날의 시간이 아깝고 한스러워서 정신을 놓을 지경이다. 그런 아비에게 딸의 속된 마음을 사죄할 수도 없다는 사실에 가슴이 찢어진다. 그 모든 원망의 마음을 전부 쏟아낼 남자가 눈앞에 있었다. 단란한 가족의 평화를 깨고 제 아비를 사지를 내몰았다는 그 남자가 이현이다. 하필이면 저 남자다. 그러니 어쩌면 좋을까. 마냥 밉고 증오해야 하는데 그조차도 마음대로 되지 않는다. 가엾다. 모든 것을 지금껏 저 혼자 짊어진 채 그 오랜 시간을 꽉 막힌 가슴으로 살았을 남자가 애처로워서 미칠 것 같다. 그에게 뭐라 말을 건네고 싶은데 입에 고인 울음 때문에 아무 말도 할 수가 없었다. 그게 너무 답답해서 운영은 세차게 고개를 저었다. 꽉 틀어쥔 주먹 위로 투두둑 떨어지는 물방울에는 말로 다 표현할 수 없는 그녀의 모든 감정이 담겨 있었다.

"다음 생에는……."

"……."

"좀 더 낮은 세상에서 마주했으면 좋겠구나."

여자의 머리를 쓰다듬고 눈물을 닦아주고 싶은 충동을 누르기 위해 현은 이를 사리물었다. 턱에서 번져 오르는 통증이 관자놀이까지 이어졌지만 힘을 풀 수 없었다.

"너를 다시 보는 그날에도…… 나는…… 기적을 바랄 것이고 다시 원할 것이다."

"……."

"염치없는 미친놈이 반갑다는 인사는 그때 하거라."

실없이 웃는 남자의 눈에 고인 것은 분명히 눈물이었다. 그는 눈이 시릴 정도로 힘을 주어 눈물을 삼켜냈다. 그러곤 미련 없이 몸을 일으켰다. 그에게 손을 뻗어서 붙잡고 싶은데 몸이 움직이지 않았다. 그것은 현도 마찬가지였다. 현은 미련이 많은 몸뚱이를 탓하면서 이 순간의 의미를 되새겼다.

"운영아."

아마도 여자의 이름을 부르는 마지막 순간이리라.

"잘 가거라."

자신의 입에서 결코 나오지 않으리라고 믿었던 그 말이 아주 어렵게 토해졌다. 그 순간 남자는 심장이 멈추었고 신기하리만큼 제대로 걸음이 옮겨졌다.

여자의 흐릿했던 시야가 겨우 조금씩 세상을 볼 수 있게 되었을 때에는 모든 것이 끝난 뒤였다. 현이 없었다. 아무리 주위를 둘러봐도 그가 없다. 방금 전까지 마주 했던 남자의 존재를 되새기게 하는 것은 제 손에 들린 사진 한 장이었다. 그것은 끝을 말하고 있었다. 혼자 남겨진 여자는 그제야 제 가슴을 쥐어뜯으면서 울었다.

"왜 저렇게 울어. 닦아줄 수도 없는데. 사람 미치게."

피화당 밖의 돌담에 몸을 기대고 있던 남자는 눈을 질끈 감았다. 귓속으로 흘러든 여자의 애달픈 울음소리가 핏줄기를 타고 흐르면서 온몸을 아프도록 할퀸다. 현은 그대로 벽을 타고 미끄러졌다. 근위대를 전부 철수시킨 홍 내관은 초라하게 앉아 있는 왕자의 옆에 털썩 주저앉았다. 하루 종일 긴장했던 마음이 그제야 풀어져서 녹진녹진해졌다.

"돌아가실 시간입니다."

"가고 싶은데…… 다리에 힘이 없어."

현은 제 꼴이 우습다는 듯이 키득거렸다. 하지만 금세 웃음이 걷힌다. 고개를 뒤로 젖힌 뒤 어둑어둑해진 하늘을 바라봤다. 별이 뜨기 직전의 어스름 속에서도 여자의 울음은 그치지 않고 있었다.

"도대체 언제 끝난대. 이 빌어먹을 오늘은……."

"동감입니다."

현은 아릿한 두 눈을 찍어 누르면서 길게 숨을 토했다. 아직도 손의 떨림이 멈추지 않고 있었다.

"무모한 짓이었습니다."

"방금 전 것을 포함하여 벌써 백 번째인가?"

"백 세 번째입니다."

"와, 나 진짜 성격 좋네. 듣기 싫은 소리를 그렇게 잘 참아주고. 여차했으면 한 대 후려갈겨도 됐을 텐데."

현의 너스레에 홍 내관은 가늘게 눈을 흘겼다. 그들은 소해궁이 꾸민 모든 일을 알고 있었다. 피화당은 중요한 내빈이 기거하는 처소였기 때문에 곳곳에 CCTV가 있었고 도청 장비가 갖추어져 있었다. 운영을 피화당에서 기거하게 한 것은 그 때문이었다. 그가 숙향대군의 재판 때문에 경황이 없을 때 소해궁이 피화당을 다녀갔다는 이야기를 듣게 되었다. 분명히 무슨 흉계를 꾸밀 것이 뻔했기에 보안팀을 통해 CCTV와 도청 파일을 확인했었다. 그날 현은 당장 소해궁의 목뼈를 부러뜨려도 시원치 않았지만 참아야 했다. 이참에 아예 소해궁의 악행을 드러내어 사가로 내보낼 작정이었다. 홍 내관은 현의 위험한 계획을 처음부터 내키지 않아 했다. 그것은 승률이 낮은 게임에 베팅을 거는 망한 도박과도 같았다. 그럼에도 현은 꼿꼿했고 끝까지 이 일을 진행하게 했다. 그 덕분에 홍 내관은 오늘 하루 여러 번 요단강을 지나온 기분이었다. 그리고 제 눈앞에 죽지 않고 살아 있는 현이 있음에 깊이 감사했다. 그 자축의 의미로 최 상궁 몰래 숨겨 두었던 담배 하나를 꺼내 입에 물었다.

"독을 건넸으면 되돌릴 수 없는 일이었습니다."

"차라리 그게 나았을 뻔했어."

홍 내관의 벌어진 입에서 담배가 툭 떨어졌다. 마지막 남은 하나였기에 그는 진심으로 질색하는 표정을 지었다. 홍 내관이 진저리를 치는 그의 생각이 현의 온전한 진심이었다. 운영이 자신에게 독을 먹인다고 해도 그는 묵묵히 받아들이고자 했었다. 그동안 그녀의 인생이 망가진 것에 대한 일종의 죗값이라 여길 셈이었다. 그런데 그녀가 제 죽음을 택했다.

"질긴 목숨이야. 뭐가 그리 귀하다고."

"농이 지나치십니다."

"뭐 어때."

"······."

"살아 있는데."

심드렁한 답변에 홍 내관은 또 눈을 흘겼다. 오늘 하루 마음을 졸인 것이 몹시도 억울하다는 생각이었다. 그는 불만스러운 마음을 담아서 바닥에 떨어진 담배를 꽉 눌러 밟았다.

"나라고 생각하고 밟는 거야?"

"좋을 대로 생각하십시오."

현은 정말 아무래도 좋다는 듯 빙긋이 웃으면서 홍 내관의 어깨를 두드렸다. 억지로 웃는 웃음으로 무엇을 숨기려 하는지 뻔히 알기에 홍 내관은 미간에 잡힌 주름을 펼 수 없었다. 절대로 안 물어보려고 했는데 결국 묻고 말았다.

"괜찮으십니까?"

잠시 멈칫했던 현은 생각이 많은 표정이었다.

"안 괜찮아. 담배나 다시 피워야겠어."

"오래 사셔야죠?"

"그럴 필요 있나. 이유도 없는데."

떫은 웃음으로 삶의 이유를 잃은 절망감을 덮는다. 여자는 울다가 지친 것인지 더 이상의 흐느낌은 새어나오지 않고 있었다. 힘없는 몸을 일으킨 남자는 벽 너머의 여자를 기억하며 천천히 눈을 감았다. 풍경이 좋은 아름다운 꿈속이었다. 그에 매료되어 영원히 꿈결 속에서 헤매고자 하였으나 세상은 이를 허락지 않았다. 정신 차리라고 뒤흔들면서 독하게 외친다. 결국 돌아오는 현세의 시간. 환상에 취하여 외면했던 세상은 별천지가 아니었다. 어둠과 불안이 가득한 세상의 한가운데서 혼자 남겨진 남자는 제 손으로 가두었던 여자를 문 밖으로 밀어내야 했다. 분명히 후회할 것을 안다. 그래서 붙잡고 싶은 마음이 들 것도 너무도 잘 안다.

'꿈이……. 꿈으로 끝났네.'

현은 고개를 들어 올려서 어둑한 하늘을 향해 웃어 보였다. 오늘 따라 북극성이 유달리 큰 빛을 내면서 그의 눈에 담겼다.

'선이 형. 죗값은 나 혼자 치를 테니까. 저 아이가 가는 길을 밝혀줘. 나, 그 정도 바랄 자격은 있잖아.'

간절한 소망을 하늘로 보낸다. 이제 곧 달이 제 모습을 찾아 밝게 빛을 내면 여자는 이곳을 떠나리라.

"현민아."

"예, 대군."

"가자."

그 담담한 목소리에 섞인 쓸쓸함을 위로할 방법이 없어서 홍 내관은 말없이 그의 뒤를 따랐다. 모든 것을 내려놓고 옮기는 걸음이 무거웠다. 채 5분도 걸리지 않을 짧은 거리였는데 도무지 별궁이 가까워지지 않아서 이상한 밤, 수성궁은 무릉도원이라는 이름을 제 손으로 벗어 던졌다.

"대군, 운영이 드릴 말씀이 있다 합니다."

그녀가 왔음을 알렸지만 굳게 닫힌 서재의 문은 끝내 열리지 않았다. 하는 수 없이 운영은 문 앞에서 마지막 인사를 올렸다. 울음을 삼켜내면서 이어지는 말들이 계속 뚝뚝 끊겼다. 웅얼거리는 통에 제대로 들리지도 않는 마지막 인사였다. 닫힌 문 너머로 문고리를 붙잡고 서 있는 남자의 손이 부들부들 떨렸다. 모든 것을 참아내는 통에 온몸에 힘이 들어갔고 이마에 핏줄이 돋았다. 당장 이 문을 열고 나가서 여자의 눈을 마주 보고 싶다. 부디 내 곁에 있어 달라 매달리고 싶은 마음을 참아내는 통에 심장이 터질 지경이었다.

'안 돼……'

현은 눈을 질끈 감은 채 크게 숨을 내쉬었다. 시계 초침이 움직이는 작은 소리만이 간간히 들려오는 텅 빈 방 안의 고요함조차 원망스럽다. 어두운 공기의 흐름은 여자가 떠난 뒤에 맞이할 세상에 대한 두려움을 몰고 왔다. 외로움과 불안함이 가득 들어찬 공간 속에 혼자 던져진 남자는 끝내 문을 열지 못했다. 울먹이던 여자의 입에서 '감사했습니다'라는 마지막 말이 건네지는 순간 현은 문고리를 부여잡고 있던 손에서 힘을 풀었다.

"최 상궁이 곁에 함께하고 있습니다."

차창 너머로 운영이 탄 차가 수성궁을 빠져나가는 것이 보였다. 그의 텅 빈 눈이 그녀의 마지막을 좇으면서 초점을 잡지 못했다. 현은 불덩이가 치밀어 오르는 듯한 가슴의 통증에 목을 뒤로 젖혔다. 숨이 쉬어지질 않는다.

"꽤 무던히 제 아비의 일을 받아들이고 있습니다. 걱정하지 마십시오."

"……."

"잘 보냈습니다."

여자가 떠났음을 분명히 하는 말. 현은 힘없이 고개를 끄덕였다. 이를 안쓰럽게 쳐다보던 홍 내관은 그에게 말을 붙이는 것조차 조심스러웠다. 한참을 망설이던 끝에 결국 곱게 접힌 손수건 하나를 그의 앞에 내밀었다.

"운영이 전한 것입니다. 일이 이렇게 될 것을 모른 탓에 마무리되지 못한 물건을 전하게 되어 송구하다는 뜻을 전했습니다."

부드러운 천 조각이 손에 닿는 순간 여자의 살결이 스치는 것처럼 느껴져서 정신이 아찔했다. 그녀의 부재를 확인시키는 손수건을 움켜잡은 손에서 떨림이 멈추지 않았고 이를 지켜보는 홍 내관의 눈빛도 아련해졌다.

"완전하진 않지만 어렴풋이 꽃이 보입니다."

순백의 천에 수놓아져 있는 것은 라일락이었다. 그것은 이제는 놓쳐 버린 여인의 유일한 흔적인 운영의 라일락 꽃나무와 꼭 닮아 있었다. 다만 다른 하나는 그 꽃잎이 보랏빛이 아니라, 흰 색의 수수함을 드러내고 있다는 것이었다. 유독 이상한 것은 맨 위의 꽃잎 하나만이 보랏빛으로 덧대어져 있다는 것이었다. 제대 로 완성이 되었다면 꽃의 빛깔은 무엇이었을까. 현은 손수건을 꽉 움켜쥐면서 커다란 창문 앞에 섰다. 비가 몰려오려는 듯 구름 이 움직이는 속도가 빨라지고 바람이 거세어졌다.

"첫사랑."

세 음절을 내뱉는 남자의 표정은 고요했고 홍 내관은 불이 붙 기 직전의 담배를 제 손으로 부러뜨렸다. 담배로도 이기지 못할 쓰린 눈빛을 가진 남자가 눈앞에 있었다. 그것은 현.

"이루어지지 않는다더니 정말이었네."

"혹시……."

떨리는 음성이 홍 내관의 초조함을 드러냈다. 그의 두 눈이 불 안하게 흔들렸다.

"알고 계셨습니까."

현은 붉어진 눈을 천천히 감으면서 희미하게 웃었다. 그것이 모든 답을 대신한다. 해사한 얼굴 너머로 아련한 기억들이 떠오 른다.

"몰랐다는 게 더 이상하지. 보랏빛의 라일락. 그게 내 몫이었 는데."

"어찌 말하지 않으셨습니까."

"애잖아."

"……."

"아무 짓도 하지 않겠다고 했으면서…… 뭘 말해."

은근한 미소에 슬픔이 서려 있었다. 아련한 눈빛 너머로 아름다웠던 나날이 전부 쏟아진다. 수성궁의 문턱을 넘는 어린 소녀에게 머물렀던 처음의 시선은 미안함이었다. 스승을 똑 닮은 올곧은 눈을 가진 아이가 눈물을 참으면서 웃어버릴 때면 참을 수 없는 부채감이 가슴을 훑고 지났다.

"편지?"

"아버지한테요."

"왜 미안하다는 말로 가득 채워?"

"못된 말을 했거든요."

"……."

"아마, 그날 살면서 처음으로 '죄'를 지었던 것 같아요."

의연하게 모든 것을 참아내는 쓸쓸한 뒷모습을 눈에 담으면서 생각했다. 지켜주겠다고, 네가 잃었던 모든 것을 다시 찾아줄 터이니 조금만 버텨달라고 말이다. 그것이 그의 처음이었고 모든 일의 시작이었다. 홍 내관의 눈을 피해서 별궁으로 숨어든 소녀가 서재를 알짱거리는 모습을 보고 있노라면 웃음이 나왔다. 까치발을 들고서 폴짝폴짝 커다란 창 너머의 자신을 찾고 있는 모습이 그림자로 비쳐질 때면 반가운 마음도 들었다. 그래서 모른 척 지나쳐도 되는데 일부러 창문 앞에 섰고, 눈을 맞추면서 말을 걸었다.

"별궁은 어찌 찾은 것이냐?"
"꽃을 보고 싶어서요."

붉어진 볼로 고개를 숙이는 어린 소녀는 제 마음을 너무도 쉽게 들켰다. 그럴 때면 아이의 머리를 다정스레 쓰다듬었다. 이성에 눈을 뜬 소녀가 왕자를 보는 마음에 딱히 큰 의미를 부여할 필요도 없었다. 사실, 그런 아이는 궁 안에 가득했다. 약혼녀가 있는 매인 몸, 왕가의 굴레에서 벗어날 수 없는 왕자에게 풋내기 소녀는 큰 의미를 지녀서는 안 될 존재였다. 그런데도 자꾸만 창문 앞에 드리워질 그림자를 기다렸던 것은 알 수 없는 마음, 어쩔 수 없는 호기심. 해질녘의 오후 네 시, 창문을 사이에 둔 소녀와의 잡담은 놓치기 싫은 일상의 행복이었다.

"사탕?"
"학교에서 받은 것입니다."
"아, 오늘이 화이트데이였지?"
"네. 같은 반 친구가……."
"운영아. 그 녀석이 주면서 뭐라고 했는데?"
"다가오는 주말에 보자고. 어, 대군? 그거 제 건데. 벌써 다 드신 겁니까!"
"아, 오늘따라 입이 쓰네."

소녀의 손에 들린 사탕을 빼앗아 먹으면서 다가오는 주말에 궐 대청소 일정을 잡은 것은 유치한 마음.

"친구가 선생님하고 사귄다고? 도대체 그 선생이 몇 살인 데?"

"스물여섯입니다."

"어? 나랑 같은 나이잖아. 네 친구면 열여섯 아니야?"

"네."

"그럼 열 살 차이네. 와, 세상 오래 살고 볼 일이야. 그래서 가만히 지켜보고 있어? 뜯어 말려야지."

"그게 그렇게 이상한 일입니까?"

"당연하지. 어디 감히 젖비린내라는 미성년자랑…… 범죄야. 범죄!"

그 순간에 깨달은 것은 겨우 찾은 현실감. 토라진 볼을 숨기지 못하는 소녀를 바라본 순간에 느꼈던 떨림은 설렘.

"축하해. 오늘부터 고등학생이 됐네."

"감사합니다."

"좋은 일인데 왜 표정이 그래?"

"그냥 아직도 교복을 입고 있는 게…… 시간이 느리다는 생각 이 들어서……."

"시간이 빨리 가면 뭘 하고 싶은데?"

"어른이 되고 싶습니다. 최 상궁 마마처럼 예쁜 대학생."

소녀의 소망이 부디 하늘에 닿기를 기도했던 건 우스운 욕심.

"그분을 좋아하세요?"

"아니."

"사랑하세요?"

"아니."

"그럼 혼인 안 하세요?"

"아니."

눈이 젖어들던 소녀를 바라보면서 들었던 생각은 죄책감. 매일같이 창밖을 찾아오던 소녀가 처음으로 오후 네 시에 그 모습을 드러내지 않았던 하루가 있었다. 그날은 현이 소해궁과 혼례를 치르던 날이었다. 그날 이후 소녀는 무슨 심경의 변화가 있었던 것인지 쉽게 제 모습을 보여주지 않았다. 수성궁의 안주인이 생기던 날 조용한 파문은 그렇게 시작되었다. 짧게는 하루, 길게는 한 달…… 그 이상, 소녀는 왕자를 찾아오지 않았다. 무언가에 쫓기는 듯 다급하게 모습을 보였다가 사라지는 이유가 최 상궁 때문이라는 것을 몰랐던 것은 실수. 소녀를 기다리는 동안 애가타고 손끝이 저릿해졌을 때 깨달은 마음은 연모. 그래서 시간이 빨리 흐르기를 기대했던 것은 헛된 소망.

"예쁘게도 자라. 욕심나게……."

스무 살이 되던 해, 운영은 어느새 은근한 미소를 지을 줄 아
는 아름다운 여인이 되었다. 여전히 꽃다운 얼굴, 상냥한 말투,
맑은 눈…… 그런데 그녀가 말을 잃었다. 일부러 장난을 치고 가
볍게 농담을 섞어도 작게 피식거리는 게 전부였다. 까르륵거리는
웃음소리를 대신하는 단아한 미소는 순식간에 시선을 빼앗고 사
람을 홀린다. 손에 닿을 듯 닿지 않는 여자를 바라보고 있노라면
목이 타고 숨이 급해졌다. 하지만 그 아름다움에 마냥 취할 수
없었던 이유는 자신을 바라보는 여인의 눈동자에 서려 있던 따스
한 기운이 조금씩 사라진다는 것. 인정할 수 없었지만 그것은 분
명히 시작된 변화였다. 그리고 마침내…… 여인은 자신의 손을
놓아 달라 했다. 하필이면 그의 사랑이 더 이상 오를 수 없는 곳
까지 닿았을 때.

"놓아주라고 하는데 어쩌겠어……."

"……."

"지은 죄가 많은데……."

"……."

"놓아야지."

그 강렬한 어감이 주는 잔상에 입 안이 썼다. 남자의 눈에서
끝내 터뜨려지지 않는 울음이 안쓰러운 듯 하늘이 대신 운다.

"사랑. 그건 습관과 집착 사이에서 겨우 찾았던 면죄부였던 건
지도 몰라. 내가 살고자 청하였던 간절한 구원."

그는 번져가는 통증 속에서 가만히 눈을 감은 채 크게 숨을

들이쉬었다. 옅은 풀냄새 사이로 라일락 꽃향기가 은근하게 실려왔다. 어쩐지 꽃냄새가 스며든 빗줄기가 보랏빛일 것 같다는 우스운 생각이 들었다. 미쳤다고 생각하면서도 손을 뻗는다. 그치지 않는 빗줄기가 손바닥에 가득 고이고 금세 흘러넘쳐서 제 옷소매를 적시는 와중에도 현은 뻗은 손을 거두어들이지 않았다. 홍 내관은 잠자코 입을 닫았다. 괜한 짓을 하지 말라고 잔소리를 퍼붓고 싶은 입에 꾹 힘을 주었다. 실연의 상처를 치유하는 방법이 정상적이기를 바라는 것은 욕심이었으니까. 지금 당장 저 밖으로 나가서 온몸으로 비를 맞겠다고 객기를 부리지 않는 것만으로도 홍 내관은 다행이라고 생각했다.

"잘못했어."

"……."

"센 척하지 말고 날개옷이라도 훔쳐 둘 것을……."

눈에 고인 눈물을 버티는 모습이 애처로웠다. 저 남자가 앞으로 어찌 살아낼 수 있을지 홍 내관은 심란해졌다. 차라리 체면 따위는 전부 내려놓고 제대로 울음이라도 터뜨렸으면 좋겠는데 악을 쓰고 참아내는 모양새는 더욱 보기 힘들었다.

"구태여…… 보내고…… ."

비에 젖은 손이 힘없이 툭 떨어졌다. 그 손의 허전함을 달래는 것은 담배 한 개비. 쓴 웃음을 짓는 남자의 메마른 입술 위로 매캐한 담배 연기가 피어올랐다.

"어찌…… 사나."

빛을 몰고 왔던 여자가 사라진 자리에 남은 것은 어둠뿐, 이제 더는 이곳, 수성궁이 현에게 무릉도원이 아니었다.

운영이 떠나고 난 뒤 수성궁의 세계는 처음부터 그녀가 존재하지 않았던 것처럼 아무렇지 않게 흘러갔다. 크게 웃고 시끌벅적하게 떠들어대는 모양새는 마치 어떤 연극을 보는 듯했고 이 모든 어색한 쇼를 주도하는 것은 홍 내관과 최 상궁이었다. 그들은 현을 위해서 빈자리를 드러내지 않기 위해 갖은 애를 쓰고 있었다.

그 누구도 소해궁과 운영 사이의 일을 입에 올리지 않았고 사라진 여자들의 행방을 묻지 않았다. 현은 딱히 제 처지의 서러움을 표현하지 않았고 해야 하는 일들을 하나씩 마무리해 나갔다. 숙향의 재판과 정양호 일파의 처단이 그것이었다. 거침없는 대군의 행보가 이어지는 가운데 시간이 빨리도 흘렀다. 그럼에도 제 스스로 멈춘 시간 속에 갇혀 있는 남자는 돌보지 못하여 시들어가는 로즈메리 화분처럼 메마르고 갈라졌다.

어쪄 내 일이야 그릴 줄을 모르더냐
이시라 하더면 가랴마는 제 구퇴여
보내고 그리는 졍은 나도 몰라 하노라

- 황진이 〈어져 내 일이야〉

제칠장.

꽃을 잃다

"대군, 정양호 대표의 전화입니다."

듣기 싫은 이름 세 글자 덕분에 잘생긴 얼굴이 찌푸려졌다. 딱히 전화를 받지 않아도 예상되는 뻔한 소리다. 사가로 쫓겨난 소해궁의 문제로 장인 정양호가 안형대군을 여러 번 찾았으나 그는 일체의 연락을 받지 않고 있었다. 현은 소해궁과의 이혼을 준비하고 있었다. 쇼윈도 부부의 실체가 공표되는 것은 그를 비롯한 왕실에 적잖은 이미지의 타격을 줄 일이었다. 그 이유 하나로 지금껏 버텨왔고 숨겨온 삶이었지만 이제는 끝을 봐야 했다. 현은 자신의 결심을 되돌리지 않았다.

"어찌할까요?"

"그냥 둬."

"쉽게 물러나지 않을 것입니다."

"각오한 일이야."

끝내 전화 연결이 불발된 것에 앙심을 품은 소해궁은 그날 밤 기어이 일을 터뜨리고 말았다. 제 분을 삭이지 못했던 소해궁은 김유영에 관한 찌라시 기사를 뿌렸고 그것은 일파만파로 퍼져 나갔다. 다음 날 조간신문에는 보란 듯이 김유영에 대한 기사가 헤드라인을 장식했다.

- 금단의 사랑, 김유영 수성궁의 담을 넘다
- 믿었던 친구의 배신
- 잘못된 만남

자극적인 제목의 기사가 총리의 귀에 들어가는 것은 한순간이었고 그는 몹시도 분개했다. 김유영은 총리의 뜻에 따라 자택에 구금되었다. 그의 집 밖에는 온갖 신문사의 기자들이 진을 치고 있었지만, 그 사이에 박평훈은 없었다. 한창 방송국에서 뉴스 진행을 하고 있어야 할 평훈은 지금 수성궁에 있었다.

"유영이는 여전해?"

"응. 자택에 억류된 상태야."

어젯밤도 수성궁에서 보낸 평훈은 평상시보다 편안한 차림새였다. 무릎이 나온 트레이닝복과 까치집을 지어서 헝클어진 머리를 바라보면서 삼혁은 혀를 찼다.

"난리네, 난리야! 숙향대군에 김유영까지. 박평훈은 이제 백수고······."

"백수 아니다. 잠시 휴가를 얻은 거지."

"끝을 모르는 휴가라는 게 문제지."

"뭐, 그래도 별 수 있나."

평훈은 즐겁게 웃었다. 데스크에서는 친분을 이용하여 김유영에 대한 단독 특종을 잡아 오라고 종용했었다. 요구를 거부하면 9시 뉴스 자리를 빼앗겠다는 말도 안 되는 억지도 함께 피웠다. 그럼에도 평훈은 완고했다. 그는 모든 것을 거부했고 9시 뉴스 자리를 후배 녀석에게 넘겨줬지만 상관없었다. 친구의 아픔으로 장사를 하고 싶은 이가 어디에 있겠는가.

"홍만식의 죽음에 대한 책임은 결국 담당 교도관 혼자 덮어 썼어. 단순 원한 관계."

삼혁은 넥타이를 풀어헤쳐서 집어던졌다. 빤히 알면서도 죄를 밝히지 못하는 무력감이 상당했다.

"그자의 집안이 정양호 선대의 은혜를 받은 적이 있다고 하더군. 정양호에게서도 많은 것을 약속 받았겠지. 세도가 후손의 득세가 참 오래도 가네. 잘도 빠져나가."

"이제 어떻게 해야 하는 거야?"

"정양호는 김유영의 도덕성 실추를 빌미 삼아서 총리를 끌어내리려고 할 거야. 이런 상황에서 총리가 재선을 위해 표심을 얻을 방법은 반대쪽 여론을 흡수하는 거지."

"방법은 하나. 눈엣가시 비해당의 제거."

"그럴 거야. 게다가 유영이 그 자식이 한 번 기름을 부었잖아.

제 아들의 스캔들을 보기 좋게 합리화하기 위해서는 비해당을 공격하는 게 가장 쉽지."

"현이의 동의를 얻어야 하는 일이잖아."

"물론이지. 그래서 말인데……. 총리께서는 이참에 비해당의 존속 여부에 대한 국민 투표를 시행하실 모양이야."

현은 가만히 고개를 끄덕였다. 짙게 가라앉은 눈동자에서는 떨림조차 보이지 않았다. 산 너머 산이라는 말도 부족했다. 어디까지 버틸 수 있냐는 듯 쉴 새 없이 몰아치는 어지러움 속에서도 현은 쓰러지지 않았다. 그는 의연하게 평정심을 유지했다. 거센 태풍의 한가운데에서도 고요함을 유지할 수 있는 힘은 그의 다부진 결심에서 비롯되고 있었다.

다음 날 새벽. 어둠을 틈타 김종대와의 비밀 회동이 마련되었다. 현은 가장 단출한 움직임으로 직접 총리의 사무실을 찾았다.

"대군께서 도착하셨습니다."

"어서 오시오, 대군."

"이른 시간에 뵙자고 청했습니다."

"그만큼 중대한 일일 테지요."

김종대는 한결같은 인자한 미소로 현을 맞이했다. 그는 분명히 정치 인생 최대의 위기를 맞이하고 있었다. 그럼에도 겉으로 보이는 모습은 딱히 위태롭지 않았다. 그것이 대인배 김종대를 지탱하는 뚝심이었다. 어색함을 이겨낼 차를 앞에 둔 두 남자 사이로 잠깐의 침묵이 이어졌다. 이곳에 온 목적을 되새기면서 생각을 정리한 현은 차분한 시선을 들어올렸다.

"제 장인의 목을 겨눌 수 있는 유일한 칼……."

"……."

"정음의 비밀문서가 제게 있습니다."

김종대는 얼굴 근육 하나 꿈틀거리지 않았다. 그렇게 찾아 헤매던 정음의 비밀문서가 현에게 있다는 사실에도 동요하지 않았다. 김종대의 입에 걸린 은은한 웃음에 현의 얼굴빛이 조금 더 어두워졌다. 현은 김종대의 속을 읽어내겠다는 듯 그 눈을 똑바로 주시했다.

"놀라지 않으십니다."

"몰랐다면 놀랄 일이지요."

"알고 계셨습니까."

김종대는 얼굴에 만연한 미소를 거두지 않으면서 고개를 끄덕였다. 아마도 저 얼굴이리라. 새삼 제 장인이 김종대를 욕하면서 내뱉었던 '구미호를 삼킨 능구렁이'라는 말이 우습게도 이해가 된 참이었다.

"왜 뺏지 않으셨습니다."

"뺏을 이유가 있습니까."

"입 닫고 사는 왕자 녀석이 마땅치 않으셨을 텐데요."

김종대는 너털웃음을 지으면서 웃었다. 그는 비밀문서의 행방을 알고 있었다. 물론 그 실체에 가까워지기까지는 꽤 오랜 시간이 걸렸지만 말이다. 현이 아무것도 모르는 척 안면몰수하고 있다는 사실이 꽤 못마땅했지만, 그저 지켜봤다. 뺏고자 하면 뺏을 수 있었으나 무리하지 않았다. 안형대군을 적으로 돌리는 것은

꽃은 잎다 259

총리 쪽에서 바라는 바가 아니었다. 입헌군주제를 옹호하는 사상적인 틀 아래에서 총리가 된 김종대에게 안형대군만 한 후광은 없었다. 그는 그 존재만으로도 김종대의 정치적인 입지를 확고하게 하는 마스터키였기 때문이다. 그래서 총리는 모든 것을 묵인하고 있었다. 때가 되면 자신에게 알아서 비밀문서가 찾아올 것임을 믿었다. 철저하게 몸을 사리면서 이익을 꾀하는 것. 그것이 총리의 방식이었다.

"이것입니다."

결심을 굳힌 현은 비밀문서가 담긴 작은 상자를 꺼내보였다. 그 순간만큼은 김종대도 감정을 고스란히 드러냈다. 반짝반짝 빛이 나는 탐욕스러운 눈동자를 마주보면서 현은 한종의 말을 되새겼다.

"그를 믿지 말거라."

선대왕이었던 한종은 김종대를 신뢰하지 않았고 왕실과 그 사이에는 언젠가 무너질 다리가 놓여 있다고 생각했다. 그에 대한 생각은 현도 마찬가지였지만 지금은 달리 손을 뻗을 데가 없었다. 김유영과 홍운영 그리고 숙향대군을 포함한 그의 세계를 지키기 위해서 현은 제 스스로 먹잇감이 된다고 해도 상관없었다.

"이것을 총리께 드릴 것입니다."

"애써 감추려던 것을 내보이는 속내는 무엇입니까?"

"하나는 짐작하시는 일이고, 다른 하나는 생각지 못한 일이실 것입니다."

"제가 대군의 뜻을 받지 못한다고 하면 어찌하실 요량입니까?"

"날개를 잃으실 겁니다."

일순간 현의 눈에서 금빛 불꽃이 피어났다.

"애써 감추던 이것이 결코 가지 말아야 할 그곳으로 향할 겁니다. 그리하면 그 끝에서 정양호는 날개를 달 것이고 총리께서는 추락하실 겁니다."

"제가 혼자 추락할 듯싶으십니까?"

현은 상자 속의 USB를 집어 들고는 비릿하게 웃었다.

"그러니…… 같이 날자는 뜻입니다."

왕자의 위엄과 단호함이 느껴지는 말씨였다. 의지가 서린 결연한 눈동자의 호박색은 사람을 매료시킨다. 마치 잠룡이 깨어난 것처럼 그 광채가 찬란했다. 그 앞에서 김종대는 소름이 돋았지만 애써 내색하지 않으면서 살짝 시선을 비꼈다. 그런 자신이 우스워서 김종대는 피식거렸다. 느닷없는 웃음에 적잖이 당황했지만 현은 은근한 미소로 맞섰다. 이 상황을 끝까지 지배하기 위한 서늘한 눈매에는 잔뜩 힘이 들어갔다.

"이 늙은이가 무엇을 해드릴까요. 가만, 짐작할 수 있는 일이라 하셨지요? 숙향대군의 이야기부터 시작하면 되겠습니까."

역시나 단번에 속을 꿰뚫어보는 안목이 대단했다. 말이 빨리 통하는 만큼 그 수에 말려들 수도 있었다. 상대는 구미호를 삼킨 능구렁이였기에 현은 긴장을 늦추지 않으면서 제 요구사항을 전했다.

"형량을 감축해 주십시오."

"그리하겠습니다."

총리는 흔쾌히 고개를 끄덕였다. 국왕은 숙향의 처벌을 원하지 않았지만 그건 도의적으로 있을 수 없는 일이었다. 한 나라의 어린 왕을 삼촌이 죽이려 했다는 사실에 국민들은 분노했고 그는 30년을 구형받았다. 이에 만족함을 표현했던 것은 총리 김종대였다. 절대왕정으로의 복귀를 추구하던 그가 정치적인 생명은 물론, 대한민국에서 살아갈 기반조차 잃었으니 말이다. 김종대의 숙향에 대한 미움은 단순히 인간적 차원의 것이 아니었다. 그것은 정치적인 뜻이 다름에서 비롯되는 숙명적인 평행선이었다.

"짐작하지 못할 다른 하나는 무엇입니까?"

"김유영이 한국을 떠나는 것입니다."

능글맞게 미소 지었던 김종대의 입에서 일순간 웃음이 걷혔다. 그 미묘한 표정 변화를 놓치지 않고 몰아붙였다.

"그리고……."

현의 입에서 모든 이야기가 끝났을 때 김종대는 말을 잃었다. 한참을 멍하니 먼 산을 바라보던 총리는 이내 모든 요구를 수렴하겠다는 듯 고개를 끄덕였다. 정음의 비밀문서를 손에 쥔 총리의 표정이 복잡했다. 그렇게 오랜 시간 갈망하던 것이 제 손에 들어왔는데 어쩐지 속이 갑갑한 것이 이상한 노릇이었다. 귀한 문서를 넘기면서도 이현은 자신의 이득에 대해서 단 한마디도 하지 않는다. 왕실의 재정을 확충해 달라든가, 비해당의 존속을 위해

힘써 달라든가, 궐내의 치외법권을 공고히 하라는 것과 같은 뻔한 요구가 단 한마디도 없었다. 모든 것이 총리의 예상에서 빗나갔다.

"그것을 어떻게 쓰시든 그 방법에 대해서는 여쭙지 않겠습니다. 전부 총리의 뜻에 맡길 것입니다."

"제가 이대로 정음의 실체를 덮고자 한다면 어찌하실 겁니까."

"뜻대로 하십시오. 하지만 총리께 득이 되는 결과는 결코 아닐 것입니다."

총리는 말뜻을 이해한다는 듯 고개를 끄덕였다.

"그것으로 정양호의 목을 치든 조르든 관심 없습니다. 그로 인해서 총리께서 어떤 이득을 취하시든 그조차도 관여치 않겠습니다. 다만, 어떤 식으로든 국왕의 체면은 지켜주십시오."

"그리하겠습니다."

"또한…… 제가 요구한 모든 것들에 대하여 처리되는 그 시간이 오래 걸리지 않기를 바랍니다."

그렇게 오랜 세월을 애타는 마음으로 숨겨왔는데 채 한 시간도 못 되어 모든 것이 끝났다. 현은 미련 없이 몸을 일으켰다. 날이 밝아 사람들의 눈에 띄기 전에 이곳을 떠나야 했다. 현의 눈짓에 따라서 홍 내관이 길을 열었고 그가 이곳을 떠나기 위한 모든 준비가 완료되는 것에는 단 3분의 시간도 걸리지 않았다. 그야말로 완벽한 호흡과 위엄 있는 몸짓을 바라보면서 총리는 세삼 아쉬워졌다. 궐에 있는 꼬마 전하에게서는 아직 보이지 않는 압도적인 기운이 눈앞에 있다. 김종대의 기억 속 어린 현은 유달리 몸이 약하고 울보였던 어린 꼬마였다. 머리띠를 하고 드레스를 입으면서 여자아이처럼 자라는 모양새가 심란했었다. 제 어미를 위하여 고무줄놀이를 한다던 어린 꼬마가 참으로 잘 자랐다. 영민하고 온화하며 어진 마음씨를 가졌다. 그러면서도 순간의 판단력이 좋고 결심이 선 일에는 돌아봄이 없다. 시대를 잘못 타고 태어나 왕이 될 자가 왕이 되지 못하였으니…… 새삼 그것이 너무 아쉽다는 생각이었다.

"대군."

걸음을 멈춘 현은 천천히 총리를 돌아봤다.

"정양호의 목을 꺾으면 분명히 대군께 피가 튈 것입니다."

총리를 알고 난 이후 처음으로 마주 보는 진심 어린 눈빛이었다. 현은 그것이 제법 나쁘지 않다는 생각에 작게 웃었다. 김유영의 아버지 김종대, 한때는 친구의 아버지로서 아주 편하게 그의 무릎 위에 앉았던 시절이 있었는데 그것이 너무도 까마득하다. 총리와 대군이라는 계급 구조 사이에서 그들은 인간적인 정을 잃었고 제 위치를 보존하기 위해 서로를 믿지 않으면서 호시탐탐 감시하는 눈을 빛냈다. 현은 이제, 그 모든 것이 지겹고 버거웠다.

"정말로 끝을 보실 겁니까."

"그자의 오물을 내가 뒤집어쓰는 것을 겁내며 살았습니다. 티끌 하나 튀어 오를까 봐 아등바등 피하면서, 왕실의 체면과 권위를 지킨다는 명분을 주문처럼 되새겼습니다. 그런다고 지켜질 가치도 아니었는데 말입니다. 그러니 그자의 날개를 반드시 꺾어주십시오."

"대군께서는 무엇을 얻으십니까."

뜻밖의 물음에 잠시 생각에 잠겼던 현은 옅은 미소를 지었다.

"전부 잃겠지요."

망설이지 않는 대답의 무게감이 총리를 압박한다. 헐벗은 몸으로 화살을 받아내겠다는 듯한 남자의 결연함은 총리에게 더 큰 두려움을 주고 있었다. 어쩌면 현을 잃을지도 모른다는 불안감이 밀려왔다. 그것은 정치적인 파트너를 잃는 차원이 아닌 한 사내에 대한 충성심의 다른 표현이었다.

"조금 더 몸을 사리시는 게 이로우실 겁니다. 아직은 주군의 나이가 어리고 숙향은 재판에 부쳐졌습니다. 꼭 지금일 필요는 없지 않습니까. 조금 더 시간을 끄셔도 됩니다."

"짧은 인생을 빠르게 살다 보니 깨달은 게 있습니다."

"……."

"시간이라는 놈은 언제나 예측불가라는 것."

"대군……."

"건강하십시오."

일순간 고귀한 신분의 귀한 분께 인사를 올리듯 새벽녘의 햇살이 방안으로 가득 밀려 들어왔다. 어둠을 몰아내는 햇살 속에서 현은 아주 홀가분하다는 듯이 환하게 웃었다.

그날 밤. 김유영의 자택 구금이 풀렸고 그의 집 앞에서 진을 치고 있던 기자들도 전부 사라졌다. 김종대가 비밀결사대의 실체를 언론에 공표했기 때문이다. 입헌군주제의 나라에서 그것을 전복시키는 것을 목적으로 하는 비밀결사대가 존재한다는 것은 엄청난 떡밥이었다.

"거지꼴이 따로 없네."

느닷없는 외부인의 침입에 유영은 침대에서 벌떡 몸을 일으켰다. 잔뜩 확장된 동공에 담긴 것은 현이었다.

"총리의 아드님께서 갇혀 있는 꼴이라……."

현은 싱긋 웃으면서 유영의 집 열쇠를 흔들어 보였다. 왕립 학교 재학 시절부터 친구들에게 혼자 사는 유영의 집은 아지트였다. 유영이 없는 날에도 그들은 자유롭게 제 집처럼 출입했는데 그것은 현이 가지고 있는 보조 열쇠 덕분이었다.

"잔뜩 비웃어주려 했더니, 너무 엉망이라 그럴 마음도 안 드네."

"……."

"청소라도 좀 하지 그러냐."

현은 발끝에 차이는 물건들을 발로 슬슬 밀어내면서 집 안으로 들어왔다. 유영은 다시는 보지 못하리라 생각한 친구의 얼굴이 눈앞에 있음에도 환상처럼 느껴졌다. 계속 눈을 깜박여도 사라지지 않고 분명히 보이는 남자는 현이었다. 때문에 멍하니 입이 벌어졌다. 그것은 현이 너무도 아무렇지 않게 자신을 향해 웃어 보였기 때문이다. 마치 그 옛날처럼 말이다. 그 웃음을 마주하면서 마음이 뭉개진다. 모든 속을 다 내보이던 친구였는데…… 여인을 사이에 둔 채 서로에게 날을 세우고 등을 보였다. 그리고 그 싸움을 먼저 시작한 것이 자신임을 알기에 유영은 더욱 속이 까맣게 탔다.

"못 볼 걸 본 것도 아닌데 뭐가 그렇게 멍해? 정신 차려, 인마."

천연덕스러운 웃음을 머금는 입꼬리가 휘어지는 순간 유영의 눈에서도 힘이 풀렸다.

"여전하구나."

현은 오랜만에 찾은 친구의 집이 반갑다는 듯이 주변을 두리번 거렸다. 유영이 영국으로 유학을 떠난 이후로 찾지 않았던 곳인 데 꽤 눈에 익은 풍경들이 여전했다. 나이 든 아주머니 취향이라 고 놀리던 꽃무늬 식탁보가 여전히 유영의 집에 있다는 사실은 새삼 반가웠다. 함께한 추억은 유영의 집 곳곳에 숨어 있었다. 현은 베개 아래에 놓아둔 부엉이 시계를 단번에 찾아냈다. 유영 의 어머니가 돌아가신 이후로 아침잠을 깨워줄 이가 없음에 속이 상해하던 삼혁이 선물로 준 알람시계였다. 기특하게도 초침이 제 대로 움직이고 있었다.

"달라진 게 없네."

평온한 듯이 웃고 있는 남자의 앞으로 향이 좋은 커피 한 잔이 내밀어졌다. 설탕이 가득 들어간 믹스커피였다. 잔을 받아든 현 은 한 모금을 홀짝인 뒤 다시 내려놨다.

"이게 다야?"

"그거밖에 없어."

"원두 없어? 단 거 싫어하는 거 알잖아?"

"왕자님께서 잊으셨나 본데 내가 이 집에서 꼬박 열흘을 갇혀 지냈다고. 원두? 쌀도 없는데 그게 뭐야. 네가 마시는 그것도 마 지막 남은 하나였어."

"황송하게도 됐네. 거지한테 뭘 바라."

"알면 됐다."

일순간 마주친 시선 너머로 작은 웃음이 터졌다. 그 순간 지금 껏 벌어졌던 거리가 단번에 좁혀졌다. 그렇게 마냥 웃고 떠들면서 해후를 즐겼다면 좋았을 테지만 먼저 웃음을 그친 것은 유영이었 다. 현을 바라보는 그의 표정이 복잡했다. 여유로운 듯이 웃고 있는 남자는 분명히 큰일을 감추고 있다. 그 큰일의 시작에는 유 영이 있었고 그들은 다시는 마주 보지 못할 사이였다. 그런데도 현은 자신을 찾아 왔고 적개심을 드러내기는커녕 나사 빠진 사람 처럼 웃고 있었다. 유영을 껄끄럽게 하는 것은 현의 검은 눈이 이 상하리만큼 허전해 보인다는 것이었다. 혹시 자신이 저지른 모든 일들이 현에게 돌이킬 수 없는 치명타를 입히고 있을지도 모른다 는 생각에 그는 불안해졌다.

"무슨 일인데."

"커피 한 잔 마실 시간은 줘야 하는 거 아닌가?"

유영은 가라앉은 시선으로 현의 눈을 마주봤다.

"우리가 그럴 만한 사이던가?"

좁혀졌던 거리가 조금씩 벌어진다. 겨우 맞닿은 틈을 다시 벌 리는 것이 결코 즐겁지 않다. 하지만 유영은 현이 자신을 찾아온 이유를, 그의 텅 빈 눈이 말하는 의미를 반드시 알아내야 했다. 한편, 현은 쓴웃음을 지었다. 일부러 모른 척 바보같이 웃으면서 전부 덮어주고자 하였더니 기어이 제 손으로 지난 일을 들추는 유영 때문에. 웃음기가 걷힌 눈에는 금세 힘이 실린다. 현은 눈앞의 남자에게 자신의 가장 소중한 것을 빼앗겼음을 되새겨 냈다.

"좋아. 길게 말 안 해."

유영은 타는 듯한 갈증이 일었지만 아무것도 마실 수 없었다. 현의 입을 거쳐 나올 말들에 하릴없이 두려워진 참이다.

"떠나."

현은 더 이상 웃지 않았다. 진한 검은 빛의 눈동자가 압도적인 기를 내보이고 있었다. 순간 유영은 뒷목이 서늘해졌다. 다정하기로 소문난 안형대군 이현의 눈은 딴 사람의 것이었다. 눈빛만으로도 오줌을 지리게 한다는 숙향대군의 그것을 닮아 있었다. 유전자 속에 깊이 잠들어 있던 저 눈을 깨운 이가 누구냐고 물을 필요도 없다. 그것이 자신임을 알기에 유영은 감히 위로조차 할 수 없다.

"사라져."

"……."

"홍운영과 함께."

유영의 눈에 서린 찬 기운에도 현은 물러서지 않았다. 도리어 그 눈을 바라보면서 어떤 확신을 얻고자 했다. 깐깐하고 무게감 있는 유영의 눈빛은 그들이 처음 만났을 때도 마찬가지였다. 왕자님의 눈에는 타협을 모르는 저 도전적인 눈빛이 내심 마음에 들지 않았던 때도 있었다. 마음에 들지 않는 눈빛을 지닌 까칠한 소년은 불퉁한 표정으로도 매일 같이 수성궁을 찾았고 현은 이해할 수 없었다. 이렇게 퉁할 거면 차라리 안 오면 되지 않느냐고 멱살을 잡았을 때 선비 같은 눈이 전하는 진심을 볼 수 있었다. 유영은 아버지 김종대가 '친구'가 아닌 '신하'로 자신을 보낸 것이 마음에 들지 않는다고 털어놓았다. 마치 첩자라도 되는 듯이 대군의 일거수일투족을 보고하는 것도 그만두고 싶다고 말이다. 왕자가 아니라 이현이라는 친구를 얻고 싶다는 선비 소년의 한마디가 계기가 되어 그들은 벗이 되었다. 그리고 지금 이 순간 저 올곧은 눈빛 앞에서 현은 제 여인을 보낼 다짐을 하고 있었다. 선비 같은 눈을 가진 남자는 분명히 자신이 해줄 수 없었던 평범한 세상을 그녀에게 열어줄 터였다. 현의 진심을 비껴난 유영은 조금 비뚤어졌다.

"같이 죽으라는 뜻이야?"

"상상 이상의 답변이라 소름이 돋는데. 틀렸어."

현은 키득거리면서 단 커피를 홀짝였다. 무거운 공기의 흐름이 버거운 탓인지 입 안에 퍼지는 달달함이 제법 견딜 만했다. 심란한 말을 던져 놓은 주제에 여유롭게 웃고 있는 현 때문에 유영은 눈에 들어간 힘을 풀 수 없었다.

"그렇게 노려보지 마. 꼴사나워서 보기 싫은 바퀴벌레 두 마리는 손잡고 꺼지란 뜻이니까. 깨를 볶든 하트를 발사하든 관심 없어. 딴 데서 해. 내 눈앞에서 최대한 멀리 떨어지기만 하라고."

좀 더 멋들어진 표현을 전할 수도 있었겠지만 지금으로서는 할 수 있는 최선의 말이었다. 사랑하는 여자를 놓쳤다. 그리고 그 여자를 빼앗아간 얄미운 남자가 눈앞에 있다. 지금이라도 틀어쥔 주먹으로 얼굴을 한 대 후려갈기면 속이 후련할 거라고 생각하면서 테이블 아래에 놓인 주먹을 움켜쥐었다. 하지만 금세 힘이 풀린다. 저 얄미운 입술을 터뜨리면 홍운영이 또 울고불고 난리일 테지. 현은 이 와중에도 그녀에 대한 생각으로 지배되는 자신의 행동이 우스워서 웃음을 터뜨렸다. 즐거운 것이 아니고 쓰고 떫은 웃음이었다.

"홍만식."

"……."

"그자한테 아주 예쁜 딸아이가 있었어. 구름 운에 꽃부리 영을 쓰는 꽃다운 소녀."

유영은 들었던 컵을 다시 내려놨다. 그리고 들을 말을 되새긴다. 느닷없이 튀어나온 홍만식의 딸아이에 대한 이야기의 끝은 아리송하게도 홍운영이었다. 그에 대한 분명한 설명은 현의 입을 통해서 이어졌다.

"소녀는 아비가 큰 뜻을 위하여 제 한 몸을 던진 덕분에 집안의 가장이 되었어."

현의 표정은 담담했지만 말을 옮기는 목소리가 간헐적으로 떨렸다.

"어미는 남편이 하는 일을 남에게 전하지 못하는 고통 속에서 입을 닫아야 했고 속이 곪았어. 그래서 마음의 병을 얻었지. 가족의 생계를 위해서 의지할 곳이 없던 아이에게 어느 날 갑자기 키다리아저씨가 나타났어. 그자의 손을 잡으면 많은 것을 희생해야 했지만 제 가족은 지킬 수 있었지. 그래서 소녀는 살기 위해서 키다리 놈의 손을 잡았어. 제 아비가 키다리 놈의 욕심 때문에 옥살이를 하는 것도 모른 채…… 그 자식을 은인이라 여기면서 참 예쁘게 자랐어."

진중한 표정을 짓고 있는 현이 뜬소리를 하지 않음을 알고 있다. 그런데도 현이 전하는 말의 의미가 쉽사리 와 닿지 않았다. 어쩌면 생각보다 훨씬 나쁜 이야기가 펼쳐질지도 모를 일이었다.

"홍만식은 키다리의 사람이었거든. 그자를 위해 충심을 바치다가 끝내는 죽었지."

현의 속눈썹에서 흔들림이 멈추지 않았던 것은 그 시점부터였다.

"그 아이는 아비의 죽음 앞에서도 꿋꿋하게 버티고 있어. 끝내 모든 진실을 들었을 때에도 욕 한 자락 없었지. 차라리 실컷 두드려 패기라도 했었다면 그 맷값으로 조금이나마 속이 후련했을 텐데……."

실없이 웃는 남자의 눈시울이 붉어졌다. 지금껏 본 적 없는 초라한 왕자의 모습이었다. 세상의 모든 빛을 끌어 모은 듯이 반짝이던 남자의 눈동자에 상실감이 서려 있었다. 그 귀하신 몸 위에 걸쳐진 좋은 옷조차도 넝마처럼 느껴지는 듯 힘겨워하는 남자는 금방이라도 사라질 것처럼 흐릿한 미소를 짓고 있었다. 초점을 잃은 두 눈의 허한 기운이 유영에게 고스란히 전해졌고 이를 바라보는 그의 속도 아프게 헤집어졌다.

"한때 키다리는 세상의 전부를 가졌었지."

"……"

"지금은 전부 잃었고."

현은 두 팔을 벌리면서 홀가분하다는 듯이 미소 지었다. 이제야 텅 빈 눈의 실체가 여실히 보인다. 전부를 잃은 남자 이현, 그의 전부를 가져간 김유영. 그 모든 것을 인지하는 순간 머릿속에서 종이 치는 것처럼 시끄럽게 속이 울렸다. 금방이라도 뭔가를 토할 것처럼 목구멍이 꽉 막힌다. 여자의 가여운 처지에 목이 메고 탐하는 마음에 눈이 어두워 현의 진심을 바로 보지 않았다. 왜곡하고 폄하하며 화살을 던지는 와중에도 제가 하는 일이 정의라고 믿었다.

'현아. 내가…… 너의 무엇을 뺏은 건데.'

그런데 이제는 부정할 수가 없다. 단순한 욕정도 가진 자의 교만도 아닌 애틋한 연심이 현의 가슴에서 빛을 내고 있었다. 그 빛이 꺼져가는 것을 아는지 모르는지 담담하게 미소 짓는 현 때문에 유영은 가슴이 짓눌리는 것처럼 뻐근해졌다.

"그 아이가 지내는 곳이야."

테이블 위로 올라온 것은 운영의 집 주소가 적혀 있는 하얀 메모였다. 얼마나 꽉 쥐고 있었던 건지 잔뜩 구겨져서 글씨가 조금씩 번져 있었다.

"데려가."

힘주어 내뱉는 목소리가 떨리지 않았지만 그 말이 끝났을 때 목이 아팠다. 그야말로 제 손으로 심장을 뜯어내는 기분이다.

"빌려주는 게 아니라 영원히 보내는 거야. 그 아이의 소유권은 어차피 나한테 없었어. 내 것이라고 착각하면서 꿈을 꿨던 거지. 이제 그 꿈이 깨졌고 내 세상에 그 아이는 없어."

괜찮다는 듯 입술을 휘고 있지만 현의 눈에 깔린 짙은 어둠은 그의 온전하지 않은 상태를 보여준다. 괜찮을 리가 없다.

"네가 그랬잖아. 죽어도 상관없다고. 그러니까 그 마음을 다해서 지켜. 내 걸 빼앗아갔으면 그 정도 각오쯤은 보이라고."

현의 눈이 분명한 진심을 말하고 있었지만, 유영은 그 뜻을 받을 수 없었다. 작은 쪽지에 시선이 닿았지만 금세 거두어들였다. 차마 손을 뻗을 수도 없다. 친구를 배신하고 여인을 얻고자 했던 마음이 유영의 세상을 지배했던 적이 있었다. 하지만 그 마음 너머로 언제나 유영을 무겁게 짓누르는 감정이 있었다. 그것은 현, 그의 소중한 벗을 다시는 볼 수 없다는 상실감이었다. 붉어진 남자의 눈시울에서 더는 버티지 못하고 떨어지는 눈물이 커피 잔으로 흘러들었다. 현은 따라서 반응하려는 두 눈에 꽉 힘을 주었다.

"미안하다, 현아……."

고개를 푹 숙인 유영의 어깨가 흔들렸다. 유영은 모른다. 그의 입에서 끊임없이 새어나오는 사과의 말이 현을 더욱 무참히 짓밟는다는 것을 말이다. 그 순간에 현은 역시나 홍운영의 옆자리를 차지할 주인은 자신이 아님을 분명히 깨닫고 있었다. 여인도, 친구도, 전부 제 손으로 놓아내는 남자의 손에서 붉은 피가 퍼지고 있었다. 현은 아릿한 통증이 느껴지는 머리 한쪽 때문에 눈을 찡그렸다.

"사내새끼가 울기는……."

현은 장난스러운 농담과 함께 자리에서 일어났다. 자신의 오랜

체취가 남아 있는 파란 의자를 한 번 더 눈에 담은 뒤 작별인사를 하듯이 쓸어내렸다. 이 방에서 김유영을 마주하는 것은 오늘이 마지막이리라. 주머니 속에 감춘 주먹이 꽉 틀어쥐어졌다. 감당할 수 없는 감정들이 솟구쳐 올라오고 있었지만 마지막을 전해야 했다.

"너 말이야."

"……."

"조선시대가 아니라고 안심하면 곤란해. 그 아이가 울면……너, 진짜 죽어."

미련 없이 돌아서는 뒷모습이 흐려진다. 유영은 마지막으로 친구의 이름을 힘주어 불렀다.

"현아!"

언제나처럼 '왜 인마'라고 웃으면서 돌아봐 주길 간절히 바랐건만 현은 잠시 멈칫했을 뿐 돌아서지 않았다. 그 역시도 돌아서서 유영의 모습을 눈에 담고자 했지만 몸이 말을 듣지 않았다. 끝내 뒤를 돌아보지 못한 채 앞으로만 옮겨지는 걸음이 야속했지만 멈추어지지는 않았다. 어두운 복도를 지나 햇살이 비치는 문 앞에 섰을 때 현은 마침내 긴 터널을 지나온 기분이었다. 그는 크게 숨을 내쉰 뒤 문을 열어젖혔다.

"건물 나가십니다."

"정렬!"

건물 앞으로 현이 모습을 드러내는 순간 홍 내관과 그의 수하들이 흐트러진 대열을 바로 했다.

"이제 오십니까."

모든 일을 마무리하고 나오는 남자의 표정이 복잡해서 속을 알 수 없었다. 하나 분명한 것은 정상이 아니라는 것. 금세 쓰러질 것처럼 창백한 낯빛에 신경이 쓰인 홍 내관은 얼른 그의 팔을 붙들었다.

"더우니까 좀 떨어져."

파리를 쫓는 것처럼 손을 휘젓는 몸짓에 빈정이 상할 법도 한데 홍 내관은 아랑곳하지 않았다. 오히려 그의 곁에 바싹 붙어서서 그의 안색을 살폈다.

"괜찮으십니까."

"누누이 말했잖아. 안 괜찮다고."

현은 숨소리가 느껴질 정도로 가까이 다가서는 홍 내관의 이마를 꾹 찍어 누르면서 밀어냈다.

"그러면서 왜 객기를 부리십니까."

"말이 거칠다."

"맘에 안 드는 왕자 덕분에요."

입은 투덜거렸지만 주변을 살피는 눈이 매섭게 빛났다. 대군이 지나갈 길목의 이상 기류가 포착되지 않았음을 확인한 뒤에야 홍 내관은 차를 출발시켰다. 차가 움직임과 동시에 현은 더운 숨을 토해냈다.

"꼭 이렇게까지 해야 해? 조금 더 단출해도……."

"사람은 한 번 죽습니다. 조심해서 나쁠 건 없습니다."

이번만큼은 절대로 뜻을 굽히지 않겠다는 듯 홍 내관은 단단한 태도를 보였다. 현은 마땅치 않아 했지만 홍 내관은 대군의 외부 일정을 위한 경호 인력을 확충했다. 삼엄한 경계 태세를 유지하는 이유는 이제 곧 벼랑 끝에 몰릴 정양호의 행보를 예측할 수 없기 때문이었다. 어느 날 갑자기 총알이 날아든다고 해도 딱히 이상한 형국이 아니었다. 그래서 홍 내관은 바싹 신경을 곤두세우고 있었다. 현은 이 모든 상황이 그저 피곤했다. 하루 빨리 끝을 볼 수 있기를 바라는 마음이었지만 한편으론 다가올 일들이 조금 두렵기도 했다. 목을 죄는 넥타이를 풀어 던지면서 창 밖 너머의 하늘을 올려다봤다. 오늘따라 유달리 구름이 하얗고 예뻤다.

"괜한 짓을 하셨습니다."

"또 뭐가……."

의자에 깊숙이 몸을 기댄 현은 따분하다는 듯 한숨을 내쉬었다. 대군의 행보가 마음에 안 든다고 틱틱거리는 홍 내관은 요즘 들어 눈만 마주치면 잔소리였다.

"김유영 교수님말입니다. 가만 두어도 홍운영에게 뽀르르 달려갈 터인데 무엇하러 굳이 판까지 벌려주신단 말입니까."

"나를 위해서야."

"요새 과외라도 받으시나 봅니다. 쿨한 남자 스텝 1, 2, 3라도 밟으셨습니까."

홍 내관의 볼멘소리에 현은 큭큭거렸다.

"장난으로 건넨 말이 아닙니다만."

"알아. 재미없었어."

"……."

"그 아이가 곁에 있으면 내가 너무 물렁해져. 그래서 안 돼."

운영이 떠난 이후 현은 단 한 번도 그녀의 이름을 입에 담지 않았다. 마치 금기어라도 되는 듯이 말이다. 운영의 이름을 대신하는 것은 '그 아이'였다. 그 아이, 홍운영을 곁에 두면서 현은 그 여자가 주는 빛에 취해서 제 안의 어둠을 잊어버렸다. 판단력이 흐려지고 독한 마음으로 이겨내야 했던 모든 일들을 말이다. 그걸 깨달은 뒤에는 너무 많은 일이 벌어져 있었기에 뒤늦은 후회는 소용이 없었다.

"잃어버린 건 스승님으로 족해."

'그것만으로도 충분히 죽을 지경이니까.'

구름을 눈에 담던 남자는 가만히 눈을 감았다. 요즘 들어 그는 눈을 감는 버릇이 생겼다. 딱히 졸려서도 아니고 눈이 피로한 것도 이유가 아니었다. 이제는 눈앞에서 볼 수 없는 그 여인의 자취를 좇아서 옛 기억을 떠올리는 아련한 몸짓이었다. 모두 내려놓았다고 해도 이따금 느껴지는 상실감은 여전히 견디기 힘들었다. 그리고 그것이 언제쯤 편해질지, 그것이 가능하기는 한 것인지 알 수 없었다. 전부 놓았다고, 이제는 잊는다고 호언장담했지만 그렇게 쉽게 될 일이었으면 그것을 사랑이라 부를 수 있었을까.

"그래도……."

'보고 싶네.'

밖으로 뱉지 못하고 속으로 삼키는 말, 감은 눈을 뜨지 않는 남자의 속눈썹이 젖은 새의 날개처럼 흔들렸다.

훨훨 나는 저 꾀꼬리
암수 서로 정답구나
외로워라 이 내 몸은
뉘와 함께 돌아갈꼬
- 유리왕 〈황조가〉

"얼굴이 엉망이구나."

염려 섞인 표현에도 유영은 딱딱하게 받아쳤다.

"보자고 하셨던 연유가 무엇입니까."

유영의 앞으로 작은 박스가 내밀어졌다.

"네가 찾고자 하였으나 찾지 못하였고, 나는 찾았으나 모른 척했던 그것이다."

총리의 손에 의해 박스가 열리는 순간 유영의 눈이 번뜩였다.

"비밀문서. 안형대군이 내게 건넸다."

USB를 내려다보는 유영의 눈동자가 크게 흔들렸다. 안형대군의 지시에 따라 그렇게 찾아 헤매던 비밀문서의 실체는 허무하리만큼 쉽게 모습을 드러냈다. 어째서 현은 자신이 가진 문서의 실체를 숨기고 그것을 쫓는 척하였을까? 모든 것을 손에 쥐고서도 왜 망설였을까?

"정음의 실체를 쫓기 시작하였을 때 한종의 발병이 있었고 안형대군은 고작 열여덟 살이었다. 그 후일에 홍만식의 도움으로 문서를 찾아냈지만 이미 한종의 병세가 위중했다. 성년이 되었다고 해도 저 혼자의 힘으로 배짱을 부리기에는 혼담을 약속한 약혼녀의 아비, 미래의 장인께서 너무도 대단한 자였지. 대군과 선왕은 때를 보고자 했을 것이다. 영국에 나가 있는 너를 통해서 정음의 비밀문서를 찾도록 했던 것은 안형대군이 모든 것을 지키기 위해 시작한 첫 번째 일이었다. 그들을 속이고 눈을 가리는 것."

이제야 모든 것이 이해가 된다. 그렇게 애를 쓰면서 찾고자 해도 찾을 수가 없었던 이유를 말이다. 현의 모든 노력이 서린 작은 USB가 손에 닿는 순간 목구멍이 따끔거리고 속이 얹혔다. 그 오랜 시간을 혼자서 버텨왔을 남자의 외로움을 차마 짐작조차 할 수 없다. 유영은 친구의 짐을 나눠 들기는커녕 그의 세계를 지탱하던 중심을 무너뜨린 스스로가 한탄스러웠다.

"어찌하실 생각입니까?"

"아직 잘 모르겠구나. 이것으로 무엇을 하여야 할지."

총리는 고민 중이었다. 자신이 원하던 물건을 손에 넣었으나 그것은 휘두르는 것이 더 어려운 일. 최소한의 피를 보고 최대의 이익을 얻기 위해서 총리는 칼날을 뾰족이 세우고 있었다.

"대군의 뜻은 무엇입니까."

"없다."

"아버지께 모든 것을 일임했다는 말입니까?"

"내 요구는 아니었어. 그걸 원한 건 대군이었다."

"······."

"아마도 이제는 버거웠을 테지. 저 혼자 짊어지던 짐을 내려놓고 싶은 눈치더구나."

순간 홍운영의 아비 홍만식의 실체에 대해 고백하던 현의 아픈 눈매가 떠올랐다. 그것은 짙은 피로감을 토로하고 있었다.

"홍만식의 여식. 그 이름이 홍운영이라 하였더냐?"

"아버지가 그걸 어떻게······."

"대군께서 내게 그 아이를 부탁하시더구나."

"부탁······ 이라니요."

"너와 함께 떠날 수 있도록 말이다. 네 옆에 있는 그 아이를 인정해 달라······ 그것이 정음의 비밀문서를 넘기는 마지막 조건이었다. 대군께서는 그 아이도 꽤나 귀하게 여기셨던 모양이다."

유영의 눈에서 흔들림이 멈추지 않았다. 착잡한 마음으로 자리에서 일어났다. 속이 깔깔해서 몸에 닿는 모든 것이 답답하게 느껴질 지경이었다.

"그냥 가는 거냐."

문고리를 잡아 쥐던 손이 잠시 멈추었다. 총리는 아들의 뒷모습을 바라보면서 눈시울이 붉어졌다.

"길 떠나는 녀석이 야박하기도 하지. 그 흔한 안부 인사도 안 하고 떠날 참이냐."

아주 오랜만에 듣는 다정한 음성이었다. 그것이 너무 생경해서 멍하니 입이 벌어졌다.

"미안하구나."

총리의 떨리는 목소리가 귓가로 파고들면서 머릿속을 울린다. 유영은 주먹을 틀어쥔 힘에 의지해서 겨우 떨리는 몸을 지탱했다.

"너에게서 어미를 빼앗은 것은 내 평생의 죄가 될 것이다. 너는 내게 그리도 정치의 맛이 달콤하냐고 힐난했지만 이제는 그만두고 싶어도 그만둘 수가 없구나. 네 어미의 희생을 보상할 수 있는 도리는, 그래서 그 가치를 지키는 방법은 이것뿐이다."

아버지로서 처음 전하는 진심이었다. 그것은 유영에게 뜻밖의 습격이기도 했다. 멍하니 멈춰 선 유영은 눈시울이 뜨끈해지는 통에 이를 꽉 깨물었다. 때문에 입안에 맴도는 무수한 생각들이 입술 너머로 벗어나지 못했다.

"나에 대한 너의 적개심을 모르는 것은 아니다. 딱히 피할 마음도 없다. 감히 어찌 미움을 거두라고 청하겠느냐."

"……."

"유영아, 나는 네가 나와 다른 삶을 살게 해달라고 기도할 것이다. 그러니, 네가 믿는 대로 살거라."

뒤를 돌아다보면 아버지가 어떤 표정을 짓고 있을지 짐작조차 할 수 없다. 한껏 웃고 있을지, 눈물을 훔치고 있을지, 또다시 어머니의 사진을 쓰다듬고 있을지…… 그 모든 실루엣을 감당할 수 없어서 용기가 나지 않았다. 아버지와 아들 사이에 쌓아올린 담은 말 한마디로 넘어설 수 있는 수준이 분명히 아니었다. 그럼에도 분명히 전해지는 아버지의 진심 앞에서 유영은 조금씩 허물어지는 자신을 외면할 수 없었다. 그는 문고리를 꽉 붙잡아 돌리면서 겨우 입을 떼었다.

"다녀오겠습니다."

그 한마디를 내뱉는 것이 몹시도 힘들었지만 붉어진 눈시울의 남자의 입에서는 옅은 미소가 피어났다.

"홍! 여기야, 여기!"

"소옥아!"

"계집애. 얼굴 좋은 거 봐. 잘 살았어?"

"아니야. 잘 못 살았어."

운영은 울먹이는 소옥을 꼬옥 끌어안았다. 운영이 수성궁을 떠난 이후 꼬박 세 달 만이었다. 마지막 인사도 하지 못한 아쉬움을 전부 밀어내겠다는 듯 소옥은 운영의 곁에 꼭 붙어서 떨어지지 않았다. 그녀는 지금껏 참았던 이야기를 쉴 새 없이 떠들어대기 시작했다.

"수성궁은 엉망이야."

한마디로 정리되는 모든 상황에 운영의 얼굴빛이 어두워졌다. 뉴스를 통해서 전해지는 모든 말들은 현의 처지가 좋지 못함을 드러내고 있었다. 걱정되는 마음에 홍 내관에게 뭔가를 물어도 그는 딱히 아무 말도 전하지 않았다. 그저 밀린 세금 내듯이 웃고 또 웃으라는 재미없는 농담만을 반복할 뿐이었다. 그래서 운영은 수성궁을 나온 이후로 단 한 번도 마음 놓고 웃어본 적이 없다.

"비해당은 곧 사라질지도 모르겠어."

"그 정도로 심각한 거야?"

"총리께서 국민 투표를 진행 중이신데 대군께서 딱히 거부 의사를 표하지 않으셨어. 우리한테 유리한 상황은 아닌 모양이야."

수성궁을 떠나라는 현의 말을 거역할 수 없었다. 아버지의 죽음과 관련한 진실은 지금도 받아들이기 힘들 만큼 버거웠지만, 그의 고귀한 희생의 가치에 대해서는 머릿속에 또렷이 새겼다. 현이 건넨 파일 속 아버지의 일생에 대해 생각하면서 그동안 원망하기만 했던 자신의 어리석음도 탓했다. 그리고 다시는 그 아버지의 손을 잡을 수 없다는 생각에 마음이 시렸다.

가족들과 마주하다 보면 발작처럼 아버지가 그리워졌고 그래서 잠 못 드는 날이면 현이 원망스럽기도 했다. 믿었던 만큼의 배신감, 아비를 잃게 한 책임을 돌려서 욕을 하고 탓을 했지만 도리어 가슴이 더 시렸다. 쫓기듯 수성궁에서 떠밀려 나올 때에도 커다란 달을 보면서 빌었다. 부디 그의 괴로운 마음을 전부 비워달라고 말이다. 그렇게 간절히 원했건만 야속한 달님은 그녀의 목소리에 답하지 않고 있었다. 그래서 들었던 우스운 생각은, 달님도 햇님도, 하늘도 전부 다 믿지 말고 '나'를 믿어야겠다는 것.

"그런데 웃긴 게 뭔 줄 알아? 우리 비해당 식구들은 또 비해당이 없어질까 봐 걱정인 거야. 당장 학교도 졸업해야 하고, 다들 딸린 식구들은 많은데 먹고 살 일도 걱정이고……. 청춘을 저당

잡힌 인생이 갑갑하다고만 생각했는데 그게 아니더라. 막상 빈 몸으로 세상에 나와야 한다는 게 무서워. 그래서 잠도 안 온다?"

사람이란 참으로 간사한 것이다. 쥐고 있을 땐 몰랐는데 막상 잃어버리면, 억지로 누군가 빼앗으려고 하면 그것이 몹시도 아까운 듯이 느껴진다. 그것은 운영도 마찬가지였다. 수성궁을 떠난 뒤 운영은 새로운 삶 속에 적응하기가 쉽지 않았다. 마치 꿈을 꾸는 것만 같아서 제가 사는 삶이 진정으로 제 것인지 분간하기도 어려웠다. 매번 일어나는 그 시간에 알아서 몸이 반응하여 잠을 깨고, 그런 제 모습에 실없이 웃다가 다시 누우면 잠이 오지 않았다. 지금쯤 다들 무엇을 하고 있을까? 이따금 멍하니 하늘을 올려다보기도 했고 밥을 먹다가도 갑자기 눈물이 쏟아졌다. 아름답고 찬란했던 기억이 전부 수성궁의 돌담 너머에 있었으니까.

"집은 어때? 혼자 지낼 만해?"

"응. 충분해."

수성궁을 나온 운영은 지낼 곳이 마땅치 않아서 사가에서 가족들과 함께 지냈었다. 하지만 가족들과 있다 보면 아버지의 빈자리가 너무 크게 다가와서 그들과 함께할 수 없었다. 잠시 혼자만의 시간을 갖는 것이 좋을 것이라는 홍 내관의 충고를 따라서 운영은 작은 오피스텔을 얻어 나왔다.

"이웃집에 잘생긴 남자는 없고?"

"왜? 있으면 소개해 달라고?"

"얘가 무서운 농담을 잘도 하네. 에휴, 나는 언제 그런 싱글

라이프를 살아보니? 수성궁은 완전 기숙사잖아. 최 상궁은 B사
감 뺨치는 히스테리 갑질이고!"

"비해당 없어질까 봐 걱정이라며!"

"그거야…… 또 다른 문제지."

소옥은 붉은 입술을 삐죽이다가 금세 새초롬한 표정을 지었
다. 갑작스러운 표정 변화를 이상하게 여긴 운영은 혹시 주변에
신경 사나운 것이 있는가 싶어서 고개를 돌렸다. 두리번거리던
시선이 한곳에 닿았을 때 운영은 피식 웃고 말았다. 소옥의 담당
암행꾼이 신문을 보는 척 소옥을 힐긋거리는 것이 너무 잘 보였
다. 수성궁에서 생활할 때에는 미처 눈치채지 못했는데 한 발 나
와서 보니 세상에는 참 다양한 시선이 있다는 것을 깨달았다. 암
행꾼의 은근한 눈빛이 신경 쓰이는 듯 소옥은 괜히 잘 정리된 머
리를 한 번 더 쓸어내렸다.

"저 남자. 신경 쓰이니?"

"그럼 안 쓰이니."

"좋아하는구나?"

"응."

무심결에 대답한 소옥은 아차 싶었는지 얼른 입을 틀어막았
다. 사람 일은 모른다더니, 왈가닥 아가씨의 붉은 볼은 제법 여
성스러운 빛을 내고 있었다. 그래서 걱정스럽다. 모두의 실수를
소옥이 그대로 따라갈까 봐. 염려스러운 마음에 운영은 소옥의
손을 잡아 쥐었다.

"소옥 씨."

"왜, 왜! 그렇게 은근하게 보지 마. 나 잘못한 거 없어."

"참아."

"……."

"그냥 다 참아. 시간아 흘러라. 노래를 부르면서 전부 참아."

그제야 말뜻을 알아챈 소옥의 눈매가 깊어졌다.

"그래서 후회하면 어떻게 해."

싱글거리던 붉은 입술이 웃음을 잃어버리고 가늘게 떨리는 모습이 안타까웠다.

"가지 않은 길은 누구나 후회해. 그래서 놓친 건 전부 아쉽고. 원하는 것을 얻기 위해서 지불하는 일종의 기회비용? 그런 거쯤으로 생각하고 버텨. 너는 중앙 박물관 큐레이터가 꿈이잖아. 네동생은 의사가 될 수 있게 돕고 싶다며. 그걸 위해서라면 비해당이 필요하잖아. 비해당이 싫다고 하면서도 막상 사라질까 봐 두려운 마음도 그 때문이잖아."

부정할 수 없는 얘기였기에 소옥은 가만히 고개를 끄덕였다. 무엇 하나 틀린 말이 없었기에 괜스레 짜증이 치민다. 소리치고 악을 쓰면서 내가 전생에 무슨 죄를 그리 지었느냐고 하늘을 향해 욕이라도 하고 싶은데 목이 멘다. 금세 붉어진 눈시울에서 투두둑 눈물이 떨어져 내렸다.

그녀가 눈물을 이겨내지 못하는 순간 암행꾼은 신문을 집어던질 뻔했지만 다리에 힘을 준 채 제자리를 가까스로 지켰다. 선글라스 너머로 몰래 여자를 바라보는 남자의 두 눈이 아련했다.

"나도 알아."

"……."

"참을 수 있어."

소옥의 꽉 틀어쥔 주먹이 부들부들 떨렸다.

"그럴 거야."

다부진 다짐과는 달리 울먹이는 어깨가 힘없이 들썩였다. 참았던 감정이 차오른 소옥은 아예 테이블 위에 털썩 엎드려서 흐느꼈다.

"초코바 나눠 먹지 말 걸 그랬어……. 눈 마주쳐도 피하고 쳐다보지 말라고 소리쳐야 했어. 저 사람 발소리에 들뜨지도 말고 그냥 지나가게 내버려 둘 걸 그랬나 봐. 괜히 물어봤어. 이름……."

목 막힌 소리로 전해지는 모든 말들에 운영의 눈시울도 붉어졌다. 운영은 달래듯이 소옥의 손등을 토닥였다.

"소옥아, 난 가끔 이런 생각을 해. 이 시대에 태어나서 다행이라고."

"금수저도 못 물었으면서 뭐가 다행이야……."

코끝이 새빨개진 와중에도 다부진 자기표현은 여전하다. 소옥은 울었던 게 창피한 듯 연신 손부채질을 하면서 눈물을 식혔다. 그런데도 눈물샘에서는 여전히 퐁퐁 뜨거운 것이 흐른다.

"조선시대였다면, 우리가 정말로 그 시대의 궁녀였다면 끝이라는 게 없었을 거야. 평생을 임금님 뒷모습만 쫓으면서 귀하신 마나님 시중이나 들었겠지. 돈 없고 서러운 인생도 힘든데 평생을 그곳에서 몸 바친 분들을 생각하면 너무 슬퍼져. 그런데 우린 아니잖아. 버티면 끝이 있고 얻고자 하는 걸 얻을 수 있어. 그래서 다행이잖아."

"넌 못 참았잖아."

"그래서 이 모양이잖아. 쫓겨난 신세……. 너도 이렇게 될래?"

소옥은 뚱한 표정을 지으면서 쉽게 답하지 못했다. 운영은 '그것 봐!'라면서 가볍게 웃어넘겼다.

"마음을 참으면 꽤나 살 만한 곳이야. 수성궁은……."

운영은 소옥의 옆자리로 자리를 옮겨서 그녀를 제 품에 끌어들였다. 소옥은 물에 빠진 사람처럼 운영을 꽉 끌어안았다. 맞닿은 친구의 체온에 기대어 있자니 울컥거리면서 서러운 마음이 쏟아졌다.

"그럼 뭐해! 사랑도 못 하는데…… 으허허헝."

잦아드는 목소리가 애처로웠다. 소옥이 참고 있는 모든 것이 어떤 마음인지 알기에 운영은 차라리 대신 울어주고 싶은 마음이었다.

"그러네. 그런데도 나는……."

'사랑을 했구나. 내가, 운이 좋았네. 홍운영…… 그런 거였네.'

희미하게 웃는 여자의 눈가에 맺힌 눈물은 얼마 못 가 소리 없이 떨어져 내렸다.

"소옥이가, 걱정이네."

반가웠지만 끝이 조금은 슬펐던 소옥과의 만남을 뒤로한 채 운영은 터덜터덜 집으로 가는 걸음을 옮겼다. 속도가 붙지 않는 더딘 걸음을 겨우 옮기고 있었는데 그마저도 집 앞 골목길에서 멈춰 섰다. 누군가 그녀의 집 앞을 서성이고 있었다. 찾아올 이도 없었건만 집 앞을 배회하는 낯선 실루엣을 바라보면서 운영의 눈이 멍하니 떠졌다. 가까이 다가설수록 분명해지는 존재는…….

"교수님."

"늦었네요. 이 앞에서 세 시간을 꼬박 기다렸는데."

저 혼자 달빛을 받은 듯이 환하게 웃고 있는 남자의 분명한 얼굴이 눈에 담긴다. 그 짧은 순간에 지독하리만큼 눈이 반응한다.

"어찌 오셨습니까."

"보고 싶어서."

전해진 말이 너무 달아서 귀가 멍해진다. 그가 있는 곳과 자신이 있는 곳이 이어져 있는 좁은 골목길이 마치 오작교처럼 느껴졌다. 그래서 설불리 움직이면 단번에 무너져 내릴까 봐 운영은 한 걸음도 떼지 못한 채 우두커니 서 있었다.

"반응이 왜 이래? 보고 싶어서 왔다니까."

멀거니 서 있는 여자의 모습에 작게 웃던 남자는 망설이지 않고 다가왔다. 그의 얼굴이 가까워지고 폭 팬 보조개가 또렷이 시야에 들어올 무렵, 그와의 거리는 완전히 좁혀져 있었다. 눈물이 고여드는 여자의 눈을 바라보는 순간 유영은 찡한 감각이 올라왔다.

"잘 지내셨습니까?"

운영은 물기 어린 눈을 깜박이면서 다부지게 고개를 끄덕였다. 거짓말이었지만 그에게 걱정을 끼치고 싶지 않아서 깊게 생각지도 않고 쉽게 답한 터였다. 그런데 그 대답이 남자는 못내 못마땅했다. 좀처럼 애교라는 걸 모르는 여자다.

"역시 연애를 잘 못하는구나."

뜻 모를 말에 운영은 고개를 갸웃거렸다.

"갈 길이 멀다는 뜻입니다."

여전히 알아듣지 못하는 여자가 눈을 굴리면서 생각에 잠겼다. 그 모습이 미치도록 사랑스럽다. 유영은 뒷짐을 진 채 고개를 내렸다. 덕분에 운영은 그와 같은 눈높이에서 남자를 마주 볼 수 있었다. 가까이 와 닿는 숨결에 파르르 떨리는 입술의 움직임을 보는 순간 유영은 결핍되었던 모든 것이 채워지는 기분을 느꼈다.

"홍운영 양."

"네."

"지금 이 상황의 모범 답안은 말입니다. 당신이 몹시도 그리워서 잠도 못 자고 밥도 못 먹고 울며 잠들다가 퉁퉁 부은 눈으로 또 울었다⋯⋯ 그런데도 보고 싶은 마음이 가시질 않아서 속이 타들어 갔다. 뭐 그런 신파적인 얘기를 하는 겁니다."

그의 장난스러운 말투에 운영은 배시시 웃음이 터졌다. 잔뜩 젖은 속눈썹이 휘어지는 예쁜 눈웃음이 여전했다. 그런데 저 여자가 웃는 게 너무 아프다. 현에게서 전해들은 모든 이야기가 여전히 귓가에 생생했다. 그의 바지 주머니에는 건네받은 쪽지가 꼬깃꼬깃 구겨져 있었다. 쉽사리 잡히지 않는 마음 때문에 계속 접었다가 펼쳤다가를 반복한 탓이었다. 그녀를 데려가라고 등 떠미는 손길에도 머뭇거렸던 것은 현의 진심 때문이었다. 그럼에도 이곳에 온 것은 여자를 향한 갈망이 멈추지 않아서였다. 깊어진 마음은 좀처럼 마르지가 않는다. 현의 마지막 뒷모습이 눈앞에 아른거려서 유영은 잠시 눈을 감았다가 떴다. 한층 깊어진 검은 눈동자와 가라앉은 목소리가 여자를 향한다.

"그러니까 나는 정말로……."

저 눈에 담겨 있는 자신의 눈부처를 보는 순간 울컥 치밀어 오르는 뜨거움에 유영은 잠시 말을 멈추었다. 영원히 잃었다고 생각했는데 닿을 듯한 거리에 그녀가 있다.

"그랬습니다."

"……."

"당신이 내게 흰 장미를 보냈으니까."

흰 장미를 입에 담는 남자의 입술이 쓴웃음을 짓고 있기에 운영은 속이 아렸다. 마주한 남자는 여전히 반듯하고 멋진 얼굴이었지만 조금 더 해쓱해진 듯했다. 딱 보기 좋게 어울렸던 니트가 헐렁해져 있음에 운영은 말을 잃었다. 사랑을 하고자 했을 뿐인데 뭐가 이리도 많은 사람이 아프단 말인가. 어째서 사랑을 입에 담는 자들 가운데, 제정신으로 온전히 사는 사람은 한 명도 없는 것일까. 그건 나 때문인가? 운영은 새삼 전생에 지은 죄가 많을 것이라던 소옥의 우스갯소리를 되새겨냈다. 그렇지 않고서야 어떻게 이 따위 인생길을 선물로 받았겠느냐는 볼멘소리는 조금 더 운영을 슬프게 했다. 여자의 하얀 얼굴에서 표정이 사라지고 어둠이 깔리는 순간을 유영은 놓치지 않았다.

"나 좀 봐요."

물끄러미 들어 올린 시선 끝에서 마주한 남자는 해사하게 웃었다. 그 웃음을 보면서 조금씩 어둠이 걷힌다. 유영은 할 수만 있다면 운영이 짊어지고 있는 모든 짐들을 내려놓게 하고 싶었다. 할 수 있는 건 사랑뿐인 남자가, 다정한 미소로 여자의 마음을 다독인다.

"미안합니다."

"교수님."

"내 탓이었어."

여자의 말을 가로챈 남자는 빙긋이 웃었다.

"들끓는 감정에 앞서서, 저질러 놓은 일을 뒷감당할 시간이 없어서, 그 조급함으로…… 당신에게 힘든 선택을 강요했습니다. 당신이 사는 세상의 의미를 너무 내 멋대로 해석했던 내가 오만했어. 그래서 나를 택하지 않은 당신이 미웠던 건 딱 한 시간이 전부였어요. 그 나머지 시간은 전부 그리움이었습니다. 다시 만날 수 없다는 것을 깨달았을 때는 절박했고."

유영은 지켜주고 싶은 여자를 위한 다짐을 되새겼다. 바지 뒷주머니에 손을 넣는 척하면서 땀이 서린 손바닥을 닦아냈다. 제법 보송보송해졌을 때 그는 수없이 연습했던 그 말을 꺼낼 준비를 끝냈다.

"알고 있겠지만 너무 무리를 했는지 내가 더 이상 이 땅에 발을 붙일 수 없게 되었어요."

그의 상황이 좋지 않음은 익히 알고 있다. 불안해진 운영은 떨리는 손을 꽉 움켜쥔 채 그를 마주봤다.

"떠나요."

"……."

"나랑 같이 가요."

뿌옇게 흐려진 시선 속에서도 분명히 보이는 남자의 손 때문에 운영은 멍하니 입을 벌렸다. 내밀어진 손은 언제나 무의식의 계단, 꿈결 속 세상을 헤매게 하는 이정표. 그 손을 따라서 옮겨진 걸음의 끝에서 분명히 죽음의 요정을 맞이할 테지. 뿌려지는 피를 거부하지 않으리라 생각하며 눈을 감았더니 느닷없이 날갯죽지에 간지러운 기운이 퍼진다. 그 생경한 감각에 몸을 움찔거리는 작은 틈을 비집고 돋아난 작은 날개, 그것은 운영의 것이었다. 완전하지도 빛나지도 않은, 어찌 보면 조금은 초라한 여린 날개를 다정하게 쓰다듬는 손길에 기대어 고개를 들었을 때 마주한 것은 유영이었다. 그 낯선 모습이 현실이 되어 다가서는 순간에 운영은 마침내 돌담이 무너졌음을 깨닫는다. 유영의 등뒤로 가득 햇살이 밀려왔다. 그 속에 가려진 아픔의 길. 그가 놓치고 온 수많은 것들이 스쳐 지난다. 이곳으로 향해 걸어온 발걸음이 분명히 쉽지 않았을 터인데, 그래서 많이 지쳤을 텐데도 그는 망설임도 없이 자신을 원하고 있었다. 그게 몹시 들뜨는 기분이면서도 속이 상해서 자꾸 눈물이 고인다. 그리고 그 눈물을 망설임의 의미로 해석한 남자는 애가 타서 눈썹이 씰룩여졌다.

"뭐, 한번 튕겨보고 싶으면 그렇게 해요. 쉬운 여자 아니라고 소리쳐도 상관없고."

호기로운 목소리였지만 말끝이 떨리고 여자를 향해 내밀어진 손이 부끄럽게 흔들렸다. 저 여자는 방심하는 순간에 놓쳐 버릴 수 있기에 유영은 그녀에게 틈을 주지 않았다.

"다 좋은데, 결국에는 못 이기는 척 따라와 줘요. 내가 이리저리 치이고 온 탓에 좀 지쳤거든. 배신자로 낙인찍힌 탓에 이제는 친구도 없고 직장도 잃고 아버지는 언제 볼 수 있을지 기약도 없습니다. 그래도 후회하지 않는 건 지금 당신이 손을 뻗으면 닿을 거리에 있기 때문입니다. 그러니까 잡아요. 당신이 꿈꾸던 평범한 세상을 내가 줄 테니까. 아무리 다 빼앗기고 왔어도 여자 하나 지킬 힘은 있거든요."

유영은 긴장감을 상쇄시키기 위해 일부러 장난스럽게 웃었다. 그의 가벼운 웃음에 기대어 용기를 내고자 하는데 역시 어렵다. 행복을 누릴 자격이 과연, 있는가 싶어서. 그런데도 행복해지고 싶은 마음에 손이 옴짝거려진다.

"와, 이 여자 진짜 못됐다. 내가 낙동강 오리알 신세라고 말했는데도 또 날 차는 건가?"

유영은 운영의 감질 나는 몸짓을 기다리면서 심장이 아주 여러 번 쪼그라들었다. 그 마음에 답하듯 손이 맞닿는 순간 운영은 느닷없이 불어온 큰 바람에 온몸이 휘감기는 것처럼 소름이 돋았다. 가늘게 퍼져 나가던 흐느낌이 큰 울음소리로 바뀌었던 것도 같은 시점이었다. 유영은 엉엉 우는 여자를 끌어당겨서 제 품 안에 꼭 안은 채 달래는 것처럼 등을 토닥였다. 운영은 더 이상 아무 말도 할 수 없었다. 그저 그의 품 안으로 파고들어서 남자를 꼭 끌어안았다.

"이렇게 안길 거면서 어지간히도 애를 태웠네요."

옷깃을 잡아당기는 작은 손의 떨림은 여자의 답변을 대신했다. 그녀가 보여주는 간절한 몸짓에 유영은 가슴이 벅차올랐다. 살결에 손이 닿는 순간 전율이 일고 조용했던 울림이 다시 시작된다. 두근두근. 따스한 체온과 부드러운 촉감이 여전했다. 그런데 코끝에 스미는 체향은 조금 더 진하게 느껴졌고 때문에 더욱 조급하게 여인을 갈망하게 만들었다. 지치지도 않고 불어온 봄날의 바람은 쓰러진 여자를 일으켜 세워 눈을 맞추고 다정스레 속삭였다. 이제, 내가 당신의 사랑이라고.

"연락이 되지 않습니다."

"안형대군은 아예 등을 돌린 듯싶습니다."

"이런, 젠장!"

정양호는 들고 있던 책을 신경질적으로 집어 던졌다. 노기가 가득한 그의 눈이 벌겋게 충혈되었다. 벌써 며칠째 그의 사위인 안형대군과의 통화를 시도하고 있으나 그는 철저하게 무시했다. 적개심을 드러내면서 곁을 내주지 않았던 것은 예삿일이 아니었지만, 이번에는 뭔가 다르다. 안형대군은 이혼 문제를 전면에 내세워서 정양호를 압박하고 있었다. 그것은 제 몸에 피가 튀어도 상관없으니 마땅치 않았던 자들과의 인연을 전부 끊어내겠다는 것을 의미했다.

"이렇게 끝낼 수는 없습니다."

"어찌하실 생각입니까?"

이를 가는 남자의 얼굴이 잔뜩 일그러졌다. 방향을 잡지 못하고 왔다 갔다 하는 걸음은 그의 허둥대는 마음을 보여주었다. 숙향의 경복궁 침입 사건 이후로 국왕에 대한 동정론이 퍼지고 있는 와중에 타이밍도 좋게 〈정음〉의 실체가 알려졌다. 국왕의 신변에 위해를 가했던 석궁 사건이 재조명되었고, 그간 왕실에 대한 무분별한 파파라치성 보도의 신뢰성에 대해서도 문제가 제기되었다. 그 모든 배후에 〈정음〉이 있음을 분명히 한 김종대는 정양호의 목을 틀어쥘 준비를 끝낸 상태였다. 벼랑 끝에 몰린 정양호는 그것이 총리 측이 만들어 낸 뜬소문이라고 주장했지만 성삼혁의 주도하에 이미 특검이 시작되었다. 이에 따라 총리는 정양호가 정음의 수장임을 밝히지 않는 대신에 다음 달에 있을 총리 대선에서 자진 사퇴할 것을 종용하고 있었다. 총리직을 탐하는 마음을 내려놓으면 비밀 결사대의 실체에 대해서는 더 이상까발리지 않겠다는 것이 골자였다. 그것이 김종대가 비밀문서를 활용하는 방식이었다.

"사퇴는 안 됩니다! 어르신!"

"빌어먹을……."

답이 나오지 않는 상황에서 정양호는 책상을 내려쳤다. 그의 얼굴에 조급함과 분노, 망설임이 뒤섞여 있었다.

"역시 플랜 B를 가동하시는 게……."

순간 정양호의 독기 어린 두 눈에서 불꽃이 튀었다. 플랜 B. 그것은 조선 왕조의 정통성을 잇는 뿌리를 제거하는 것을 뜻했다. 왕위를 이을 왕조의 세대가 끊겨 버리면 입헌군주제의 존속은 불가능했다. 어차피 초등학생인 국왕은 후사가 없었고, 왕위 계승 서열 2위였던 숙향은 감옥에 있는 상태였다. 그들을 대신할 왕실의 친인척 가운데 왕위를 이을 만한 정통성을 지닌 자는 애석하게도 없다. 그 유일한 자가 바로 단 하나…… 안형대군 이현이었다. 플랜 B의 타깃은 바로 현이다.

"허나, 그것은 어르신에게도 타격이 갈 터인데……."

분명히 위험한 일이었다. 현이 죽으면 김종대는 분명히 정양호를 배후로 지목할 것이고 정양호는 그 덫에서 빠져나오기 어려울 터였다.

"별수 있나."

"……."

"꼬리를 자르고 도망칠 수밖에……."

어떤 결심이 서린 듯한 비릿한 웃음을 지으면서 정양호는 생각에 잠겼다. 죽기 직전의 위기에 처한 도마뱀은 제 꼬리를 잘라서라도 목숨을 부지한다. 꼬리를 자르고 피를 보아서 얻을 수 있는 것은 무엇인가? 그것은 완전한 세상이다. 정양호는 자신의 정치적 신념을 완성하기 위한 선택의 갈림길에 놓여 있었다. 그의 집안은 조선 후기 세도정치의 중심에 서 있었다. 절대 왕권을 위협하는 세도가의 득세, 변화하는 국제 정세의 흐름으로 인해 왕실은 점차 힘을 잃었다. 그 틈을 노려서 근대 이후 왕정을 타파시키기 위한 국민투표를 이끌었던 것도 정양호의 집안이었다. 하지만 국민투표의 결과 왕정은 깨지지 않았고 그 대신 입헌군주제라는 새로운 시대가 도래했다.

조선 왕조의 명맥은 유지되었지만, 기존에 왕이 가지고 있던 권력은 전부 분산되었다. 군주의 권력은 헌법으로 제한되었는데 왕은 군림하되 통치하지 않는다는 것이 그것이었다. 모멸감에 시달리던 왕가의 후손들은 정당한 권리를 요구하면서 그들의 명예와 신분을 보장받았고 이를 유지하는 것은 전부 국비 예산이었다. 정양호는 이조차도 못마땅하였기에 선대의 뜻을 받들어 이 나라의 체제를 다시 한 번 바꾸고자 하였다. 그러는 사이 왕가의 후손들은 자신들의 처지에 대한 이해가 빨랐고 좀 더 영리한 방법으로 국민들 속으로 파고들었다.

입헌군주제의 기틀을 마련한 남해대왕은 시대의 성군이라 칭송되었고 그 뒤를 이은 젊은 왕인 한종은 특유의 다정다감함으로 권위를 내려놓은 채 민중 속으로 파고들었다. 그는 미완성으로 끝이 난 선왕의 숙원 사업을 이어 받아서 완성시켰고 왕실의 모든 허례허식을 타파하고자 노력했다. 그의 든든한 조력자는 훤칠하고 멋진 왕자들이었고 그들은 어느새 소녀 떼를 몰고 다녔다. 존립 자체가 흔들렸던 왕가의 후손들은 어느새 국민들의 자부심이 되었다.

그렇게 영민한 이씨 왕조의 후손들은 새로운 세상에 적응하여 자신들의 세계를 지켜 갔다. 때문에 정양호는 번번이 김종대에게 패하여 총리직을 움켜쥘 수 없었지만 제 뜻을 포기하지 않았다. 그의 눈에 비친 세상은 여전히 반쪽이었다.

"돌아갈 길이 없어요. 뜻을 정하셔야 합니다."

"무모한 일입니다! 석궁 사건은 어린 왕에게 겁을 주기 위함이

었지 직접 국왕을 죽이고자 했던 것은 아니었습니다. 그런데 대
군의 시해라니요! 직접 그 목숨을 거두어들이는 것이 가능하다
고 보십니까."

"우리에게 남은 카드는 그것 하나뿐입니다! 왕실의 혈통을 끊
는 것밖에 방법이 없어요."

정양호의 수하들 사이에서도 의견 충돌이 이어졌다. 그리고
이 잔인하고 살벌한 계획을 엿듣고 있는 이가 있었으니 바로 소
해궁이었다. 제 입술을 꼭 깨문 채 부들부들 떨고 있는 그녀는
숨소리조차 내지 못한 채 그들의 이야기를 엿듣고 있었다. 들려
오는 이야기를 감당할 수 없어서 소해궁은 귀를 틀어막은 채 복
도를 내달렸다.

"아버지가…… 아버지가……."

황망히 자신의 방으로 돌아온 소해궁은 갑자기 속에 메스꺼워
서 구역질이 났다. 변기를 붙잡은 채 의미 없는 구역질을 반복하
던 그녀는 붉어진 눈을 멍하니 깜박였다. 제 아비가 현을 죽이려
한다는 사실을 어떻게 받아들여야 할까. 그들은 곧 이혼을 앞두
고 있었다. 쇼원도 부부로 살아갔던 억울함과 서러움이 채 사그
라지기도 전에 이혼녀라는 딱지를 앞에 두고 살아가야 했다. 소
해궁은 그 모든 책임을 현에게 돌렸다. 그녀를 내치는 날에도 눈
길 한 번 주지 않았고 끝끝내 다정한 말 한마디 없었다. 함께한
세월이 무색하리만큼 냉랭하고도 모질었다. 그만큼 그를 연모하
는 마음이 컸기에 그녀는 많이 아팠다. 남은 평생을 두고두고 원
망하면서 저주하리라 마음먹었다. 그렇게 독기를 품었건만……

그가 죽는단다. 죽음, 그 단어가 주는 강렬함에 또다시 구역질이
치민다. 극도의 불안감과 두려움을 이기지 못한 여자가 털썩 주
저앉았다.

　"이건…… 내 결말이, 아니야."

✳

　"유학 가는 거 겁나요?"

　"조금은요."

　"내가 같이 가는데도?"

　"어린 양이 늙은 사자한테 잡아먹힐까 봐요."

　장난처럼 내뱉었지만 제 말에 도리어 귀가 붉어진 운영은 헛기
침을 하면서 고개를 돌렸다.

　"에이, 은근히 기대했구나."

　유영은 목까지 불긋불긋해진 여자의 어깨를 툭 치면서 장난스
레 웃었다. 서로를 대하는 다정한 시선은 여느 연인들과 다름없
는 모습이었지만 긴장한 운영에 의해서 오글거림을 찾을 수 없었
다. 스치듯 유영의 손이 닿을 때마다 운영은 흠칫 흠칫 놀랐다.
그 모습을 귀엽다는 듯이 쳐다보던 그가 마침내 그녀의 손을 꼭
마주 잡았다. 맞닿은 손에서 전해지는 따뜻한 온기에 그가 옆에
있음을 실감할 수 있었다.

　"뭐든지 말만 해요."

　"네?"

"수성궁에서 나오게 되면 가장 하고 싶었던 거 말입니다. 우리 떠나기 전에 한국에서 할 수 있는 건 다 해보고 갑시다."

"그게……."

운영은 망설였다. 사실 그게 문제였다. 수성궁에 있을 때는 사가에서 하고 싶은 것들이 어마어마하게 많은 것 같았는데 막상 궁을 떠나고 나니 할 게 없었다. 멍석이 깔리니 제대로 놀지 못하는 운영을 그가 잡아끌었다.

"없어요?"

"갑자기 물으시니 생각이 잘……."

"그럼 내 소원부터 들어주지? 나는 하고 싶은 게 있었는데."

말이 끝나기가 무섭게 입을 맞추었다. 쪽 소리와 함께 동그랗게 떠진 그녀의 눈에는 유영의 웃는 얼굴이 가득했다. 사람들이 힐긋거리는 시선에 발그레해진 운영은 얼굴을 감싸 쥐었다. 이제 막 시작한 연인의 행복에는 거칠 것이 없는 듯이 보였다. 모든 것이 끝났다고 생각했는데 뜻하지 않게 마주한 행복이 어쩐지 불안하기도 했다. 하지만 그 불안함을 인정하기 싫어서, 운영은 눈앞에 있는 남자의 웃음만을 좇고자 했다. 남자의 손에 이끌려서 한적한 골목길에 접어들자 운영의 집으로 들어가는 파란 문이 보였다.

"들어가도 됩니까?"

"밖에 계시라 하면 그리 하실 겁니까?"

"아뇨."

"그런데 왜 물으십니까?"

"예의. 나는 신사적인 동물이니까."

천진하게 웃을 줄 아는 남자는 망설이지 않고 그녀의 집에 들어섰다. 운영은 크게 숨을 들이쉬었다. 가족 이외의 사람이 그녀의 공간에 들어온 것은 처음이었다. 어쩐지 심장이 빠르게 뛰는 듯하여 운영은 심장 가까이에 손을 가져다댔다. 기분 좋은 울림이 손바닥으로 퍼져 나갔다.

"커피 드실래요?"

"아뇨."

"그럼?"

"라면 먹고 싶은데요."

"라면…… 이요?"

"네."

"지금 밤 10시인데. 괜찮으시겠어요?"

운영이 심란하게 물었다. 유영은 터져 나오는 웃음을 참았다. 최신 유머가 먹혀들지 않는 꽉 막힌 그녀한테 무엇을 기대한 것일까. 그는 큭큭 웃으면서 커피믹스를 집어 들었다. 운영은 영문을 모르겠다는 듯이 고개를 갸웃거렸다.

"아뇨, 차 마시겠습니다. 커피."

"향 진짜 좋다."

은근하게 이두운 실내로 비집고 들어오는 달빛으로 충분했다. 붉어진 볼을 감춘 채 눈앞에 있는 상대를 마음껏 바라보기에 딱 좋은 어스름이었다. 한동안 말없이 서로를 바라보던 그때 유영은 온기가 남아 있는 커피 잔을 내려놓은 뒤 그보다 더 따스한 여자의 작은 손을 잡아 줘었다.

"혼자 지내는 거 괜찮아요?"

"가끔 빗줄기가 너무 거세거나, 누군가 소리치고 싸우는 소리가 들리면…… 조금 잠이 안 오긴 합니다. 혼자…… 라는 게 새삼 실감이 나서."

"그런 날은 나한테 전화해요. 한달음에 달려올 테니까."

"귀찮다 하지 않으실 겁니까?"

"그럴 리가."

"그럼 매일 전화할지도 모르는데."

"듣던 중 반가운 소리고."

눈만 마주쳐도 까르륵 웃다 보니 어느덧 밤 12시였다. 유영은 아쉬움을 뒤로한 채 현관 앞에 섰다. 그리고 돌아서지 않은 채 잠자코 서 있었다. 운영은 그가 무엇을 두고 간 것인가 싶었다. 그러던 그때 그가 갑자기 자기 구두를 벗더니 운영의 낡은 슬리퍼를 신었다.

"교수님. 그게 제 건데?"

"압니다."

이해할 수 없는 행동에도 유영은 특유의 보조개 웃음을 지을 뿐이었다.

"여자 혼자 사는 집 티가 너무 나요. 내 구두라도 벗어놓고 갈 테니까 현관 앞에 놔둬요. 볼 때마다 내 생각도 좀 하고. 그러다가 보고 싶으면 전화도 좀 하고."

미니시리즈처럼 달달한 장면이 머릿속에 그려진 운영은 목덜미가 뜨끈해졌다. 유영은 이런 사람이었다. '이 여자다'라는 확신이 들면 멈추지 않는다. 그것이 매사 조심스럽고 신중해서 고민이 많은 현과는 다른 점이었다. 결국 그 때문에 현은 그녀를 놓쳤고 유영은 그녀를 가졌다.

"또 그러다가 혼자 있기 싫으면 같이 자자고 얘기도 좀 하고."

"교수님!"

노골적이고 야한 농담에 운영이 냅다 소리를 질렀다. 그 모습조차 사랑스러워서 유영은 여자의 머리를 부비적거리면서 쓰다듬었다.

"아, 어쩐다. 양 인형을 두고 가서 잠이 안 오겠네."

"칫……."

"잘 자요."

"가세요."

현관문을 열고 나가던 그는 다시 돌아와서 그녀와 눈을 맞추었다.

"왜 또……."

"역시 눈에 밟혀서."

장난스럽게 웃던 그가 운영의 이마에 입을 맞췄다. 돌아가기 싫었다. 하지만 천천히 가기로 했다. 시간은 많으니까. 지나간 시간을 뛰어넘어 다가올 미래를 위하여 한 번 더 여자를 이끈다. 유영이 그녀의 체향을 들이마시면서 여자의 등을 쓸어내리는 순간 운영은 찡한 감각이 피어올랐다. 그를 꽉 끌어안은 채 간절히 바랐다. 이 남자의 따스한 손길에 기대어 상처 나고 부러지고 꺾인 날개가 다시 아름답게 돌아나기를……. 그것은 어떤 이의 외로운 절망에 대한 보답. 그것은 외로운 성에 갇힌 왕자님의 저주를 풀 수 있는 유일한 방법.

먼지가 가득했던 어둑한 마음으로 바람이 분다. 지쳤다는 듯이 쓰러져 있던 작은 새싹은 반가운 바람을 맞이해 무럭무럭 자라난다. 금세 키가 자라고 잎이 단단해졌다. 모든 것을 지배하겠다는 듯 무서운 속도로 자라난 잎사귀가 푸른 녹음으로 우거져 마음을 가득 채우는 순간 운영은 새로운 세상을 꿈꾼다. 망설이지 않고 앞으로 옮기는 걸음이 멈춘 것은 눈에 밟히는 작은 꽃 때문이다. 우거진 풀숲 사이로 보일 듯 말 듯 숨겨진 작은 꽃 한송이는 진작부터 피어 있었다. 거친 바람에 꽃잎이 다치고 줄기가 흔들리는 모습이 위태롭다. 그럼에도 꽤나 밝은 빛을 내고 있어서 또 애처로운 시선을 빼앗긴다. 거친 길을 걸어와 조금은 지친 여자가 꽃송이를 소중하게 잡아 쥐었다. 그러곤 달래듯 꽃잎을 매만지면서 조용히 눈을 감았다.

'안녕.'

"받으시는 게 어떨지요."

"그냥 둬."

소해궁의 전화였다. 현은 인상을 쓰면서 책을 덮었다. 불편한 기색을 감출 수가 없었다.

"하지만 벌써 며칠째……."

현은 정말 귀찮다는 듯 손을 휘저었다.

"됐어. 들으나 마나 뻔한 소리야."

그녀는 벌써 일주일째 현과의 통화를 시도하고 있었으나 현은 이를 전부 무시하고 있었다. 소해궁과의 이혼 소송은 마무리 중이었다. 한때는 자신의 아내라는 이름으로 살았던 여자에게 미안하고 안쓰러운 마음도 든다. 어떠한 이유가 있다 해도 남편이라는 자의 의무를 완전히 해본 적이 없기에 이혼에 대한 귀책사유는 이쪽에서도 짊어지고 있었다. 물론 소해궁에게 덮어씌우고자 마음먹으면 딱히 어려운 일도 아니었다.

수성궁 곳곳에 걸려 있는 그림들은 그녀가 약혼녀 신분이었을 무렵부터 지참금의 차원으로 제 아비에게서 받아온 미술품들이었다. 간간히 교체되는 그림들은 그저 싫증이 나서 바뀌는 것이라 생각했고 딱히 눈여겨보지 않았다. 그런데 소해궁을 사가에 내보낸 이후 알게 된 것은 그것이 전부 다 횡령의 근거라는 사실이었다. 안형대군이 정양호의 비자금 세탁을 돕고 있다는 뜬소문의 시작도 거기에서 비롯됨을 알았지만 현은 책임을 묻지 않았다. 곱게 잘 포장해서 정양호의 집으로 전부 돌려보내는 것을 끝으로 현은 모든 것을 덮었다. 남편에게 정을 갈구했던 여자를 위해서 해줄 수 있는 마지막이었다. 자존심 하나로 사는 여자가 우아한 세상을 유지할 수 있도록 말이다. 물론 운영을 해치려고 했던 악행에 대한 분노는 여전히 사그라지지 않았다. 지금도 독이

든 잔을 들고 있던 여자의 모습이 환영처럼 떠돌 때마다 현은 몸이 휘청거렸다.

"아무래도 심상치가 않습니다."

잠시 울림이 끊겼던 전화기가 다시 시끄럽게 울리는 순간 현은 눈살을 찌푸렸다.

"뽑아."

"예?"

"전화선 아예 뽑아버리라고."

"가능하다고 생각하셔서 그리 말씀하시는 겁니까."

"아니."

홍 내관은 말이 막혔고 현은 가슴이 꽉 막혔다. 결국 홍 내관은 전화 코드를 뽑는 대신에 수화기를 내려놓는 방법을 택했다.

"느려. 시간이……."

창문 앞에 선 남자는 큰 숨으로 시원한 바람을 들이마셨다. 달큰한 꽃냄새가 바람에 실려 왔음에도 그다지 기분이 유쾌해지지 않았다. 그렇게 한참을 바람 앞에 서 있던 그는 아예 창턱에 걸터앉아서 달라진 풍경을 눈에 담았다. 가을의 정점이었다. 붉게 물든 단풍에 휩싸인 수성궁은 그야말로 장관이었다. 계절의 변화를 이끄는 시간은 현의 마음보다 더디게 움직이고 있었다. 그의 마음은 벌써 겨울이었고 앙상한 가지가 바람에 부러지고 있었으니까.

"내일입니다."

"들었어."

"그냥 보내실 작정입니까."

"붙잡아 뭐해. 온갖 쿨한 척을 다 하면서 돌아섰는데 이제 와서 뭘 질척거려. 모양 빠지게. 그러니까 그 아이의 곁에 사람을 붙이는 일은 이제 그만 둬."

"알고 계셨습니까."

"잊었나 본데…… 수성궁의 주인은 나야."

현은 턱을 치켜들면서 담배를 입에 물었다. 긴 다리를 유려한 몸짓으로 꼬아 올리면서 뿌연 연기를 입 안으로 퍼뜨린다. 흐릿한 연기 너머의 눈빛은 오만하기보다는 정답고 따뜻하다.

"걱정되는 마음에 잠시 지켜보고자 했고 대군께는 그 이후에 보고하려고 했습니다. 잠시 수위 조절하는 데 시간이 좀 필요하여 머뭇거리던 차였습니다."

"수위 조절이라…… 어떤 의미의 수위 조절일까?"

"모르시는 게 낫습니다."

"왜? 마음 아플 정도의 수위야?"

"답하지 않겠습니다."

홍 내관의 뚱한 표정이 재밌어서 현은 큭큭거렸다. 그때마다 매캐한 연기가 목 안으로 흘러들어서 숨이 거칠어졌다. 그 모습이 홍 내관은 싫다. 정말 싫다.

"차라리 우시는 게 어떻습니까. 무슨 말만 하면 웃으시는 통에 이제 조금은 섬뜩해지려고 합니다만."

"웃다가 울면 뒤에 털이 난다잖아. 그래서 싫다고. 나는 시작과 끝이 한결같은 남자거든."

현은 가볍게 입술을 움직였다. 하지만 희미한 미소가 금세 사라지고 눈이 붉어진다. 연기를 집어 삼키면서 버티는 남자의 눈동자가 처연했다.

"하나만 알려줘."

"무엇을요?"

"웃는대?"

잠시 멈칫했던 홍 내관은 씁쓸한 표정으로 고개를 끄덕였다.

"그럼 됐어."

고개를 틀어서 창밖의 라일락 나무를 바라봤다. 제 주인의 마음을 아는지 모르는지 태평하게도 아름다운 꽃을 피워냈다. 저렇게 비정상적으로 오래 피어 있는 게 맞는 건지 싶을 정도로, 꽃의 생명력이 길었다. 흰색의 커튼 너머로 어렴풋이 비칠 뿐인데도 눈이 시릴 만큼 강렬한 보랏빛을 바라보는 눈동자가 흔들린다. 현은 차라리 눈을 감아버렸다.

"커튼 좀 바꿔."

"아직 철이 남았는데."

"그딴 거 신경 쓰지 말고 그냥 시커먼 거, 제일 어두운 걸로 전부 바꿔 달아."

금방 피로가 몰려오고 몸에 힘이 빠졌다. 쏟아지는 햇살 아래에서 빛을 받는 남자의 얼굴은 나인들이 까르륵거리면서 얼굴을 붉히는 게 당연할 정도로 멋스러웠지만 서늘한 기운은 숨길 수가 없었다.

"내일은 형님께 다녀올까 하는데."

"그리하십시오."

"부산 떨지 말고 단출하게 움직여."

"그 뜻은 따를 수 없습니다."

"너 말이야. 혹시 내가 자를 수도 있다는 생각은 안 해봤어?"

"모르시나 본데 제가 공무원입니다. 특채가 아니라 떳떳하게 시험으로 들어왔습니다만."

"아, 그랬나?"

"예, 그랬습니다."

멍하니 마주친 시선 너머로 잠깐의 웃음이 터졌다. 현이 긴 어둠을 버틸 수 있는 것은 홍 내관 덕분이었다. 그가 있었기에 모두를 잃었던 빈자리에서도 질릴 만큼 힘을 내어 버틸 수 있었다. 그래서 현은 진심으로 홍 내관의 행복을 빌었다. 여우 같은 아내와 토끼 같은 자식들을 품에 안고 세상의 모든 웃음을 훔친 듯이 사는 모습을 보고 싶었다. 그러다 보면 자신도 어느새 그 행복에 스며들 것 같아서.

"연애질은 할 만해?"

"생각보다 시끄럽고 자주 싸웁니다. 요새는 살도 좀 찌고 잠도 많아진 것이…… 가을을 타는 것 같습니다. 어찌나 신경질을 부리는지…… 비해당 궁녀들이 왜 최 마녀라고 부르는지 알 것도 같았습니다."

"그래도 좋아하잖아."

"뭐, 그렇긴 하지만……."

홍 내관은 쑥스럽다는 듯이 웃으면서 머리를 쓸어내렸다. 사실 그는 청혼을 준비 중이었다.

"있을 때 잘해. 나처럼 되지 말고."

현은 홍 내관의 어깨를 힘주어 두드렸다.

"현민아. 나는……."

"……."

"딱 하루만 이곳이 텅 비었으면 해. 나를 지키는 자들도 수발을 드는 자도 없이…… 혼자이고 싶어. 보는 눈이 많아서 청승맞게 울고 싶어도 울 수가 없거든."

"……."

"내가…… 조금 슬픈데도……."

말을 맺는 목소리가 잠겨 들었다. 눈시울이 붉어진 남자는 심란한 말을 내뱉은 뒤에도 해사하게 웃었다. 현은 제 슬픔 속에서도 기특하리만큼 모든 일들을 마무리하고 있었다. 그런 그가 조금 더 자신에게 기댄다고 해도 딱히 욕할 사람도 없건만 현은 꼿꼿하게 제 발로 혼자 서 있었다. 홍 내관은 그런 그가 무척이나 안쓰러웠다. 그래서 모든 힘을 다해 이 남자의 슬픔을 함께 나누고 싶다.

"그 뜻도…… 들어드릴 수가 없어서 죄송합니다."

"뭐, 별수 있나. 담 넘어서 도망가는 수밖에."

현은 나른하게 기지개를 켜면서 몸을 일으켰다. 책상 위에 올려둔 말 모양의 목각 인형을 가만히 쓸어내렸다. 숙향대군은 현의 요구대로 5년 형을 살게 되었다. 숙향은 그에 대해 어떤 불만도 제기하지 않았다. 물론 항소도 하지 않았다. 그 어느 누구도 예상하지 못했지만 숙향은 모범수 생활에 지극히 충실했다. 불행 중 다행이라고 내뱉기에도 멋쩍은 일이었다. 정양호에 대한 특검은 급물살을 타고 있었다. 그가 아직 총리 후보직을 사퇴하고 있지 않은 탓에 총리 김종대는 〈정음〉의 실제적인 수장이 정양호임을 밝히는 마지막 디데이를 설정하고 있었다. 모든 것이 끝을 달리고 있었다. 이 모든 일의 끝에서 부디 자유로워지고 싶은 갈망 때문일까? 이상하리만큼 갈증이 지속된다. 현은 생의 감각이 메마르는 징후를 미처 알아차릴 수 없었다.

"교수님, 밤이 늦었는데요."

"알아요."

유영은 심드렁한 표정으로 하품을 하면서 슬쩍 소파 위에 드러누웠다.

"왜 또 누우시는 겁니까! 댁까지 가시려면 족히 한 시간은 걸리는데."

"그러네. 너무 멀다. 그래서 안 가려고."

유영은 얄궂은 미소와 함께 그녀의 팔을 잡아끌었다. 운영은 그에게 끌려가지 않고 발에 힘을 주어 버렸다. 그가 말로는 '간다'라고 중얼거리면서 미적거리고 있는 게 벌써 1시간째였다. 그들의 데이트는 주로 운영의 집에서 이루어졌다. 함께 영화를 보고 떡볶이를 만들어 먹고 노닥거리다가 졸리면 좋아하는 노래를 들으면서 함께 잠드는 평범한 시간들이었다. 결코 쉽게 누리지 못할 것이라 믿었던 그 평범한 순간들이 손에 쥐어질 때마다 운영은 믿을 수 없어서 눈을 깜박이곤 했다. 그녀가 간절히 바라던 일상의 소소한 행복을 선물하는 남자는 고맙다라는 말로도 부족한 사람이다. 그런 남자가 유학 생활에 필요한 물건을 준비하고 계획을 짠다는 핑계로 하루가 멀다 하고 그녀를 찾았다. 귀찮다는 핑계로 하나둘씩 자기 짐을 가져다 놓기 시작하더니 이제는 아예 집에 갈 생각을 안 한다.

"동네 사람들이 수군거린단 말입니다. 여자 혼자 사는 집에 뻔질나게 드나드는 남자가 있다고!"

"그게 뭐? 내가 창피한가?"

"그런 의미가 아니라…… 아무튼 오늘은 집에서 주무십시오!"

"동네 사람들이 뭐라고 하면 결혼할 사람이라고 해. 유학 가면 어차피 나랑 살 건데."

유영은 도리어 뻔뻔한 표정을 지으면서 다 식은 커피를 홀짝였다. 얼굴이 뜨끈해진 운영은 손부채질을 하면서 한숨을 내쉬었다. 사실 주위의 소문은 듣지 않고 무시하면 그만이다. 그보다 더 큰 문제는 이따금씩 말도 없이 찾아오는 동생들에게 그와 함께 있는 민망한 모양새를 들키는 것이었다. 그는 운영의 동생들을 귀여워했고 어린 동생들도 그를 따랐지만 운영은 그게 조금은 부담스러웠다. 동생들이 그를 향해서 '결혼'을 논할 때마다 운영은 사레가 들렸다. 자신의 곁에 있는 남자가 어떤 인생을 포기하고 그녀의 곁에 서 있는지 너무도 잘 안다. 그래서 그와의 결혼은 생각만으로 잠을 설치게 하지만 그에게는 어떤 부담감도 주고 싶지 않았다. 그런 마음도 모르고 그는 밤마다 그녀의 곁을 맴돈다. 그리고 은근히 속을 쑤시는 말을 잘도 웃으면서 한다. '같이 살자'는 그 말, 싱글거리면서 농담조로 건네는 그 말에 얼마나 휘둘리는지도 모르면서.

"5분 드리겠습니다."

여자의 곧은 눈매에 결국 유영은 몸을 일으켰다. 눈썹을 씰룩이면서 이를 드러내는 모양새를 보아하니 그녀는 장난이 아니라 제대로 뿔이 난 상태였다.

"알겠습니다. 가요, 가!"

그가 겨우 현관 앞으로 걸음을 옮기자 운영은 좀 더 다부지게 그를 밀어냈다. 그것이 마음에 들지 않아서 유영은 가늘게 눈을 흘겼다.

"진짜 가라고?"

"네."

여자의 완고함에 유영은 속이 갑갑했고 조바심이 났다. 결국, 그는 유치하고 얕은수를 꺼내 들었다.

"아이고, 배야!"

"갑자기 무슨."

"아까 먹은 커피가 상했나?"

"그럴 리가 없는데."

"으헉…… 아우, 나 진짜 속이……."

"교수님! 교수님!"

유영은 아예 배를 부여잡고 바닥에 주저앉았다. 그의 실감 나는 환자 연기에 깜박 속은 운영은 사색이 되었다.

"나, 좀 누워야 될 것 같은데."

유영은 거친 숨을 몰아쉬었다. 그는 속으로 숨겨진 재능을 발견하면서 웃음이 터져 나왔지만 이를 참기 위해 입술을 비틀었다. 그조차도 고통의 일그러짐과 같이 보였기에 운영은 애가 탔다. 가까스로 남자를 제 침대 위에 눕힌 운영은 그를 흔들면서 앙칼지게 소리쳤다. 손으로는 연신 눈물을 닦아내면서.

"그러기에 왜 이 밤중에 커피를 드신 겁니까! 빈속에 커피를 마시는 미련한 사람이 어디 있다고!"

"지금 아픈 사람을 혼내는 겁니까?"

"구조대를 부르겠습니다."

"아, 그럴 필요 없는데?"

"아닙니다. 상태가 심각해지기 전에 얼른……."

전화기에 손을 뻗는 팔을 낚아챘다. 그러곤 그대로 잡아당겼다. 그 바람에 그의 몸 위에 올라타게 된 운영은 깜짝 놀라서 몸을 일으키려고 했지만, 그가 놓아주지 않았다. 오히려 좀 더 꽉 끌어안은 채 그녀의 귓가에 속삭였다.

"상태가 심각하긴 합니다."

"그것 보십시오! 그러니……."

"배가 아니라…… 다른 곳이 말입니다."

"예?"

"아주 은밀하고 깊은 곳."

운영이 그 말의 뜻을 알아채기도 전에 유영은 그녀를 안고 침대 위를 뒹굴었다. 때문에 그의 아래 깔린 여자는 상황 파악을 못 하고 입을 멍하니 벌렸다. 벌어진 입술 사이를 가르고 들어간 유영의 혀가 치열을 훑는 순간 그제야 운영은 모든 것을 눈치챘다.

"아까부터 난리 났는데 참느라고 죽는 줄 알았다고. 내가……."

그를 밀어낼 타이밍은 이미 놓쳐 버렸다.

"나를 침대로 이끈 건 내가 아니라 당신이야. 그러니까 오늘은 못 가겠다."

운영은 부푼 입술을 손등으로 문지르면서 유영을 흘겨봤다. 그 모습조차 사랑스러워서 유영은 그녀의 머리를 잔뜩 헝클어뜨렸다. 그녀의 작은 손 마디마디에 남자의 손이 얽어지고 맞닿아 깍지가 끼워지는 순간 숨이 멈춘다. 또 이렇게 말려든다. 제 위를 타고 오른 남자가 셔츠 단추를 푸는 단순한 동작을 보고 있으면 침이 마른다. 곧 벗은 상체를 드러낼 남자를 마주 보는 것이 부끄러워서 고개를 옆으로 튼 여자는 두 눈을 꼭 감았다. 그런데 예상된 그 무엇이 시작되지 않아서 살짝 입술이 벌어졌다. 슬쩍 실눈을 떴을 때 유영은 그녀를 가만히 내려다보고 있었다.

"왜 자꾸 장난으로 들어요?"

"무엇을요?"

"같이 살자는 말."

단도직입적인 표현에 목이 막혔다.

"아, 룸메이트요."

운영은 못 알아들은 척 웃으면서 그의 가슴을 밀어냈다. 하지만 그 작은 동작을 지속할 수 없었다. 손끝이 떨리면서 스르륵 힘이 빠졌다. 손 아래로 느껴지는 남자의 거친 심장 박동이 고스란히 전해졌기에. 유영은 작은 여자의 머리를 쓰다듬으면서 눈을 맞추었다.

"같이 살자는 내 말은…… 룸메이트 그딴 게 아니고……."

그는 한 음절씩 뱉어내는 모든 말들에 간절한 진심을 담았다.

"밤이 늦었다고 쫓겨나지 않을 수 있는 남자가 되고 싶다는 말입니다."

유영은 여자의 떨리는 손을 제 손 아래에 가두어 움켜잡았다. 그녀의 손을 힘주어 붙잡는 순간의 찌릿한 감각에 남자의 심장 근육은 쿵쾅거리면서 피를 쏟아낸다.

"교수님."

"교수님이 아니라 당신 남편이 되고 싶다는 뜻이고."

맞닿은 입술 위로 속삭여지는 목소리와 함께 부드러운 살이 스치듯이 부딪쳤다. 그의 눈동자가 깊어짐과 동시에 시작된 거친 몸짓 아래에서 운영은 제 호흡을 다스리기 힘들었다. 더 이상 아무 말도 할 수 없었다. 발그레해진 볼이 부끄러워서 제 손으로 얼굴을 감싸 쥐는 게 할 수 있는 전부였다. 여자의 맨살이 손바닥 아래로 스쳐 지나는 순간, 소년 같이 천진했던 눈동자는 금세 열에 휩싸여 붉게 빛나기 시작했다. 그녀가 자신을 밀어내지 않은 채 몸을 맡기고 있음에 유영의 몸은 아주 정직하고 노골적으로 반응하기 시작했다. 운영은 자신을 원하는 남자의 저돌적인 떨림이 전해지는 순간 벅차오르는 무언가를 감당하기 힘들어서 그의 셔츠 깃을 꽉 움켜잡았다. 필사적으로 매달리는 여자를 놓지 못한 채 열에 들뜬 행위가 지속됐고 운영은 울음을 터뜨렸다. 처음으로 그의 여자가 되었던 그날처럼.

"왜 울어요?"

"아파서요."

"몸이?"

"마음이."

"왜?"

"좋아서."

좋아서 아픈…… 모순 형용. 그 복잡한 감정을 다스리지 못하는 운영은 흘러내리는 눈물을 감추기 위해서 두 손으로 얼굴을 가렸다. 유영은 그녀의 손 등위에 뜨거운 입술을 부딪쳤다. 그러곤 마치 기도를 하는 것처럼 눈을 감았다.

'제발……'

제발, 그 간절한 단어에 말로 다 할 수 없는 모든 말이 담겨 있었다. 뜻하지 않게 마주한 행복은 쉽사리 마음을 놓지 못하게 만들었다. 신기루처럼 사라질 것 같아서 아슬아슬하고 조마조마한 어떤 불안감은 오로지 자신의 몫으로 하고 싶었다.

그는 운영의 눈에 고인 눈물을 닦아내면서 안심하라는 듯 빙긋이 웃었다. 그제야 보답하듯이 눈물을 거둔 여자가 작게 미소 지었다. 물에 젖은 속눈썹이 무색하리만큼 예쁜 생글거림을 만들어내는 여자의 눈망울은 티 없이 깨끗하다. 품 안으로 끌어들이면서 속삭인다. 사랑한다고. 사랑의 말을 들은 여자는 남자의 가슴에 닿아 조용히 눈을 감는다. 뱉지 못하고 혀에 스미는 말이 있었다. 그것은…….

'나 역시도…….'

쨍그랑!

"고정하십시오, 마님."

"어찌하여…… 대군께 이리도 연락이 닿지 않는단 말이냐!"

잔뜩 날이 선 소해궁은 손에 닿는 모든 것을 부수고 던지면서 소란을 피웠다. 불같은 성미는 여전했다. 그녀는 충혈된 눈을 부릅뜨면서 불안함을 감추지 못한 채 왔다 갔다 움직였다.

"시간이 없어, 시간이!"

매몰찬 현에 대한 분노와 서러움은 여전하다. 잠 못 드는 밤의 멈추지 않는 생각 속에서 분명한 것은 그가 살아야 한다는 것이었다. 그에게 버려지는 삶이어도 상관없으니, 부디 그의 죽음만큼은 막고 싶었다. 그것은 한 남자를 마음에 품었던 여인의 진심이었다.

"아버지는 지금 어디에 계시느냐?"

"서재에 계십니다."

"상황은?"

"주변을 통제하고 계십니다. 그 누구도 들이지 말라 하셨습니다. 마님께서도 조용히 방을 지키라 지시하셨습니다."

순간 여인의 두 눈에서 섬뜩한 기운이 피어났다. 주먹을 틀어쥔 채 거친 호흡을 다스리지 못하던 그녀는 결국 제 방을 뛰쳐나갔다. 수행원들의 만류에도 불구하고 서재의 문을 열어젖히는 몸짓에 품위는 없었고 절박함만이 남았다. 노기와 원망이 서린 눈을 번뜩이며 아버지 앞에 섰다. 그러곤 망설이지 않고 소리쳤다.

"죽이실 생각입니까!"

정양호와 함께 있던 사람들은 당황한 기색이 역력했다. 그럼에도 정양호는 차분에게 제 딸을 응시했다. 물론 그 눈빛은 속을 헤집는 듯이 날카로웠다. 소해궁은 지지 않고 아버지를 노려보면서 씩씩거렸다.

"쥐새끼처럼 제 아비의 말을 엿듣는 것은 누가 가르치더냐?"

"묻는 말에 답해주십시오. 안형대군을 죽이실 작정이냐고 물었습니다. 제가!"

날카롭게 소리치는 목소리가 쩍쩍 갈라졌다. 정양호는 대답 대신 계속 담배만 태웠다. 그의 수하들은 서로 눈치만 살피면서 눈을 굴렸다. 결국 주위를 모두 물린 자리에서 마주한 아버지와 딸은 적개심을 숨기지 않았다.

"소박맞고 쫓겨난 주제에…… 그것도 남편이라고 감싸는 것이냐."

"제 결혼을 통해서 아버지도 얻은 것이 없다 하실 수 없습니다. 왕실의 친인척이라는 후광 속에서 꽤나 많은 것을 누리시지 않았습니까."

뿌옇게 피어오르는 담배 연기 너머로 정양호의 입에서 설핏 웃음 비슷한 것이 걸렸다. 딸의 앙칼진 이목구비는 그녀가 맹수의 후손임을 보여주고 있었다. 그뿐인가? 사리분별이 명확하고 이익을 좇는 감을 그대로 이어받았다. 그래서 더욱 예뻐하고 귀하게 키운 고명딸이었는데 딱 하나 마음에 안 드는 것이 사랑에 목을 맨다는 사실이었다. 그깟 게 뭐라고.

한편 소해궁은 말없이 담배만 뻐끔거리는 정양호 때문에 애가 탔다.

"그림이 돌아왔더구나."

가라앉은 목소리 앞에서 긴장한 소해궁은 뻣뻣해진 뒷목에도 불구하고 치켜든 턱을 내리지 않았다. 어떤 것을 지키고자 하는 강한 의지가 그녀를 지탱했다.

"제가 보내달라 하였습니다."

"아니지. 대단한 위자료를 받은 셈이다."

"……."

"안형대군은 너를 다시 받아들일 마음이 없다. 그림을 다시 보내고 그 더러운 발자취를 덮어주는 것이 너를 위한 마지막 호의다. 그러니 그자가 죽지 않고 살아 있다고 해도 네가 기뻐할 이유는 하나도 없지."

"아버지!"

딸의 날이 선 외침에도 정양호는 눈썹 하나 움직이지 않았다. 피어오르는 담배 연기 너머로 뿌옇게 흐려지는 정양호의 얼굴에서 표정을 읽을 수 없었다.

"너를 위함이었다. 왕족이란 내게 목에 걸린 가시와도 같은 존재다. 언젠가는 반드시 뱉어내야 할 존재기에 조금도 곁을 주고 싶지 않은 자들이다. 그런데도 내가 왕자의 장인이 되었던 것은 전부 너 때문이었다. 네가 그리도 애달프고 간절하게 안형대군 이현에게 목을 매고 살았기에 그가 싫어도 내 사위로 품었다."

소해궁은 망설임 없이 무릎을 꿇었다. 그녀는 절실했다. 스스로가 이렇게 무력하게 느껴진 것은 처음이었다. 세상의 모든 것이 너무 쉬워서 지루할 노릇인데 이현과 관련한 모든 일이 어렵다. 지금은 최악의 상황이었다.

"너는 내게 약조를 했고 그것을 지키지 못했다. 같잖게도 나를 배신하려는 마음도 품었었지."

정양호는 정말로 우습다는 듯이 비릿한 웃음을 터뜨렸다.

"너는 내게 꽤나 아픈 화살을 던질 수 있는 아이였는데, 우습게도 내 사위란 자가 너를 믿지 않았다."

담뱃불을 비벼 끈 정양호는 무릎을 굽혀서 소해궁을 마주 봤다. 적개심 어린 눈동자가 마땅치 않았기에 정양호는 더욱 잔인하게 딸의 마음을 짓밟았다.

"고맙구나, 딸아."

"……."

"네 아비가 살아 있는 건 네가 왕자님의 마음을……."

잔인한 속삭임에 이가 부딪친다.

"훔치지 못한 탓이구나."

꼭 틀어쥔 주먹이 덜덜 떨리고 그 위로 뜨거운 눈물이 쏟아져 내렸다. 혼담을 성사시켜 달라고 조르면서 소해궁은 이현이 정양호의 편에 설 수 있도록 힘쓰겠다고 약속했었다. 물론 정양호는 딱히 그 말을 신뢰하지 않았다. 베갯머리송사로 좌지우지될 이현이 아님을 알았지만 그래도 내심 기대했다. 이현만 제 편으로 돌아선다면 딱히 피를 보지 않아도 왕실의 체제를 무너뜨리는 것이 가능했다. 게다가 소해궁이 안형대군의 정실부인 자리가 아니면 약을 먹고 죽겠다고 난리를 피우는 통에 못이기는 척 혼담을 주선했다. 숙향대군은 정양호와 친인척 관계가 되는 것을 마땅치 않아 했지만 현은 어떤 이유인지 뜻밖에도 혼담을 받아들였다. 그래서 이 결혼을 통해서 얻을 수 있는 많은 것들에 대해 내심 기대했건만 현은 뜻대로 움직이지 않았다. 그는 만만치 않은 상대였다. 고등학생의 신분으로도 호기롭게 〈정음〉의 실체를 파악하겠다고 나섰고, 사랑하는 딸 연화는 거들떠보지도 않았다. 끝끝내 정양호를 장인으로 품지 않았다. 서로의 이해관계를 위하여 속내를 숨긴 채 결혼이라는 제도를 이용한 것은 현도, 정양호도 마찬가지였다. 때문에 처음부터 어긋났던 연심으로 고통 받는 것은 오직 소해궁이었다. 정양호는 그런 딸의 딱한 모양새가 안쓰러웠지만 위로를 건넬 처지가 아니었다.

"한 번만 더 생각해 주십시오."

"연화야."

아주 오랜만에 딸의 이름을 다정스레 불렀다. 눈물을 닦아주는 손길도 여전히 따뜻하다. 그래서 더욱 제 아비가 야속하고 원망스럽다.

"그는 처음부터 네 사람이 아니었다. 그러니 전부 지우거라. 들은 것도 본 것도 없이 전부 잊어야 한다."

"그럴 수 없습니다."

"네가 살기 위해서다."

결심이 선 정양호의 목소리가 서늘했다. 그가 자리에서 일어서는 순간 소해궁은 눈을 치떴다. 부들부들 떨리는 몸을 내던져서 아버지의 바짓가랑이를 붙잡았다. 매달리는 몸짓이 애처로웠지만, 그는 고개를 틀었다. 더 이상 남은 시간이 없었다. 그래서 딸의 슬픔을 어루만질 여유도 그만큼의 자비도 베풀 수 없었다. 그는 딸의 손을 차갑게 쳐냈다.

"이씨 왕조는 내 손에 없어지는 게 순리야."

"기어이…… 그리하시겠다는 겁니까."

울음이 가득한 그녀의 목소리가 덜덜 떨렸다.

"아버지의 뜻이 그러하다면……."

눈물이 스며든 손을 꽉 움켜잡았다. 후들거리는 다리에 힘을 준 채 겨우 자리에서 일어난 소해궁은 제 아버지를 향해서 오만한 눈짓과 함께 입술을 비틀었다.

"뜻대로 하십시오."

"……."

"저도 가만히 두고 보지는 않을 것입니다."

"나를 막아 보겠다는 것이냐? 네가? 무슨 힘으로?"

정양호는 가소롭다는 듯이 웃어젖혔다. 아비의 잔인한 웃음 앞에서 소해궁은 더욱 서러워졌다.

"못 할 것도 없습니다. 아버지보다 큰 힘을 빌리면 꽤나 쉬운 일이지요."

그것은 김종대를 염두에 둔 말이었다. 그녀의 의중을 알아차린 정양호는 이제껏 본 적 없는 사나운 눈으로 딸을 주시했다.

"까부는 게 지나쳐."

생각보다 깊은 연심을 지닌 딸아이의 마지막 발악이 가엽게 느껴졌다. 그럼에도 저 간절한 뜻을 들어줄 수가 없다. 사사로운 마음보다는 공적인 명분이 정양호의 세상을 지배했기에. 소해궁은 그런 아비의 냉혹함과 오만한 눈빛을 닮았다. 그래서 언제나 뜻을 같이했고 꽤나 좋은 파트너였는데 이현과 관련한 모든 문제에서 만큼은 완전한 평행선을 긋고 있었다.

"소박맞고 돌아온 것이 가여워 상대해 준 것이 잘못이구나. 선을 넘지 마. 그만 네 방으로 돌아가도록 해."

정양호는 느긋한 손짓으로 보드카를 잔에 따랐다. 술을 즐기지 않는 정양호가 보드카를 마시는 날에는 꼭 큰일이 벌어진다. 이를 모를 리 없는 소해궁은 시간이 없음을 감지했다.

"도대체 무엇이 더 갖고 싶으신 겁니까."

"……."

"재물도 명예도 전부 다 가지셨는데 도대체 무엇을 갖지 못하여 그리도 목말라하십니까?"

정양호는 흔들리지 않았다. 가야 할 길만이 눈앞에 놓인 남자는 보드카가 흘러내리는 소리에 짜릿한 전율을 느끼고 있었다. 이제 그 갈증이 채워질 시간이 다가오고 있었기에. 부들부들 떨던 소해궁은 결국 아비의 손에 들린 잔을 빼앗아 그대로 바닥에 내던졌다. 유리가 깨지는 파편음보다도 더 날카롭게 소리쳤다.

"저부터 죽이시란 말입니다!"

"정연화!"

그 불손한 태도에 정양호는 이를 드러내면서 으르렁거렸다. 순간적으로 딸을 향해 손이 올라갔지만 그 손이 부들부들 떨렸다. 딸의 눈에 가득 고인 눈물을 보는 순간 힘이 풀린 팔이 툭 떨어진다. 그럼에도 눈에서는 노기 어린 빛이 사라지지 않았다.

살벌한 기운이 고스란히 전해져서 그 눈을 마주 보는 것도 힘들었지만 소해궁은 끝내 그 눈을 피하지 않았다. 어렸을 때부터 질리도록 들어온 이야기가 있었다. 아버지의 서재에 모여든 자들은 모두 같은 소리를 했다. 왕족이 누리는 혜택이 아깝다고 말이다. 국민들의 세금을 이 씨 성을 가진 자들에게 나누어주지 않는 세상, 그것이 바른 정도라 하였고 정양호는 그것을 완전한 세상이라 칭했다. 그 뜻을 거부한 것은 아니었으나 딱히 동조하지도 않았다. 사실 소해궁은 고귀한 혈통을 가진 아름다운 사람들을 동경했었다.

"피를 갈아서도 해소될 수 없는 그 갈증 때문에 목이 타십니까. 그래서 고귀한 혈통인 저들을 죽여서라도 그 목마름을 채우실 요량입니까."

"선을 넘지 말라 하였다."

아버지의 독한 목소리가 두렵지 않다면, 그에게 등을 돌리는 것이 슬프지 않다면 거짓말이다. 그럼에도 소해궁은 비릿한 웃음과 함께 제 아비를 노려봤다. 그녀가 발을 딛고 있는 세상의 중심축이 무너지기 직전이었다. 더 이상 돌아갈 길도 없었고 도망칠 마음도 없었기에 그녀는 아버지를 적으로 돌렸다.

"좀 더 솔직해지시지요. 날 때부터 왕이 될 자들의 운명이 부러우셨다고 말입니다. 아버지는 자격지심 덩어리 그 이상도 이하도 아닙니다. 허울 좋은 이유를 대지 마세요. 구역질이 납니다."

핏발이 터진 두 눈이 붉어졌고 열이 올라서 뜨끈해졌다. 소해궁은 얼굴을 뒤덮는 눈물을 닦아내지도 않은 채 아비를 향한 꼿꼿한 자세를 유지했다. 정양호는 자신을 향한 딸의 분노를 되받아치지 않았다. 어쩌면 속을 헤집는 그녀의 말은 사실일지도 몰랐으니까. 말 없는 침묵은 돌이킬 수 없음을 보여주고 있었다.

"돌아가. 저들을 시켜서 끌려 나가기 전에 조용히 네 발로 나가는 것이 이로울 것이다."

"그 죄를 어찌 받으려고 이러십니까."

"하늘이 주는 만큼 받으면 되지 않겠느냐."

"제가 그 하늘에서 벼락을 내린다고 해도 끝을 보실 겁니까."

정양호는 가소롭다는 듯이 웃었다.

"해보거라."

결국 소해궁은 바닥에 떨어진 유리 파편 조각을 집어 들었다. 제 손목을 향해 내리긋기 위해 뾰족한 부분을 고쳐 잡았다. 딸의 위태로운 몸짓에도 정양호는 의연했다. 표정 하나 변하지 않았지만 그 눈빛은 조금씩 흔들렸다. 유리조각이 팔목에 닿아 파고들기 직전, 정양호의 고갯짓 한 번으로 삽시간에 수행원들이 모여들었고 소해궁을 에워쌌다.

"이거 놓지 못하겠느냐!"

손에 들었던 유리 조각이 튕겨져 나가면서 손바닥을 스치고 지났지만 흐르는 피에도 소해궁은 개의치 않았다. 아예 바닥에 주저앉아서 몸을 땅에 붙인 채로 완강히 거부했지만 미약한 몸짓이었다. 정양호는 제 발밑에 엎드린 딸아이의 머리를 쓰다듬었다. 그러는 동안에도 손바닥에서 시작된 피가 바닥에 번져 나갔다.

"이러니 사랑 따위를 하지 말라 한 것이다."

"아빠……."

"보아라. 그렇게 총명하던 눈이 흐려졌구나. 진정으로 나를 막아내려고 했다면 감정을 앞세워서 나를 찾아올 것이 아니라…… 네 말대로 곧장 김종대를 찾았어야 했다. 앞으로 사는 세상에서는 감정을 앞세울 것이 아니라 좀 더 냉정히 상황을 보거라."

"제발……."

"끌어내!"

소해궁은 볼썽사나운 모양새로 끌려 나가면서 처절하게 절규했다. 방에 감금된 소해궁은 외부와 연락할 수 있는 모든 통신 장비를 빼앗겼고, 수십 명의 경호원이 그녀의 방을 안팎으로 에워쌌다. 철저하게 고립된 그녀는 가슴을 쥐어뜯으면서 오열했다. 할 수 있는 게 고작 그것뿐이라서 눈물이 그치지 않았고 제대로 목소리조차 나올 수 없게 되었을 무렵 날이 밝았다.

"아직 우산을 건네지 못했는데……."

아버지가 그의 목숨을 거두어 가겠다고 잔인하게 입을 놀리던 그날이었다. 의지가 서린 눈빛이 차갑게 번뜩였다. 닫힌 방문을 노려보던 소해궁은 창문을 열어젖혔고 그 앞에서 발을 내딛는 순간에는 망설임이 없었다. 그 느닷없는 행동에 그녀를 모시는 자들이 순식간에 달려 왔고 소해궁은 결심을 굳혔다. 창문을 넘어서 도망치는 날에는 언제나 기분 좋은 일이 생겼다. 그날도 그랬다. 왕족이라면 질색을 하는 아비 때문에 사람들이 흔하게 드나들던 궁궐 구경을 한 번도 못한 심술이 제대로 터진 날이었다. 그녀는 따르는 이들을 따돌리고 몰래 창문을 넘어 집을 빠져나갔다. 세손이 자주 드나들던 창덕궁으로 향했지만 가는 날이 장날이라고 외부인에게 개방을 하는 시간이 끝나 있었다. 아쉬운 걸음을 옮기던 그때 하필이면 비가 내렸고 함께했던 이들은 전부 뿔뿔이 흩어졌다. 혼자가 되었을 때 그제야 창문을 넘은 처지가 실감이 나서 무서웠다. 비에 교복이 잔뜩 젖었음에도 쉽사리 집으로 향하지 못하고 거리를 맴돌았다. 북촌의 골목길을 돌고 또 돌던 그때 궁궐이라고 하기에는 조금 작은, 그런데도 그 앞을 지키는 자들의 눈빛이 사나운 특이한 장소를 맞닥뜨렸다. 혹시 세손이 있는가 싶어서 기웃거리던 차에 왕족의 사유지라서 개인은 출입할 수 없다는 소리를 들었고 뾰로통한 표정으로 문 앞에 서 있었다. 열리지 않던 커다란 문이 벌컥 열리고 안에서 다급하게 뛰어 나온 것은 유달리 하얀 얼굴에 붉은 입술을 가진 소년이었다. 해사한 웃음을 지을 줄 아는 이름 모를 소년은 비에 젖은 소녀의 꼴을 대놓고 힐긋거렸다.

"길 잃어버렸어?"

"아니요."

"그럼 왜 여기 서 있는데?"

"비가 와서요."

"아아, 그랬구나."

"그런데 왜 반말이세요?"

"너 내가 누군지 모르는구나."

"알아야 합니까?"

의아스럽다는 표정을 짓던 소년은 이내 즐겁다는 듯이 웃었다.

"자, 우산."

듣기 좋은 목소리의 울림에 괜히 입술이 떨렸다. '잘 가' 그 인사를 끝으로 소년이 시야에서 사라졌다. 정신을 차렸을 때 손에는 왕가의 문장이 그려진 우산이 들려 있었다. 맨몸으로 빗속을 내달리는 장난스러운 모습 뒤로 모두가 한 목소리를 냈다. '왕자님'. 쫓아오는 이들을 약 올리듯이 도망치면서 빗속을 뛰어다니는 얼굴이 하얀 소년, 사람들은 그를 '안형대군'이라 불렀다. 내리는 비가 한없이 고마웠던 열여섯 살의 그날은 어렴풋이 여인의 티를 내기 시작한 소녀의 마음으로 왕자님이 뛰어든 날이었다. 그 소녀가 왕자님과 함께 같은 왕립 고등학교에 다니게 된 것은 1년 뒤의 일이었고 약혼녀의 자격으로 수성궁의 문을 두드린 것은 열아홉 살의 생일을 목전에 둔 어느 날이었다.

그 모든 순간에, 자신을 알아보지도 못한 채 냉랭하기만 한 동갑내기 왕자님. 약혼 서약서의 날, 서운하면서도 설렜다. 꿈결에도 되새겼던 목소리를 마음껏 들을 수 있었고 잘생긴 용모를 질리도록 눈에 담을 수 있었으니까. 정략결혼에 대한 준비가 되지 않은 현을 기다리면서 소해궁은 대학 생활을 위한 유학길에 올랐다. 그 시간 동안 현이 온전한 마음으로 자신에게 올 준비를 할 것이라 믿었다. 그런데 완전하게 다른 여인을 마음에 둔 현은 정양호를 부친으로 둔 약혼녀에게 노골적인 적개심을 표현했고 그에 의해서 혼담이 파기될 뻔한 순간이 여러 번이었다. 소해궁은 끈질기게 버텼다. 오랜 기다림 끝에 안형대군의 정실 부인이 되었지만, 첫날밤부터 예견된 결말은 새드엔딩. 생각만으로도 서글퍼지는 지난날이었다.

"당신한테 갈 거야."

소해궁은 희미한 미소를 지었다. 소박? 이혼? 아무렴 어때. 그래도 좋으니, 부디, 왕자님을 지킬 수 있기를 간절히 빌면서 눈을 감는다.

"분명히 즐거울 거야."

소해궁은 그대로 망설임 없이 창문 너머로 몸을 던졌다.

"오늘도⋯⋯."

"그걸 왜 챙기신 겁니까."

"그냥, 같이 가야 할 것 같아서."

현의 손에는 작은 말 모양의 목각 인형이 들려 있었다. 그것은 어린 시설 말이 갖고 싶다던 현의 얘기에 숙향이 만들어 주었던 선물이었다.

"이 다음에 돈을 벌면 네게 꼭 진짜 말을 사주마. 그러니 주방놀이 세트는 제발 갖다 버려."

그 옛날 호기롭게 말하던 형님의 모습이 떠올라 현은 피식거렸다. 어느덧 차가 교도소 앞에 도착했고 현은 그 차가운 건물의 위용에 가슴이 시렸다. 접견실로 들어서자 숙향이 보였다. 그는 꽤 평온한 모습이었다. 그럼에도 죄수복을 입고 있는 형님의 모습에 현은 속이 쓰라렸다. 그를 바라보는 눈에는 미안함과 안타까움이 뒤섞였다.

"오랜만이구나, 현아."

그 한마디가 지금껏 벌어졌던 거리를 전부 좁힌다. 숙향은 안심하라는 듯 천진하게 웃었다. 접견실 안으로 가득 들어오는 햇빛에 눈이 시릴 지경이었다. 일주일 내내 비가 내리더니 오늘은 그 보상이라도 하듯이 맑은 날씨였다. 앞에 놓인 차 한 잔이 전부 식어가는 동안에도 오가는 말이 없었다. 그저 물끄러미 서로의 얼굴을 살필 뿐이다. 숙향의 얼굴이 어두워졌다. 딱히 말하지 않아도 저 밖에서 혼자 분투하고 있을 동생의 어려운 처지가 짐작이 간다.

"전하는 어찌 지내고 계시느냐."

국왕의 안부를 물으면서 숙향은 멋쩍게 웃었다. 그가 국왕을

'전하'라고 부른 것은 처음이었다. 언제나 '애송이', '꼬마', '어린 놈'이라고 폄하하던 그가 이결에 대하여 전하라고 부르는 모습에 현은 흠칫 놀랐지만 이내 편안하게 웃었다.

"키가 조금 더 자라셨습니다."

"그래 봤자 꼬마…… 아니, 초등학생이시지 않은가."

"영민하고 성정이 곧은 분이십니다."

"다 귀찮으니 편지를 그만 보내라고 청해 다오."

"그런 얘기는 직접 하시지요."

"뭐 그리 애틋한 사이라고."

숙향은 눈을 가늘게 뜨면서 투덜거렸다. 하지만 그 표정은 딱히 귀찮지 않음을 표현하고 있었다. 조카는 3일 간격으로 편지를 보내고 있었다. 오늘 학교에서 이런 일이 있었고 무엇을 보았고 먹었는지 시시콜콜히 일상을 보고하는 편지를 처음 받았을 때는 황당했다. 짜증도 나는 한편 내심 심심할 때마다 꺼내서 흘겨보곤 했다. 누가 가르쳐 준 적도 없는데 어린아이의 손 글씨가 형님을 닮아 있었다.

"어째서였습니까."

"내 총이 불발된 이유를 알고자 한다면 묻지 말거라. 꼬마, 아 니…… 전하께서 비밀로 해달라 하셨다."

"비밀이라니요?"

"둘만의 추억, 뭐 그딴 게 생긴 걸로 그날의 내 잘못을 덮고자 한다면…… 더 이상 묻지 않을 것이냐?"

현은 아련한 눈빛으로 고개를 끄덕였다. 그날의 기억을 더듬어 가는 숙향은 상념에 젖은 듯 눈시울이 붉어졌다. 잔뜩 쏘아붙인 뒤 담담하게 무릎을 꿇고, 고요히 눈을 감은 이결의 모습에서 두려움은 없었다. 마치 죽여 보라는 듯이 단단한 그 모습 앞에서 숙향은 왕의 모습을 보았다. 그리고 형의 모습이 겹쳐졌다. 말하지 않아도 전해지는 그 의미를 숙향은 부정할 수 없었고 총을 들고 있던 손에서 힘이 빠졌다.

"미련하고 욕심이 많은 숙부여…… 당신이 거두어 가는 목숨이 이 나라의 왕입니다. 그리 말하는 것 같았다. 어리고 약하다고 우습게 여겼던 내가 부끄러울 정도로 맹랑하고 단단했어."

현은 가만히 고개를 끄덕였다.

"형님을 닮았더구나."

"……"

"눈, 코, 입…… 애늙은이 같은 구석도 신기하리만큼 닮아 있었어. 그리고 나는 그걸 보려고 하지 않았었지. 그러고 보니 내 조카를 한 번도 안아주지 않았어. 그저 내 자리를 뺏은 하찮은 꼬맹이라고 미워하는 게 전부였지. 그 아이를 지켜준다는 것의 의미를 나는 몰랐고 너는 진작 알았더구나."

너털웃음을 짓는 숙향의 눈에 잔물결이 지어졌다. 그를 바라보는 현의 눈도 붉게 충혈되었다. 그는 터져 나오려는 울음을 삼켜내기 위해 이를 사리물었다. 턱이 아프고 머리가 아플 정도로 꽉 힘을 주어야만 밀려드는 감정의 홍수를 감당할 수 있었다. 그렇게 짧았던 접견 시간이 끝나고 난 뒤 돌아서는 숙향을 붙잡은 것은 현이었다. 숙향의 앞으로 손때 묻은 목각 인형이 내밀어졌다.

"이건……."

"말 사준다는 말만 믿고 주방 놀이세트도 버렸건만 어째서 모르쇠로 계십니까."

목각 인형을 움켜쥔 숙향의 손이 덜덜 떨렸다.

"약속은 지켜."

"……."

"석이 형."

이윽고 숙향의 눈에서 눈물이 떨어져 내렸다. 그 눈물 너머로 잊고 있었던 모든 것이 떠오른다. 다정했던 형제들의 지난날이 한꺼번에 스쳐 지나갔고 그 시절이 사무치도록 그리웠다.

"현아!"

갑자기 조급한 마음이 들어서 현의 등 뒤로 숙향이 소리쳤다. 마치 지금 보지 않으면 안 되는 기분이었다. 동생을 바라보는 그의 시선이 불안하게 흔들렸다.

"정양호…… 그자가 너를 그냥 두지는 않을 것이다. 따르는 자들이 꽤나 단단히 뭉쳐 있었어. 그자의 심기를 건드리지 말거라."

"설마하니, 죽이기야 하겠습니까."

"방심하지 마."

형을 안심시키기 위해서 현은 더욱 환하고 장난스럽게 웃었다.

"꼿꼿한 왕자님의 자존심은 어디에 두고 오신 겁니까?"

"까분다."

"한 대 치고 싶으면 여기서 빨리 나오시고. 제발……."

남은 여운이 너무도 긴 형제간의 해후였다. 그리고 그것이 마지막이 될 것이라고는 아무도 예감하지 못했다.

'대군께서 숙향대군을 만나러 가셨습니다'라는 첩보를 전해 받은 정양호 쪽에서는 바쁘게 사람들을 움직였다. 수성궁 쪽에 있는 '특'이라는 근위대원을 매수한 정양호는 홍 내관의 이동 동선과 경호 인력의 규모를 빠삭하게 꿰고 있었고 현을 제거할 기회를 엿보고 있었다. 숙향이 있는 교도소는 인천 앞바다를 지난 외진 곳에 있었기 때문에 그를 제거할 수 있는 절호의 기회였다.

"눈이 붉어지셨습니다."

"안구건조증이야."

"수성궁을 전부 비울 수는 없지만 대군의 차량은 혼자 계실 수 있도록 비워 드리겠습니다. 원하신다면 풀숲 한가운데에 세워 드리는 것도 생각해 보겠습니다."

"왜? 나 거기서 혼자 울라고?"

홍 내관은 뭔가 대단한 결심이라도 한 듯이 고개를 끄덕였다.

"미쳤어. 그딴 짓 안 해."

"그냥 우십시오."

"안 운다니까! 너, 요새 말도 많고 귀찮게 같은 소리를 계속 한다?"

"속상해서 그럽니다."

"뭐?"

홍 내관은 제가 내뱉은 말이 쑥스러운 듯 헛기침을 하더니 얼른 차에 올랐다. 잠시 멍한 표정을 짓던 현은 힘없이 입술을 터뜨렸다. 푸념처럼 해본 말인데 홍 내관은 내심 신경이 쓰였던 모양이었다. 어쩌면 차 안에서 혼자 우는 게 그다지 나쁘지 않을지도 모른다는 생각에 현은 저 혼자 웃었다.

"이젠, 하늘한테도…… 질투가 나네. 뭐가 저렇게, 좋아. 샘나게."

바다가 보이는 탁 트인 도로의 풍경은 샘이 날 정도로 아름다웠다. 내 인생은 시들시들한데 어찌 그리도 예쁘게 반짝이냐고 따져 묻고 싶을 정도였다. 이따금 비행기가 날아오르는 모습이 보였다. 운영과 유영이 함께 비행기를 타고 떠나는 모습을 생각하면서 가슴이 욱신거렸다. 그는 통증이 느껴지는 왼쪽 가슴에 가만히 손을 가져다 댔다. 두근거리는 떨림이 아픔으로 변한 그곳에는 운영이 마지막으로 건넸던 손수건이 꽂혀 있었다. 그녀가 떠난 이후로 항상 몸에 지니고 다니던 물건이었다.

'운영아.'

현은 여자의 이름을 속으로만 부르면서 가만히 눈을 감았다. 손수건을 움켜쥔 손에 가득 힘이 들어갔다. 무척이나 간절하고 애처로운 몸짓이었다. 치밀어 오르는 감정을 다스리기도 벅찬 와중에 현은 미간이 좁혀졌다. 또다시 소해궁의 전화가 걸려 왔다. 이번에는 홍 내관의 개인 휴대전화였다. 그녀가 앙숙인 홍 내관에게까지 접촉을 하는 것은 분명히 심상치 않음을 뜻했다.

"어찌할까요?"

한참을 망설이던 그는 결국 전화를 받았다. 전화가 연결되자마자 소해궁의 다급한 목소리가 들려왔다.

[아버지가…… 아버지가…….]

횡설수설하는 그녀의 목소리가 덜덜 떨림에 현의 얼굴이 더욱 굳어졌다. 겁에 질린 듯 잔뜩 고조된 목소리로 그녀는 두서없는 말을 내뱉으면서 겨우겨우 말을 이어가고 있었다.

[사람을 보냈습니다.]

"사람이라니요? 무슨?"

[피하셔야 합니다. 시간이 없습니다.]

소행궁의 말뜻을 생각하던 그때였다. 갑자기 현이 탄 차가 급 브레이크를 밟으면서 미끄러졌다.

"괜찮으십니까! 대군!"

홍 내관이 다급한 목소리로 현의 안위를 살폈다. 현은 놀란 낯빛을 감출 수 없었지만, 주변을 안심시키기 위해 동요하지 않았다. 손에 붙잡고 있는 전화기 너머로 홍 내관의 날카로운 외침이 전해진 탓에 소해궁은 악을 썼다. 현은 주먹을 꽉 움켜쥐었다. 삽시간에 역주행해 온 검은 차들이 그의 차를 둘러쌌기 때문이다. 퇴로를 확인하면서 통화를 마무리하는 현의 눈에서 어떤 불안감이 스쳐 지났다.

"장인께 어지간히도 밉보인 사위인 모양입니다, 내가."

[대군! 대군! 이거 놓지 못하겠느냐. 뚜뚜뚜…….]

그게 끝이었다. 감시원들에게 붙잡힌 소해궁의 처절한 외침을 뒤로한 채 현은 천천히 차에서 빠져나왔다. 고결한 신분의 근엄함을 잃지 않는 왕자의 모습에서 목숨을 구걸하는 구차함은 찾아볼 수 없었다. 고상하고 격조 높은 미소 속에서 번뜩이는 차디찬 냉기가 고스란히 그들을 향했다. 찢겨나간 금빛 날개는 여전히 눈이 부시다.

"어서, 대군을 안전한 곳으로 모셔라."

"엄호! 엄호!"

수십 명의 근위대와 수행원들이 현을 에워쌌다. 근위대장의 지시에 따라 홍 내관은 현을 절벽 끝 숲 속으로 이끌었다. 하지만 쪽수에서 밀리는 탓에 그마저도 여의치 않았다. 상대가 작정하고 덤빈 것이기에 처음부터 무모한 싸움이었다.

탕탕탕!

연이어 총성이 울리고 피비린내가 진동했다. 겨우 무리에서 빠져나오던 그때 현의 뒤에서 그를 엄호하던 홍 내관이 갑자기 센 힘으로 현을 떠다밀었다. 현의 몸이 휘청거리면서 넘어가던 순간 한 발의 총성이 크게 울렸고 홍 내관은 현의 시야에서 사라졌다. 그는 다리에 총을 맞고 쓰러져 고통을 토로했다. 현은 그 자리에 멈춰 섰다. 퍼져가는 화약 냄새와 외마디 비명에 세상이 느려진다. 눈앞이 흐려졌고 귀가 멍해졌다.

"혀, 현민아. 현민아……."

현은 넋을 놓은 표정으로 휘적휘적 걸음을 옮겼다. 쓰러진 홍 내관은 총알이 박힌 아픔에 인상을 찌푸리면서도 현을 향해 괜찮다고 웃어 보였다. 근위대에게 손짓하여 그가 있는 곳으로 오지 못하도록 지시하는 것도 잊지 않았다.

"이러시면 안 됩니다. 어서 대군을 모셔라!"

"엄호!"

근위대장과 수행원들은 현의 앞을 가로막았고 그를 억지로 붙잡아 이끌었다. 그들을 뿌리치면서 악을 쓰던 그때 또 한 발의 총성이 홍 내관을 향했다. 바닥에 붉은 피가 번져갔고 현은 울부짖었다.

"홍현민! 죽지 마…… 죽지 말라고!"

그의 처절한 절규도 그치지 않는 총성 소리에 파묻혔다. 대피로에서 잠복하고 있던 또 하나의 무리가 그들을 몰아붙였다. 풀숲 끝에 다다랐던 현의 일행은 결국 포위되었다. 상대의 우두머리가 현에게 총을 겨누었다. 차가운 총부리 앞에서도 고귀하신 분은 속눈썹 하나의 떨림도 용서치 않았다.

"누구냐. 너희를 보낸 것이."

"답할 수 없습니다."

"나를 어찌 죽이라 하더냐."

"왕족의 몸에 피를 내지 말라…… 그리 명하셨습니다."

그것은 곧 자진하여 목숨을 끊으라는 것을 의미했다.

"하, 하…… 하하하하하. 눈물 나게 고마우신 배려구만. 고맙습니다! 장인!"

너털웃음을 짓는 현의 눈에 눈물이 가득 고였다. 그럼에도 눈에 서린 독기가 가려지지는 않았다. 근위대가 현을 엄호했지만 이미 끝난 게임이라는 것을 그는 직감했다. 더 이상 무고한 목숨을 희생시키고 싶지 않았다.

"근위대는 모두 총을 버리고 투항하라."

그 어느 누구도 그 말을 듣지 않았다. 오히려 일촉즉발의 순간이었다. 단 한 명이라도 먼저 총을 발사할 시에는 모든 것이 끝이었다. 현은 주먹을 꽉 틀어쥐었다. 왕의 위엄을 이어받은 혈족의 가치를 보여주겠다는 듯 우아한 눈빛은 압도적인 아우라를 만들어냈다. 죽기 직전의 남자가 피의 현장을 지배한다는 것은 아이러니한 일이었다.

"명령 불복종의 죄를 물을 것이다. 투항하라!"

"상관없습니다. 이곳에서 살아 나가신다면 그 어떤 죄를 물어도 달게 받을 것입니다."

"대군을 엄호해!"

결국, 근위대장은 먼저 총부리를 당겼고 잠시 그쳤던 총성이 다시 시작되었다. 번져가는 피비린내와 화약 냄새에 현은 점점 정신이 흐려졌다. 속수무책으로 쓰러지는 사람들을 바라보면서 무릎이 꺾이고 팔에서 힘이 빠진다. 몽롱하게 흐려진 시선이 닿은 절벽 아래는 파도가 치고 있었다. 거칠게 철썩이는 푸른 물이 이리 오라는 듯 손짓하는 것만 같은 착각이 들었다. 이 모든 것이 끝나면 함께 바다라도 가자던 홍 내관의 천진한 웃음이 푸른 물 위로 떠오른다. 그의 마지막을 제대로 보지도 못한 채 도망쳐 온 자신의 꼴이 우스워서 실없는 웃음이 터진다. 그치지 않는 총성 속에서 영혼이 팔린 듯 두 눈의 초점을 잃은 남자는 바닥에 떨어진 총 하나를 집어 들었다.

"안 됩니다!"

"대군!"

탕!

겨우 한 발이었다. 그들의 처절한 외침을 무색하게 하기에는 충분한 파열음이었다. 제 손으로 방아쇠를 당긴 현이 절벽 아래로 떨어졌다. 마지막 순간, 멍하니 올려다본 하늘이 눈부시게 푸르렀다.

'운영아. '

입술조차 움직일 수 없어서 제대로 뱉지 못한 그 말이, 하늘로 올려졌던 순간에 유난히도 맑게 갠, 그래서 눈이 시린 파란 하늘 위로 비행기가 날아올랐다. 생의 불꽃이 꺼지는 남자가 간절히 청한다. 자신을 사랑했던 한 여자의 마음을, 그 보랏빛의 처음을 말이다. 눈을 감으며 소망한다. 너의 모든 처음을 하늘에 목숨을 바치는 자가 거두어 갈 것이니 야속하다 울지 말라고. 서러운 기억의 시작일랑 찾고자 하는 마음도 없이, 그리움도 없이, 전부 잊은 듯이……

'흰 마음으로 살기를…….'

빛을 잃은 흰색의 꽃, 생의 기록을 거두어가는 남자가 홀로 남겨질 여자에게 줄 수 있는 망각의 꽃이었다. 그것은 지독한 첫사랑이 끝났음을 선언하는 아름다운 추억의 꽃말. 가슴에 번져가는 붉은 피가 흰색의 꽃잎으로 스며들었다. 마치, 운영의 안에 깃들었던 그 꽃의 생명이 그대로 옮겨지는 듯이 손수건의 꽃잎은 하나둘씩 진하게 물들어서 그 색을 달리했다. 고요히 눈을 감은 현의 얼굴에는 고통의 일그러짐조차 감추는 전아한 미소가 걸렸다. 안형대군, 이현. 찬란하게 만개했던 꽃을 삼킨 바다는 잔인하리만큼 푸르렀고 한순간에 그를 감싸 안아 고요해졌다.

[뉴스 속보입니다. 인천 앞바다 서해 대교에서 총격전이 벌어졌습니다. 사건의 배후를 쫓고 있으나 아직 그 실체를 파악하지 못하고 있습니다. 수십 명의 사상자가 발생했으며…… 아, 네. 방금 들어온 소식입니다. 안형대군의…… 안형대군의 시신이 발견되었습니다. 곧이어 새로운 소식이 들어오는 대로 뉴스 속보 다시 전하겠습니다.]

믿을 수 없는 소식에 공항 안의 사람들이 모두 정지했다. 시간이 멈춘 듯한 고요 속에서 누군가가 흐느끼기 시작했고 순식간에 공항은 아비규환이 되었다. 국민이 가장 사랑했던 왕자의 죽음은 어마어마한 후폭풍을 몰고 왔다. 그 속에서 멍하니 스크린을 올려다보던 운영의 손에서 핸드폰이 툭 떨어졌다. 갑자기 참을 수 없는 구역질이 치밀어 올랐다. 멍하니 초점을 잃은 그녀의 두 눈에서 하염없이 눈물이 쏟아졌다. 이윽고 운영은 어디론가 황망히 걸음을 옮겼다.

[뉴스 속보입니다. 김종대 총리는 안형대군의 피살과 관련한 비밀 결사대 〈정음〉의 배후로 야당 대표 정양호를 정조준하였습니다. 이에 따라 성삼혁 검사의 주도하에 자택에 있던 정양호를 긴급 체포하였습니다.]

[뉴스 속보입니다. 정양호의 사주를 받고 안형대군의 이동 경로를 발설한 혐의를 받고 있는 근위대 병사 이 모 씨가 검찰에 송치되었습니다. 그는 안형대군의 지밀나인으로 일했던 자신의 여자 친구가 수

성궁에서 쫓겨난 사건에 대하여 앙심을 품고 이번 일에 가담했음을 시인했습니다.]

[뉴스 속보입니다. 총리께서 이번 사태에 대한 모든 책임을 통감하여 총리직에서 사임할 뜻을 밝혔습니다. 이에 따라 입헌군주제의 존속 여부에 대한 국민 투표가 다음 달 10일부터 시행될 예정입니다.]

[전화를 받을 수 없어⋯⋯.]
현의 피살 소식 때문에 뒤늦게 공항에 도착한 유영은 다급하게 운영을 찾았지만, 그녀에게 그 어떤 연락도 되지 않았다. 공항 유실물 센터에서 운영의 핸드폰을 발견한 것이 끝이었다.

[오후 3시 영국행 비행기에 탑승하실 승객들은 5번 게이트 앞으로 모여주시기 바랍니다.]

운영과 유영이 타야 할 비행기의 탑승을 알리는 안내 메시지가 들려왔다. 하지만 그녀가 간 곳을 아는 이는 아무도 없었다. 물거품이 된 인어공주처럼 사라진 여인은 끝내 그 모습을 드러내지 않았다.
"이래서, 햇살 좋은 날이⋯⋯ 싫어."

에필로그
남겨진 사람들의 이야기

"문이 닫혔습니다."

"그러네요. 가게 문을 조금 더 일찍 닫고 올걸. 오늘이 입궐할 수 있는 마지막이었는데 저 안에 들어가 보지도 못했네요."

"내년 초에야 다시 문을 연다고 합니다. 그때 다시 와요."

"싫어요."

"보고 싶다고 했잖아요."

"사람들이 까르륵거리면서 유원지처럼 이곳을 돌아다닐 때는 이미 전부 사라진 뒤예요. 수많은 낯선 이들의 향취 때문에 이곳에 서려 있던 우리의 향은 전부 흐릿해졌을 거예요. 그땐 이미 의미가 없어요."

"소옥 씨."

"지금 나는요. 아주 오래된 연인을 하루아침에 빼앗긴 기분이야…… 싸우고 돌아섰는데 화해를 못한 기분이란 말이야."

소옥은 눈물을 훔치면서 고개를 떨구었다. 그녀의 작은 손을 잡아 쥔 남자는 선글라스를 벗은 암행꾼이었다. 다정하고 따스한 체온이 닿는 순간 소옥은 결국 참았던 울음을 터뜨렸다. 아예 주저앉아서 목 놓아 우는 여자의 등을 두드리는 그 남자, 강산은 이제 더 이상 암행꾼이 아니었고 소옥은 비해당 궁녀의 신분을 벗었다. 그래서 마냥 기뻐야 하는데 그들은 기쁨 대신에 조금 더 슬펐고 그리워졌다. 무심하게 닫힌 문 뒤로 두고 온 것이 너무도 많았기에.

현의 죽음 이후 더 이상 군주제를 유지할 수 없다는 총리의 뜻에 따라 국민투표가 시행되었고 그 결과 입헌군주제의 폐지가 결정되었다.

〈정음〉의 실체를 밝히고 정양호 일파를 처단한 김종대는 현을 잃은 충격이 상당했다. 단순히 정치적인 입지를 잃어서가 아니었다. 어질고 온화한 미소를 짓던 위대한 존재가 모두를 위한 싸움을 혼자 끝낸 뒤 외롭게 죽었다. 그렇게 덕망 높은 자를 사는 동안 다시는 만날 수 없으리라는 상실감으로 인해 총리는 제 손으로 정치 인생을 끝냈다. 수성궁은 원형을 보존하여 관광지로 그 명맥을 유지하게 되었고, 비해당의 궁녀들은 모두 평범한 이십대 여성들의 삶을 살게 되었다. 소옥과 몇몇 궁녀는 함께 돈을 모아서 전통 찻집을 차렸지만, 대형 커피전문점에 밀려서 수입이 시원치 않았다. 온실 속의 화초처럼 자란 비해당 궁녀들이 세속의 사람들과 함께 어우러지기에는 적잖은 시간이 필요해 보였다.

현의 죽음 이후 극심한 우울증에 시달리던 소해궁은 거듭되는 자해 시도로 인하여 요양원에 보내졌다. 현이 죽던 날 창문으로 뛰어내린 소해궁은 다리가 부러졌다. 제 몸이 다치는 것도 아랑곳하지 않고 간절하게 현을 살리고자 했으나 전부 부질없는 일이었다. 정양호는 마침내 자신이 뜻하던 바를 이루었다. 물론, 그 결과를 평생 감옥에서 지켜봐야 했지만. 그것이 제 꼬리를 자른 도마뱀의 최후였다.

그래도 기쁜 소식은 비해당에서 쫓겨났던 두 사람을 통해서 전해졌다. 그중의 하나는 비취가 결혼한다는 소식이었다. 쌍둥이를 임신한 비취는 결혼식장에서도 아름다운 모습을 뽐냈다. 수성궁의 모든 사람이 그녀의 결혼을 축하했지만, 그 자리에 오지 못한 두 사람의 존재가 몹시도 크게 다가왔다.

글쓰기를 좋아했던 금련은 수성궁에서 있었던 이야기들을 엮은 소설책을 발간하였다. 그것이 인기를 끌게 되어 드라마로 제작된다는 소식에 수성궁 사람들은 어리둥절했다. 인기 작가가 된 금련은 직접 드라마의 엑스트라로 출연하게 되었다.

또 하나의 재밌는 소식은 자란이 전해 왔다. 운영을 시기하고 미워하여 쫓겨난 그녀는 유명한 파파라치가 되었다. 그녀가 떴다 하면 특종을 잡아내는 탓에 연예인 저격수 백자란의 이름값은 업계 최고였다. 수성궁의 사람들은 그야말로 뛰어난 재능을 살렸다며 키득거렸다. 그녀는 파파라치 세계에서의 올해의 기자상을 노리며 박평훈의 뒤를 바짝 쫓고 있었다.

홍만식에게는 정음의 비밀문서를 파헤치는 데 기여한 공으로 특별 훈장이 수여되었다. 운영의 어머니는 재활 치료를 받으면서 작은 수예점을 오픈했다. 비해당에서 나온 몇몇 궁녀들은 운영의 어머니를 도와서 수예 용품을 만들어 팔았다. 소옥의 전통 찻집보다는 제법 수입이 쏠쏠했다. 그 얘기에 소옥은 찻집을 처분하는 것을 심각하게 고민하고 있었다.

매일같이 홍 내관의 묘소에 꽃을 가져다 놓는 이가 있었는데 바로 최 상궁이었다. 홍 내관이 현을 지키다가 희생된 이후 삶의 이유를 놓아버렸던 최 상궁은 뱃속에 자리 잡은 아이의 존재를 알게 된 뒤 다시 삶의 의지를 다졌다고 한다. 향악무에 뛰어났던 최 상궁은 어린아이들에게 전통 무용을 가르치는 선생이 되어 제2의 인생을 시작했다. 소중한 아이와 함께. 태어난 아이는 홍 내관을 쏙 빼닮은 남자아이라고 한다.

초아는 디자인 학교에 다니고 있었다. 그녀는 한복 만들기에 재능을 보인 탓에 유명한 한복 디자이너의 견습생으로 들어갔다. 드라마로 제작될 금련의 소설 〈운영〉의 의상팀에도 참여하게 되었다. 비해당 궁녀가 되지 못했던 아쉬움은 전부 털어냈다고 한다.

왕의 자리에서 내려온 국왕은 평범한 초등학생 '이결'로 돌아와서 초등학교를 졸업했다. 그의 초등학교 졸업 사진에는 가장 믿고 따랐던 이현은 없었지만, 보석으로 풀려난 숙향이 있었다. 왕조의 명맥을 유지한다는 명분으로 숙향을 석방한 것은 총리의 마지막 배려였다. 숙향은 먼저 떠나보낸 동생에게 속죄하는 마음으로 조카를 보살피고 있었다. 그들은 어색함을 감출 수 없었으나 마음을 연 숙향에 의해 더할 나위 없는 가족이 되었다.

"현아······."

숙향은 이따금 멍하니 하늘을 올려다보는 것이 버릇이 되고 말았다. 동생의 진심을 믿지 못한 채 언제나 그를 의심하고 원망했던 대가는 혹독했다. 평생 가도 지워지지 않을 그리움이 바로 그것이었다. 현은 고즈넉한 사찰의 뒷산에 모셔졌다. 모든 국민이 안형대군의 죽음을 슬퍼했고 진심으로 그의 죽음을 애도했다. 모두 거짓이라고, 깜짝 쇼라고 믿어버리고 싶을 만큼 그의 죽음은 받아들이기 힘든 슬픔이었다. 이따금 현의 묘소에는 물망초꽃이 놓이곤 했는데 그것을 가져다 놓는 사람의 정체를 아는 이가 없었다. '나를 잊지 마세요'라는 간절한 연정을 담은 그 꽃은 그저 현을 추모하는 누군가의 작은 정성이라 여길 뿐이었다.

"현아, 우리 왔다."

"거긴 어때?"

"어떻긴. 시끄럽지 않고, 시기하는 이도 없고, 평온할 테지."

"좋겠네······ 저 혼자만 편해서······."

친구를 잃은 세 사람이 현의 묘 앞에 앉았다. 익숙해지려고 해도 도무지 익숙해지지 않는 풍경이었다. 지금이라도 환한 미소로 웃으면서 안아줄 수 있을 것만 같은데 현은 이곳에 없단다. 유영은 표정을 잃은 인형처럼 입을 꾹 닫은 채 술잔을 채웠다. 바닥에 엎드린 삼혁은 눈물을 참지 못하여 목 놓아 울었고 이를 보다 못한 평훈은 하늘만 바라봤다. 저 위에 있는 친구를 향하여 기도하는 그의 눈가에도 눈물이 어렸다. 사랑했던 친구를 떠나보내는 그들의 마음속 빈자리는 그대로 텅 빈 채 채워지지 않았다. 앞으로도 결코 채워지지 않는 결락감이 그들을 짓누르리라.

"푹 자. 그리고……."

유영은 붉어진 눈에 힘을 준 채 현의 묘에 술을 뿌렸다. 그리고 축문을 읽듯이 기도한다.

"다시 깨어나."

공항에서 운영이 사라지고 난 뒤 유영은 그녀를 찾을 수 없었다. 가족을 비롯하여 그 누구도 그녀가 왜 사라진 것인지, 어디로 향한 것인지 알 수 없었다. 다만, 현의 죽음에 대한 충격을 그녀가 쉽사리 치유하기 힘들 것이라는 데 모두 한뜻을 모았다. 유영은 그녀를 찾고자 애를 썼지만 작정하고 숨어버린 여자를 찾기가 쉽지 않았다.

"현아……."

참지 못한 눈물이 흘러내렸다. 잡풀을 손 아래 가득 쥔 채 유영은 오열했다. 현이 홍운영을 얼마나 아끼고 사랑했는지 알고 있다. 그런 그가 모든 것을 내려놓고 자신에게 그녀를 보내주었음에도 지키지 못했고, 현을 상처 입혔던 스스로에 대한 자괴감이 유영을 짓눌렀다.

3년 뒤.

– 안견의 몽유도원도, 13년 만에 고국 땅을 밟다

커다란 광고판이 박물관 한쪽에서 반짝였다. 그것은 위대한 문화유산의 귀환을 알리고 있었다. 어떤 경유로 반출되었는지 알 수 없지만, 현재 일본의 텐리 도서관이 소장하고 있던 안견의 몽유도원도가 국내에서 전시된다는 소식에 사람들이 들썩였다. 전시 첫날부터 어마어마한 사람들이 국립중앙박물관을 찾았다. 그리고 오늘은 그 마지막 날이었다. 폐장을 한 시간 앞둔 시각, 줄을 지어 선 유치원생들이 선생님의 안내에 따라 박물관을 구경하고 있었다.

"선생님, 우리 이제 뭐 봐요?"

"안견의 몽유도원도라는 작품을 볼 거예요."

"우와!"

그림 앞에 선 아이들이 환호성을 질렀다. 압도적인 위용이 느껴지는 그림의 가치를 꼬마 손님들도 알아보는 눈치였다. 선생님은 아이들에게 몽유도원도에 대하여 설명하기 시작했다.

"자, 여기 봐요."

"네네! 선생님!"

"왼쪽 하단부에서 오른쪽 상단부로 이야기가 펼쳐지는 구성을 가지고 있는데 왼편 하단부에는 현실 세계, 나머지는 꿈속 세계예요. 복숭아밭이 넓게 펼쳐져 있고, 절벽들이 잘 표현되어 있죠."

다소 어려울 수 있는 이야기였지만 아이들은 제법 고개를 끄덕이면서 선생님의 설명에 귀를 기울였다.

"이 작품은 왜 그린 거예요?"

똑똑한 아이 한 명이 손을 들고 물었다. 선생님은 싱긋 웃으면서 아이의 말에 답했다.

"좋은 질문이에요. 이 작품은 조선의 화가 안견이 세종의 셋째 왕자 안평대군의 꿈 이야기를 듣고 그린 작품이에요."

"아……."

몇몇 아이들이 지루하다는 듯 몸을 비비 꼬기 시작했다. 이에 선생님은 아이들의 주의를 끌기 위해 손뼉을 쳤다.

"선생님이 재밌는 얘기를 해줄게요! 여기 주목."

일순간에 아이들의 시선이 모였다.

"왕자님이었던 안평대군은 한 궁녀를 사랑했다고 해요."

하품하던 아이들의 눈이 다시 반짝이기 시작했다. 그것은 고소설 〈운영전〉에 관련한 이야기였다.

"하지만 궁녀는 좋아하는 사람이 따로 있었어요."

"우와 대박! 삼각관계네. 너무 뻔해!"

일찍이 텔레비전 드라마에 눈을 뜬 아이가 키득거렸다.

"자, 쉿! 궁녀가 좋아하는 사람은 김 진사였어요."

"이름이 진사예요?"

날카로운 질문이었다. 선생님은 작게 웃으면서 아이의 머리를 쓰다듬었다.

"아뇨. 진사라는 것은 과거에 급제한 선비들에게 붙이는 칭호랍니다. 사실 김 진사의 실제 이름을 아는 사람은 아무도 없어요."

"그래서 어떻게 됐어요?"

"이 둘은 안평대군 몰래 도망가려고 했는데 그게 들켜 버렸죠. 그래서 궁녀는 스스로 목숨을 끊었어요. 슬픔을 견디지 못한 김 진사도 따라서 죽었답니다."

"어떡해……."

감수성이 풍부한 여자아이들이 손을 모아 쥐었다. 긴장감 넘치는 이야기에 아이들의 표정도 진지해졌다. 선생님은 아이들의 반응이 재밌다는 듯 환하게 웃었다.

"그래서 김 진사와 궁녀는 다음 생에 태어나면 꼭 다시 인연을 맺자고 약속했대요. 어때요? 재밌죠?"

"그래서, 김 진사와 궁녀는…… 다음 생에 어떻게 되었어요?"

예상치 못한 아이의 질문에 선생님은 당황한 듯 눈을 깜빡였다.

"그게, 그러니까……."

어떻게 하면 아이의 상상력과 동심을 지켜줄 수 있을까 고민하던 그때였다.

"행복하게 살았답니다."

느닷없이 끼어든 목소리를 따라서 아이들의 시선이 한 남자에게로 고정되었다. 구두, 다리, 손, 그리고 마침내 남자의 정체를 확인한 선생님은 미소 지었다. 예쁘게 휘어진 두 눈에는 물기가 어려서 반짝였다.

"아닙니까? 홍운영…… 선생님."

"선생님, 진짜예요?"

순수한 아이들은 눈을 반짝이면서 운영에게 대답을 재촉했다. 이왕이면 해피엔딩을 바라는 모두의 소망은 어린아이도 마찬가지였다. 운영은 목이 막혀서 목소리가 나가지 않았기에 가만히 고개를 끄덕였다. 유영은 그녀를 향해 저벅저벅 걸어왔고 단 몇 걸음으로 벌어졌던 거리를 좁혔다. 이윽고 그가 그녀를 끌어당겨서 품에 안았을 때 아이들은 환호성을 질렀다. 순수한 동심의 아이들은 서로를 부둥켜안으면서 폴짝폴짝 뛰었다. 남자는 눈을 깜빡이면 또다시 여자가 사라질까 봐 붉어진 눈으로 여자를 눈에 담고 또 담았다. 그렇게 한참을 바라본 뒤에야 마침내 실감했다. 홍운영, 드디어 찾았다.

"안평대군이 사랑했던 그 궁녀는 왜 죽어야만 했을까요?"

국문과 교수답지 않은 질문이었다. 그것에 대해 현대의 학자들은 금기된 사랑을 지속하는 것에 대한 두려움, 인간의 본래적 욕망을 억압하는 중세적 삶의 가치에 대한 저항의 표현이라고 말한다. 하지만 운영은 다른 견해를 내놓았다.

"보려 하지 않았기에, 몰랐던 탓이지요."

"······."

"사랑을."

사랑을 입에 담는 여자의 목소리가 꽉 잠겨들었다.

'한 번도 제대로 말하지 못했는데······.'

수성궁의 커다란 문 앞에 다다랐을 때 운영은 전신에 퍼지는 아릿한 통증 때문에 두 손을 꼭 맞잡았다. 이제는 자물쇠로 굳게 잠긴 그곳은 외부인의 출입이 차단되어 있었다. 마음대로 나올 수 없었던 곳이 마음대로 들어갈 수 없는 곳으로 변할 것이라고는 아무도 예상치 못했다. 웅장한 돌담, 페인트가 벗겨진 기둥, 현이 직접 쓴 현판을 쓰다듬는 손에서 떨림이 멈추지 않는다. 손 아래로 느껴지는 모든 것이 안타까웠다. 지난 시간 동안 결코 행복을 바라지 않았다. 평생을 가시에 찔린 듯이 아파하며 산다 해도 좋으니 그 대가로 간절히 바란 소원이 있었다. 부디 한 번만…… 현의 얼굴을 다시 보고 싶다고 말이다.

그의 죽음 이후 이상하리만큼 눈물이 나오지 않았다. 그저 멍하니 숨 쉬는 것만으로 생의 감각을 이어가던 어느 날 갑자기 선명했던 남자의 얼굴이 뿌옇게 흐려졌다. 세상을 먼저 등진 남자가 제 기록을 거두어 간 것처럼 말이다. 아무리 애를 쓰고 떠올려도 남자의 해사한 얼굴이 더 이상 눈앞을 스치지 않아서 불안해졌다. 억지로 잠이라도 들면, 그래서 꿈이라도 꾸면 볼 수 있지 않을까…… 그렇게 믿으면서 하루 종일 눈을 감고 있는 날도 있었다. 하지만 그는 끝내 제 모습을 보여주지 않는다는 것을 깨달았을 때 여자는 하늘을 향해 악을 쓰며 울었다. 그제야 현이 제 세상에서 영원히 사라졌음을 실감했기에. 운영은 천천히 손을 뻗어서 커다란 자물쇠를 움켜잡았다. 차가운 금속이 손에 닿는 순간 저 담 너머에 두고 온 모든 기억이 한꺼번에 터져 나온다. 운영은 자물쇠를 꽉 움켜잡으면서 눈을 감았다. 혹시나 그를 볼 수 있지 않을까 하는 간절한 마음이었다. 그런데 오늘도 그는 제 모습을 쉽게 보여주지 않는다.

"왜 저를…… 찾으셨습니까."

눈물을 떨구는 여자의 간절한 몸짓을 바라보기 힘들어서 유영은 고개를 틀었다. 돌담에 등을 기댄 남자의 입에서 더운 숨이 토해졌다. 아무렇지 않은 듯 말을 섞고 바보처럼 웃고 있지만 사실은 속이 뭉개진다. 수성궁이라는 곳이 가까워지는 순간부터 숨이 막혔고 머리가 욱신거렸다.

"차라리, 그냥 이대로……."

혀가 말리는 것처럼 목이 막혀서 운영은 말을 이을 수가 없었다. 유영은 등을 기댔던 몸을 일으켰다. 조금은 화가 난 듯이 보이는 굳은 표정이었지만 사실은 안타까움의 표현이었다.

"약속했으니까."

눈시울이 금세 붉어진다. 운영은 고개를 떨구어 남자의 곧은 시선을 피했다. 힘없이 축 처진 고개가 보기 싫어서 운영의 양어깨를 힘주어 붙잡았다. 그러곤 자신을 보라고 흔들면서 애타는 마음을 전했다.

"난 분명히 말했습니다. 당신한테 평범한 세상을 열어줄 거라고."

"……."

"그리고 당신도 약속을 지키지 않았으니까. 내 신부가 되겠다는 그 말……."

응어리진 마음이 쿡쿡 쑤신다. 바라던 세상을 열어주겠다는 남자의 손을 붙잡고 그 품 안에서 마음껏 웃음을 터뜨렸었다. 순간순간의 떨림을 새로운 사랑이라 여기면서 이것이 삶의 행복이리라 믿었다. 그러면서도 결코 꺼지지 않는 빛을 발하는 꽃은 고개를 돌려서 보지 않았고 눈을 감으면서 외면했다. 그리하면 결국엔 제풀에 지쳐서 사라질 테지…… 그때는 정성껏 가슴에 묻어야지. 그렇게 편하게 믿었다. 그랬는데 어디 한번 해보라는 듯이 꽃은 사라지지 않았다. 더욱 깊고 진한 꽃향기와 함께 만개했음을 알아차린 것은 꽃을 잃은 뒤였다. 그리고 그녀는 인정해야 했다. 이현 그 남자, 처음 품었던 사랑을 영원히 잊지 못한다는 사실을 말이다.

"저는…… 자격이 없습니다."

"……."

"교수님의 마음에 온전히 답할 수도 없습니다."

물에 잠긴 듯이 가라앉는 여자의 세상을 바라보면서 유영은 목구멍이 뜨끈해졌다. 현이 죽었고 운영이 떠난 공간에서 빈 몸뚱이가 된 유영은 속수무책으로 무너져 내렸었다. 간절한 마음을 전하여 겨우 맺어진 인연을 단번에 놓고 떠나 버린 여자에 대한 원망도 없지는 않았다. 야속하리만큼 모습을 보여주지 않고 숨어버린 운영의 흔적을 좇으면서 차라리 이대로 영원히 그녀를 찾지 않는 것이 서로에게 이로울 것이라는 마음도 분명히 있었다. 함께 있으면 맞닿은 생각이 분명히 슬퍼질 터였고 그들은 떠난 이를 기억하며 괴로움에서 헤어날 수 없을지도 몰랐다. 그런데도 꺾인 무릎에 힘을 내서 다시 걸었던 것은 현을 잊지 않기 위함이었다. 그래서 아등바등 버티면서 사라진 여자를 찾았다. 그 여자가 분명히 아픔에 허덕이고 있을 테니까. 그럼에도 악 소리

한번 내지 않고 외롭게 침잠할 테니까.

"여전히 아름답더군요. 보랏빛 라일락……."

유영은 희미하게 웃으면서 하늘을 올려다봤다. 달이 담긴 눈동자에 물기가 서린다.

"꽃을 심은 이의 마음이 너무 또렷이 보여서 잠시 잠깐 샘하는 마음도 생겼습니다. 그런데 가만히 보고 있자니 그게 아주 예뻐서 나도 모르게 울어버렸습니다. 사내새끼가 질질 짠다는 목소리가 다시 듣고 싶어서……."

현의 장례 이후 유영은 다른 이들과 함께 수성궁을 찾았었다. 별궁 뒤뜰에 놓인 보랏빛 라일락 꽃나무는 화려하게 만개해 있었다. 그 진한 향취에 취해 있노라니 흩날리는 꽃비 속에서 붉어진 여인의 볼이 보였다. 하고픈 말을 삼키는 애처로운 입술의 떨림, 잠 못 드는 밤의 애틋함도 전부 보였다. 꽃과 같은 남자 이현, 수성궁은 그 주인을 잃었지만 꽃은 시들지 않았다. 아마 여자의 마음에도 영원히 지지 않을 꽃 한 송이가 피어 있으리라. 그래도 상관없다. 가여운 여자에 대한 자신의 갈망은 끝나지 않았으니까. 그것은 집착이라는 말로 폄하해도 어쩔 수 없는 남자의 순정이었다.

"난 말입니다. 꽃과 같은 그 남자를 이길 마음이 없습니다."

"……."

"어차피 이길 수 없을 테니까."

운영은 마치 모든 마음을 알고 있다는 듯 애잔한 눈빛을 전하는 남자 때문에 속이 아렸다. 모든 것을 버리고 자신을 택한 남자를 떠나는 삶을 택했을 때 그녀에게 다른 선택은 없었다. 온전치 못한 마음으로 유영의 곁에 기대어 바라던 행복을 갖는다는 것은 큰 죄를 짓는 것처럼 느껴졌고 스스로에게 떳떳하지 못한 죄책감을 안겼다. 그래서 도망쳤고 혼자 아프고자 했고 외롭게 살다가 희미하게 사라지는 인생을 바랐다. 여자에게 남은 소망은 오직 그뿐이었다. 간절히 바라고 원해도 이루어지지 않았던 모든 소망 가운데 꼭 그것만은 들어달라고 하늘을 향해 노여운 눈을 부릅떴다. 꾸역꾸역 살아지는 생에 대한 집착도 전부 버렸다. 그런데 하늘은 역시 그녀의 편이 아닌 모양이었다. 한이 서려서 단단하게 뭉친 마음으로 뜨거운 바람이 불어온다. 창을 닫고 밀어내면서 오지 말라고 소리쳐도 멈추지 않고 불어오더니 다정하게 속삭인다. 내가 당신 곁에 있어주겠노라고.

"잊지 못한다고 해도 상관없습니다."

"……."

"평생을 다 바쳐도 잊지 못할 사람……. 나한테도 그런 사람이 하나 있으니까……. 믹스커피를 싫어하는 키다리아저씨……."

기억하기 힘들어서 막아두었던 아픈 일들이 텅 빈 가슴으로 쏟아져 들어왔다. 그것이 감당하기 힘든 것은 유영도 마찬가지였다. 그럼에도 확신했다. 쓰러지는 여자를 일으켜 세워서 힘주어 붙잡다 보면 언젠간 웃어줄 거라고. 그러면 자신도 살아갈 수 있으리라고 말이다.

"당신 혼자 할 수 있는 건 아무것도 없습니다. 모두를 떠나서 스스로를 슬픔에 내던지고 있다 해도 달라지는 건 없습니다.

죽은 이는 돌아오지 않으니까. 그 모든 건 당신 탓이 아니었습니다."

내뱉은 말이 너무 아파서 숨이 턱턱 막힌다. 그럼에도 꼭 맺어야 하는 말이었다. 운영은 큰 눈을 굴리면서 눈물을 참아냈다. 마음껏 울어도 되는데 기를 쓰고 참아내는 모습이 안타깝다. 꼭 쥔 주먹이 부들부들 떨리더니 아슬아슬하게 고여 있던 물방울이 끝내 떨어지지 않았다. 속으로 삼켜지는 눈물은 분명히 아픈 상처를 아물지 못하게 할 터였다. 아마도 이 여자는 지금껏 이렇게 모든 것을 참아냈을 테지. 일순간 여자의 어깨가 크게 들썩이는 순간 망설이지 않고 끌어안아 품에 가두었다. 달래듯이 토닥이는 손길은 애를 쓰며 참아온 마음을 터뜨린다.

"날 두 번이나 떠났지만, 난 그때마다 당신을 찾아왔습니다. 세 번이나 도망칠 거라고 생각하면…… 골이 지끈거리는데 어디 한번 해봐요. 난 그때도 결국엔 당신을 찾아낼 거니까. 체면도 자존심도 다 버리고 여자 하나에 매달리는 꼴이 꽤나 가여웠는지 하늘이 나를 돕더군요. 그러니 두려울 것도 없습니다."

장난스레 전하는 말의 무게가 상당했다. 그것은 어떤 확신과 의지를 담고 있었다.

"나한테 기대서 세상으로 나와요. 아프다고 소리를 쳐도 좋고 힘들다고 악을 쓰면서 주저앉아도 돼요. 나도 그렇게 살고 있으니까……."

저보다 한참이나 작은 여자의 머리를 쓰다듬으면서 유영은 그녀의 체온이 자신에 스며들고 있음에 만족했다. 뿌리치면서 도망치는 않는 여자의 작은 몸이 자신의 품 안에 있었다. 느릿한 숨을 내뱉는 남자의 입가에 잔잔한 미소가 지어졌다. 잔뜩 힘이 들어갔던 몸의 긴장도 녹진하게 풀린다.

"하아, 김유영. 어쩌다 이렇게 어려운 아가씨를 만나서 진짜 고생이네. 그렇게 잡으라고, 제발 좀 잡으라고 칭얼대는데도 어떻게 매번 손을 놓고 도망가는 겁니까."

푸념처럼 투덜거리는 남자의 손길은 다정하다.

"그러니까 이번에는 사람 하나 살리는 셈 치고 제발 땅에 발 좀 붙이고 있을래요? 숨바꼭질 놀이도 이젠 너무 지치니까."

운영은 끅끅거리면서 유영의 옷자락을 움켜잡았다. 여자의 간절한 손짓에 자극을 받은 남자의 눈시울도 뜨끈해졌다. 마치 저는 울지 않았다는 듯이 여자를 다그친다. 이제 그만 울라고. 그녀의 서러운 울음이 그치길 기다리면서 밤하늘의 별을 좇는 남자의 눈가는 잔뜩 충혈되어 있었다. 세상을 등진 정다운 벗은 사랑하는 여인의 손을 놓은 채 친구의 행복을 응원했다. 그에 대해 모든 감사를 전하기에는 벗이 너무도 먼 곳에 있었다. 그래서 더욱 애타고 서러운 마음은 의지로 변한다. 이 작은 여인을 지켜야 한다. 그들은 행복하게 살아야 할 일종의 의무가 있었으니까.

"어어, 저기! 별똥별입니다."

유영의 손짓에 따라 운영은 언제 울었냐는 듯 다급하게 손을 모아 쥐고 눈을 감았다. 간절한 마음이 부디 별의 꼬리에 담겨서 하늘에 닿기를 소망한다. 간절함을 가득 실은 탓에 몸에 힘이 들어갔고 물기 어린 속눈썹이 파르르 떨렸다.

"무슨 소원을 비셨습니까?"

"비밀입니다."

"알겠습니다. 저도 비밀입니다!"

유영은 입을 삐죽이면서 가늘게 눈을 흘겼다. 불퉁한 표정으로 여자를 주시하던 남자는 갑자기 여린 손목을 잡아 쥐었다.

"이거 하나만 분명히 합시다."

눈부처를 확인하면서 눈을 맞추고 맥을 짚는 것처럼 손을 움직인다. 이윽고 손목을 누르는 손길에 운영은 입술이 뜨거워졌다. 잃었던 감각이 돌아오는 것처럼 작게 전율이 인다. 때문에 여린 피부의 살결이 전부 도드라졌다.

"나 때문입니까?"

"……."

"지금 이렇게 심장이 뛰는 이유가."

고개를 들어서 눈이 마주치는 순간 볼이 붉어진다. 들뜬 숨결을 드러내는 빠른 맥박을 고스란히 들켰다. 대답을 하지 못하고 입맛 벙긋거리는 여자를 바라보면서 남자는 조금 안심했다. 들뜨는 마음을 누르면서 오만한 눈을 반짝였다.

"나 때문이죠?"

"아니라고 하면 믿으실 겁니까?"

직선적으로 마주 보는 것은 조금 쑥스럽고 버거워서 시선을 옆으로 틀었다. 그때마다 어디 한번 해보라는 듯이 장난스러운 눈동자가 따라붙는다. 운영은 집요한 시선을 피하기 위해 괜히 가방끈을 정리했다. 그 몸짓조차도 미치도록 순수해서 남자를 다그친다. 좀 더 빨리 쿵쾅거리면서 심장을 움직이라고 말이다.

"당연히 안 믿지."

"그러면서 굳이 왜 질문을 건네십니까."

"네가 좋아서요."

망설이지 않는 남자의 직언에 운영은 떨리는 입술을 깨물었다.

"답이 됐습니까?"

유영은 그녀의 머리를 헝클어뜨리면서 천진하게 웃었다. 그렁 그렁 고여드는 눈물을 제 손으로 씩씩하게 닦아내는 여자는 물에 젖은 눈으로도 환하게 웃었다. 마치 밀린 숙제를 끝낸 듯한 청량감이 밀려온다. 이제야 꽉 막힌 무언가가 펑 하고 터진 기분이 들었다. 상처가 가득하여 할퀴어진 마음으로 다시 바람이 분다. 쓰라림을 덮어주는 기분 좋은 서늘함에 기대어 운영은 조금 더 마음을 내었다. 그의 팔을 붙잡아 끌면서 까치발을 드는 순간 손이 덜덜 떨렸다. 이윽고 여자가 밀린 마음을 내어주는 순간, 따뜻하게 부서지는 숨결이 남자의 귓속으로 번져갔다.

"감사합니다."

"뭐가요?"

"신부가 되겠다는 약속을 지킬 수 있게 해주셔서."

"사랑 고백을 할 거면 좀 더 달달하게 하지 그래요?"

새초롬한 유영의 표정에 잠시 고민하는 듯하던 운영은 가방을 뒤적거려서 펜을 꺼냈다. 그러곤 유영의 왼손 네 번째 손가락에 무언가 끼적거렸다.

— ♥ —

"꼭 반지처럼 보이네?"

"마음에 드십니까?"

"이렇게 귀여운 짓은 어디서 배웠대?"

"드라마에서요."

"하루 종일 드라마만 보라고 해야겠다."

유영은 싱긋 웃으면서 작은 여자의 머리를 쓰다듬었다. 두근두근, 다시 피가 도는 느낌에 손바닥이 뜨거워졌다. 또 하나의 사랑을 시작하는 여자는 그의 손등에 입을 맞추면서 수줍게 웃었다. 제가 한 짓을 믿을 수 없어서 붉어진 얼굴이 화끈거렸다. 유영은 그 부끄러움조차 나에게 달라는 듯 운영을 제 품안으로 끌어안았다. 마침내 담을 넘고 새로운 세계가 열린다. 아마도 하늘에서 현이 이 모습을 보고 있다면 적잖이 속이 쓰릴 테지만 그래도 기뻐하지 않았을까. 그녀의 행복한 웃음을…….

운영은 저 높은 곳에 있는 그를 염원하며 지그시 눈을 감았다.

'구운 밤에 싹이 돋는 날…….'

별에 실렸던 간절한 마음이 입 안으로 되새겨진다.

'옥으로 새긴 연꽃에 꽃이 피는 날…….'

맺힌 눈물조차 영롱한 구슬처럼 아름다운 소녀가 해사한 웃음의 왕자님에게 고하는 마지막 인사였다.

'유덕하신 님을 여의겠습니다.'

구슬이 바위에 떨어진들
천 년을 외따로이 살아간들
믿음이야 끊어지겠습니까

- 고려가요 〈정석가〉 중에서

외전

현의 밀담

- 홍만식의 여식. 그 아이가 수성궁에 왔다. 홍 내관이 만류했지만, 기어이 그 아이를 보러 갔다. 차라리 보지 말 것을⋯⋯. 얌전하게 무릎을 꿇고 앉아 있던 아이는 울지 않았다. 제 또래의 다른 궁녀들이 가족이 보고 싶다면서 흐느끼는 와중에도 아이는 요지부동이었다. 속눈썹이 잔뜩 젖어들었으면서도 끝내 눈물 한 방울 떨구지 않는 그 모습이 안쓰러웠다. 미안하다, 아이야.

　- 그 아이가 혼났다. 눈물이 그렁그렁한 눈으로 종아리를 맞는 모습이 안쓰러웠다. 최 상궁도 참⋯⋯. 늦잠 좀 잤기로서니 어린애를 그렇게 때리다니. 다음 달에 휴가 보내지 말까? 심각하게 고민된다.

─ 그 아이가 웃었다. 이곳에 온 지 석 달 만에 처음이었다. 그 환한 웃음에 나도 모르게 따라 웃었다.

─ 오늘은 그 아이가 가야금을 연주했다. 처음치고는 소리가 괜찮았다. 재능이 많은 아이다. 수성궁 사람들이 그 아이에게 궁녀로 살기에는 아깝다는 말을 자주 한다. 그 말을 들으면 괜히 가슴이 쿡쿡 찔린다. 저 아이가 자신이 수성궁에 들어오게 된 이유가 나와 관련한 일임을 알게 된다면, 자신의 아버지가 나 때문에 감옥에 갇힌 걸 알게 된다면 원망할 테지? 미움받기 싫은데 괜히 겁이 난다.

─ 그 아이가 낮잠 자는 모습을 몰래 훔쳐봤다. 훔쳐보려고 한 것은 아니었다. 비해당에 볼일이 있어서 잠깐 들른 것인데 그 아이가 정자 그늘에서 잠이 들어 있었다. 나도 모르게 그 자리에 한참을 서 있었다. 미쳤나 보다. 내가 이제 고작 열일곱 살 아이한테 자꾸만 시선을 빼앗긴다는 것이 낯 뜨겁다. 성삼혁이 이를 알면 '지랄한다'고 욕을 할 테지. 뭐, 다른 뜻이 있는 것은 아니다. 저 아이에게 든든한 오빠 같은 존재가 되고 싶을 뿐이지. 설마하니 내가 이제 고등학생인 어린아이를……. 당치도 않지. 그래도 그냥 좀 빨리 컸으면 좋겠다. 그런데 뭐, 요즘 세상에 열 살 차이가 많이 나는 건가? 딱…… 좋지.

─ 홍 내관이 물었다. 그래서 뭘 어떻게 할 거냐고? 그래서 답했다. 아무것도 안 할 거라고.

- 그 아이가 태종대학교에 합격했다. 원하던 학교에 입학하게 된 것을 축하했지만 걱정이다. 이왕이면 여대에 입학하기를 바랐는데……. 예뻐서 분명히 잡벌레 같은 놈들이 꼬일 터인데 이를 어쩐다. 그 아이가 누군가를 마음에 품는다면? 젠장!

- 성년의 날이다. 그 아이도 성년이 되었다. 암행꾼들에게 들은 바로는 역시나 그 애 주변을 맴도는 잡벌레들이 많다고 한다. 미치도록 신경 쓰인다. 오늘은 그래서 환하게 웃는 아이한테 괜히 짜증을 냈다. 그렇게 웃지 말라면서……. 그 아이가 어리둥절한 표정으로 고개를 갸웃거렸다. 홍 내관이 화장실 간다고 나가면서 쿡쿡거렸다. 제길.

- 그 아이가 종아리를 맞았다. 최 상궁도 참……. 꼴랑 영화 한 편 몰래 봤다고, 다 큰 아이한테 종아리라니……. 최 상궁 업무표를 엉망으로 바꾸어 놨더니 홍 내관이 째려본다. 왜?

- 최 상궁이 맞선을 보기 위해 휴가를 냈다. 홍 내관이 엄청 화났다. 왜?

- 홍 내관과 최 상궁의 뒤뜰에서 라면을 먹고 있었다. 홍 내관 라면 안 좋아하잖아?
혹시……. 아, 홍 내관 그런 거였어? 진작 말을 하지. ^^

- 홍 내관이 만류했지만, 역시 운영이를 문학 답사에 보내기로 했다. 모

처럼 기뻐하는 그 모습을 보고 있자니 잘한 결정인 것 같다.

- 꽃을 꺾었어. 왜…….

- 미친놈처럼 그 아이를……. 시간을 돌리고 싶다. 겁먹은 얼굴이 머릿속에서 지워지지 않는다. 하지만 나는 저 아이를 보낼 수가 없다. 두 날개를 모두 꺾어서라도 내 곁에 있게 할 것이다. 몸뿐이어도 상관없으니…….

- 왜 하필 너냐. 김유영…… 죽이기도 힘들게.

- 또 운다. 아무것도 못 한 채 돌아섰다.

- 끼니를 챙겨 먹는다고 한다. 다행이다.

- 왜, 안 떠난 걸까? 아직도 조금은 나에 대한 마음이 남아 있을…….

- 내 계획에 대해 홍 내관이 질색을 한다. 아무래도 상관없다. 그 아이에게 모든 것을 되돌려 줄 수만 있다면…… 내게 독을 건넬지라도…….

- 집착과 습관 사이, 담배를 다시 피운 날.

- 수위 조절? 쓰읍.

― 운영아. 운영아. 운영아. 운영아. 운영아. 운영아. 운영아. 운영아. 운영
아. 운영아……

p.s 대군. 차라리 소리 내어 부르십시오. 이름 그깟 게 뭐라고…… 없
어 보이게 종이에다가 에이그. 쯧쯧쯧.

닥쳐. 내 일기 훔쳐보지 마. 도대체 언제부터야?

어허, 대군! 말을 삼가십시오. 저는 이제 곧 아빠가 됩니다.

속도위반?

저를 뭐로 보시고! 그런 거 아닙니다. 청혼했지 말입니다.

아, 눈물 좀 닦을게.

부러움의 표현이십니까.

…….

축하는 금일봉으로.

얼마?

바다 구경.

신혼여행으로 가.

최 상궁이 짠내만 맡아도 구역질을 하는데 어찌 갑니까. 비위가 약해
요.

그래서 내가 대타야? 네가 감히 나를 대타로 쓴다 이거야?

사랑합니다.

미쳤네.

그게 다입니까?

…….

그게 다입니까!

♥

♥♥

그만해.

♥♥♥

그만하라고!

바다 가시는 겁니다?

그래, 가자. 바다…….

〈끝〉

작가 후기

안녕하세요. 이현이입니다.

〈실화〉는 작자 미상의 고소설 〈운영전(수성궁몽유록)〉에서 주요 모티프를 차용하여 현대화한 작품입니다. '그 옛날 운영이는 정말로 안평대군을 사랑하지 않았을까?', '진정으로 죽어야 했던 이유는 정말로 김 진사와의 사랑이 좌절되었다는 그 이유 하나가 전부일까?'라는 사소한 물음이 〈실화〉의 출발점이 되었습니다. 18살, 〈운영전〉을 처음 접한 나이였습니다. 당시에 이 글은 제게 대입을 위한 고전 100선의 한 작품일 뿐 애석하게도 아무런 의미도 주지 못했습니다. 구운몽의 곁다리로 몽유록계와 몽자류 소설의 차이를 파악하게 하는 그 이상의 가치를 갖지 못했습니다. 그런 스스로의 무지함을 박살 냈던 것은 대학교 3학년 때였습니다. 어렴풋이 문학에 대해서 배워가던 그 시절 처음으로 〈운영전〉의

원전을 처음부터 끝까지 읽게 되었고 머릿속이 멍해졌습니다.

'아, 내가 너무 몰랐구나.'

나름 많은 책을 읽었다고 생각하면서 교만하게 굴었던 마음도 전부 사라졌습니다. 현대 소설을 귀하게 여기는 마음만큼 위대한 고전을 성스럽게 대하지 못했음을 깨달았기 때문입니다. 요약된 줄거리와 참고서의 핵심 정리만으로 이 소설의 모든 것을 알고 있다고 자부했던 스스로가 부끄럽기 짝이 없었습니다. 조용히 책을 쓸어내리면서 조심스럽게 바랐습니다. 언젠가, '글'을 떳떳이 쓸 수 있는 그날이 오면 세상의 모든 이가 '운영이의 아픈 연정'을 기억할 수 있도록 다시 깨워내겠다고. 부디 그 작은 뜻을 펼칠 수 있는 시간을 선사해 달라고 조용히 바랐더니 기적이 왔습니다. 그것이 2015년의 지금, 여러분께 저의 이야기를 전하는 순간입니다.

원전을 현대화하면서 가장 먼저 한 작업은 결말 구조를 뒤집는 것이었습니다. 이를 위해서 원전의 중심축이 되는 설정을 빌려오되 등장인물의 세부 캐릭터 설정, 내용 전개방식, 결말부는 모두 원전과 달리 새롭게 허구화된 내용으로 구성하였습니다. 두 남녀가 맺어지는 대신 비극적인 죽음, 그 최후의 몫은 안평대군에게 돌렸습니다. 그 대신 위압적인 폭력을 행사하면서 운영을 억지로 가두려 했던 안평대군은 순정남 키다리아저씨, 이현으로 바뀌었습니다. '연애'를 다루는 소설답게 보다 많은 로맨스적 요소가 첨가되었고 계유정난의 역사적 사실도 함께 비틀어 담아내고자 애썼습니다. (부디, 고전의 가치가 훼손되지 않았기를 진정으로 빕니다.)

눈치채셨는지 모르겠지만^^ 제가 가장 애정하는 인물, 안형대군 이현과 그의 철부지 형 숙향대군은 각각 실존하는 대군이셨던 안평대군과, 수양대군에게서 모티브를 얻었습니다. 하지만 이들을 형상화하는 방식은 실존하는 역사와 다릅니다. 〈계유정난〉이라는 실존하는 역사 속에서 수양대군은 자신의 조카인 단종을 죽이고 그 왕위를 찬탈하는 과정에서 동생인 안평대군에게 사약을 내립니다. 개인적으로 몹시도 비극적인 형제의 절망이라고 생각합니다. 비탄의 마음을 달래고자 철저한 허구적 세계관에 기대어 역사적 사실의 비극성을 해소하는 새로운 결말을 만들고자 했습니다. 펜을 휘갈기는 자의 철저한 자기만족이 되었다고 해도, 그리하여 역사를 잠시 망각했다 해도 두 왕자님께서는, 노여워 마시고 저 먼 곳에서 편히 영면하시길 마음으로 빕니다. ^^

다음으로, 중요한 이야기!

남자 주인공의 비중과 관련하여 단적으로 말씀드리면 안형대군이 메인이고 김유영이 서브입니다. 평범한 세상을 동경하는 운영은 꿈속 남자의 현실판인 유영에게서 자신의 아픔과 닮은 상처를 발견하고 그에게 이끌립니다. 그의 따스함에 기대어 살아갈 의지를 찾고자 하고, 동시에 위로함으로써 자신의 아픔도 치유하고자 합니다. 그것은 유영도 마찬가지입니다. 두 연인이 서로를 대하는 감정 가치의 시작은 분명히 사랑은 아닙니다. 이를 애매한 단어의 경계로 설명하자면 동질감이 연민으로, 고마움이 애정으로 변해가는 단계라고 할 수 있습니다. 운영과 유영의 애매한 애정 관계를 설정하는 데 투입된 영감은 불교에서 설하는 '자비' 그 한 단어의 사전적 정의였습니다.

[자는 애념(愛念, 사랑하는 마음)을 가지고 중생에게 낙(樂)을 주는 것이요, 비는 민념(愍念, 불쌍히 여기는 마음)을 가지고 중생의 고(苦)를 없애주는 사랑이다. - 출처: 한국민족문화대백과, 한국학중앙연구원]

감히 그 깊은 의미를 완전히 이해한다고 할 수는 없지만, 제가 얕게 이해하는 자비의 개념은 아픈 '나'의 노력으로 아픈 '너'의 고통을 제거하고자 하는 행위입니다. 그때 발생하는 치유력은 '너'는 물론이고 '나' 스스로도 행복하게 만들어준다고 생각합니다. 물론, 그 감정은 연민이고 동정일 뿐, 애욕적인 사랑이 아니라고 생각하는 어떤 이가 분명히 존재할 것입니다. 물론 그 모두를 설득시킬 만한 힘이 애석하게도 풋내기 글쟁이에게는 없습니다. 다만, 품었던 생각을 표현하고 싶었을 뿐이고 그에 대한 여러 근거를 수집하는 와중에 겨우 찾아낸 확신은 그렉 브레이든의 〈잃어버린 기도의 비밀〉의 한 구절에서 비롯하였습니다.

[……자신아 고통을 느끼고 다른 사람의 고통을 연민하는 능력이 있다는 것은 깊이 사랑할 수 있는 능력이 있음을 방증한다…… 출처: 〈잃어버린 기도의 비밀〉 중에서]

한편, 현은! 운영의 충성도 높은 연정의 대상입니다. ♥.♥ 〈실화〉의 제목 설정의 근거도 이 부분과 맞닿아 있습니다. 실화는 '꽃을 잃다'는 뜻을 담고 있습니다. 이때 '꽃'은 운영의 가슴 속에 영원히 피어 있는 꽃과 같은 그분, '이현'을 뜻합니다. 잊고자 해도 잊을 수 없는 그 남자의 존재, 그것이 영원히 기억될 '사랑'이라는 것을 인정할 수밖에 없다는 것은 현의 죽음 이후 명확해집니다. 제대로 된 결말을 보지 못한 미완의 사랑, 그것은 단순한 미련이라는 말로 덮는 것이 새로운 사랑에 대한 예의일지도 모릅니다. 비록 현실에서는 그것이 도의적인 감정일지도 모르지만 운영은 허구적 환상의 세계 속 인물이니까요. 그래서 저는 운영에게만큼은 영원한 사랑이라는 꼬리표를 달아주었습니다. 운영의 마지막 인사였던 〈정석가〉는 불가능한 상황을 설정하여 그것이 성취되는 날 연정의 마음을 끊어내겠다는 이별의 정한을 노래합니다. 결국, 영원한 사랑의 맹세인 셈이죠.

그것은 '남자의 첫사랑은 영원하다', '여자의 마음은 갈대'…… 어딘지 모르게 마음에 들지 않는 이 두 문장을 흠집 내고 싶다는 오랜 생각의 실천이기도 했습니다. 왜 남자는 영원하고, 여자는 변하는 것이 당연하다고 말하는 걸까? 그 흔한 말이 떠도는 게 괜히 싫습니다. 여자의 세계에서 사랑은 역시 쉽지 않으며, 잊지 못할 영원이라는 것도 분명히 존재한다는 것을 괜히 증명하고 싶다는 잔망스러운 마음이 운영이 겪는 아픈 사랑의 시작점이었습니다. *^^*

제 글을 선택해 주신 독자님들, 지금 이 순간 위대한 고전이 미약한 글쟁이의 손으로 다시 태어나 여러분의 손에 놓여 있습니다. 제 책을 덮은 뒤의 여운으로 〈운영전〉에 손을 뻗어주시길 바라며 이름 모를 옛 선조인 '무명 씨' 당신께 〈실화〉를 바칩니다. 그 옛날의 위대한 발상이 있었기에 현재의 〈실화〉가 가능했습니다. 성에 차지 않으셔도, 부디 작은 미소를 지어주시길…….

끝으로 안정된 길에서 돌아 나와 끝내 글을 쓰겠다는 막내의 고집에 못 이겨서 노력의 시간을 허락해 주신 부모님과 절박했던 시간에 기회를 열어 주신 〈청어람〉의 모든 관계자 여러분들께 감사드립니다. 특히, 이은주 담당자님께 진한 애정을 함께 보냅니다. 감사합니다.

이현이 드림-♥-